HEYNE <

Das Buch

»So geht das nicht weiter, Herr Plotek.« Das sind die ersten Worte, die Plotek zu hören bekommt, als er im Krankenhaus aufwacht. Ausgesprochen werden sie von Dr. Hohenthaler, seinem Hausarzt. Auf dem Heimweg von seiner Stammkneipe, dem *Froh und Munter*, war er zusammengebrochen. Er muss etwas verändern. Mit sich und seinem Lebenswandel. Und eine Lösung für das Problem hat der Arzt auch gleich parat: eine Kur in Sils Maria, in einer Klinik, die sich fernöstlicher Heilpraktiken bedient und die einem ehemaligen Kommilitonen von Dr. Hohenthaler gehört. Bevor Plotek Einspruch erheben kann, sitzt er auch schon im alten Mercedes seines verstorbenen Vaters, sein beinamputierter Kumpel Vinzi auf dem Beifahrersitz. Der kann ein wenig Ruhe ebenfalls vertragen. Doch kurz vor der Schweizer Grenze überfahren sie ein Reh, eine junge Anhalterin wird tot am Ufer des Silsersees aufgefunden, und dann sind da auch noch die erwürgten Elvis-Imitatoren. Von Kur also keine Spur.

Der Autor

Sobo Swobodnik, aufgewachsen auf der Schwäbischen Alb, studierte Schauspielerei, arbeitete als Rundfunkredakteur und Theaterregisseur. Er hat mehrere Romane veröffentlicht und ist auch als Filmemacher tätig. Sein Roman *Kuhdoo* war ein großer Erfolg, der es bis auf die *Spiegel*-Bestsellerliste schaffte. *Sils Maria* ist der achte Kriminalfall um und mit Paul Plotek. Der Autor lebt heute in Berlin. Besuchen Sie seine Website www.plotekromane.de

Lieferbare Titel: *Oktoberfest – Schöne Bescherung – Kuhdoo – Ahoi Polaroid – Kille Kille King*

Sobo Swobodnik

Sils Maria

Kriminalroman

Ploteks achter Fall

WILHELM HEYNE VERLAG
MÜNCHEN

Alle handelnden und nicht handelnden Personen in diesem Roman sind frei erfunden. Auch alle Ereignisse und Orte, zuvörderst Sils Maria, gibt es nicht.
Zumindest nicht so. Und die Schweiz ist ohnehin eine Erfindung.

MIX
Papier aus verantwortungsvollen Quellen
FSC® C014496
FSC
www.fsc.org

Verlagsgruppe Random House FSC® N001967
Das für dieses Buch verwendete FSC®-zertifizierte Papier *Holmen Book Cream* liefert Holmen Paper, Hallstavik, Schweden.

Originalausgabe 12/2013

Printed in Germany 2013
Redaktion: Thomas Brill
Umschlagillustration: plainpicture / Carsten Schäfer;
Fine Art Photographic Library / CORBIS; Bryce Pincham / Corbis;
istockphoto /Todd Harrison
Umschlaggestaltung: yellowfarm GmbH, S. Freischem
Satz: KompetenzCenter, Mönchengladbach
Druck und Bindung: GGP Media GmbH, Pößneck
ISBN 978-3-453-43753-1

www.heyne.de

»Und die wohl schönste, am stärksten auf mich wirkende von diesen Landschaften ist das obere Engadin.«

Hermann Hesse

»Meine Einstellung zum Tod hat sich nicht verändert: Ich bin vehement dagegen.«

Woody Allen

I am a poseur and I don't care
I like to make people stare
I am a poseur and I don't care
I like to make people stare

Exhibition is the name
Voyeurism is the game
Stereoscopic is the show
Viewing time makes it grow

My facade is just a fake
Shock horror no escape
Sensationalism for the feed
Caricatures are what you breed

Anti-art was the start
Establishments like a laugh
Yes we're very entertaining
Overtones can be betraying

X-Ray Spex, I Am a Poseur

1

Jetzt saß Plotek nicht am Tresen vom *Froh und Munter*, seiner Lieblingsgaststätte in München, Stadtteil Neuhausen. Wie normalerweise immer. Er trank auch kein Weißbier. Kein Unertl, auch sonst nichts. Jetzt war alles anders. Wenn er nicht achtgab, würde alles anders bleiben. Plotek saß auch nicht, sondern lag, ausgestreckt in einem Bett wie auf einem Seziertisch. Um ihn herum war alles weiß. Laken, Decke, Wände. Als wäre er nicht bei vollem Bewusstsein, sondern mitten in einem Werbespot für Waschmittel.

Gleich kommt Klementine hinter dem weißen Vorhang hervor, dachte er, und schmeißt mit Bunt-, Voll- und Feinwaschmittel um sich. *Nicht nur sauber, sondern rein!* – und der ganze Dreck. Aber keine Chance. Klementine kam nicht, weil Klementine auch schon tot war. Dafür tauchte jemand anderes in seinem Blickfeld auf, und Plotek hatte auf einmal das Gefühl, dass diese Person schon länger da war. Susi!

Was macht *die* denn hier?, dachte er und wunderte sich, dass die Wirtin vom *Froh und Munter* nicht hinter dem Tresen ihrer Kneipe stand, sondern hier, neben seinem Bett, in diesem ... er stockte.

Wo befand er sich eigentlich? In einem Krankenzimmer, klar, so sah es zumindest aus. In einem Krankenzimmer in einem Krankenhaus. Er, Plotek, war der Patient und Susi die Besucherin. Und noch einer stand am Bett und sah auf

Plotek herunter wie auf ein leckeres Schweineschnitzel, das er gleich mit einem Plattiereisen ordentlich in die Mangel nehmen würde.

Was macht denn mein Hausarzt in diesem Krankenhaus?, dachte Plotek, als Dr. Hohenthaler mit belegter, auch besorgter Stimme sagte: »So geht das nicht weiter, Herr Plotek.« Er machte eine kurze Pause und sah ihn dabei an, als wäre das Bindegewebe wegen dem Fleischklopfer schon ziemlich hinüber.

»Sie müssen etwas verändern, Herr Plotek. Mit sich und Ihrem Leben.«

Das klang jetzt wie ein Ratschlag aus einem dieser Gesundheitsratgeber von den Wühltischen bei Hertie oder aus der kostenlosen *Apotheken Umschau*. Hohenthalers Stirn kräuselte sich dabei, und seine Stimme rutschte in einen Tonfall ab, der auszudrücken schien, dass es für eine Veränderung längst zu spät und dieses Leben bereits zu Ende sei. Wie zur Bestätigung waren plötzlich entsetzliche gutturale Laute neben Ploteks Bett zu hören. Es klang, als wäre im Bett nebenan jemand mit dem Tod in eine kleine Meinungsverschiedenheit geraten und als könnte er sich nur unzureichend verständlich machen, warum er noch ein bisschen am Leben bleiben wollte. Oder anders ausgedrückt: Allem Anschein nach biss hier gerade jemand ins Gras. Plotek drehte den Kopf und konnte im anderen Bett einen alten Mann erkennen. In diesem Augenblick fiel ihm ein, dass der Alte schon dort gelegen hatte, als er selbst zum ersten Mal aufgewacht war. Nur dass er da noch deutlich besser ausgesehen hatte. Jetzt erinnerte seine Gesichtsfarbe an den eines Zigarettenfilters. Der Mund war weit aufgerissen, und die hervorquellenden Augen suchten die

Decke hektisch nach was auch immer ab. Auch Dr. Hohenthaler schien von dem Alten irritiert. Susi wiederum nahm das Röcheln des Wracks offenbar zum Anlass, um die Befürchtung Hohenthalers noch ein wenig zuzuspitzen.

»Sonst ist bald nichts mehr mit dir und deinem Leben.« Sie sagte es mit Blick auf den Alten und einer Stimme, die weniger besorgt als entschlossen klang.

Der Mann im Bett nebenan verstummte schlagartig. Nur die Augen rasten nach wie vor an der Decke hin und her.

»Ich mache Ihnen einen Vorschlag«, versuchte sich Dr. Hohenthaler nicht weiter ablenken zu lassen. »Ein früherer Kommilitone von mir, Dr. Matteo Wehrli, betreibt eine Privatklinik in der Schweiz. Er ist ein Experte, schulmedizinisch, aber auch was die Alternativmedizin anbetrifft. Sie wissen schon: komplementärmedizinische Behandlungsmethoden, also Naturheilverfahren, Körpertherapie, Entspannung, Osteopathie, Chirotherapie, Akupunktur und das alles. Ganzheitlich halt.«

Plotek schaute offenbar, als referiere der Doktor über eklige menschliche Abgründe, denn schnell ergänzte dieser: »Ich bin sicher, mein Kollege kann Ihnen helfen. Lassen Sie sich mal zwei bis vier Wochen verwöhnen, und Sie werden sehen, Ihr Körper und Ihr Geist sind anschließend wieder auf der Höhe.«

Die Falten auf Dr. Hohenthalers Stirn waren wieder verschwunden, als würde ihn allein der Gedanke an die Behandlung beim Schweizer Experten entspannen.

»Was halten Sie davon?«

Noch ehe Plotek reagieren konnte, meldete sich Susi zu Wort.

»Gute Idee«, sagte sie. Seit wann ist sie mein Vormund?,

fragte sich Plotek. Sie schien denselben Gedanken zu haben und hängte noch ein entschuldigendes, auch vermittelndes »Nicht wahr?« dran.

Ohne eine Antwort von Plotek abzuwarten, griff Dr. Hohenthaler in seine Anoraktasche und zog sein neues Mobiltelefon heraus, das seiner Aussage zufolge »alles« konnte. (Außer vielleicht ficken.) Er streichelte den kleinen elektronischen Alleskönner zärtlich mit der Kuppe seines Zeigefingers, als wäre es die Wange seiner Geliebten, und sagte – oder hauchte vielmehr, wie man eben der Geliebten etwas Schönes ins Ohr haucht: »Dann ruf ich gleich mal den lieben Dr. Wehrli an, einverstanden?«

Susi nickte anstelle von Plotek, während Dr. Hohenthaler den beiden den Rücken zudrehte und leise in sein Mobiltelefon hineinsäuselte, als hätte er mit diesem ein Liebesverhältnis. Soll heißen: verbaler Kuschelsex. Oder besser: Telefonsex. Noch besser: Objektophilie. Gibt's! Ist Sex mit Objekten. Zum Beispiel dem Eiffelturm. Wie das geht? Keine Ahnung. Es klang bei Dr. Hohenthaler auf jeden Fall alles wie haarscharf im genitalreferenziellen Bereich und gleichzeitig so, als sollte Plotek nicht allzu viel davon verstehen. Verstand er aber trotzdem. Obgleich es da nicht viel zu verstehen gab.

»Ja, ich bin's. Alles klar. Gut. Ich dank dir. Bis bald. Kussi.«

Das war alles. Dennoch zog das Gespräch jede Menge Gedanken nach sich. Erstens: Hat der Doktor jetzt tatsächlich »Kussi« gesagt, dachte Plotek, oder »Tschüssi«? Zweitens: Hatte er eigentlich eine Frau? Und schließlich drittens: Entweder hatte der Herr Dr. Wehrli nicht viel zu fragen, oder die Fragen wurden bereits vorher gestellt und geklärt.

Soll heißen: Das Gespräch zwischen Dr. Hohenthaler und seinem alten Studienkollegen Dr. Wehrli klang so, als wäre alles schon vorher arrangiert gewesen.

»TCM-Privatklinik«, sagte Dr. Hohenthaler freudestrahlend, was so klang wie »BDSM-Privatorgie«. Er drehte sich wieder zu Plotek um. »Danach sind Sie wie ein neuer Mensch.«

Er streichelte sein Telefon ein letztes Mal und steckte es wieder zurück in den Anorak, wie Mann sein bestes Stück hinterm Hosentürl aufbewahrt.

TCM?, dachte Plotek. Was ist das denn? Ich kenne nur THC. TSV. TSG. TBB, BVG, GDL, LPG, GEZ, ZDF, FKK, KPD, DDR, RTL, LKA, ADAC …

»Traditionelle chinesische Medizin«, sagte Susi, als wisse sie Bescheid.

»Danach sind Sie wie ein neuer Mensch«, beschwor Dr. Hohenthaler erneut. Ist das ein Mantra oder so?, überlegte Plotek. Will er sich damit die eigenen Zweifel an der Genesung seines Patienten ausreden?

Ich will kein *neuer* Mensch sein, dachte Plotek dann, ich will nur noch ein wenig der alte bleiben dürfen. Aber keine Chance. Susi mischte sich wieder ein und brachte es in ihrer unverwechselbaren Art und Weise auf den Punkt.

»Generalüberholung!«, sagte sie und lachte. Das erste Mal, seit sie neben Ploteks Bett in diesem Krankenzimmer stand.

Bin ich ein Auto oder was?, dachte Plotek, bei dem erst gar kein Lachen entstehen wollte. Er hustete dabei, als wäre der Auspuff nicht hinten, sondern vorne.

»Weil wenn nicht«, sagte Susi, der nun das Lachen wieder verging, »ist es mit dir bald vorbei!«

Sie warf erneut einen Blick hinüber zum Alten im anderen Bett, dessen Zunge wie ein lebloser Fleischfetzen aus dem Mund hing und aussah wie eine Krawatte am Hemdkragen. Die Worte von Susi klangen nun schon dramatischer – so als wäre sie ein Orakel und Plotek die Projektion ihrer Prophezeiung. So sah Susi auch aus. Ihr Gesicht verdüsterte sich. Wie um das Gesagte zu untermauern, zählte sie auf: »Leber, Herz, Nieren, Lunge, Bronchien, Cholesterin, Bluthochdruck, Eisenmangel und das Ganze eben.« Dabei schossen ihre Finger aus den Fäusten wie Böller an Silvester. Das klang nicht gut. Das klang tatsächlich nach Totalschaden.

»Plotek, du bist am Ende.« Es schien unabwendbar.

Plotek schüttelte den Kopf, am liebsten hätte er gefragt: »Und was ist dann der Kollege da nebenan?« Er wollte sich mit Susis Urteil nicht abfinden. Und schon gar nicht wollte er in die Behandlung bei diesem Schweizer.

»Aber ich könnte mich doch auch hier erholen«, sagte er kleinlaut und hoffte auf Susis und Hohenthalers Verständnis.

»Schon klar!« Susi lachte erneut, dieses Mal hinterhältig. »Du meinst am Tresen vom *Froh und Munter*, mit Weißbier, Tequila und ab und zu einem Schweinsbraten …«

Plotek schüttelte abermals den Kopf. Zaghaft, auch eingeschüchtert. Und für den Fall, dass seine nonverbale Reaktion nicht genügte, fügte er hinzu: »Da muss ich doch nicht gleich in die Schweiz …«

»Vergiss es, Mann!«, schnauzte Susi ihn an. Dann drehte sie sich zu Dr. Hohenthaler um, hielt die Hände in einer Geste der Resignation nach oben und sagte: »Der kapiert es einfach nicht!« Sie hörte sich dabei an wie eine Mutter, die zum Vater über den hosenscheißenden Sohn spricht.

Als müsste der Doktor vermittelnd einschreiten, redete er erneut auf Plotek ein, wie der Vater auf das begriffsstutzige Kind: »Das ist ein Luftkurort, Berge, Seen, Wälder, fast zweitausend Meter hoch, eine Luft wie im Himmel. Keine Hektik, kein Verkehr, nichts.«

Der Alte nebenan gurrte wieder, als wollte er auf jeden Fall mit.

Jetzt muss man wissen, dass Plotek schon seit einer Woche im Rotkreuzkrankenhaus in München, Stadtteil Neuhausen, lag. Warum, war nicht ganz klar. Die Ärzte tappten im Dunkeln. Sicher war nur, dass mit Plotek etwas nicht stimmte. Alle Werte, Blut, Leber, Fett, Kreislauf, waren besorgniserregend. Vor acht Tagen – kurz nach Weihnachten – war er auf dem Nachhauseweg vom *Froh und Munter* mitten auf dem Gehsteig zusammengebrochen und wenig später unterkühlt von einem Passanten gefunden worden. Nun lag er im Spital, neben diesem Alten, und wartete auf ein Ergebnis. Vor allem aber auf Genesung. Doch die Ärzte konnten weder das eine noch das andere liefern. Dafür spekulierten sie umso mehr. Es war ein heiteres Krankheitenraten unter den Weißkitteln. Die einen glaubten an einen heimtückischen unbekannten Virus. Die anderen führten die körperlichen Defizite auf einen ungesunden Lebenswandel zurück. Soll heißen: Alkohol, Zigaretten, Schweinsbraten. Trotz unendlicher Untersuchungen, Computertomografie, Langzeit-EKG und allem blieb die Ursache für Ploteks Zustand unklar. Was aber Dr. Hohenthaler und Susi nicht von ihren Belehrungen abhielt.

»Du musst was ändern, verstanden?« Susis Gesichtsausdruck ließ daran keinen Zweifel. Dr. Hohenthaler nickte stumm vor sich hin. Das wirkte jetzt bei Susi wie eine Drohung und bei Dr. Hohenthaler wie die medizinische Bestätigung dafür.

»Ich habe keine Lust, dich das nächste Mal nicht im Krankenhaus, sondern in der Leichenhalle zu besuchen.« Wieder wagte Susi einen kurzen, unsicheren Blick hinüber zum anderen Bett. Der Alte atmete noch.

Ist es also doch schon so schlimm?, dachte Plotek in Bezug auf sich selbst. Oder übertreibt Susi wieder, wie sie immer gerne übertreibt? Ein Hang zum Dramatischen war ihr nicht abzusprechen. Außerdem ist es mein Leben, sinnierte Plotek weiter, und darüber kann ich doch selbst ...

Den Gedanken konnte er nicht mehr zu Ende denken, da Susi schon wieder resolut dazwischenging: »Nein, das darfst du nicht selbst entscheiden! Weil du keine Wahl mehr hast, verstehst du?!«

Vom Bett nebenan meldete sich der Alte wieder. Er hörte sich an wie ein defektes Waldhorn, das aus dem letzten Loch pfiff. Kurzzeitig wirkte Susi irritiert, sie sah erneut den Alten an und machte einen kleinen Schritt in seine Richtung, als wollte sie zu ihm rübergehen und ihm helfen. Aber keine Chance. Sie drehte sich sofort wieder zu Plotek um. Soll heißen: Dem anderen war nicht mehr zu helfen. Plotek, an die Störgeräusche des Alten mittlerweile gewöhnt, ignorierte dessen Gejammer und sagte: »Aber wie soll ich denn ...«

»Geld spielt keine Rolle«, zerpflückte Susi den aufkommenden Einwand.

Für dich vielleicht, dachte Plotek, aber wenn ich an das

Schuldenbüchlein in deiner Schublade im *Froh und Munter* denke, fängt mein Blutdruck an durchzudrehen, und im Magen braut sich etwas zusammen, was an das Dreckwasser eines Tsunamis erinnert.

»Ich kann dir so viel leihen, wie du brauchst.«

Das überraschte Plotek nun doch ein wenig. Susi drückte zwar hin und wieder mal ein Auge zu und ließ beim Abrechnen einen Tequila unter den Tisch fallen oder sah über ein, zwei Unertl hinweg, als spendabel galt sie aber ganz bestimmt nicht. Dass sie Plotek nun Geld für seine Regeneration anbot, wunderte ihn deshalb umso mehr.

Entweder führt die da etwas Hinterhältiges im Schilde, dachte Plotek. Oder es ist tatsächlich so düster um mich bestellt.

»Zwei bis vier Wochen, das kostet auch nicht die Welt«, assistierte Dr. Hohenthaler und schien im Kopf schon mal die Summe durchzurechnen.

»Scheißegal!«, kam ihm Susi zuvor. »Ich brauch dich, Plotek! Und zwar lebendig und nicht tot, verstehst du?«

Nicht ganz, dachte Plotek. Und dann: Wofür braucht die Susi mich? Doch nicht etwa für den täglichen Weißbier- und Tequila-Umsatz. Der wäre nach einem Aufenthalt in dieser Privatklinik höchstwahrscheinlich auch futsch. Also vielleicht doch eine hinterlistige Spekulation. Aber wozu? Oder gar eine versteckte Liebeserklärung? So hatte er die Wirtin des *Froh und Munter* noch nie betrachtet. Als Frau, die Männer nicht nur als Gäste sieht und in deren Kopf nicht nur Zapfhähne und Schnapsgläser herumgeistern, sondern in deren Brust vielleicht auch ein Herz für das andere Geschlecht schlägt.

»Vergiss es, Plotek!«, kam von Susi ein wenig herablassend, als könnte sie seine abwegigen Gedanken lesen. »Mir geht es einzig und allein um dich, Plotek, als meinen besten Gast und langjährigen Freund des *Froh und Munter*, den ich gerne noch ein wenig an meinem Tresen sitzen sehen möchte.«

Das klang jetzt aber doch ein bisschen pathetisch, fand Plotek und lächelte, das erste Mal seit dem Besuch der beiden.

»Und da sind so ein paar Kröten Peanuts.«

Bei »Kröten« begann der Alte nebenan wieder Laute von sich zu geben. Jetzt allerdings schon erheblich leiser als noch zuvor.

»Und wie soll ich dir die paar Kröten ...«

»Irgendwie, irgendwann«, ging Susi dazwischen. »Das spielt jetzt keine Rolle.«

Sie griff in ihre Tasche, holte ein Kuvert heraus und legte es auf den kleinen, fahrbaren Nachttisch. Das Kuvert war ziemlich dick. Auch das schien von langer Hand vorbereitet zu sein. Als Plotek zögerte, fragte Dr. Hohenthaler ungeduldig: »Also, was ist jetzt?«, als müsste er gleich los, weil er viel beschäftigt war oder keine Lust mehr auf Ploteks Starrköpfigkeit hatte.

Plotek wusste es nicht.

»Wie soll ich jetzt ...«

»Mit dem Zug, verdammt noch mal«, half ihm Susi auf die Sprünge. Auch sie schien langsam die Geduld zu verlieren.

Plotek schüttelte den Kopf. Allein der Gedanke an eine stundenlange Zugfahrt mit mehrmaligem Umsteigen auf zugigen Bahnhöfen verursachte bei ihm einen Bluthochdruck im Grenzbereich. Kommt da noch eine Verspätung hinzu, dachte er, ein verpasster Anschlusszug oder Ähnliches, bin ich gleich tot.

»Himmelherrgott, dann eben mit dem Auto.«

Der Blutdruck überlegte es sich anders und ließ nach.

»Mit welchem …«

»Mit deinem«, ging Susi erneut dazwischen. »Du hast doch noch den alten Mercedes von deinem verstorbenen Vater, die Erbschaft, du weißt schon …«

Klar weiß ich das, dachte Plotek. Und: Klar habe ich den noch. Der steht seit über einem Jahr in der Tiefgarage auf einem angemieteten Dauerparkplatz nicht weit vom *Froh und Munter* entfernt und staubt vor sich hin.

»Aber ich kann doch nicht allein …«

»Vinzi!«

»Hä?«

»Dein beinamputierter Freund Vinzi von der Schwäbischen Alb, du weißt schon …«

Natürlich wusste Plotek, wer Vinzi war. Trotzdem kapierte er noch immer nicht.

»Mit dem warst du doch auch schon in Norwegen mit dem Hurtigruten-Schiff, stimmt's?«

Plotek nickte.

»Und an der Ostsee, im Ostseeheilbad der Sonnenseite, nicht wahr?«

Wieder Nicken.

»Also warum nicht nach Sils Maria?!« Susi hob ihre rechte Augenbraue, als wäre damit alles klar. Nichts war klar!

»Sils Maria?«

»So heißt der Ort, wo sich die Privatklinik von Dr. Wehrli befindet«, erklärte Dr. Hohenthaler, der mittlerweile auf der Stelle trat, als müsste er ganz dringend aufs Klo.

»Also?«, kam von Susi.

»Also?«

»Was ist jetzt?« Wieder der immer ungeduldiger wirkende Hohenthaler.

Plotek hob die Schultern, und Susi zog ihr Handy wie einen Revolver aus der Tasche. Sie tippte eine Nummer ein, sagte nur zwei Worte, nämlich »Geht klar!«, und legte wieder auf, sodass Plotek sie ansah, als wäre sie Clint Eastwood und er gleich tot. War er natürlich nicht.

Dafür kam ein paar Sekunden später, in denen niemand der drei auch nur ein Wort von sich gab, Vinzi in seinem Rollstuhl zur Tür hereingerollt. Jetzt schaute Plotek mit dem Blick von Clint Eastwood.

Vinzi, im schwarzen, speckigen Anzug und mit weißem, ebenso speckigem Hemd, lachte hingegen übers ganze Gesicht und sagte: »Da bin ich!«, wie man sagt: »Es kann losgehen.«

Plotek fiel der prall gefüllte Stoffbeutel an Vinzis Rollstuhl auf.

»Sagt mal, hab ich da etwas nicht kapiert, oder ist es so, wie es scheint?«

Er sah in die Runde. Dr. Hohenthaler wirkte, als hätte er schon in die Hose gemacht, und schloss vorsorglich gleich mal die Augen. Susi blickte zur Decke. Vinzi wiederum zwinkerte, als müsste er alles noch einmal in besser verständliche Zeichen übersetzen. Die da lauteten: »Es ist so, wie es für dich am besten ist.« Das sagte jetzt auch Susi, mit dem Blick von der Decke wieder zurück.

Dass immer andere am besten wissen, was für einen

selbst gut sein soll, dachte Plotek, sagte aber nichts, weil Susis linke Augenbraue nach oben schnellte, was ein Zeichen dafür war, dass für sie das Wortgefecht hiermit beendet war und nun Taten folgen würden.

Mit einem Ruck zog sie das Plumeau vom Bett weg. Was Plotek gar nicht recht war. Trug er doch nur ein lächerliches weißes Krankenhaushemdchen am Körper, das an ihm besonders lächerlich aussah. Vinzi quittierte es auch sofort mit einem Lächeln.

Susi holte Ploteks Kleider aus dem Schrank, legte sie neben Plotek aufs Bett und sagte: »Mach schon!«

Alle drei, Susi, Hohenthaler und Vinzi, drehten sich um und sahen zum Fenster hinaus, während Plotek sich anzog.

»Und?«, fragte Susi.

»Fertig«, sagte Plotek.

Alle drehten sich wieder um. Dabei schien Vinzi das erste Mal den Alten im Bett nebenan zu bemerken. Er zeigte mit dem Finger auf den Mann, der nun nicht mehr gurrte, und fragte: »Ist der tot?«

Auch der Blick des Alten bewegte sich nicht mehr an der Decke entlang. Er sah aus, als schliefe er. Mit offenen Augen.

»Hmm«, machte Plotek, während Dr. Hohenthaler »Ich kümmere mich darum« sagte.

Er griff nach der Schwesternglocke, die über dem Bett hing, und drückte einmal kräftig drauf.

Als hätte die Schwester vor der Tür gewartet, ging diese auf.

»Was ist denn hier los?« Sie klang gar nicht erfreut, eine derartige Menschenansammlung im Krankenzimmer vorzufinden.

Susi zeigte auf den regungslos im Bett liegenden Alten. Seine Augen guckten nach wie vor starr zur Decke.

Die Schwester bekreuzigte sich und sagte: »Hat er es endlich hinter sich«, wie man sagt: »Ein Arsch weniger zum Wischen.«

So kann man das auch sehen, dachte Plotek. Dabei ahnte er, dass ihm selbst noch einiges bevorstehen würde.

»Immerhin ein natürlicher Toter«, sagte Vinzi und dachte offenbar an die vielen unnatürlichen, über die er und Plotek in der letzten Zeit gestolpert waren. Stichwort: Hurtigruten, Campingplatz.

Und Plotek dachte, egal, ob natürlich oder nicht. Hin ist hin. Und: Das kann ja nur noch besser werden. Wurde es natürlich nicht. Aber egal.

»Wo wollen *Sie* denn hin?«, fragte die Krankenschwester, als sie endlich den fix und fertig angezogenen Plotek wahrnahm.

»Sils Maria«, sagte Vinzi, was sich so anhörte wie: »Wollen Sie mit?«

»Engadin!«, kam von Dr. Hohenthaler.

»Graubünden«, von Susi.

»Schweiz!«, sagte Vinzi.

Die Krankenschwester schüttelte den Kopf, als wäre ihr unklar, was schlimmer war: der tote Alte hier im Bett oder Ploteks Aufbruch in die Schweiz.

»Gehen wir?«, fragte Vinzi.

»Gehen wir«, sagte Plotek.

2

Seit zwei Stunden waren Plotek und Vinzi nun unterwegs. Sie fuhren mit dem alten Mercedes 300 SEL von Ploteks verstorbenem Vater mittlerweile in Österreich auf der Reschen-Bundesstraße Richtung Süden. Plotek fuhr langsamer, als es die Verkehrssituation, auch die Wetterverhältnisse erforderten. Plotek fuhr so langsam, dass Vinzi auf dem Beifahrersitz immer wieder beinahe einschlief. Das Einzige, was den am Einschlafen hindert, dachte Plotek, sind seine schweißtreibenden Gedanken, die tiefe Falten auf seine Stirn zeichnen und womöglich unaufhörlich und völlig kirre immer um dasselbe Thema kreisen wie Fliegen um einen frisch applizierten Kuhfladen. Das wusste Plotek. So gut kannte er Vinzi natürlich schon. Auch das Thema, das Vinzi durch den Kopf ging, lag für Plotek auf der Hand: Warum sagt der Plotek die ganze Zeit nichts? Warum macht der den Mund nicht auf? Ich sehe doch, dass es in ihm rumort, dass es in ihm arbeitet!

Und ob es in mir arbeitet, dachte Plotek.

Und dennoch: Beide schwiegen, seit sie von München losgefahren waren. Das Schweigen hörte sich allerdings so an, als hätten sie noch ein gewaltiges Hühnchen miteinander zu rupfen. Kein Wunder, fühlte Plotek sich doch von Susis resoluter Art, ihrer eigensinnigen Entschlossenheit und Vinzis korrupter Kooperationsbereitschaft hintergangen. Er kam sich wie ein minderjähriges Kind vor, das von seinen nichtsnutzigen Erziehungsberechtigten gegen den eigenen Willen in das Ferienlager des CVJM geschickt wird. Sagen konnte er es aber nicht. Um den Vorwurf an Vinzi zu richten, fehlte ihm die Courage. Widerspruch, Wortgefechte und Streitereien waren nicht Ploteks Stärken. Da war Plotek schon immer ein Hosenscheißer. In verbalen Auseinandersetzungen war er von jeher ein bemitleidenswerter Anfänger. In körperlichen im Übrigen auch. Wenn er sich aber hintergangen fühlte, auch noch von einem Freund, dann rumorte und köchelte es in ihm so lange, bis ihm dann doch irgendwann der Kragen platzte. Bis dahin war es nur noch eine Frage der Zeit. Eine Zeit, in der, wenn der Blick durch die Windschutzscheibe des Mercedes nicht täuschte, die unterschwellige Gereiztheit von lieblichen Schneeflocken überdeckt wurde.

»Sauwetter«, war das Erste, was Vinzi nach über zwei Stunden sagte.

Das hat jetzt aber lange gedauert, hätte man denken können. Dabei war das Wetter momentan so durchschaubar wie die Unschuldsbeteuerungen eines mehrfach überführten Dopingsünders mit der Nadel im Arm. Beim erneuten Blick durch die Windschutzscheibe wurden die lieblichen Schneeflocken zu einem gar nicht lieblichen Schneesturm. Soll heißen: Das Sauwetter bekam konkrete Züge. Bedeutet: Schnee, Eis, Wind. Es war nicht nur ein Sauwetter, es war eine Katastrophe. Eine meteorologische zumindest. Wenn man den Wettervorhersagen trauen durfte, war das erst der Anfang des lange schon erwarteten Wintereinbruchs. Wobei die Meteorologen sich in der Regel eher wie Schamanen gebärden. Der Blick in den Himmel ist wie der in eine Kaffeetasse. Trefferquote ungewiss.

Soll heißen: Manchmal stimmt's, manchmal nicht. Mal so, mal so und immer von afrikanischer Verlässlichkeit geprägt. Auf jeden Fall überzog seit Tagen ein Tief Deutschland, Österreich und die Schweiz. Schneefall bis zum Abwinken und Temperaturen im unterirdischen Bereich. Folge: Das Streusalz war am Ausgehen, das Verkehrschaos an der Tagesordnung, und die Sondersendungen witterten mal wieder die Sensation. Wenn schon kein arabischer Autokrat mehr wankt und kein Atomkraftwerk den Umweltaktivisten die Zunge rausstreckt, dann ist die Medienmeute froh, wenn wenigstens das Wetter verrücktspielt.

»Und?«, fragte Plotek.

»Was und?«

»Was hat sie dir noch aufgetragen?«, sagte Plotek in Richtung Windschutzscheibe.

Die Zeit war gekommen. Der Topf war am Überlaufen. Plotek platzte der Kragen. Sein Kopf schwoll an, wurde rot, während die Unterlippe leicht zitterte. Vinzi gab sich hingegen unwissend, abgeklärt wie ein erfahrener Matador, der den Stier mit Schaum vor dem Maul elegant durch sein rotes Tuch hindurchgleiten lässt.

»Hä?«

Was den Stier noch wütender werden ließ. »Tu doch nicht so.« Die Unterlippe zitterte jetzt noch mehr, die Hände krallten sich ins Lenkrad. »Du und Susi, ihr habt doch …«

»Spinnst du?!« Jetzt wurde auch der Matador zum Stier. Alle rhetorischen Plänkeleien und freundschaftlichen Rücksichtnahmen waren dahin. »Sie hat mich gefragt, ob ich dir helfen könnte und …« Zwei Stiere trampelten auf einem roten Fetzen, Muleta genannt, herum.

»Ach so, *mir*. Ich dachte *ihr*.«

»Was soll das?«

»Das wüsste ich auch gerne.«

»Wenn du nicht fahren wolltest, dann hättest du das doch gleich sagen können«, meinte Vinzi. »Jetzt ist es reichlich spät. Wir sind gleich in der Schweiz.«

»Es ist nie zu spät«, kam von Plotek, wobei er den Wagen immer weiter beschleunigte. Vinzi schmunzelte und schüttelte dabei den Kopf, als wollte er sagen: »Warum bist du denn nur so stur, warum so bockig?«

Das hätte ihm Plotek schon sagen können. Das war womöglich auch ganz anders, als Vinzi es sich dachte. Es hatte nämlich mit seiner Herkunft zu tun. Also: Schwäbische Alb, Lauterbach, Plotek-Geschlecht. Soll heißen: Erbschaft, väterlicherseits. Plotek war exakt derselbe Sturschädel wie der verstorbene Vater. Wenn man es genau nimmt, konnte Plotek eigentlich gar nichts dafür. Das waren die Gene, Biologie und alles. Er sagte aber nichts, sondern starrte unverändert zur Windschutzscheibe hinaus, so bockig und stur, dass jedes Wort überflüssig war.

»Ja, dann halt eben an!«, sagte Vinzi genervt. Unklar, ob das nun eine Aufforderung zur Umkehr war oder ob ihm nur die überhöhte Geschwindigkeit des Mercedes langsam unheimlich wurde. Tat Plotek dann auch. Davor krachte es aber noch.

»Vorsicht!«, schrie Vinzi, laut und mit den Händen vor dem Gesicht. Zu spät.

Es krachte erneut, als ob der Mercedes ebenfalls auf Konfrontation gegangen wäre. Mit wem oder was auch immer. Anschließend schlitterte der Wagen auf der Fahrbahn dahin, kam aber erstaunlicherweise nicht von der

Straße ab. Er blieb schließlich mit der Motorhaube verdächtig nahe am Straßenrand, respektive im Straßengraben, stehen. Plotek und Vinzi sahen sich überrascht an, in ihren Blicken die Frage: »Was war das denn?«

Der Aufprall hatte sich dumpf und satt angehört, als wäre ein Reissack gegen den Kotflügel geflogen. Oder ein Ball, ein Tier, Hase, Igel, Fuchs oder vielleicht sogar ein …

»Mensch!«, fiel aus Ploteks Mund.

»Quatsch«, kam von Vinzi, als wollte er den »Mensch« wieder dahin zurückstopfen. Er blies zweimal einen Mund voll Luft aus sich heraus und sagte dann: »Gib Gas!«

Plotek rührte sich nicht. Er sah Vinzi verdutzt an und hatte nicht wenig Lust, nun für immer im Auto sitzend am Straßenrand auszuharren.

»Na los, mach schon!« Vinzi blickte zur Heckscheibe hinaus und wirkte plötzlich nervös.

»Aber wir können doch nicht einfach …«

»Fahr endlich!«

Aber denkste. Das Auto rührte sich nicht von der Stelle. Plotek machte keine Anstalten loszufahren. Das schien nun auch Vinzi zu kapieren. Er kapitulierte einmal mehr vor diesem Sturschädel. Wieder blies er Luft aus sich heraus, schüttelte den Kopf und sagte, mehr verzweifelt als überzeugt: »Okay, okay, ich schau mal nach.«

Er löste seinen Sicherheitsgurt, öffnete die Beifahrertür und hüpfte auf seinen Beinstümpfen aus dem Wagen. Plotek sah ihm durch die Heckscheibe hinterher, ohne dass er genau erkennen konnte, was Vinzi auf der bereits in Dunkelheit getauchten Straße anstellte. Es dauerte nicht lange, dann kam Vinzi zum Wagen zurück. Er beugte sich kurz ins Innere und sagte zu Plotek: »Mach mal den Kofferraum auf.«

Jetzt stieg auch Plotek aus. Er öffnete mit dem Schlüssel den Kofferraumdeckel und fragte in einer Mischung aus unheilvoller Ahnung und tröstlicher Hoffnung: »Und? Was ist es?«

»Ein Reh!«

»Was?«

»Du hast ein Reh überfahren.«

»Nein!«

»Sei froh, besser als einen Österreicher!«

»Und jetzt?«, wollte Plotek wissen, unsicher, ob er sich freuen oder doch eher über das tote Reh traurig sein sollte. Er sah zuerst in den Kofferraum, dann Vinzi fragend an. »Was hast du vor?«

Vinzi wuchtete seinen Rollstuhl auf den Rücksitz des Wagens. Dann entfernte er sich auf seinen Beinstümpfen ein paar Meter vom Mercedes, blieb vor einem Fleischhaufen stehen und rief Plotek zu: »Na los, komm her, und pack an.«

Er zeigte auf ein totes Reh, das am Straßenrand im Schnee lag und aussah, als schliefe es. Es blutete ein wenig. Ansonsten schien es völlig unversehrt. Plotek hatte mal wieder extreme Verständnisschwierigkeiten und fahndete hilflos nach dem Sinn von Vinzis Vorhaben: »Aber was willst du denn mit einem Reh …«

»Braten!« Vinzi klang wie ein Ofen mit Umluft.

»Was?« Die unheilvolle Ahnung war zurück.

»Rehbraten mit Preiselbeeren und Rotkohl.« Vinzi sah aus, als liefe ihm jetzt schon der Speichel im Mund zusammen. »Mach schon!« Widerspruch schien zwecklos.

Sie hoben das Reh vom Boden hoch und schleppten es, Vinzi an den Hinterbeinen, Plotek an den vorderen, zum

Wagen. Dort hievten sie es in den Kofferraum des Mercedes, wobei ein paar Autos mit verlangsamter Geschwindigkeit und deren Insassen mit überhöhter Neugierde an ihnen vorbeifuhren. Plotek setzte sich anschließend schnell wieder zurück ans Steuer, während Vinzi das Reh in den Kofferraum wie in einen Sarg bettete und dabei stolz verkündete: »Mit angewinkelten Beinen passt es exakt hinein.« Dann schloss er den Deckel, setzte sich zurück neben Plotek, klatschte in die Hände, an denen sich noch Reste von Blut befanden, und sagte, als wäre das Mahl angerichtet: »Na los, gib Gas!«

Sie fuhren wieder schweigend vor sich hin, Vinzi offenbar genauso in Gedanken verstrickt wie Plotek, während es draußen immer stärker schneite und immer dunkler wurde. Vermutlich dachten sie beide an dasselbe: nicht mehr an ihre Meinungsverschiedenheit, sondern an das Reh. Das tote Reh im Kofferraum. Während Plotek Mitleid mit dem Reh empfand, schien Vinzi sich schon die kulinarische Zubereitung auszumalen, denn auf einmal knurrte sein Magen. Was wiederum Plotek in seinem Mitleid störte.

»Das war aber nicht dein Ernst, oder?«

»Du meinst den Rehbraten mit …« Vinzi unterbrach sich selbst, zündete sich eine Zigarette an und blies den Rauch gegen die Windschutzscheibe. Plotek hustete.

Auf der Engadiner Bundesstraße 184 passierten sie ein Hinweisschild, das den unmittelbar bevorstehenden Grenzübergang von Österreich in die Schweiz anzeigte. Nicht viel später tauchte auch schon die kleine, hell erleuchtete Grenzanlage auf.

Vinzi reichte Plotek seinen Reisepass, und Plotek hielt

den Wagen neben einem uniformierten Grenzbeamten an, der seine Hand zum Stoppzeichen hob. Plotek kurbelte das Seitenfenster herunter und hielt die Pässe wie Schnitzel zum Verzehr hin. Der Grenzbeamte griff danach, als hätte er Heißhunger, und warf dabei einen Blick in das Wageninnere. Augenblicklich schien alles klar zu sein.

»Fahren Sie bitte kurz an die Seite.«

»Was?«, kam von Vinzi, dem die Klarheit offenbar getrübt anmutete.

»Wir sollen an die Seite fahren.« Plotek ahnte nichts Gutes.

»Und machen Sie den Wagen aus.«

»Was soll das jetzt?!« Vinzi war damit anscheinend überhaupt nicht einverstanden. Er schüttelte unentwegt den Kopf, als hätte man ihn mit Waffengewalt aufgefordert, die Hose herunterzulassen.

»Ich denke mal, die wollen uns kontrollieren.« Plotek würgte den Wagen ab.

Eigentlich kein Wunder, dachte Plotek. Er und Vinzi passten haargenau in das angelernte Verbrecherprofil jedweder Grenzer. Die beiden waren für die Rolle des Verdächtigen prädestiniert. So sahen Kriminelle aus! Drogendealer, Diebe, Räuber, Vergewaltiger, Mörder. Genau so! Die Bösartigkeit bekam durch sie ein Antlitz. Zumindest in den Augen der Grenzbeamten, die natürlich über das eindimensionale Klischee eines Kriminellen nie hinausblickten. Deswegen fingen sie in der Regel ja auch nur die kleinen und dummen Fische. Bei den großen und schlauen griff das Muster nicht, versagte das Raster. Da gingen sie leer aus. Dass das dann auf die Dauer frustrierte, leuchtete ein. Plotek und Vinzi hingegen steckten fest in den exekutiven

Koordinaten wie einbetoniert: auffällig, verdächtig und somit unbedingt zu überprüfen. Dass da dann ein wenig Freude bei der diensthabenden Grenzpatrouille aufkam, leuchtete ebenfalls ein.

Nachdem Plotek an den Seitenstreifen der Grenzanlage gefahren war und während die Pässe in der Grenzbaracke vermutlich mit allen Zentralcomputern dieser Welt abgeglichen wurden, wies der Grenzbeamte nüchtern und routinemäßig Plotek an, den Kofferraum zu öffnen.

»Ist auf!«, ging Vinzi dazwischen und grinste verdächtig dabei. Womöglich um ein wenig Lockerheit ins doch sehr angestrengt wirkende Kontrollspiel zu bringen. Der noch sehr junge Grenzbeamte, mit leichtem Bartflaum über der Oberlippe und unreiner Haut an den Wagen, schien sich davon aber nicht irritieren zu lassen. Sein Blick blieb finster.

»Würden Sie bitte aussteigen?« Der Ton klang freundlich, aber bestimmt.

Plotek und Vinzi stiegen aus. Wobei der Grenzer, als er den kleinen Vinzi ohne Beine erblickte, doch ein wenig verwirrt schien. Eine leichte Röte schmiegte sich an die Pickel. Entweder rührte das kurze Flackern in seinem Blick vom vorübergehenden Mitleid her oder von dem Wissen, auf dem richtigen Wege der Verbrechensbekämpfung zu sein. Soll heißen: Der Verdächtige ist so lange verdächtig, bis er überführt ist. Oder: Wer ohne Schuld ist, ist noch lange nicht unschuldig.

Plotek öffnete den Kofferraum. Der Beamte schien nach einem Blick in den selbigen plötzlich völlig überfordert zu sein. Was er da sah, verschlug ihm offenbar den Atem. Es sah ganz so aus, als wollte er sich gleich übergeben. Tat er dann aber doch nicht. Die Augenlider zwinkerten wie verrückt, als könnten sie sich nicht zwischen auf und zu entscheiden. Die Pickel auf den Wangen leuchteten wie Glühwürmchen. Der junge Mann schluckte mehrmals, räusperte sich, sagte aber nichts. Trotz strammem Denkvorgang schien er mit dem Verständnis zu hadern. Dass Menschen Zigaretten, Alkohol und Drogen schmuggeln, ja. Das ist möglich, üblich und kaum zu unterbinden. Dass Menschen Menschen schmuggeln, kommt auch hin und wieder vor. Aber Rehe?

»Ist das tot?«, fragte er dann, wie man fragt: »Sind Sie der Mörder?«

»Sieht ganz so aus«, entgegnete Vinzi und grinste wieder.

Tote Rehe? Damit konnte der Grenzbeamte offenbar nicht umgehen. Das hatte er vermutlich auf der Polizeischule, die er höchstwahrscheinlich noch gar nicht lange hinter sich hatte, nicht gelernt. Womöglich hatte er bei der entsprechenden Unterrichtseinheit geschlafen. Und überhaupt: Handelt es sich dabei eigentlich um Schmuggelware?, schien der junge Grenzbeamte zu überlegen. Er entschied, durch eine investigative Befragung dem Tatbestand auf den Grund zu kommen.

»Wo haben Sie das Reh her?«

»Von zu Hause.« Das konnte Vinzi gut und gerne behaupten, hatte doch das Reh keinen Identifikationsnachweis bei sich. Das Gegenteil war nur schwerlich zu beweisen.

»Ein Hausreh?«, fragte der Beamte, was sich anhörte wie das verfänglichere »Ein Homeboy?«.

»Exakt.« Vinzi ließ daran keinen Zweifel. »Handaufgezogen, mit der Flasche und so, verstehen Sie?«

Davon konnte beim Grenzbeamten nun gar keine Rede

sein. Er schien nicht zu verstehen, nichts, gar nichts. In seinem Grenzbeamtenhirn konnte er dieses angebliche Hausreh wohl nicht in seine fest zementierten Koordinaten einordnen. Für Rehe gab es wahrscheinlich gar keine Koordinaten. Für tote Rehe noch viel weniger.

»Und wo wollen Sie damit hin?« Der Beamte zeigte in den Kofferraum.

»In die Schweiz.«

»Und was wollen Sie da?«

»Wir oder das Reh?«, fragte Vinzi.

»Sie.«

»Urlaub machen«, sagte Vinzi, und Plotek ergänzte: »Kur.«

Wobei Vinzi konkretisierte, um der möglicherweise aufkommenden Verwirrung entgegenzuwirken: »Ich Urlaub, er Kur.«

Was beim Grenzbeamten aber keineswegs Klarheit zur Folge hatte.

»Und das Reh?«, fragte er fast flüsternd, als wäre es nicht tot, sondern schliefe nur und sollte keinesfalls aufgeweckt werden.

»Auch.«

Beim Blick auf das Reh schien eine Kur nicht nur naheliegend, sondern auch notwendig. Ob jetzt Alternativmedizin oder was Veterinäres. Egal. Das Reh sah auf jeden Fall aus, als bräuchte es Hilfe. Genau genommen sah es sogar so aus, als käme bei ihm jede Hilfe zu spät.

Der Grenzbeamte schien wieder nachzudenken. Doch sein Gesichtsausdruck ließ erahnen, dass er mit dem Denken nun auf gar keinen grünen Zweig mehr kam. Offenbar hatte er Schwierigkeiten, einen beinamputierten Krüppel, einen kränklich wirkenden, übergewichtigen Freak mit langen Haaren, dazu einen bestens gepflegten Oldtimer-Mercedes und ein totes Reh so in Zusammenhang zu bringen, dass es wenigstens ein wenig Sinn ergab. Wenn an Grenzübergängen kein Sinn zu erkennen ist, aber einer vermutet werden muss, weil sonst die Grenzen selbst sinnlos werden, helfen in der Regel nur Spürnasen, die etwas aufspüren, wo angeblich nichts ist. Bedeutet: In diesem verzwickten Fall musste die Hundestaffel der Grenzsicherung her, um wenigstens ein wenig Licht ins Dunkel zu bringen. Zumindest schien davon der junge Grenzbeamte überzeugt zu sein. Er ging kurzerhand in die Grenzbaracke und kehrte mit einem Schäferhund an der Leine zum Auto und den dort Rauchenden und gelangweilt Wartenden zurück. Wobei nur Vinzi rauchte und Plotek sich langweilte. Ihre kurzzeitig abhandengekommene Aufmerksamkeit war mit dem Schäferhund sofort wieder da. Das war ein Schäferhund kurz vor der Pension. Er humpelte ein wenig und sah so aus, als wollte er sich gleich mit zum Reh in den Kofferraum legen. Bandscheibenvorfall, Rheuma oder dergleichen. Ist bei Schäferhunden in einem gewissen Alter an der Tagesordnung.

»Such, Urs, such!«, befahl der Mann dem Hund und hoffte offenbar, nun mit Urs das Rätsel zu lösen.

Urs suchte. Oder besser: Er versuchte zu suchen. Aber nicht nur, dass er nichts fand. Außer dem toten Reh natürlich, das auch ohne Urs' Spürnase kein Geheimnis war. Das Reh hatte auf den Schäferhund auch schwerwiegende Auswirkungen. Urs war nach dem Anblick des Rehs nicht mehr der Urs, der er vorher, ohne das Reh, gewesen war. Nicht mehr der folgsame, zuverlässige, alte Grenzhund, der jedes noch so abwegige Versteck mit seiner darauf trainierten Hundeschnauze aufgespürt hatte. Urs wurde aufgrund des toten Rehs und des von ihm ausgehenden Geruchs ganz kirre im Kopf. Da halfen auch Hunderte Stunden Ausbildungs- und Konditionierungslager nichts. Da wurde der Hund wieder zum Hund. Das Animalische bekam seine vier Pfoten zurück. Drogen interessierten ihn nicht mehr. Selbst dann nicht, wenn sein Herrchen mit Lastwagenladungen Leckerlis locken würde. Kokain, Heroin, Marihuana – alles vergessen. Im Kopf des Hundes war nur noch das tote Reh.

»Urs, Herrschaft! Was ist jetzt?!«

Nichts war. Urs war nur noch am toten Reh interessiert. Und wie! Winselnd, bellend, an der Leine zerrend und an den Lefzen tropfend wie ein Kieslaster. Von Rheuma, Bandscheibendefekt und allem nichts mehr zu sehen.

»Urs!!!« Sein Herrchen schien zu verzweifeln.

Urs war gescheitert. Mit ihm auch der junge Grenzbeamte. Eine Niederlage wie ein Bandscheibenvorfall. Der alte Schäferhund wurde ohne Leckerli in das Grenzgebäude verbannt. Vermutlich zum Nachhilfeunterricht. Schreibe hundertmal: *Ein totes Reh ist ein totes Reh ist ein totes Reh*. Und sonst nichts! Die Niederlage war dem Grenzer anzusehen, quasi ins Gesicht geschrieben wie Urs' Strafarbeit. Er hatte jetzt Ähnlichkeiten mit dem Tier im Kofferraum. Auf dem Weg zurück in die Baracke sah es so aus, als hinke nicht Urs, sondern der Grenzbube.

»Brauchen Sie Hilfe?«, rief Vinzi ihm scheinheilig hinterher und drückte seine Zigarette aus.

»Was?«

»Sie sehen ganz blass aus.«

Denkste. Im Nu wurde der Grenzbeamte ganz rot, als wäre das Gesicht ein einziger eitriger Pickel. Man sah ihm deutlich an, dass er sich nichts lieber wünschte, als dass die beiden mit ihrem verdammten toten Reh im Kofferraum endlich verschwinden würden. Obgleich er nun vermutlich noch fester davon überzeugt war, dass mit den dreien irgendetwas nicht stimmte. Nur was, das leuchtete ihm noch immer nicht ein.

Nachdem er, unterstützt von zwei weiteren Grenzbeamten, kaum älter als der Jungspund, den Wagen einer Durchsuchung unterzogen und dabei auch unter dem Fahrzeug, in den Sitzpolstern und hinter der Armatur nachgesehen hatte, blieb ihm nichts anderes übrig, als Plotek, Vinzi und das tote Reh die Grenze passieren und weiterfahren zu lassen.

»Gute Reise!«, quetschte der junge Grenzbeamte mehr widerwillig als überzeugend aus sich heraus, als wünschte er dem Oldtimer den nächsten Baum an den Kotflügel.

Aber denkste. Plotek wollte den Wagen starten – keine Chance. Der Mercedes sprang nicht an. Der Anlasser orgelte, der Motor ebenso. Nichts. Der Mercedes rührte sich nicht von der Stelle. Zuerst konnten sich die Grenzbeamten ein hinterhältiges Schmunzeln nicht verkneifen, als dächten sie, das ist die Strafe. Wofür auch immer. Die Schadenfreude sollte ihnen aber schnell wieder vergehen.

»Wäre es vielleicht möglich, dass Sie …«, fragte Vinzi am heruntergekurbelten Seitenfenster vorbei die verblüfften Grenzbuben.

Schieb doch selber, schienen die drei unisono zu denken. In Anbetracht von Vinzis amputierten Beinen war das aber kaum möglich. Blieb den Grenzern also nichts anderes übrig, um die beiden endlich loszuwerden, als schließlich doch noch Hand anzulegen. Jetzt war die Schadenfreude bei Vinzi und Plotek wieder zurück.

Die Grenzbeamten schoben den Mercedes, während Plotek am Steuer saß, mit dem bereits eingelegten zweiten Gang und dem Fuß auf der Kupplung ruhend.

»Noch nicht«, befahl Vinzi. »Die sollen noch ein wenig leiden!«

Das taten sie auch. Als der Wagen schon eine ordentliche Geschwindigkeit erreicht hatte, ließ Plotek dann doch die Kupplung schnalzen, der Motor sprang an, und der Wagen fuhr eigenständig weiter. Die Grenzbeamten blieben erschöpft und mit heraushängenden Zungen zurück. Im Rückspiegel wurden die ihnen noch lange nachblickenden Männer immer kleiner.

»Und? Wo hast du ihn dieses Mal versteckt?« Plotek fragte es, als die Grenze im Rückspiegel nicht mehr zu sehen war.

»Wen?«

»Den Afghanen«, sagte Plotek. »Das schwäbische Gras, Dope, Marihuana …«

»Rate mal …«

Plotek hob die Schultern.

Jetzt muss man wissen, dass Vinzi allen legalen und auch illegalen Drogen gegenüber sehr aufgeschlossen ist. Vor allem für Marihuana hatte er eine gewisse Leidenschaft. Ganz besonders hatte es ihm das selbst angebaute Gras im schwäbischen Vorgarten angetan. Das rauchte Vinzi nicht nur, das verdealte er auch ab und zu, um seine mickrige Behindertenrente ein wenig aufzubessern und seine prekäre Lebenssituation weniger unerfreulich wahrzunehmen.

»Und?«, fragte Vinzi ungeduldig, als Plotek ihm noch immer keinen Tipp gab.

»Da kommst du nie drauf.« Mit so einer Prophezeiung braucht man es gar nicht erst zu versuchen. Ließ es Plotek eben und hob erneut die Schultern.

»Reh!«, sagte Vinzi, wie man »rektal« sagt, und lachte übers ganze Gesicht.

»Was?« Ungläubiger bis erschrockener Blick von Plotek.

»Ja, ich hab das Gras im Reh versteckt.« Vinzi klang nun wie ein pubertierender Pennäler, der dem verhassten Mathematiklehrer in der Pause eine tote Ratte in die Aktentasche geschmuggelt hat.

»Nein!«

»Doch.«

»Und wo genau?«, fragte Plotek und wusste, viele Möglichkeiten gab es da nicht. Eigentlich nur zwei.

»Im Maul!« Vinzi hatte sich offensichtlich für die hygienischere entschieden.

»Lag der Hund vielleicht doch nicht so falsch, als er …«

»Klar.«

Jetzt mussten beide lachen, so laut, so herzerfrischend und durchdringend, dass Plotek sogar die Tränen kamen. Immer mehr. In Strömen schossen sie aus seinen Augen und wurden zu einem kleinen Tsunami zwischen den Lidern. Alles in Ploteks Blick verschwamm. Die Schweizer Landschaft, der Schnee, die Fahrbahn. Der weiße Mittelstreifen verhielt sich wie ein Band in der rhythmischen Sportgymnastik und tanzte, als würde ein mit schwäbischem Gras abgefüllter Derwisch ihn schwingen, vor Ploteks Augen herum. So lange, bis Vinzi plötzlich »Pass auf!« schrie.

Plotek passte nicht auf, sondern trat intuitiv, auch ziemlich erschrocken, auf die Bremse. Wieder schlitterte der Wagen auf der Fahrbahn entlang und kam nach nur wenigen Metern zum Stehen. Vor der Motorhaube war diesmal aber kein Reh zu sehen. Weder ein lebendiges noch ein totes. Im Lichtkegel auf der Straße stand ein Mädchen. Es schaute, als stünde es nicht vor der Motorhaube eines Mercedes SEL, sondern vor der sperrangelweit offenen Tür zum Jenseits.

Schnell hatte sich Vinzi von dem Schreck erholt. Er öffnete die Beifahrertür und brüllte das Mädchen an: »Sag mal, bist du blind?«

Sie war nicht blind.

»Oder lebensmüde?!«

Das schon eher.

»Wenn du dich schon umbringen willst, dann mach das gefälligst so, dass niemand anderer in Mitleidenschaft gezogen wird! Blöde Göre, blöde!«

»Lass mal«, versuchte Plotek ihn zu beruhigen. Er stieg aus dem Wagen und trat neben das Mädchen, das noch immer vor der Motorhaube stand und wie benommen durch die Windschutzscheibe starrte.

»Alles okay?«, fragte Plotek.

Das Mädchen, vielleicht fünfzehn, sechzehn Jahre alt, reagierte nicht.

»Hallo, ist mit dir alles in Ordnung?«

Er rüttelte an ihrem Arm.

»Was?«

»Ob mit dir …«

»Ich glaub schon.«

»Tut dir irgendwas weh?«

»Nein, nein, nein.« Sie schüttelte vehement den Kopf.

»Los, fahren wir weiter!« Vinzi brüllte es aus dem Wagen. Er hatte offenbar wenig Lust, sich noch weiter mit dem Mädchen zu beschäftigen. Er wollte gerade wieder die Tür des Wagens schließen, als das Mädchen fragte: »Kann ich mitfahren?«

Ungern, dachte Plotek. Auch er stand schon wieder an der Fahrertür.

»Was?«, stieß Vinzi ins selbe Horn. »Zuerst springt sie uns vor die Haube, dann will sie auch noch …«

»Steig ein«, sagte Plotek.

Schon saß das Mädchen auf dem Rücksitz neben dem Rollstuhl.

»Wo willst du hin?«

»Sils Maria.«

»Na, das ist doch mal ein Zufall«, gab sich Vinzi ironisch.

Das Mädchen schien darauf aber nicht reagieren zu wollen. Sie schien auf so ziemlich gar nichts reagieren zu wollen. Sie saß auf der Rückbank und blickte aus dem Fenster, ohne dabei eine Miene zu verziehen. Sie wirkte wie eingefroren. Auch abwesend.

Vielleicht Schock, dachte Plotek, legte den ersten Gang ein und fuhr los.

»Was willst du denn in Sils Maria?«, fragte er nach ein paar Minuten.

»Nichts.«

»Und wo kommst du her?«

»Ist doch egal.«

So kann man das natürlich auch sehen. Vinzi lachte. Plotek klappte die Sonnenblende mit dem integrierten

Schminkspiegel herunter und ließ von da an das Mädchen nicht mehr aus den Augen. Ihre Augen fielen nach nur wenigen Kilometern zu.

Am Abend kamen sie in Sils Maria an. Es schneite noch immer. Die Straßen waren jetzt ganz weiß. Das Dorf sah in der Dunkelheit aus, als wäre es von einer Gottheit irgendwann nach dem Schöpfungsakt vergessen worden. Ruhig, anmutig und geheimnisvoll lag es zwischen den beiden Seen, dem Silsersee und dem Silvanersee. Lang gezogen war das Dorf, die Häuser und Straßen von Sils Maria lagen verstreut wie eine Saat, die bei der Morgendämmerung nicht nur aufgehen, sondern auch gleich blühen sollte. Kein Wunder, dass hier die deutschsprachige Intelligenz einst die Seele baumeln ließ und sich vom hektischen Alltag der Großstädte entspannte. Das Who's who der europäischen Künstler kam hier zusammen, dichtete, dachte, malte und komponierte. Was das Zeug hielt. Hermann Hesse, Erich Kästner, Claude Chabrol, Richard Strauss, Albert Einstein, Thomas Mann, Marc Chagall, Friedrich Nietzsche, um nur ein paar wenige der ganz vielen zu nennen.

Nicht verwunderlich, dass hier weltberühmte Gedichte und wegweisende philosophische Traktate entstanden sind, dachte Plotek. Auch wenn es jetzt dunkel war und nur das schummrige Licht der Straßenlaternen das Dorf beleuchtete. Wenn nicht hier, wo dann, mochte man denken.

Plotek hielt vor dem *Hotel Zentral* an, das sich in der Nähe von Dr. Wehrlis Privatklinik befand und in dem Vinzi ein Zimmer für sich gebucht hatte. Es war ein dreistöckiges Hotel mit dicken Mauern und kleinen Fenstern. Im Erdgeschoss war eine Gaststätte, bei der es sich aber erstaunlicherweise nicht um ein traditionelles Schweizer Wirtshaus handelte, wo es Rösti, Fondue oder Pizzoccheri gab. Der geschwungene Schriftzug über der Eingangstür ließ vermuten, dass es ein asiatisches Restaurant war. *Wang Tong 23* stand in leuchtenden Neonbuchstaben an der Wand, was so gar nicht zu dem rustikal aussehenden Hotel mit den massiven Fensterläden und den Wandmalereien passen wollte.

Vinzi öffnete die Tür des Mercedes, woraufhin das Mädchen, das kein Wort mehr von sich gegeben und auch sonst keinen eindeutigen Hinweis auf ihre Anwesenheit geliefert hatte, ebenfalls Anstalten machte auszusteigen.

»Sag mal, wo willst du denn hin?«, wollte Plotek wissen.

Sie öffnete flugs die hintere Tür, stieg aus, entfernte sich ohne ein Wort oder auch nur einen Blick zurück vom Wagen und verschwand in der Dunkelheit. Plotek und Vinzi sahen ihr hinterher.

»Die hat doch nicht mehr alle Tassen im Schrank, oder?« Vinzi tippte sich an die Stirn.

»Hmm.«

»Ich muss noch mal kurz an den Kofferraum.«

»Schaffst du das allein?« Plotek saß noch immer auf dem Fahrersitz.

»Klar.«

»Bis morgen.«

»Ja.«

Nachdem Vinzi den Rollstuhl von der Rückbank gewuchtet hatte, machte er sich kurz am Kofferraum zu schaffen. Dann schloss er den Deckel, hob die Hand zum Gruß und rollte in seinem Rollstuhl mit dem Stoffbeutel im Netz auf dem schneebefreiten Weg in Richtung Hoteleingang. Als Plotek einen kurzen Blick nach hinten warf, entdeckte er auf der Rückbank eine selbst gebrannte und unbeschriftete CD.

Hat die Göre wohl vergessen, dachte er und steckte sie in seine Jackentasche. Dann startete er den Mercedes, der jetzt erstaunlicherweise sofort ansprang, und fuhr los.

Nur ein paar Straßen weiter befand sich die Privatklinik von Dr. Wehrli. Es war ein erst jüngst von einem Schweizer Stararchitekten umgebautes Hotel, wie Plotek von Dr. Hohenthaler wusste, das nicht nur modern und funktional daherkam, sondern anlässlich der zurückliegenden Feiertage auch noch festlich beleuchtet war. Alles wirkte zwar auf den ersten Blick etwas kühl, aber dennoch einladend. Der zweite Blick ließ Plotek dann in eine andere, vorher nicht gekannte Welt eintauchen. Die Welt der traditionellen chinesischen Heilmethoden. Die Welt der Alternativmedizin und des Alternativlebens. Das war auch ein wenig China in der Schweiz. Das war keine schnöde Privatklinik, die in erster Linie Kranke gesund zu machen gedachte. Das war auch ein anderer Lebensentwurf. Es war faszinierend, aber auch befremdlich. Genau so sah es auch aus. So roch es auch. Nach ätherischen Ölen, nach Räucherstäbchen und sonstigen exotischen Düften. Wie aus der Zeit gefallen und kopfüber hineingestürzt in dieses schlitzäugige Universum, fand sich Plotek mit seiner abgewetzten Sporttasche, auf der die Weltmeisterschaftsmaskottchen *Trip und Trap* von 1974 abgebildet waren, im Eingangsbereich der Klinik wieder. Er war verunsichert, zerzaust und fühlte sich, als stünde er mit dem falschen Fuß in der falschen Welt. Dabei schien er alles richtig zu machen. Denn gleichzeitig hatte er den Eindruck, es ginge ihm, allein durch das Betreten dieser gesund machenden Einrichtung, schon ein bisschen besser.

Dr. Wehrli wartete bereits ganz in Weiß gekleidet auf den empfohlenen Gast aus München. Er empfing Plotek mit weit ausgebreiteten Armen und einem warmherzigen, noch breiteren Lachen. Der vielleicht fünfzigjährige Arzt war auffällig braun gebrannt, hatte nur mehr schütteres blondes Haar und ein freundliches, aber spitzes Gesicht, das, als das Lachen verschwunden war, ein wenig ausgemergelt wirkte. Dr. Wehrli sah eher wie ein Extremsportler aus – Bergsteiger, Marathonläufer, Ruderer – als wie ein Mediziner. Sein Händedruck war fest und trocken, und seine Zähne schimmerten weiß. Fast so weiß wie der Pullover, den er trug. Der Doktor wirkte entspannt, gar heiter und war die Freundlichkeit in Person. Als müsste er seinem alten Kommilitonen Hohenthaler nicht nur einen Gefallen tun, sondern stünde in seiner ewigen Schuld.

Vielleicht mal die Freundin ausgespannt oder dergleichen, dachte Plotek, und war von so viel Herzlichkeit und Wärme irritiert. Es war aber nicht nur die menschliche Wärme, die ihn in dieser Privatklinik empfing. Auch die Ofenwärme, die so intensiv nach Holz roch, dass die verbrennenden Scheite fast schon zu hören waren, trieb Plotek den Schweiß auf die Stirn.

Als Plotek dann der Ehefrau des Doktors vorgestellt wurde, schien ihm die Vermutung mit der ausgespannten Freundin gar nicht so abwegig. Ob ausgespannt oder nicht, Selina Wehrli war keine Frau, sondern ein fleischgewordener Engel in einem weißen Hosenanzug. Den der Schöpfer ebenfalls nach dem Schöpfungsakt hier abseits der Welt vergessen hatte. Der Engel war höchstens halb so alt wie

Dr. Wehrli und wirkte gleichzeitig alters- und zeitlos. Ein Bild von einer Frau. Ein Bild, das Plotek so ähnlich schon mal gesehen hatte. Vom Gesicht her jetzt.

Ja, *Match Point*, dachte Plotek. Und dann: Frau Wehrli erinnerte ihn an Scarlett Johansson im Film von Woody Allen. Auch sie war eine Erscheinung, die man nur betrachten und anbeten konnte. Für alles andere war sie zu anmutig, zu makellos. Engelsgleich eben. Unvorstellbar für Plotek, dass ein Engel den Haushalt führt, einkauft oder gar aufs Klo geht. Und erst recht, dass er Kinder bekommt. Dabei turnte auf dem Boden, zwischen den schlanken Beinen von Frau Wehrli, ein vielleicht zweijähriger Junge wie ein Affe herum.

»Leandro!«, sagte Frau Wehrli.

Sie hob mit der einen Hand ihren Sohn hoch und presste ihn an ihre Hüfte. Die andere Hand reichte sie Plotek. Eine Hand wie gemalt. (Von Dürer natürlich.) Zerbrechlich, zart und wunderschön. Auch die Stimme passte zur ganzen Erscheinung, zum Gesicht, wie die Faust aufs Auge. So sprechen nur Engel. Wobei im weiteren Gespräch, das vornehmlich aus Floskeln und Belanglosigkeiten bestand, Plotek auffiel, dass der Engel einen leichten S-Fehler hatte. Ihre Zunge musste beim Bilden der Worte ab und an mit den Zähnen kollidieren.

Süß, dachte Plotek noch und verzog kurz darauf das Gesicht. Der Grund: Auch ihr Händedruck war überraschend fest. Gar nicht wie der eines Engels. Vielmehr Bauarbeiter. So fest, dass Ploteks Hand danach sogar ein wenig schmerzte. Der Sohn hingegen war ein blasser Junge mit schwarzen Haaren, dunklen Augen und einem Mund, der an eine Ente erinnerte. Er passte so gar nicht zu dieser aus Raum und

Zeit gefallenen Frau. Wie ein Fremdköper klebte er jetzt an ihrer Seite. Ein hässliches, blasses Geschwür, das nun auch noch anfing zu schreien. Was Dr. Wehrli zum Anlass nahm, nach Ploteks Unterarm zu greifen.

»Wenn ich Ihnen Ihr Zimmer zeigen dürfte?«

Er führte Plotek wie einen Schwerkranken, noch immer die Hand an seinem Unterarm, neben sich her. Plotek ließ sich auch wie ein solcher führen, während er zu Frau Wehrli und ihrem noch immer schreienden Sohn zurückschaute. Das verzerrte Gesicht des Sohnes bekam jetzt ein wenig Farbe, sah aber dafür noch hässlicher aus. Frau Wehrli hingegen lächelte und strahlte, als hätten Engel auch ein Herz für schreiende Rotzlöffel.

»Wir haben für Sie ein Aktivprogramm zusammengestellt«, sagte Dr. Wehrli, während er Plotek den Flur entlang begleitete. »Nicht zu schwer, nicht zu anstrengend, aber dennoch so abgestimmt, dass Körper und Geist in der Zeit, in der Sie bei uns sind, sich erholen, regenerieren und wieder zu Kräften kommen, verstehen Sie?«

Klar verstand Plotek, war ja auch nicht so schwer.

»Hierfür gibt es natürlich verschiedene Möglichkeiten. Das fängt bei der Ernährung an und hört mit körperlicher Betätigung auf.«

»Wie meinen Sie das mit der Ernährung?« Das war Plotek nun doch nicht ganz klar.

»Na ja, Schweinsbraten gibt es bei uns nicht.« Dr. Wehrli lachte. Plotek nicht. »Wir haben für Sie einen Ernährungsplan zusammengestellt. Dafür sind vor allem meine Frau und ihr Team zuständig. Auswendig weiß ich den jetzt nicht, aber prinzipiell basiert unsere Therapie auf fünf Säulen, wozu die Diätetik gehört, also eine Ernährung nach den fünf Elementen. Viel Obst, Gemüse, Sie wissen schon …«

Wusste er nicht. Sagte aber auch nichts.

»Dann sind da noch die Arzneitherapie, die Akupunktur, die Bewegungsübungen und die Massage.« Dr. Wehrli war nicht mehr zu stoppen. »Ein ganzkörperliches Rundum-Programm quasi. Sie werden sehen, in ein paar Wochen sind Sie ein anderer Mensch.«

Schon wieder ein anderer, dachte Plotek. Warum darf man nicht der sein, der man ist?

Sie kamen am Ende des Flurs an.

»Natürlich brauchen Sie hierfür auch ein wenig Disziplin. Aber daran gewöhnen Sie sich schnell.«

Dr. Wehrli öffnete eine Tür. »Hier!«

Zuerst betrat der Doktor das Zimmer, dann Plotek. Es war ein kleiner, ebenerdiger Raum, in dem nur ein Bett, ein kleiner Tisch und ein Stuhl standen. Hinter einer Schiebetür befanden sich die Dusche und das Klo. Das Zimmer erinnerte ein wenig an eine Zelle in einem Kloster. Nur war auch hier alles weiß und in indirektes Licht gehüllt. Es strahlte förmlich. Und es roch, wie auch schon zuvor in den Fluren, nach exotischen Gerüchen.

»Hier werden Sie sicher ein wenig zur Ruhe kommen.«

Kaum hatte Dr. Wehrli es gesagt, merkte Plotek schon, wie er müde wurde. Er stellte seine Tasche neben dem Bett ab.

»Wenn Sie mir bitte folgen wollen.« Plotek trottete dem Arzt hinterher, der auf den Flur hinausgetreten war und nun wieder anfing, im Gehen zu dozieren.

»Ein wesentlicher Bestandteil unserer Therapie ist Gewinn durch Verzicht sozusagen. Ernährung auf Sparflamme. Das hat zur Folge, dass Sie ein paar Kilo des lästigen Übergewichts verlieren werden. Aber viel wichtiger ist, dass das Fasten frei macht. Nicht nur den Darm, auch den Kopf.«

Hat er gerade *Fasten* gesagt?, dachte Plotek. Ihm wurde angst und bange.

»Die Voraussetzung dafür ist zunächst mal eine Darmentleerung.«

Ploteks Angst nahm zu, während Dr. Wehrli eine Tür öffnete. Sie kamen in eine ebenfalls in indirektes, warmes Licht getauchte Küche, die gar nicht wie eine Küche aussah, sondern vielmehr wie ein Labor. Dort holte der Doktor ein Glas mit einer trüben Flüssigkeit aus dem Kühlschrank und stellte es auf die Anrichte.

»Trinken Sie.«

Der Doktor fixierte ihn, als wollte er signalisieren: Widerspruch ist zwecklos. Griff Plotek eben nach dem Glas und verharrte für einen kurzen Moment.

»Na, machen Sie schon.« Dr. Wehrlis Blick war so schneidig wie ein Schwert. Kein Zwinkern, nirgends. »Ist ein wenig bitter, aber ansonsten gar nicht übel.«

Plotek kippte die Brühe in einem Zug die Kehle hinunter.

»Brav«, sagte der Doktor, als wäre Plotek ein Kind und auf derartige Komplimente angewiesen.

»So, jetzt wünsche ich Ihnen eine gute Nacht.« Ein verschmitztes Lächeln wurde vom Doktor hinterhergeschickt. »Keine Angst, in ein paar Stunden ist es vorbei, und Sie fühlen sich entleert.«

Als wäre das der Auftakt zum bevorstehenden Konzert in den Eingeweiden, fing es in seinem Magen schon an zu rumoren.

»Wir fangen morgen früh erst mal mit leichten Übungen und einem Entlastungstag an.«

»Wann?«

»Halb sieben aufstehen, Tee, bisschen Obst vielleicht, und dann geht es los.«

Halb sieben, dachte Plotek und dann: mitten in der Nacht.

»Sie finden zurück?« Der Doktor war schon wieder auf dem Flur.

Nicken von Plotek.

»Schlafen Sie schön.«

»Ja.«

»Gute Nacht.«

»Auch.«

Schon war Dr. Wehrli verschwunden.

Plotek schaffte es gerade noch zurück in sein Zimmer und dort aufs Klo, schon ging das Konzert mit Pauken und Trompeten los. Da blieb er dann die nächsten zwei Stunden auch sitzen. Bis er den Eindruck hatte, sich gänzlich entleert zu haben. Anschließend stellte er sich kurz unter die Dusche und legte sich nackt ins Bett. Das Plumeau roch nach Schnee. Er löschte das Licht und sah zum großen zweiflügligen Fenster, in dem der Mond prall wie ein Pfannkuchen in der rechten oberen Ecke hing und ins Zimmer guckte. Sie beobachteten sich gegenseitig, während Ploteks Magen ihn langsam in den Schlaf knurrte. Und Überraschung: Der Schlaf war so tief und fest wie schon lange nicht mehr. Mit durchdringenden Träumen. Positiven Träumen. Das war auch etwas ganz Neues für Plotek. Ob das schon am entleerten Darm lag? Am ausgehungerten

Leib? Oder an der Schweizer Bergluft? Er träumte von einem Reh mit engelhaften Gesichtszügen. Da war ein wenig von Frau Wehrli im Tier. Es war ein Wehrli-Reh, das in einem unnatürlich grün wirkenden Wald herumhüpfte und dabei richtig glücklich aussah. Das glücklichste Reh auf der ganzen Welt.

Lachend wachte Plotek auf. Auch bedingt durch ein zuerst dezentes, dann weniger rücksichtsvolles Klopfen an der Tür. Schließlich schob sich ein Kopf durch den geöffneten Spalt.

»Herr Plotek, es wäre so weit.«

Was so weit wäre, sagte der Kopf allerdings nicht, sondern zog sich gleich wieder zurück.

Der Mond am Fenster war verschwunden. Dafür hing jetzt ein eisiger, trabantblauer Himmel vor der Glasscheibe, und eine morgendliche Sonne strahlte herein, als wäre jede Minute, die er länger im Bett verweilte, ein Vergehen gegenüber dem Tag.

Stand Plotek eben auf.

3

Trotz dieser Herrgottsfrühe fühlte sich Plotek ausgeschlafen, erholt, frisch. Anders als sonst immer am Morgen. Wo er sich meistens wie ein geprügelter Hund vorkam: müde, zerschlagen, zerzaust. Dennoch sank seine gute Laune kurz nach dem Aufstehen schon wieder. Der Grund: das Frühstück. Oder besser: das fehlende Frühstück. Denn von Frühstück konnte man im Angesicht dieser halb vollen Schale Tee, die jetzt vor Plotek stand, nicht gerade sprechen. Selbst auf das angekündigte Obst wurde verzichtet. Der Tee roch auch noch verdächtig nach kaltem Schweiß an Polyesterhemden und schmeckte unterirdisch. Er war bitter, ranzig und ekelhaft.

»Man gewöhnt sich daran.« Eine Frau, die neben Plotek und einer Handvoll anderer in Decken eingemümmelter Patienten auf der Terrasse der Klinik saß und die widerliche Plörre schlürfte, nickte aufmunternd zu Plotek herüber. Es war eine mollige Frau in seinem Alter. Man hätte auch sagen können: ein barockes Erscheinungsbild in einem pastellfarbenen Jogginganzug. Ihr Gesicht passte nicht richtig zum unförmigen Körper und wirkte nachgerade jugendlich schön. Bergseeblaue Augen, eine kleine, freche Stupsnase und ein Mund, der wie gezeichnet wirkte. Doch, doch, das Gesicht der Frau war schön. Sehr schön sogar. Was nicht hieß, dass der Rest unschön war, aber irgendwie in allem viel zu viel.

»Die ersten zwei Tage glaubt man noch, das Zeug kommt einem gleich wieder hoch. Aber nach einer Woche wird man süchtig danach.« Sie lächelte indifferent. Plotek war unklar, ob sie das scherzhaft oder doch ernst meinte.

»Zwölf Kilo!« Die Frau sagte es nicht ohne Stolz in der Stimme und strahlte dabei. Die gut durchbluteten Wangen glänzten. Mit einer geschmeidigen Bewegung strich ihre Hand am Körper entlang. Jetzt wirkte das Gesicht noch schöner. Wäre der Vergleich mit einem Sonnenaufgang an einem Sommertag nicht zu abgedroschen gewesen, wäre Plotek beim Blick in das Gesicht der Frau genau dieser Vergleich eingefallen.

»In zwölf Tagen!«

Macht ein Kilo pro Tag, dachte Plotek. Wenn sie noch achtzig Tage hier ist, hat sie sich aufgelöst. Von der Plörre weggeschwemmt, atomisiert, verschwunden. Er konnte sich ein Schmunzeln nicht verkneifen. Die Frau lächelte auch, dabei kuschelten sich zwei leichte Rotschimmer auf ihre Wangen und wirkten wie samtene Pfoten.

»Marlies.« Sie streckte ihre Hand Plotek entgegen. Und Überraschung: Die Hand war ebenso zart wie das Gesicht, die Finger waren feingliedrig und passten genauso wenig zum übrigen Körper.

Womöglich hat die Fastenkur erst an Händen und Gesicht angeschlagen, dachte Plotek.

»Plotek.«

Er griff nach der zarten Hand und drückte sie vorsichtig, als wäre sie verletzlich wie ein flauschiges Küken. Marlies hingegen packte kräftig zu. Plotek musste an eine Saftpresse denken und fragte sich, ob Marlies den achtzig Kilo ihres Körpers Ausdruck verleihen wollte. Vor Schmerzen verzog er kurz das Gesicht. Noch ehe sich die beiden weiter annähern konnten, kam eine der ganz in Weiß gekleideten Therapeutinnen gut gelaunt und eine Spur zu übermotiviert auf die Terrasse. Sie forderte alle Patienten auf, ihr zu folgen, um der ersten Therapieeinheit »als Einstieg in den Tag«, wie sie das nannte, »zu begegnen«.

Kurze Zeit später fand sich Plotek auf einer dünnen Matte stehend wieder und kam sich wie ein unter Narkotika gesetzter Boxer beim Zeitlupeboxen vor. *Qigong* nannte sich das, was Plotek da gerade machte. Oder besser: versuchte zu machen. Bei diesem verlangsamten Boxen ging es offenbar darum, die Vielzahl der Gedanken, die einem dauernd im Kopf herumspukten, durch nur *einen* Gedanken zu ersetzen.

»Qigong ist nichts anderes als das Verwenden des bewussten Geistes, um die Wirkung des bewussten Geistes auf den ursprünglichen Geist zu vermindern«, sagte die Qigong-Expertin zum allgemeinen Verständnis. Aber denkste. Das allgemeine Verständnis war nicht so allgemein, dass Plotek daran teilhaben durfte. Soll heißen: Er stand auf der Matte wie auf dem viel zitierten Schlauch. Damit die Gedankenreduktion funktionierte, gab es bestimmte körperliche Maßnahmen und Methoden. Die Übung, an der sich Plotek momentan abarbeitete, hieß *Verbindung von Himmel und Erde bekommen*. Von bekommen konnte bei Plotek keine Rede sein. Wobei die Verbindung zur Erde durchaus möglich schien. Zum Himmel keineswegs. Und die Verbindung zwischen beiden wollte Plotek erst recht nicht gelingen. Ob es jetzt der mangelnde Gleichgewichtssinn war, das fehlende Frühstück, die widerliche Plörre im

Magen oder gar die von ihm jahrelang praktizierte Bewegungsabstinenz? Plotek wusste es nicht. Was er wusste, war, dass da nicht nur *ein* Gedanke, wie angestrebt, in seinem Kopf hausierte. Es war ein ganzes Rudel! Der Hunger-Gedanke war da. Außerdem der Frau-Wehrli-Gedanke. Der Marlies-Gedanke zusammen mit dem Ein-Kilo-pro-Tag-Gedanken. Auch der Gedanke an das Reh kurvte zeitweilig kreuz und quer in seinem Kopf wie auf einer Carrera-Bahn herum. Und zu guter Letzt gesellte sich ein nicht zu ignorierender Gedanke an das neckische weiße T-Shirt der Qigong-Therapeutin, unter dem sich ihre spitzen Brüste vorwitzig abzeichneten, zu all den anderen hinzu.

»Wird schon«, flüsterte Marlies ihm zu. Sie zwinkerte auffällig mit dem rechten Auge und schien ihrer Verbindung zwischen Himmel und Erde gewiss. Dabei machte sich bei Plotek ein weiterer Gedanke breit, nämlich: Wenn das, was Marlies da fabriziert, bereits die *Verbindung* sein soll, dann bin ich ebenfalls auf direktem Wege dorthin. Soll heißen: Das, was Marlies da auf ihrer Matte veranstaltete, erinnerte eindeutig an die Koordinationsschwierigkeiten eines Parkinson-Erkrankten. Verbunden mit dem eigenen Zittern. Das schien dann doch ein Gedanke zu viel für Plotek gewesen zu sein. Folge: Er verlor gänzlich das Gleichgewicht, schwankte, strauchelte und knallte mit einem lauten Schlag auf die dünne Gummimatte. Dabei verzog er sich den Rücken und verstauchte sich – den Schmerzen nach zu urteilen – den linken Knöchel.

»Scheiße!« Er blieb liegen.

»Nicht so schlimm«, sagte die Therapeutin, die hurtig herbeigeeilt kam. Aber Pech gehabt. Doch schlimm. Plotek kam nämlich trotz nur noch *eines einzigen* Gedankens im Kopf und unter Zuhilfenahme seines kompletten Willens von der kleinen Gummimatte nicht mehr hoch. Nur mit der Unterstützung der Therapeutin mit den spitzen Brüsten, auf deren T-Shirt in Brusthöhe ein Sticker mit der Aufschrift *Britta* befestigt war, und der dicken Marlies konnte Plotek der Horizontalen und somit der Erde entrissen werden. Ohne allerdings in den Himmel zu gelangen. Vielmehr in das Vorzimmer der Hölle. Soll heißen: stechende Schmerzen in Rücken und Fuß.

»Machen Sie erst mal eine kleine Pause«, sagte Britta, während die Brüste unter dem T-Shirt zappelten, sodass in Ploteks Kopf wieder nur mehr ein einziger Gedanke war. Der aber schädelfüllend. Auch das ist Qigong, hätte er jetzt denken können, wenn er an etwas anderes als an die zappelnden Brüste gedacht hätte.

Begleitet und gestützt von Britta wurde Plotek aus dem Gymnastiksaal in einen sphärisch beleuchteten Raum – überall indirektes, warmes Licht –, in dem eine Liege stand, geführt. Mithilfe aller Britta-Kräfte legte sich Plotek stöhnend auf die weiße Lederliege. Mit »Der Herr Doktor kommt gleich« verabschiedete sich die Therapeutin und machte sich zurück zu den Qigonglern.

Nicht viel später widmete sich Dr. Wehrli höchstpersönlich Plotek, ohne auf den kleinen Zwischenfall im Gymnastiksaal auch nur mit einem einzigen Wort einzugehen, und rammte ihm Akupunkturnadeln ins Fleisch. Und Überraschung: Es tat gar nicht weh. Ein angenehmes Kribbeln war an den Einstichstellen in Armen, Beinen und Stirn zu spüren. Als ob über die verpflanzten Nadeln eine *Verbindung* zwischen ihm und der Liege erfolgen würde. Und von dort hoch zur Decke. Ins weiche, warme Licht. Es strömte, floss und zirkulierte.

»Schließen Sie die Augen und geben Sie sich dem Fluss hin«, sagte Dr. Wehrli und dimmte dabei das Licht, als wäre es der Startschuss zu einer heiteren Floßfahrt, noch weiter hinunter. »Ich komme in zwanzig Minuten wieder.«

Schon war er verschwunden. Plotek war allein, mit sich, den Nadeln und den Gedanken, die sich nun ebenfalls verabschiedeten. Er dachte an nichts mehr. Außer an das Reh. Ja, das tote Reh war wieder zurück. In den Gedanken. Zuerst noch freudig hüpfend und quietschfidel auf einer Blumenwiese. Dann nicht mehr hüpfend, auch nicht mehr quietschfidel, sondern ziemlich hinüber an ein riesiges Holzkreuz genagelt. Nägel wie Nadeln. Das Reh sah schon fast wie tot aus, konnte aber erstaunlicherweise noch sprechen.

»Mein Vater, warum hast du mich verlassen?!«, sagte es in vorwurfsvollem Tonfall. Was sich für Plotek so anhörte, als steckten jetzt auch in seinen Ohren Nadeln. Es vibrierte und zirpte.

»Vater, vergib ihnen, denn sie wissen nicht, was sie tun.« Das hatte was von James Dean. Sein vorletzter Film. Danach ging er in die ewigen Jagdgründe ein.

»Amen, ich sage dir: Heute noch wirst du mit mir im Paradies sein. Mein Gott, mein Gott, warum hast du mich verlassen?« Das klang jetzt schon wie tot.

Verflucht, das Reh stirbt, dachte Plotek noch, als er plötzlich eine Stimme hörte, die gar nicht so depressiv behauptete: »Es ist vollbracht.«

Das war jetzt aber nicht das Reh. Das war eine andere Stimme. Das war Dr. Wehrlis Stimme. Das war Dr. Wehrli selbst.

»Herr Plotek!«

»In Ihre Hände lege ich meinen Geist.« Plotek schlug die Augen auf.

Dr. Wehrli lächelte wissend. »Ich sehe, Ihnen geht es schon wieder ganz gut.«

Und tatsächlich. Der Rücken war wieder zurechtgerückt. Der Fuß tat nicht mehr weh. Jetzt zurück zum Qigong, dachte Plotek, und dann kann die fette Marlies mal sehen, wie eine richtige Verbindung zwischen Himmel und Erde aussieht! Aber vergiss es. Nichts Qigong, sondern Shiatsu. Der Höhepunkt der frühmorgendlichen Therapieeinheit war die Massage mit Shiatsu-Anleihen beim Engel Wehrli. Da schien Plotek die vergeigte Qigong-Übung dann doch noch zu gelingen: Dank Frau Wehrlis Einsatz wurde die Erde mit dem Himmel verbunden. Mehr Himmel als Erde.

Die Energiepunkte sollten aktiviert werden. So die Theorie. In der Praxis turnte die grazile Frau Wehrli auf dem nackten Plotek, der bäuchlings auf einem Futon am Boden lag, herum und bearbeitete ihn shiatsumäßig mit Handballen, Ellbogen und Knien. Die Folge: Plotek hob ab. Er schwebte geradezu. Dabei wurden nicht nur die Energiepunkte angeregt. Sein ganzer Körper regte sich. Auch da, wo Plotek es nicht wollte. Wo er es unbedingt zu vermeiden hoffte. Bedeutet: Er spürte eine hammerharte Erektion wie einen Baumstamm zwischen den Beinen. Bloß gut, dass er auf dem Bauch lag. Konnte er den Hammer zumindest Frau Wehrlis Augen entziehen. Das Shiatsu hatte nicht nur etwas Erregendes, sondern auch etwas Lösendes. Oder war es weniger das Shiatsu als die Frau Wehrli? Egal, auf jeden Fall war es so lösend, dass Plotek seinen Schließmuskel nicht mehr im Griff hatte. Unkontrolliertes Gefurze war die Folge. Mit anschließender Schamesröte im Gesicht. Wieder von Vorteil, dass er auf dem Bauch lag. Blieb Frau Wehrli seine Scham erspart.

Nachdem Frau Wehrli seinen Rücken bearbeitet hatte, knöpfte sie sich Ploteks Füße vor. Fußmassage, herrlich! Auch ein wenig kitzlig. Plotek biss sich aufs Wangenfleisch, um nicht zu lachen. Bis Blut kam. Nach zwanzig Minuten war auch das vorbei. Schade eigentlich, dachte Plotek.

»Sie können jetzt noch ein wenig liegen bleiben.« Frau Wehrli verabschiedete sich. »Mein Mann wird gleich zu Ihnen kommen.«

Kam er auch.

»So, Herr Plotek. Das war jetzt die erste Übungseinheit.« Dr. Wehrli reichte dem noch immer auf dem Futon liegenden Plotek die Hand. Ohne diese zu ergreifen, sprang Plotek flink wie ein Reh vom Boden auf. Als wollte er schon wieder eine Verbindung mit dem Himmel eingehen.

»Wie fühlen Sie sich?«

»Geht.«

»Ich weiß, am Anfang ist es nicht ganz einfach.« Der Doktor legte seine Hand auf Ploteks Schulter. »Die Umstellung, et cetera pepe. Aber Sie werden merken, es wird jeden Tag besser. Mit fortschreitender Zeit fällt es Ihnen immer leichter.«

Das klang für Plotek zwar gut gemeint, aber wenig überzeugend. Er blickte folglich ziemlich skeptisch drein, während Dr. Wehrli weiter auf ihn einredete.

»Das Nachmittagsprogramm können Sie frei gestalten. Wir haben diverse Angebote. Alles an der frischen Luft. Sie müssen nämlich wissen, wir haben hier in Sils Maria die beste Luft, die Sie sich vorstellen können. Diese reine Bergluft ist die wahre Medizin. Deshalb sollten Sie bestrebt sein, sich möglichst viel davon zuzuführen.«

Wie zuführen?, dachte Plotek und fühlte sich, als bekäme er gleich gar keine Luft mehr.

»Sie müssen raus! Raus in die Natur, atmen, immer wieder, ein, aus, ein, aus.« Dr. Wehrli zeigte wie ein Feldherr mit einer weit ausholenden Geste zum Fenster hinaus. In einiger Entfernung war der See zu sehen.

»Es gibt im Prinzip drei Möglichkeiten. Erstens: Sie wandern. Zweitens: Sie laufen Ski, Langlauf. Das können Sie sogar auf dem Silsersee machen.« Wieder die Handbewegung zum Fenster. »Oder drittens: Sie angeln.«

Wandern ist anstrengender als Angeln, dachte Plotek. Und Skifahren unmöglich. Für Plotek unmöglich.

»Oder heute angeln und morgen wandern«, sagte Dr. Wehrli, wie man sagt: »Heute hier, morgen tot!«

Plotek nickte halbherzig.

»Die Ausrüstung bekommen Sie an der Rezeption.«

»Aber wo kann man denn angeln?«, wollte Plotek wissen und dachte: Hat der Doktor nicht eben erwähnt, dass auf dem See sogar Langlaufski gefahren werden kann? Folglich müsste der See doch zugefroren sein. Der Doktor lächelte, als könnte er Ploteks Gedanken erraten.

»Auf dem Silsersee gleich bei der Chastè-Halbinsel ist das Eis nicht ganz so dick. Es müssten auch ein paar Löcher ins Eis geschlagen sein. Da können Sie die Angel hineinhängen. Wenn nicht, einfach den Pickel benutzen, der liegt an einer Kette befestigt daneben.«

Wieder dieses süffisante Lächeln des Doktors, als wäre der Pickel ein Plug für den Allerwertesten und die Kette hinge an demselben.

Dr. Wehrli legte die Hand nun abermals auf Ploteks Schulter und begleitete ihn hinaus auf den Flur. Da blieb er noch einmal kurz stehen. »Haben Sie schon mal geangelt?«

War eher eine rhetorische Frage. Männer wie Plotek angeln nicht. Sie essen Fleisch, selten Fisch, ja, aber angeln – vergiss es. Plotek schüttelte vehement den Kopf.

»Habe ich mir beinahe gedacht. Macht aber nichts. Ist kinderleicht. Sie halten einfach die Angelschnur mit dem Köder ins Wasser und warten. Beim Angeln geht es nicht um das Fangen, nicht um den Fisch, sondern um das Warten. Um die Zeit, die kommt und geht, wie der Atem. Ideal für unsere Therapie.«

Hoffentlich scheitert das Unterfangen nicht schon am Loch im Eis, dachte Plotek.

Dr. Wehrli gab ihm einen aufmunternden Klaps auf die Schulter wie ein Angelprofi dem gefangenen Fisch. »Sie werden sehen, die Luft tut Ihnen gut, und das Angeln beruhigt.« Dann ließ er ihn stehen und ging den Flur entlang. Nach ein paar Metern hielt er abrupt an.

»Ach so, Herr Plotek, das habe ich jetzt beinahe vergessen: keine Zigaretten, kein Alkohol, ja? Und nichts außer Plan essen, also nichts, was Sie hier nicht bekommen. Versprechen Sie das?«

Stechender Blick von Dr. Wehrli. Da blieb Plotek gar nichts anderes übrig, als zu nicken.

»Sie haben zwei Möglichkeiten, nämlich ...« Dr. Wehrli machte eine kurze Pause und taxierte Plotek weiterhin: »... das hier ernst zu nehmen oder das Ganze sofort zu beenden.«

Er hatte wieder zwei Schritte auf Plotek zugemacht und stand jetzt ganz dicht vor ihm. »Natürlich hat das, was wir hier machen, auch mit Glauben zu tun: Glauben im Sinne von annehmen, sich darauf einlassen, mit der Überzeugung, dass es hilft. Ich weiß, Sie zweifeln. Alle zweifeln am Anfang. Aber in dem Moment, wo Sie in sich hineinspüren, werden Sie merken, dass es Ihnen guttut. Der Körper merkt es. Auch wenn der Geist zunächst noch misstrauisch ist.« Er berührte erneut Ploteks Schulter, was beinahe freundschaftlich wirkte. Dann fragte er: »Wie haben Sie geschlafen?«

»Gut.«

»Sehen Sie, normalerweise schlafen Sie nicht gut, um nicht zu sagen: katastrophal schlecht. Und gestern Nacht wie ein unschuldiges Baby.« Es klang wie die wissenschaftliche Beweisführung für sein transzendentes Medium.

»Das sind die ersten Anzeichen. Es geht bergauf, Herr Plotek.« Er wandte sich zum Gehen, hielt aber erneut inne. »Jetzt würde ich Sie bitten, Ihren Mittagstrunk einzunehmen, und dann raus in die Natur!«

Irgendwie hatte Wehrlis Ansprache etwas von einem Grundschullehrer, der seinem hoffnungslosen Problemschüler, bei dem jegliche disziplinarischen Maßnahmen versagt hatten, einen letzten Motivationsschub verpassen wollte, bevor er in die Lernbehindertenanstalt abgeschoben würde.

Nachdem er die Mittagsplörre hinuntergewürgt hatte, machte sich Plotek gegen elf Uhr auf den Weg zu Vinzi. Vorher wollte er aber noch einen Blick auf das tote Reh werfen, das ihn beim Qigong und auch im Schlaf nicht in Ruhe gelassen hatte. Aber keine Chance! Als er den Kofferraumdeckel öffnete, erwartete ihn eine gähnende Leere. Kein Reh, auch kein totes. Nirgends.

»Verdammt!«

Plotek konnte sich nicht erklären, wohin das Reh verschwunden war. Er schloss den Kofferraumdeckel wieder. Dabei spürte er ein leichtes Zucken über dem rechten Auge. Ob es da einen Zusammenhang gibt, fragte sich Plotek und zog mit einer Angelrute bewaffnet Richtung *Hotel Zentral* los. Er kam sich mit der Rute auf der Schulter schon ein wenig seltsam vor. Manch ein Tourist, dem Plotek auf den Straßen von Sils Maria begegnete, sah ihm lächelnd, auch kopfschüttelnd hinterher, als würde er keine Angelrute tragen, sondern eine überdimensionierte CB-Funkantenne, um mit Außerirdischen Kontakt aufzunehmen. Angeln schien um diese Jahreszeit nun wirklich nicht der Volkssport Nummer eins zu sein. Wenn man es genau nahm, angelte im Winter so gut wie niemand, weil Angeln im Winter eigentlich unmöglich war. Wie Plotek nicht viel später herausfinden sollte. Aber in seinem Fall hatte es auch gar nichts mit Sport zu tun: Bei ihm ging es um reine Therapie. Da war es egal, ob es möglich war oder nicht. Allein das theoretische Angeln war schon ein Schritt in die richtige Richtung. Wenn's hilft, dachte er, laufe ich auch mit einer Parabolantenne durch die Gegend.

An der Rezeption des *Hotel Zentral* fragte er nach Vinzi.

»Im Frühstücksraum. Einfach gerade durch.«

Die Uhr in der Hotellobby schlug elfmal, dabei schaute ein kleiner zerzauster Vogel aus einem Häuschen und pfiff, als würde er gleich abgemurkst. Als Plotek den Frühstücksraum betrat, blieb er erstaunt an der Tür stehen. Er kam sich vor wie in *Graceland:* Elvisse, wohin das Auge blickte. Der Sänger, der Mythos, der King. In den unterschiedlichsten Ausführungen: klein, groß, dick, dünn, alt, jung. Sogar ein Kleinwüchsiger war darunter. Langsam dämmerte es Plotek. Hatte nicht Klemens, der King-Imitator mit dem Tourette-Syndrom, vor ein paar Monaten beim Elvis-Contest an der Ostsee davon gesprochen, dass im Januar irgendwo in der Schweiz ein weiterer Wettbewerb stattfinden würde?

Jetzt muss man wissen, dass Plotek und Vinzi im letzten Sommer zusammen in Grömitz an der Ostsee gewesen waren und dort einen bleibenden Eindruck hinterlassen hatten. Mit einer Menge Toten, einem Neugeborenen und allerhand Tohuwabohu.

»Hier!«, schrie Vinzi inmitten der Elvis-Imitatoren und winkte Plotek zu sich.

»Setz dich! Willst du Ei mit Speck?«

Plotek setzte sich und schüttelte den Kopf.

»Hast du schon gefrühstückt?«

Plotek verneinte erneut.

»Gibt's da nichts in dieser Klinik?«

Na ja, es gab schon was, aber nicht das, wonach Plotek sich sehnte.

»Na, hau schon rein, wenn du willst!« Vinzi schaufelte sich das Ei, den Speck und die Leberwurst in den Schlund. Ploteks Magen fing an zu knurren. Speichel sammelte sich in seinem Mund, als wollte er gleich seinen ganzen Körper überschwemmen. Plotek war drauf und dran, nach der Leberwurst zu greifen. Bei genauem Hinsehen glaubte er allerdings, in der Leberwurst die stechenden Augen von Dr. Wehrli zu erkennen. Griff er also nicht zu.

»Das Reh ist weg!«, war das Erste, was aus Ploteks Mund kam.

»Was?«, kam von Vinzi retour.

»Das Reh ist aus dem Kofferraum verschwunden.«

»Nein!«

»Doch!«

»Geklaut?«

»Vermutlich.«

»Verdammt!«

»Wer macht so was?« Plotek hatte noch immer große Schwierigkeiten, den Diebstahl nachzuvollziehen. »Warum klaut man ein unschuldiges Reh aus einem Kofferraum?«

Vinzi hob die Schultern. Er schüttelte den Kopf und zeigte erneut auf die Leberwurst, den Speck und die Eier, während Ploteks Magen noch immer wie ein feindseliger Hund vor sich hin knurrte. Die Nachricht schien Vinzi, trotz leichter Irritation und Unverständnis, nicht den Appetit zu verderben.

Eine asiatisch aussehende zierliche Frau, kaum eins fünfzig groß, kam an den Tisch und fragte freundlich und mit fernöstlichem Akzent: »Was darf ich bringen für Sie?«

Plotek schüttelte, noch immer Wehrlis stechende Augen in Erinnerung, den Kopf.

»Das ist Plotek.« Vinzi zeigte mit der einen Hand auf Plotek und mit der anderen auf die Frau. »Und das ist Frau Pan.«

Frau Pan verbeugte sich kurz und lächelte. So wie nur Asiaten lächeln können. Eine Sonne im Gesicht. Das Gesicht eine Sonne.

»Sie angeln gehen?« Die lächelnde Frau Pan deutete mit ihrer kleinen, zarten Kinderhand auf die Angel, die jetzt an der Wand gelehnt wie ein postmodernes Kunstwerk anmutete und nicht wie eine schnöde Angel. Plotek konnte sich des Eindrucks nicht erwehren, dass auch für Frau Pan

Angeln zu dieser Jahreszeit so absurd war wie Skifahren im Sommer.

Erst jetzt bemerkte Vinzi die Angelrute. »Du gehst angeln?«, fragte er nun ebenfalls verblüfft, wie man fragt: »Du bist in der FDP?«

Von so viel Aufmerksamkeit unangenehm berührt, hob Plotek unschlüssig die Schultern. »Dr. Wehrli meinte ...«

Noch ehe Plotek den Satz zu Ende bringen konnte, nickte Frau Pan überzeugt und grinste noch breiter als zuvor. Als wollte sie sich gleich Dr. Wehrlis Freizeitprogramm anschließen. Die Angel an der Wand verkam sogleich vom Kunstobjekt zu einem Kultobjekt. Um an Wehrlis Kompetenz keinen Zweifel zu lassen, schob Frau Pan ein süßlich klingendes »Angeln ist gut« nach.

Plotek nickte halbherzig, und Vinzi schien nun völlig irritiert. Kein Wunder, es war nur schwer vorstellbar, dass sich diese vielleicht fünfzigjährige Asiatin, die ein knöchellanges, bis zur Hüfte geschlitztes Seidenkleid trug und zerbrechlich wirkte wie eine kostbare Orchidee, für den Angelsport interessierte. Origami, Yoga, Scherenschnitt, Kalligrafie, ja. Aber an einem zugigen, zugefrorenen See stehen und darauf warten, dass fette Karpfen sich an Würmer heranmachen? Ausgeschlossen!

Frau Pan verbeugte sich erneut und watschelte davon, während Vinzi und Plotek ihr versonnen nachschauten. Qigong jetzt für beide.

»Ist hier noch frei?«

Neben dem Tisch stand ein großer, unheimlich dünner Mann mit einem voll beladenen Tablett und zeigte auf einen der freien Stühle am Tisch. Er war einer der wenigen, deren Äußeres nicht an Elvis Presley erinnerte. Vinzi konnte sich offenbar nicht von der asiatischen Schönheit lösen, sodass Plotek schließlich nickte. Der Mann setzte sich umständlich zu den beiden, steckte sich eine auseinandergefaltete Serviette unterhalb des Halses ins Hemd und machte sich gierig über die Lebensmittel auf dem Teller her. Plotek sah ihm angewidert zu, und auch Vinzi schien der Appetit vergangen zu sein, seinen halb vollen Frühstücksteller schob er von sich. Obwohl sie beide nur einen Gedanken hatten, war die Qigong-Stimmung dahin.

»Sie sind aber keine Elvis-Imitatoren, oder?« Der Mann unterbrach ungefragt Ploteks und Vinzis Gedanken.

»Sehen wir so aus?!« Weniger Frage als Kampfansage von Vinzi.

Der Mann schien nachzudenken. Als wäre er sich nicht ganz sicher, ob Elvis nicht irgendeiner Verschwörungstheorie zufolge nach seinem Ableben genauso aussehen sollte wie Vinzi.

»Unwahrscheinlich.« Er tupfte sich mit seiner Serviette den Mund ab, nahm einen Schluck vom Kaffee und legte nach. »Obwohl – es gibt welche, die sind auf den ersten Blick gar nicht als solche zu erkennen. Kaum sind sie zehn Minuten in der Maske, sehen sie aus, als käme der King höchstpersönlich durch die Tür.«

Der Mann deutete mit der Hand zur Tür, als würde gleich die fleischgewordene Bestätigung seiner Theorie hereinspazieren. Ploteks und Vinzis Blick war auf den Eingang gerichtet. Der Elvis-Imitator, der in diesem Moment tatsächlich den Frühstücksraum betrat, blieb wie vom Blitz getroffen stehen. Dann brachen aus seinem Mund sturzbachartig Worte hervor: »Nein, Buschkuh, das ist doch …

Arsch, Bumskacke, ich werd verrückt … Spackenhirn, Bumsarsch, das gibt es doch … Schwanzlutscher, Sackfalte, das ist doch … Plotek! Vinzi! Scheißeee!!!«

Der komplette Frühstücksraum verstummte. Alle starrten zur Tür. Da stand ein Elvis-Imitator, klar. Was sonst?! Aber nicht irgendeiner. Es war Klemens, der Elvis-Imitator mit dem Tourette-Syndrom, der jetzt auf Plotek und Vinzi zustürmte, als wären diese nicht einfach nur alte Freunde, sondern die leibhaftigen und wiederauferstandenen Kings aus Memphis. Er sprang zuerst Plotek um den Hals. Dann Vinzi. Es dauerte ein bisschen, bis er sich wieder beruhigt hatte. Dann setzte er sich zu den beiden an den Tisch.

Während Frau Pan ihm das Frühstück brachte, fragte Klemens: »Kacklauch, verflucht, ihr Sockenficker seid aber nicht wegen mir hier, oder … Gulaschfresse, Arsch, Kacke?!«

Plotek schüttelte den Kopf, während Vinzi nickte.

»Gammelkopf, ja! Ich freue mich … Analbomber.«

Wieder sprang er auf und umarmte beide.

»Dass ich euch hier … Bumsbacke, verfickte … treffe!« Sein Gesicht zuckte wie wild, er konnte seine Freude kaum zügeln.

»Aber, heilige Kacke, Hodenlecker, Hauptschulgesicht … kein Wunder, das hier ist ein ganz besonderer Ort, Algengrütze.«

»Wo?«

»Na hier, Ochsenscheiße, Kotstulle … Sils Maria. Ein magischer … Mistgeburt, Bumskröte … Ort.«

»Wie willst du das wissen?«, fragte Vinzi, der magischen Orten generell skeptisch gegenüberstand.

»Das spür ich … Arschritze. Zum Beispiel … Knusperhucke … heute früh.«

»Was war heute früh?« Jetzt mischte sich der dünne, große Mann ein.

»Schlepphoden, Flachschädel … heute früh, als ich pissen musste, hab ich zum Fenster hinausgeschaut und … Pisspantoffel, Kackstulle … was glaubt ihr, was ich da gesehen habe … Kamelklöte, Bumsarsch?«

»Wo?«, fragte Plotek, der sich erst wieder an Klemens' Schimpfworttiraden gewöhnen musste.

»Auf der … Schmalzdackel … Straße vor dem Hotel!«

»Was?«, fragte Vinzi.

»Ratet mal … Gesichtsruine.«

Beide hoben die Schultern.

»Ein … Furzdrüse, Eiterfresse … Reh.«

»Nein!«, kam entsetzt von Plotek. Klemens erschrak ein wenig. Ließ sich aber nicht davon abhalten, die Geschichte weiter auszubuchstabieren.

»Doch, mitten auf der Straße … Nullchecker!« Klemens verzog wieder das Gesicht, als hätte er unbeschreibliche Schmerzen. »Es ging nicht einfach so umher … Rudelbumser … nein, es saß einfach da und guckte … Tuntenpapst, Arschritze … mitten auf der Straße … Bumsdose … und sah zu mir hoch!«

Der Dünne tippte sich an die Stirn.

»Und war das Reh … tot?«, fragte Plotek.

Klemens lachte.

Der Dünne tippte noch immer und machte: »Hä?«

»Es saß da … Schamhaarbeschwörer … und guckte.« Klemens zeigte auf die Kaffeetasse vor sich. Alle starrten jetzt auf die Tasse, als wäre sie das Reh.

»Als ich vom Pissen zurück war … Furzdrüse … war es weg … Schwachstromelektriker!«

Vinzi warf Plotek einen Blick zu, der vielsagender als Worte war.

»Das gibt es doch nicht!«, sagte Vinzi. »Wie kann denn ein totes Reh ...«

»Wer sagt denn, dass es tot war ... Eiterfresse, Moppelkotze?«

»Alles in Ordnung?« Frau Pan tauchte plötzlich wieder am Tisch auf. Offenbar von der Lautstärke angezogen. Was zur Folge hatte, dass Klemens seine Phonzahl etwas herunterschraubte, während die anderen mit eindeutigen Kopfbewegungen Frau Pan signalisierten, dass sie sich keine Sorgen machen musste. Sie verbeugte sich, diesmal aber ohne zu lächeln, und zog wieder ab. Kurzzeitig hing beredtes Schweigen über dem Frühstückstisch. Bis Vinzi das Gespräch wieder aufnahm, indem er ein ganz anderes Thema in die Runde warf.

»Und? Bist du gut vorbereitet?«

»Worauf ... Kacke, Spacker?«

»Auf den Contest.«

»Du willst ihn doch gewinnen, oder?«, ergänzte Plotek.

»Arschwabe ... klar!« Klemens sah sich um und wusste sicherlich, dass das nicht einfach werden würde.

»Jetzt wo ihr da seid ... Pisströte ... kann ja nichts mehr schiefgehen ... Freibierfresse, Telefongesicht.« Klemens lachte wieder und zeigte dabei seine schadhaften gelben Zähne.

Jetzt muss man wissen, dass sich Klemens' Tourette nicht nur nachteilig auf das Reden auswirkte. Er konnte es auch beim Singen nicht ganz verbergen. Soll heißen: Klemens hörte sich an wie ein fluchender Elvis kurz vor dem Ausrasten. Oder besser: Elvis unterlegt mit einem Haufen vulgärer Schimpfwörter. »Love Me Tender« wurde zu einem obszönen Gestammel mit Melodie. Abhilfe schaffte da nur das schwäbische Gras von Vinzi. Es war nämlich medizinisch erwiesen, dass das Tetrahydrocannabinol im Marihuana eine beruhigende Wirkung auf Leute mit dem Tourette-Syndrom hatte, sodass Klemens nach ein, zwei Joints die Elvis-Songs fast fehlerfrei und ohne Schimpfwörter über die Lippen und die Bühne brachte. Zumindest hatte er dies eindrucksvoll an der Ostsee bewiesen.

»Und wann fällt die Entscheidung?«, wollte Vinzi wissen.

»Nächstes ... Wichswurst, Arschbums ... Wochenende.«

»Wenn es denn zu einer Entscheidung kommt«, mischte sich der dünne Mann ein zweites Mal ungefragt ein.

Klemens sah ihn feindselig an. Was den Mann zu einer weiteren Intervention provozierte.

»Na ja, noch sind ja kaum Elvis-Imitatoren da.«

»Es kommen immer mehr ... Pisskopf, Darmgeburt.«

»Aber weniger als gedacht«, widersprach der Dünne.

»Warum?«, wollte nun Vinzi wissen.

»Keine Ahnung. Fehlorganisation.« Der Mann sah aus, als wüsste er mehr.

»Ursprünglich wurde mit fast fünfhundert Imitatoren gerechnet. Wenn jetzt hundert kommen, ist es viel.« Er lächelte. »Für den Veranstalter ist das eine Katastrophe. Ausfall der Startgebühr. Mangelndes Publikumsinteresse. Kaum mediale Aufmerksamkeit. Da wird der Veranstalter nicht nur auf seinen Merchandising-Produkten sitzen bleiben, da wird auch ...«

»Bumsarsch, Hobelschlunze ... es geht doch ... Pisswabe ... nicht um dieses Scheiß-Merchandising und um die Kohle und … Randsteinbumser … es geht doch um den King.«

Der Mann lachte. Es hörte sich überheblich, auch besserwisserisch an. »Tja, das denken Sie vielleicht mit Ihrem mythenumwabernden Idealismus. Dabei ist mittlerweile alles kommerzialisiert. Elvis Presley ist eine Torte, von der jeder ein Stück abhaben will.«

»Und Sie?«, fragte Vinzi.

Wieder Lachen des Mannes. »Ich pass auf, dass das Stück auch bezahlt wird.«

Unverständliche Blicke von Plotek und Vinzi. Aggressive von Klemens.

»Mein Name ist Douglas McCarther, ich bin im Auftrag der Elvis-Erben unterwegs, mehr sage ich nicht.« Brauchte er auch nicht. Klemens schien das zu genügen.

»Kacke, Abfallbefruchter, Blutsauger … glauben, Elvis gehört nur ihnen allein … Ficker, Fucker, Ficker.«

»Gehören tut Elvis uns nicht, aber wenn mit ihm ein Geschäft gemacht wird, dann nicht ohne unser Beisein.«

Wieder lachte McCarther selbstgefällig. Es war ein feistes, fettes Lachen, was an diesem dünnen Körper völlig deplatziert, auch irritierend wirkte. In Klemens' Gesicht zuckte und zerrte es, als würde er gleich platzen. Plotek schwante nichts Gutes. Er sah die Katastrophe schon heraufziehen und blickte sich nach Frau Pan um. Sie stand am Eingang zur Küche und linste auffällig zu ihrem Tisch herüber.

»Wer ist denn der Veranstalter?« Plotek versuchte mit dieser harmlosen Frage, den sich zuspitzenden Zwist der beiden zu zerstreuen.

»Zuberbühler heißt der junge Mann, ein ehemaliger

Sänger und Rockmusiker. Einer von hier, aus Sils Maria.« Bei Douglas McCarther schienen Ploteks Schlichtungsversuche zu funktionieren. Bei Klemens keinesfalls.

»Elvis ist ein Mythos ... Tortenarsch, Stinkpisser ... und darf nicht von solchen Blutsaugern vereinnahmt werden ... Hackfleischgesicht!«

Der dünne Ami schien es sich auch wieder anders zu überlegen.

»Mit Elvis werben heißt auch für Elvis bezahlen«, sagte er wieder feist grinsend. »So sind nun mal die Gesetzmäßigkeiten.«

»Pimmelwarze, Puffratte ...«

»Beruhig dich doch.« Plotek merkte, wie die Stimmung kippte und Klemens langsam, aber sicher die Kontrolle über sich selbst verlor.

»Sie können sich ja ein anderes Idol suchen«, legte Mr. McCarther nach, wie man sagt: »Probieren Sie doch mal ein anderes Shampoo.«

»Elvis sucht man sich nicht ... Ficker, Fucker, Ficker ... Elvis findet einen ... Gullificker, Steckdosenpisser ... Elvis ist Leidenschaft, Liebe, Leben ... Fucker, Ficker, Fucker.«

Wieder fettes Lachen von McCarther. »Das klingt jetzt aber ein wenig zu pathetisch. Elvis ist in erster Linie Geschäft.«

»Für dich ... Riemenriecher, Analbaron, Stinkpisser ... vielleicht.«

»Nicht nur. Auch für den Veranstalter, für ...«

»Halt's Maul ... Scheiße!«

Klemens stürzte sich auf den dürren Ami. Der fiel, von diesem Angriff völlig überrascht, zu Boden. Mit ihm knallten auch der Stuhl, der Tisch und Klemens selbst auf die

Erde. Frau Pan stand plötzlich, wie ein Windhauch herbeigeweht, neben ihnen. Dann ging alles ganz schnell. Die Streithähne fanden sich plötzlich in zwei unterschiedlichen Ecken des Frühstücksraumes wieder. In der Diagonale waren es die zwei am weitesten entfernten Punkte im Saal. Der Ami blutete aus der Nase. Klemens am Mund. Wie Frau Pan die beiden Streithähne so schnell, so elegant entzweit hatte, war Plotek ein Rätsel. Zwischen zwei Augenaufschlägen war der Streit beendet.

»Jetzt alles ist wieder gut, verstanden?« Frau Pan ließ keinen Zweifel, dass es, sollten die beiden zu einer anderen Einschätzung gelangen, alles andere als vorteilhaft für sie sein würde. Frau Pan lächelte, verbeugte sich und fragte erneut, in süßlich klingendem Tonfall: »Verstanden?«

Beide nickten synchron. Nicht vorstellbar, was passiert wäre, wenn sie damit nicht einverstanden gewesen wären. Womöglich hätte Frau Pan sie zu kleinen, mundgerechten Häppchen verarbeitet und dann zum Abendessen als vietnamesische Spezialität serviert, dachte Plotek. Während Vinzi sich augenblicklich in die Asiatin verliebte. Zumindest waren seine Blicke so zu deuten. Klemens und Douglas McCarther setzten sich zurück an den Tisch und versorgten ihre Wunden mit Papierservietten.

»Beeindruckend!«, sagte McCarther und blickte der längst wieder in der Küche verschwundenen Asiatin ebenfalls verträumt hinterher. Womöglich hatte auch er sich in diesem Moment in sie verliebt. Selbst Klemens sah nun so aus, als wollte er seinem Widersacher recht geben. Das erste Mal, dass die beiden offenbar derselben Meinung waren.

»Titten, Arsch, ja!«

»Was machen wir jetzt?«, fragte Vinzi schließlich nach

einer Weile. Unklar, ob er damit den Contest oder Frau Pan meinte.

»Angeln«, kam von Plotek, als gäbe es auf diese Frage nur diese eine Antwort.

»Was?« Kollektives Lachen der anderen. Herzhaft von Vinzi, etwas verhaltener von Klemens und McCarther.

»Das ist kein Witz, das ist meine Therapie.« Das Lachen war dahin. Stattdessen betroffene Blicke von allen dreien. Als wäre Therapie gleich Tod.

»Kommt ihr mit?«

Zaghaftes Nicken von Vinzi. Kopfschütteln von Klemens. Und nervöses Augenzucken von Plotek.

Auf dem Weg zum Silsersee, der ein wenig außerhalb von Sils Maria lag, wurde Plotek, der Vinzi im Rollstuhl vor sich her schob, von einer Horde feixender Mädchen und zwei Erwachsenen überholt. Die meisten Mädchen hatten Kopfhörer auf den Ohren, Kaugummis im Mund und sahen aus, als wollten sie zu einem Miss-Wettbewerb für Newcomer aus der Provinz. Nur die Langlaufski auf den Schultern passten nicht so recht ins Bild. Die Erwachsenen wiederum, offenbar Lehrer, wirkten reichlich überfordert und schienen den pubertierenden Gören in keiner Weise gewachsen.

»Clarissa, bitte, wie oft denn noch? Ich hab doch gesagt, du sollst nicht immer auf der Rebekka rumhacken«, rief einer der beiden in die Menge.

»Wenn der Dreitonner doch so endblöd ist«, kam von Clarissa zurück, während die anderen hämisch lachten, garniert mit Begrifflichkeiten wie »Intelligenzallergiker!«, »Kernassi!«, »Loser!« oder »Opfer!«.

So lange, bis eines der Mädchen alle anderen übertönte und schrie: »Schaut mal, ein Behindi mit Gesichtsfasching und Weizenspoiler!«

»Anna-Lena!«

Anna-Lena zeigte auf Vinzi, als wäre er nicht beinamputiert, sondern tot.

»Anna-Lena!«, kam erneut von einem der Lehrer, jetzt noch strenger, während sich der andere mitleidsvoll an Vinzi wandte: »Entschuldigen Sie bitte.«

Was Vinzi wiederum überhaupt nicht leiden konnte. Mit Mitleid konnte man ihn jagen. In diesem Moment war ihm das hämische Gegrinse von Anna-Lena, Clarissa und den anderen vermutlich lieber als die betroffenen Blicke. Sogar Rebekka lächelte verschämt und war jetzt Teil der Gruppe.

»Willst du mal anfassen, du Stino?« Vinzi wackelte mit den Stümpfen. »Ist voll krass analog und bringt vierlagig Glück.«

»Iih!«

»Anna-Lena!!!« Jetzt beide Lehrer gleichzeitig.

Kichern, tuscheln und »Hä, hä, hä! Endgeil, krass, boah, ey« von den Mädchen, während Vinzi mit Kusshänden um sich warf.

Als Plotek und Vinzi am völlig zugefrorenen Silsersee an der von Dr. Wehrli beschriebenen Stelle ankamen, war nirgendwo ein Loch im Eis zu sehen.

»Verdammt!«

»Der hat dich verarscht!«

Plotek schob Vinzi im Rollstuhl auf den See. Ein paar Meter vom Ufer entfernt war tatsächlich eine Vertiefung, die mit viel Fantasie an ein Loch erinnerte. Daneben lag ein Pickel mit einer Kette, die an einem ins Eis gerammten Stab hing.

»Tja, dann fröhliches Pickeln!«, sagte Vinzi und lächelte schadenfroh.

Plotek griff nach dem Pickel und hackte auf das Eis ein. Immer besessener und so lange, bis ihm der Schweiß nicht nur auf der Stirn glänzte, sondern den kompletten Körper mit einer dünnen Schicht überzog. Als seine Beine schon ganz weich und schwabbelig wurden, durchstieß er endlich die Eisfläche. Vinzi saß noch immer im Rollstuhl daneben, beobachtete genau, was Plotek da trieb, und applaudierte schließlich.

Das Erfolgserlebnis wurde aber schnell wieder relativiert, als die beiden mit Entsetzen feststellten, dass nicht weit vom Loch entfernt auch die Schulklasse zugange war. Die Langlaufskier an den Füßen, kreischten die Anna-Lenas und Clarissas auf dem See herum. Plotek bestückte den Angelhaken mit einem Köder und ließ die Schnur, unter dem skeptischen Blick von Vinzi, im winzigen Eisloch verschwinden.

»Wenn die so schreien, fängst du aber keinen Fisch.« Er deutete zu den Mädchen, die noch immer johlten und jauchzten, als wären sie keine Skiläufer, sondern hysterische Groupies derselbigen.

»Da werden nicht nur die Menschen, sondern auch die Fische ganz närrisch.«

Vinzi steckte sich einen Joint an. »Vielleicht solltest du dir eine andere Stelle suchen.«

»Sehr witzig. Noch so ein Loch, und das Angeln erübrigt sich.«

Vinzi lächelte wieder und qualmte genüsslich vor sich hin.

»Kannst du mal halten?«, fragte Plotek nach einer Weile, als noch immer kein Fisch anbeißen wollte.

»Ich?«

»Ich muss mal. Der Tee treibt«, sagte Plotek.

»Welcher Tee?«

»Der chinesische Heiltee. Mir zerreißt es gleich die Blase.«

Also hielt Vinzi, noch immer im Rollstuhl sitzend, die Rute, während Plotek die Büsche am Ufer aufsuchte. Da pisste er in hohem Bogen und mit dampfendem Strahl in den Schnee. Es dampfte nicht nur, der Schnee verfärbte sich auch goldgelb und schmolz. Darunter kamen aber keine Grasbüschel zum Vorschein, wie vielleicht gedacht. Auch keine Dreckklumpen. Das, was von dem warmen Urinstrahl freigelegt wurde, sah irgendwie komisch aus. Es sah irgendwie aus nach, nach … Haut! Nach der Haut von einem Schenkel. Dem Schenkel von einem Menschen.

»Vinziiiii!!!«

Es dauerte nicht lange, da stand Vinzi auf seinen Stummelbeinen verdutzt neben Plotek und sah auf den Schenkel.

»Verfluchte Scheiße!«, war das Erste, was aus Vinzis Mund kam.

Dann legte er das zum Schenkel Gehörende frei. Was natürlich ganz gut ging, da sich Vinzi aufgrund seiner verminderten Größe nicht einmal hinknien musste. Ein Bein kam jetzt zum Vorschein, noch eins, ein Korpus, zwei Arme und schließlich ein Kopf.

»Verfluchte Scheiße!«, war das Zweite, was aus Vinzis Mund kam, und dann, ähnlich entsetzt: »Ich werd verrückt, das ist das Mädchen!«

»Welches Mädchen?«, hätte jetzt Plotek fragen können. Musste er aber nicht. Er wusste es auch so.

»Und die ist nackt.«

Tatsächlich: Das Mädchen, das mit den beiden am Vortag bis nach Sils Maria unterwegs gewesen war, lag nun fast nackt, nur in verrutschter Unterhose, im Schnee und sah aus, als schliefe es.

Wie das Reh, dachte Plotek, einerseits. Und andererseits: irgendwie auch schön. Ein schönes Mädchen. Nackt noch schöner als angezogen. Viel schöner sogar. Perfekte Brüste, ansehnlicher Bauch, geschmeidige Schultern und ein Geschlecht wie gemalt. Von einem ganz begabten Maler.

»Eine schöne Leiche«, sagte Vinzi, wie man sagt: »Eigentlich schade um so ein schönes Mädchen.« Dann sagten beide eine Zeit lang nichts mehr. Bis Vinzi schließlich fragte: »Was hat das zu bedeuten?«

Plotek hob völlig überfordert die Schultern. Dabei zuckte es nun nicht mehr über seinem rechten, sondern über seinem linken Auge.

»Wo sind ihre Kleider? Als wir sie zuletzt gesehen haben, hatte sie doch noch was an, oder?« Mehr rhetorische Frage als ernst gemeinter Hinweis.

Wieder angehobene Schultern von Plotek.

»Scheint ein Gewaltverbrechen zu sein …«

»Sieht so aus.«

»Vielleicht vergewaltigt und dann umgebracht.«

»Oder andersrum.«

»Kann ich helfen?« Es war einer der Ski laufenden Lehrer, der jetzt im Rücken der beiden auftauchte. Ohne Ski.

»Tja, dem Mädchen ist leider nicht mehr zu helfen«, sagte Vinzi und gab den Blick auf die Leiche frei.

»O Gott!« Der Lehrer erbleichte.

»Haben Sie ein Mobiltelefon?«, fragte Plotek.

»Ja, klar. Ich, ich, ich ruf die, die, die Rettung …«

»Für die Rettung ist es zu spät, aber die Polizei …«, kam von Vinzi.

Dann Kreischen. Hinter dem Lehrer stand jetzt sein Kollege. Dahinter die fünfzehn ungefähr fünfzehnjährigen Mädchen, die schrien, als wären *sie* das Opfer und gleich tot. Plotek blieb gar nichts anderes übrig, als sich die Ohren zuzuhalten. Einige der Schülerinnen zeigten abwechselnd auf Plotek und Vinzi und glaubten offenbar, den Mörder überführt zu haben. Die Lehrer scheiterten kläglich bei dem Versuch, die Mädchen halbwegs zu beruhigen. Mit den gerne bei hysterischen Menschen verwendeten Argumentationen wie »Ist doch alles halb so schlimm« und »Wird schon wieder« kamen sie jetzt nicht weiter. Es wurde nicht. Denn schlimmer ging's nimmer.

Die verheulten, von verlaufener Schminke verunstalteten Gesichter der Mädchen sahen aus wie Fratzen aus einem japanischen Manga. Auch ein wenig komisch. Weshalb Plotek sogar ein bisschen lachen musste.

Das verging ihm aber wieder, als der Dorfpolizist auf einem Motorroller, an dem ein großer Holzschlitten schlenkerte, am See auftauchte. Wobei das auch ein wenig zum Lachen gewesen wäre. Was an der Gestalt des Polizisten lag. Er sah in seiner abgetragenen, speckig-grauen Uniform aus, als wäre er einem Schwarz-Weiß-Film von Federico Fellini entsprungen. Und er sah nicht nur so aus, er schien sich auch so zu fühlen. Einer anderen Zeit zugehörig. Heimisch in einer anderen Welt.

Jetzt muss man wissen, dass der Dorfpolizist Linard

Jäggi eigentlich schon seit einem Jahr pensioniert war. Die Polizeidienststelle in Sils Maria war damals aufgelöst und in die Kantonshauptstadt Chur verlegt worden. Aber solange der alte Jäggi sich noch gesund und fit fühlte, trat er – wie die dreißig Jahre zuvor – als Gemeindegendarm auf. Er wähnte sich verantwortlich für alles, was in Sils vor sich ging, sich also nicht mit rechten Dingen abspielte. Nur sein Hörgerät wies einen kleinen Verschleiß nach all den Dienstjahren auf.

»Wieder eine mehr«, sagte Jäggi mit Blick auf das nackte Mädchen im Schnee, ohne dass er seine Pfeife, die still vor sich hin qualmte, aus dem Mund nahm.

»Hä?« Völliges Unverständnis bei Plotek und Vinzi. Auch die Lehrer hatten offensichtlich Schwierigkeiten, Jäggi zu folgen. Die Mädchen schnieften noch immer.

»Das ist die fünfte Tote in einem Jahr. Alles Selbstmorde.«

»Aber warum zieht die sich dann nackt aus?«, wollte Vinzi wissen. Was Linard Jäggi bereits als Zweifel an seiner polizeilichen Kompetenz zu werten schien. Ein Blick wie ein Dolchstoß. Und dann lapidar: »Die Kleider liegen hier bestimmt irgendwo im Schnee herum.«

»Was?«

»War bei den anderen auch so.«

»Moment mal. Soll das etwa heißen, die zieht sich aus, um sich dann in den Schnee zu legen und zu sterben?«

»Exakt.«

Ungläubiges Kopfschütteln der beiden nun immer blasser wirkenden Lehrer.

»Ist doch komisch«, sagte Vinzi, wie man sagt: »So ein Blödsinn!«

»Vielleicht.« Für Jäggi schien das nicht relevant zu sein.

»Und das wundert Sie nicht?«, hakte Vinzi nach.

»Nein, wahrlich nicht.« Jäggi war sich offenbar sicher. »Keine Ahnung, was in ihren kranken Hirnen so vor sich geht.« Er warf einen abfälligen Blick auf die Schulklasse.

Da stimmt doch was nicht, dachte Plotek.

»Da stimmt doch was nicht«, sagte Vinzi für alle Ohren gut hörbar.

»Das werden *Sie* gerade wissen, hä?« Jäggis Gesichtsausdruck sah jetzt so aus, als ob sich Vinzi gleich warm anziehen müsste. »Dass sich diese lebensmüden Jugendlichen gerade unsere schöne Heimat aussuchen, um ins Gras zu beißen und mit ihrem Tod unsere Idylle zu beschmutzen – das verstehe, wer will. Ich nicht!«

Er sprach das Ausrufezeichen gleich mit und machte sich hernach an der Leiche zu schaffen. Seine Pfeife hing die ganze Zeit über im Mundwinkel, als wäre sie ein Teil seines Körpers.

»Müssen Sie nicht den Fundort sichern?«, fragte Vinzi. »Kriminalpolizei und alles.«

»Ach was, was soll die denn feststellen, hä?« Jäggi versuchte, die Tote auf den Schlitten an seinem Moped zu hieven.

»Moment mal, wir sind doch in der Schweiz und nicht im afrikanischen Busch, oder?« Vinzi meinte es wohl mehr rhetorisch als ernst.

»Ich glaube schon.« Zumindest Plotek war davon überzeugt.

Linard Jäggi unterbrach die Bergung der Toten und sagte: »Die Leiche wird jetzt erst mal in der Kirche verwahrt.« Er zeigte vom Fundort hinüber nach Sils Maria, wo die Kirchturmspitze zu sehen war. »Das war bei den anderen auch so!« Er versuchte erneut, das tote Mädchen auf den Schlitten zu heben. »Ich kann sie ja schlecht hier liegen lassen, oder?« Irgendwie rutschte sie immer wieder herunter. »Dann sieht man weiter.«

Jetzt glaubte Plotek sich in einem schlechten Film mit Jäggi als Knallcharge. Also weniger Fellini, mehr Vilsmaier.

»Himmelherrgott! Na, jetzt machen Sie schon, packen Sie mal mit an.« Jäggi war bemüht, seiner Rolle gerecht zu werden.

Plotek packte an. Zusammen mit Linard Jäggi und einem der Lehrer hob er die stocksteife Leiche auf den Schlitten. Jäggi warf eine Baumwolldecke darüber und gurtete die Leiche fest. Er startete die Lambretta und tuckerte los. Dabei hing ein Bein der Toten herab und schleifte im Schnee hinter dem Schlitten her.

»Ich weiß nicht, ob der das darf«, sagte einer der Lehrer tonlos.

»Umso beeindruckender ist es, dass der das einfach macht!«, entgegnete Vinzi.

»Und das im Land der Volksabstimmungsweltmeister«, ergänzte Plotek.

Jäggi fuhr davon, ungläubig beobachtet von fünfzehn trauernden Mädchen, zwei konsternierten Lehrern sowie Vinzi und Plotek, die synchron die Köpfe schüttelten. Plotek fragte sich, ob das die bittere Schweizer Realität war. Oder ob sie womöglich Teil eines üblen Scherzes geworden waren. Gab es in der Schweiz etwa auch *Verstehen Sie Spaß?* War Kurt Felix von den Toten zurück?

4

Offenbar hatte Ploteks und Vinzis Intervention den Dorfpolizisten doch noch dazu veranlasst, die Kripo aus Chur, der Hauptstadt des Kantons Graubünden, zu verständigen. Die kam dann am frühen Abend gemächlich nach Sils Maria hochgefahren. Hektik, Eile, hysterische Betriebsamkeit schienen Fremdwörter für die Schweizer Exekutive, in Gestalt einer jungen Kriminalbeamtin mit dem wohlklingenden Namen Vera Frischknecht, zu sein. Kriminalhauptkommissarin Frischknecht sah gar nicht aus wie eine Kriminalbeamtin. Zumindest nicht so, wie sich das Plotek vorgestellt hatte. Sie trug keine schlecht sitzende Cordhose und kein Jeanshemd mit Druckknöpfen, keine dieser immer etwas zu großen Lederjacken von C&A und kein billiges Eau de Toilette. Sie sah eher aus wie eine Schauspielerin, die eine Kriminalbeamtin spielt. Eine vom öffentlich-rechtlichen Vorabendprogramm natürlich. Soll heißen: als wäre sie vorher noch schnell in der Maske gewesen. Also alles tipptopp. Gut aussehend, gut riechend, mit einer Figur wie aus dem Spind in den Umkleideräumen bei Daimler.

Die Hauptkommissarin lud Plotek und Vinzi ins *Wang Tong 23*, das zum *Hotel Zentral* gehörende chinesische Restaurant, zur Vernehmung.

Wang Tong 23, dachte Plotek. Und: seltsamer Name. Gab es auch zweiundzwanzig andere Wang Tongs? Wenn ja, wo waren die? Vinzi schien dasselbe zu denken. Und fragte es auch gleich. Da ist er eben anders als Plotek. Während Plotek noch denkt, spricht Vinzi bereits.

Frau Pan auch. »Überall und nirgendwo«, sagte sie lächelnd, als hätte die Zahl keine Bedeutung. Zahlen haben aber immer eine Bedeutung. Wenn auch nur, um geheimnisvoll zu wirken.

Bei der Vernehmung stellte sich heraus, dass sich die unverschämt gut aussehende Kripobeamtin weniger für die Leiche interessierte als für Plotek und Vinzi. Oder besser: für deren Herkunft und die Gründe ihres Aufenthalts. Man hätte als Außenstehender den Eindruck haben können, dass das Gespräch nicht so sehr um ein Delikt kreiste, sondern vielmehr ein eloquenter Flirt mit humorigen Einlagen war. Zum ersten Mal hatte Plotek den Gedanken: Sogar Kriminalbeamte sind Menschen. Nicht nur gut aussehend, sondern auch sympathisch. Ob es an der Bergluft lag? Am Schweizer Gemüt? Oder war diese vielleicht fünfunddreißigjährige Frau, die gerne lachte und sich offenbar auch für den Menschen hinter dem Namen auf dem Vernehmungsbogen interessierte, eine singuläre Erscheinung?

Als die Formalien abgearbeitet waren, fragte Vinzi: »Haben Sie eine Ahnung, warum sich das Mädchen ausgezogen hat?«

»Kälte-Idiotie«, sagte Hauptkommissarin Frischknecht und sah dabei so aus, als verstünde sie es selbst nicht ganz.

»Was?«, kam von Plotek, bei dem dieser Begriff nur ein riesiges Fragezeichen hinterließ.

»So nennt man das, im rechtsmedizinischen Jargon.«

»Und bedeutet?«

»Nun, ich bin keine Rechtsmedizinerin, aber wenn ich das richtig verstanden habe, dann zieht sich der Mensch, bevor er erfriert, aus, weil sein Hirn bei einer Körpertemperatur unter 32 Grad nicht mehr richtig tickt. Das heißt, alle Kräfte werden ein letztes Mal mobilisiert und die verbliebenen Energiereserven aktiviert. Dabei hat der Erfrierende seltsamerweise plötzlich das Gefühl zu schwitzen. Und was tut man, wenn einem warm ist?«

Sie sah zuerst Plotek tief in die Augen, dass es dem auch ganz warm wurde. Dann Vinzi. Hernach streifte sie grinsend ihre perfekt sitzende Lederjacke, die sicher nicht von C&A stammte, vom Körper und hängte sie über die Stuhllehne.

»Richtig. Man zieht sich aus.« Frau Frischknecht beließ es bei der Jacke.

Schade eigentlich, dachte Plotek. In Unterwäsche würde die Frau Hauptkommissarin bestimmt noch attraktiver aussehen als mit dieser sportlich wirkenden, eng geschnittenen Bluse. Obwohl die auch schon einen Augenschmaus bereithielt. Die zierliche Frau konnte einen mächtigen Vorbau ihr Eigen nennen.

»So vermutlich auch das Mädchen«, fuhr Hauptkommissarin Frischknecht fort. Wobei Plotek und offensichtlich auch Vinzi große Schwierigkeiten hatten, ihr weiterhin zu folgen. Plotek wegen der Hitze und Vinzi, als ausgewiesener Freund großer Brüste, wegen dem Erker an der Bluse. Beiden hatte es die Sprache verschlagen. Fragte die Hauptkommissarin eben, während sie die Hände vor sich auf dem Tisch faltete und die schlanken Daumen um sich selbst kreisen ließ: »Klingt doch einleuchtend, oder?«

»Und die vier anderen Jugendlichen vor ihr?«, quetschte Plotek, dem es beim Blick auf die rotierenden Daumen ganz schwindlig wurde, aus sich heraus. »Auch Kälte-Idiotie?«

Die Hauptkommissarin nickte, während ihre Mimik auszusagen schien, dass die Idiotie nicht nur auf die Kälte zurückzuführen war.

»Die haben sich alle umgebracht?« Plotek starrte noch immer auf die Daumen, und auf seiner Stirn verabredeten sich die Schweißperlen zur Vollversammlung.

»Exakt.«

»Aber warum?«

»Wie warum?«

»Warum bringt man sich um?«, fragte Plotek, wie man fragt: »Warum schwitz ich jetzt wie ein Schwein?«

»Sie meinen das Motiv?«

»Exakt«, sagte Plotek.

»Gute Frage.« Die Hauptkommissarin schien nun ernsthaft nachzudenken. Die Daumen stoppten, die Hände wurden wieder entfaltet. Plotek amtete auf. Vinzi schwieg weiterhin. Ihre Gedanken kleidete die Hauptkommissarin in ihren leichten Schweizer Dialekt, der sich in Ploteks Ohren anfühlte wie Balsam. »Ich denke mal, Gründe gibt es genug. Generell. In diesen speziellen Fällen allerdings hat es vermutlich mit einem Trend zu tun, mit Nachahmungen, verstehen Sie?«

Also doch noch eine andere Art von Idiotie, dachte Plotek, die weniger mit Kälte als mit Müdigkeit, nämlich Lebensmüdigkeit, zu tun hatte.

Vinzi war noch immer wie weggeknipst. Woanders, in einer anderen Welt, auf einem anderen Erker. Plotek versuchte wenigstens Aufmerksamkeit vorzutäuschen und nickte halbherzig. Dabei wischte er sich mit einer Serviette über die Stirn. Vollversammlung aufgelöst.

»Die Jugendlichen verabreden sich im Internet und scheinen wohl durch den Entschluss zu sterben einen seltsamen Kick zu bekommen. Einen Höhenflug. Verstehe das, wer will.« Sie selbst schien große Schwierigkeiten damit zu haben. Das Nicken von Plotek wurde nachträglich entlarvt.

»Ich nenne das Swiss Kiss.«

»Swiss Kiss?«

»Ja, die Schweizer Kälte küsst den Lebensmüden in den Tod.«

»Poetisch!«, kam jetzt von Vinzi mit glasigem Blick. Während Plotek dachte: Kitschiger geht es wohl nicht mehr.

»Und warum gerade hier in diesem …?« Plotek, nun völlig eingeschüchtert, versagte die Stimme. Was aber nicht weiter schlimm war, da die Hauptkommissarin ohnehin das Heft in der Hand hatte. Selbstbewusste Frauen bewunderte Plotek, einerseits. Andererseits machten sie ihm auch Angst. Waren sie dazu noch schön und klug, verkam Plotek zu einem verschrumpelten Plasmahäufchen mit Hang zum krankhaften Transpirieren. Soll heißen: Vollversammlung zurück.

»Sils gilt als magischer, auch mystischer Ort!« Die kluge, schöne und selbstbewusste Frischknecht sagte es, als würde das alles erklären. Auch lebensmüde Teenager mit Lust am Tod.

»Ein Kraftort«, sagte die Hauptkommissarin. »Im Übrigen wirbt die Homepage der Gemeinde selbst damit. Fantastische Weite und zauberhaftes Licht.« Ihre Augen leuchteten, als stünden auch sie in einem zauberhaften Licht. »Kein Wunder, dass Gott und die Welt hierherkommt.«

Die Welt ist ein Kuhdorf, dachte Plotek, und Gott ein völlig überschätzter, armseliger Pfuscher.

»Nicht nur früher Friedrich Nietzsche, Thomas Mann, Luchino Visconti, Elsa Morante, Thomas Bernhard, Joseph Beuys. Auch heute geben sich die Berühmtheiten die Klinke in die Hand. David Bowie, Alexander Kluge, Jonathan Meese.« Die Finger der Hauptkommissarin zeigten jetzt in die Luft, als müsste ihr Nagellack trocknen.

Die kommen doch zum Leben hierher, kam Plotek in den Sinn, und nicht zum Sterben!

»Wo würden Sie sterben wollen, wenn Sie es sich aussuchen könnten?« Die Finger der Hauptkommissarin verkrümelten sich wieder in der Hand. Zwei Fäuste lagen auf dem Tisch wie kleine Erdhügel.

War das jetzt eine Anspielung auf meinen angeknacksten Gesundheitszustand?, überlegte Plotek. Oder auf meine labile psychische Verfassung, mein verkümmertes Selbstwertgefühl in Gegenwart dieser Frau?

Wie nach einem Sekundenschlaf kam nun auch Vinzi langsam wieder zu sich. Mit balsamierter Stimme sagte er: »Es gibt viele schöne Orte auf der Welt.« Was dann doch sehr allgemein war und eine Antwort auf jede mögliche Frage sein konnte.

»Aber auch viele scheußliche.« Klang auch nicht konkreter. Unklar, ob das nur eine ironische Replik der klugen Hauptkommissarin war oder ob auch sie dem Konkreten gerne mal aus dem Weg ging wie einem Hundehaufen auf dem Trottoir.

»Stimmt auch wieder.« Vinzi war erneut ganz auf der

Höhe des Gesprächs. Seine Augen scannten die Hauptkommissarin ab, als läge sie auf dem Förderband einer Supermarktkasse.

»Gibt es einen Ort, an dem Sie am liebsten sind?«, wollte die Hauptkommissarin mit direktem und tiefem Blick in Ploteks flackernde Pupillen wissen. Sie sagte es, als wäre *er* der Strichcode und *sie* der Scanner. Dabei verschränkte sie ein weiteres Mal die Hände wie zum Gebet. Die Daumen kreisten wieder wie verrückt um sich selbst.

Keine Ahnung, dachte Plotek, ich fühle mich überall ein wenig unwohl. Und dann bezüglich der Daumen: bloß nicht hingucken.

Vinzi sagte wie hypnotisiert vom Blick der Hauptkommissarin: »Orte sind doch nicht wichtig, eher Menschen, Tiere …«

Unweigerlich musste Plotek an das verschwundene tote Reh denken.

»… Beziehungen, Freundschaften, Gegenstände …«

Hat er jetzt Gegenstände gesagt?, dachte Plotek und merkte, wie sich sein Mund zu einem Schmunzeln verzog. Die Worte fielen Vinzi aus dem seinigen wie überreife Früchte vom Baum der Erkenntnis: »… Vertrautheiten, Berührungen, Körper, Intimitäten …« Er schraubte sich immer weiter voran, in Zonen, die nicht ungefährlich waren und in einer gewissen Nähe zu Gräfenberg standen. Plotek gab Vinzi mit dem Ellbogen einen kleinen Schubs.

»Mit Ihnen zum Beispiel hier in dieser netten Runde zu sitzen – das gehört schon zum Angenehmeren.«

Blickkontakt von Vinzi und Frischknecht auf Höhe des genitalreferenziellen Bereichs.

»Aber dabei gleich sterben?« Der Hauptkommissarin

schien Vinzis sprachliche Ejakulation zu gefallen. Sie lachte, hochtonig, befreiend, schön. Die Daumen stoppten. Die Hände wurden entfaltet. Dann fuhr sie, wieder um Ernsthaftigkeit bemüht, fort: »Sehen Sie, da gehört Sils Maria schon zu den besseren Adressen, nicht wahr?«

Mag sein, dachte Plotek, womöglich ein schöner Ort zum Sterben. Aber auf keinen Fall nackt.

»Ich weiß, was Sie denken«, sagte der aufgeweckte Kripofeger und nagelte dabei Plotek wieder mit ihrem Blick fest. Neue Schweißperlen auf der Stirn waren die Folge. »Aber womöglich hat das was Befreiendes.«

Plotek fühlte sich, als wäre er von den Augen der Kriminalbeamtin auf einem Brett festgebunden und würde mit scharfen Messern beworfen. Während Vinzi insgeheim bestimmt hoffte, dass jetzt nach dem Wort *Befreiendes* auch die Bluse fallen würde. Aber denkste.

»Und für die Entdecker der Leiche ist es ja ansehnlich, nicht wahr?«

»Kommt darauf an«, kam von Vinzi.

»Worauf?«

»Auf die Leiche.«

»Stimmt.« Ein breites Lächeln im Gesicht von Vera Frischknecht.

Während nun wieder das tote, nackte Mädchen in den Köpfen von Plotek und Vinzi auftauchte, stand die Hauptkommissarin vom Tisch auf. »Entschuldigen Sie mich bitte.«

Sie durchquerte die Gaststube, elegant, tänzerisch, in Richtung Klo. Plotek und Vinzi sahen ihr hinterher. Beschwingt vom Hüftschwung, verzaubert, auch ein wenig benommen.

»Alles gut bei Ihnen?« Frau Pan war am Tisch aufgekreuzt, verbeugte sich und lächelte ihr bezauberndes asiatisches Lächeln. Sie war immer zur richtigen Zeit an der richtigen Stelle. Womöglich bedingt durch einen sechsten Sinn, der sie, jenseits der normalen menschlichen Wahrnehmung, spüren ließ, dass ihre Hilfe benötigt würde. Soll heißen: Vinzi bestellte noch ein Bier und Plotek widerwillig ein stilles Wasser.

Jetzt erst bemerkte Plotek am Nebentisch die beiden Lehrer der Schulklasse. Sie schienen in eine intensive Diskussion verstrickt zu sein. Kein Wunder, war es doch für sie nicht einfach, die Schulklasse, die durch den Vorfall völlig durch den Wind war, in den Griff zu kriegen. Ganz offensichtlich waren die Pauker total überfordert und überlegten, ob sie den Aufenthalt in Sils Maria vorzeitig abbrechen oder doch bis zum Ende bleiben sollten.

Davon wird die Tote auch nicht mehr lebendig, dachte Plotek. Und dann: Genießt das Leben! Der Tod behelligt einen früh genug.

Die Frage, ob die jungen, zarten Seelen Schaden genommen hatten, trieb die beiden Lehrer vermutlich am meisten um. Vielleicht auch die Angst vor den Eltern, die ihnen mit allerlei Vorwürfen – von »unverantwortlich« bis »pädagogisch zweifelhaft« – nach der Rückkehr die Hölle heiß machen könnten. Doch wer in Counter-Strike-Ballereien geübt ist und andere Schüler bis aufs Blut mobbt, wer auf seinem Handy brutale Schulhofschlägereien und Vergewaltigungsszenarien aufzeichnet und anschließend damit prahlt, als hätte er eine Eins in Mathe, dem schadet so eine unschuldig aussehende Leiche, auch wenn sie nackt ist, keineswegs. Das war zumindest Ploteks Einschätzung bezüglich der Seelen. Die Lehrer blickten zu Plotek herüber und schienen dabei noch nachdenklicher zu werden. Vielleicht hatten sie seine Gedanken gelesen und fragten sich jetzt, ob auch ihre Schüler zu derartigem Verhalten fähig waren. Oder ob das immer nur die anderen waren. Die aus den großen, hässlichen Städten, aus den bildungsfernen Schichten, vermutlich mit Migrationshintergrund.

Womöglich war es aber gar nicht die Seelenlage ihrer Schülerinnen, die die beiden Lehrer jetzt so einnehmend beschäftigte und die Röte auf ihre Wangen zauberte. Vielleicht war es auch das kleine Geheimnis, das die beiden mit sich herumtrugen. Denn dass sie ein Geheimnis hatten, welches sie vor der Schulklasse und der ganzen Welt verbargen, schien für Plotek eindeutig. Wie sie sich da gegenübersaßen und miteinander redeten, dabei immer wieder nach der Hand des anderen griffen, ließ gar keinen anderen Schluss zu. Es sah aus wie das heimliche Treffen eines Mannes mit seiner Geliebten, die ihm gerade gesteht, von ihm schwanger zu sein, und nun verlangt, dass er es seiner Ehefrau beibringt. Das hat natürlich höchste Nervosität zur Folge, auch Misstrauen und alles.

»Schwul?«, fragte Vinzi leise, wie man sagt: »Nachtigall, ick hör dir trapsen!«

»Du meinst, die zwei haben ein Verhältnis miteinander?«, fragte Plotek ebenso leise zurück. Und spekulierte weiter: ohne das Wissen ihrer Ehefrauen? *Brokeback Mountain* auf Paukerniveau?

»Oder vielleicht hat einer der beiden eine Beziehung mit einer Schülerin?«

»Vielleicht sogar alle zwei?«

»Mit derselben!«, kam von Vinzi.

»Hmm.«

Irgendetwas stimmt mit den zweien nicht, dachte Plotek, sonst würden sie doch wegen so einer Leiche nicht gleich zittern.

»Die Lehrer scheinen auf jeden Fall das größere Problem mit der Toten zu haben als ihre Schülerinnen.«

»Stimmt.«

Frau Frischknecht war zurück und knöpfte sich nun die anderen Zeugen vor. Zuerst die Lehrer und hernach eine Schülerin nach der anderen. Was sich Plotek und Vinzi dann aber nicht mehr antun wollten, weshalb sie beschlossen, das Restaurant und das *Hotel Zentral* zu verlassen. Doch irgendwie muss Plotek zu hastig vom Stuhl aufgestanden sein, für einen Moment schien sein Kreislauf im Keller nach dem Lichtschalter zu suchen. Kein Wunder eigentlich, hatte er doch nichts im Magen. Außerdem war in der Gaststube eine Hitze wie in einer finnischen Sauna. Folge: Vor Ploteks Augen schimmerte es golden. Sternschnuppen kreuzten inflationär seinen Blick, als gäbe es die Wünsche dazu im Familienpack. Schweißperlen tanzten auf seiner Stirn, und plötzlich zuckte es nicht nur über einem, sondern über beiden Augenlidern, wie bei winzigen Stromstößen. Er taumelte und fiel. Wie bei der missglückten Qigong-Übung. Dieses Mal fiel er aber nicht auf eine Gummimatte. Er landete direkt in den Armen von Frau Pan. Sechster Sinn eben! Und Überraschung: Die kleine Asiatin fing ihn auf und hielt ihn auf den Beinen, als wäre sie keine kleine Asiatin, sondern vielmehr ein großes Auffangbecken für gefallene Qigong-Kämpfer. Sechster Sinn gepaart mit übernatürlicher Kraft!

»Sie müssen an frische Luft«, sagte Frau Pan, nachdem Plotek sich ein wenig gefangen hatte.

»Ja, die Luft ist das Beste hier«, stimmte Plotek zu, als ginge es darum, Frau Pan zu gefallen.

»Wie Sie wissen das?« Sie schien überrascht und lächelte.

»Dr. Wehrli.«

»Ja, Luft ist Leben.« Es klang wie ein Spruch von einem Abreißkalender mit chinesischen Sprichwörtern. Oder wie eines dieser Papierfitzelchen, die in Keksen stecken und Weisheiten verkünden.

»Es geht wieder?« Frau Pan schien ein wenig besorgt. »Hier, nehmen Sie.«

Sie reichte ihm tatsächlich einen dieser Glückskekse, in denen sich besagte Papierfitzelchen befanden. Die Kekse ruhten in einer großen Schale auf dem Tresen und warteten darauf, dass sich die Gäste bedienten und das Glück zur Tat schreiten konnte.

Plotek griff zu. Vinzi auch.

»Danke.«

»Ja.«

Es ging wirklich wieder.

Plotek schob den Rollstuhl, in dem Vinzi saß und rauchte. Oder besser: Plotek hielt sich mehr daran fest, als dass er schob. So gut ging es dann doch noch nicht. Die Sonne ging langsam unter und verschwand hinter der Bergkette am Horizont. Die ersten Straßenlaternen brannten bereits. Die beiden schlenderten die Dorfstraße entlang und kamen an einer großen Baustelle gegenüber dem *Hotel Edelrose* vorbei. Der Rohbau war eingerüstet. Zwei Kräne ragten in den Himmel wie überdimensionierte Tiere aus Stahl. Plötzlich blieb Plotek stehen.

»Was ist?« Vinzi sah erstaunt zu ihm nach hinten.

»Siehst du das auch?«, fragte Plotek.

»Was?«

»Hier im Schnee.« Plotek zweifelte an seiner Wahrnehmung, zeigte mit der Hand dennoch auf den Boden vor sich.

»Spuren«, sagte Vinzi, wie man sagt: »Na und?«

»Ja. Aber nicht irgendwelche. Das sind Spuren von einem Reh.«

»Hmm«, machte Vinzi. Unklar, ob er es infrage stellte oder ob es ihm egal war.

»Das sind eindeutig Abdrücke von Rehhufen.« Plotek bestand darauf.

»Ich glaube, hier gibt es ziemlich viele Rehe und …« Vinzi unterbrach sich. »Du glaubst doch nicht etwa …«

»Hmm«, kam jetzt von Plotek, nur bestimmter. Bei ihm bestand kein Hauch von Zweifel.

Sie folgten den Abdrücken im Schnee. Die Fährte führte aber nicht in den Wald, sondern erstaunlicherweise durch ganz Sils Maria hindurch, am Gemeindehaus vorbei, an der Bar *Gaia*, am Anglergeschäft, an der evangelischen Kirche, an der Schule. Plotek geriet außer Atem – bis die Spur so plötzlich, wie sie aufgetaucht war, wieder endete. Und zwar in der Nähe der Privatklinik, genau vor einem Haus, das aussah wie ein Einfamilienhaus.

»Das ist die Bibliothek.«

»Sieht gar nicht so aus.«

»Was will ein Reh in einer Bibliothek?«, fragte Plotek.

»Keine Ahnung. Ein Buch ausleihen vielleicht.«

»Hmm.«

»Ja, ein Kochbuch vermutlich.«

Plotek dachte ernsthaft darüber nach.

»In dem das Rezept zum Rehfilet mit Preiselbeersoße

und Maronenpüree zu finden ist«, sagte Vinzi, sodass Plotek das Wasser im Mund zusammenlief.

»Oder das Rehleberparfait mit Cointreau und Majoran.«

»Suchen Sie was?« Eine knarzige Stimme wie eine alte Kommode. Aus einem geöffneten Fenster im ersten Stock sah eine Frau auf die beiden herunter.

»Ein Reh«, hätte Plotek jetzt sagen können. Aber vermutlich hätte es die Frau nicht verstanden. Ließ er es eben.

»Man sucht immer was«, versuchte es Vinzi über Umwege. Soll heißen: über den Rücken von hinten ins Herz. Die Frau am Fenster schien getroffen. Sie verzog das Gesicht, als wollte sie fragen: »Was?«

»Na ja, eine günstige Gelegenheit, die letzte Chance, eine schöne Frau, das Glück …«, stocherte Vinzi im Ungefähren herum und schien nicht fündig zu werden. Zumindest nicht bei der Frau am Fenster. Sie schlug, ohne einen weiteren Kommentar, das Fenster zu. *Ihre* Suche war wohl beendet.

»Na, bei der hast du offensichtlich keinen Erfolg«, sagte Plotek ein wenig amüsiert.

»Sieht so aus.«

Als sie zurück am *Hotel Zentral* waren, kam gerade die Hauptkommissarin, unterm Arm ihre schweinslederne Mappe, aus dem chinesischen Restaurant.

»Und geht's wieder?« Sie blieb vor den beiden stehen und fixierte Plotek.

»Geht.«

»Und bei Ihnen?«, fragte Vinzi.

»Alles klar. Zeugenaufnahme abgeschlossen. Die Kleider

des toten Mädchens wurden sichergestellt. Die Leiche ist unterwegs ins Gerichtsmedizinische Institut.« Wieder die Finger gespreizt wie Zweige am Ast. »Ich schätze mal, morgen früh ist die Sache erledigt.« Eine entspannte Miene eroberte das Gesicht der jungen Hauptkommissarin.

»Und jetzt?«

»Habe ich Feierabend und fahre nach Hause.« Die Miene wurde immer entspannter. Vera Frischknecht ließ die beiden stehen und näherte sich ihrem geparkten Wagen.

»Bis bald!« Vinzi winkte mit den Beinstümpfen.

»Bis zum nächsten Kältetoten«, kam von der Hauptkommissarin zurück. Sie winkte ebenfalls.

»Wiedersehen.«

»Ja.«

Die beiden waren ein wenig traurig und sahen der feschen Frau Frischknecht hinterher, wie sie in einen dunkelblauen BMW stieg und mit einer Spur zu viel Gas vom hoteleigenen Parkplatz fuhr. Nachdem auch die Rücklichter des BMW in der Nacht verschwunden waren, öffneten die beiden ihre Glückskekse.

»Und?«, fragte Plotek.

»Das Glück liegt in uns, nicht in den Dingen«, las Vinzi vom Zettelchen.

»Welchen Dingen?«

»Keine Ahnung.« Vinzi hob die Schultern. »Und bei dir?«

»Eine kleine Überraschung erwartet Sie.«

»Da bin ich ja mal gespannt.«

»Ich auch!«

5

Er schlief wieder bestens. Noch besser als die Nacht zuvor. Das Knurren des Magens war kaum mehr wahrnehmbar. Plotek schien sich langsam, aber sicher an den Nahrungsmittelverzicht zu gewöhnen. Das Hungergefühl war nur mehr selten spürbar. Selbst der Tee am Morgen schmeckte nicht mehr ganz so widerlich. Nur der schlechte Geschmack im Mund nahm zu. Wenn er in die hohle Hand vor dem Mund atmete, roch es, als wäre dort das Endstück eines Kanalisationsrohres einer Hochhaussiedlung. Oder Teil einer Biogasanlage. Außerdem hielt das Zucken über dem rechten Auge beharrlich an. Ganz zu schweigen vom Schwindelgefühl, von den zitternden Knien und den Gleichgewichtsstörungen beim Qigong. Ansonsten ging es Plotek aber erstaunlich gut.

»Hab ich es nicht gesagt?« Marlies, die mollige Patientin mit dem schönen Gesicht, buhlte wieder um Ploteks Aufmerksamkeit. Selbst daran gewöhnte er sich langsam.

»Wir stellen uns entspannt in den Reiterstand, die Knie gebeugt, das Becken leicht gekippt, Schultern entkrampft, Beine schulterbreit auseinander.«

Britta, die Therapeutin mit den spitzen Brüsten unter dem T-Shirt, gab mit ihrer warmen Stimme Anweisungen, die alle Patienten zu befolgen versuchten. Mehr oder weniger erfolgreich. Bei manchen war das Becken, anstelle von leicht, *extrem* gekippt. Bei anderen sah der Reiterstand aus wie der eines Pferdes. Von wirklicher Entspannung konnte bei niemandem die Rede sein.

»Wir atmen tief ein und auf dem Holzlaut aus«, sagte Britta.

Während Plotek noch Hä? dachte und Holzlaut?, hörte er schon, wie die versammelten Qigongler alle »Schschschschsch …« machten.

Machte er eben auch »Schschschsch …«.

»Wir heben die Arme, falten die Hände wie zum Gebet und atmen auf dem Feuerlaut aus.«

»Haaaaaaaa …«

Bei Plotek klang es weniger nach »Ha« als nach »Ah!«.

»Die Hände sinken neben den Körper, wir atmen ein, heben die Hände vor dem Körper nach oben und atmen auf dem Erdlaut aus.«

»Oooooooaaaaaaa …«

So ging das noch eine ganze Weile. Dabei schienen nicht nur Brittas Brustwarzen unter dem T-Shirt immer spitzer zu werden, Plotek merkte auch, wie sein Schwindelgefühl mit jedem Ausatmen zunahm. Bei der *Verbindung von Himmel und Erde* war es dann wieder so weit. Das morgendliche Qigong endete einmal mehr mit dem Sturz auf der Matte. Schadenfroh belächelt von allen anderen. Nur die Qigong-Expertin Britta half ihm liebevoll hoch und übte sich in Zuspruch.

»Macht nichts!«, sagte sie und: »Ich garantiere Ihnen, bevor Sie nach Hause fahren, wird Ihnen die Übung ganz leicht von der Hand gehen.«

Immerhin meldeten sich die Rücken- und Fußschmerzen nach diesem Sturz nicht zurück. Gestützt von Britta fand sich Plotek kurze Zeit später auf dem Futon wieder. Nach der Shiatsu-Massage von Frau Wehrlis flinken Händen, bei der er erneut eine hammerharte Erektion auf den Futon drückte und erbarmungslos vor sich hinfurzte, beabsichtigte Plotek, angeregt oder besser genötigt von Frau Wehrli, sich auf einen Mittagsspaziergang zu begeben.

»In Sils gibt es unbeschreiblich viele Parkbänke«, sagte Frau Wehrli, während sich Plotek vom Futon erhob. »Ideal also auch für ungeübte Wanderer, wie Sie es sind.«

Sie sah ihm offenbar an, dass er jegliche Bewegung normalerweise vermied.

»Sollten Sie ermüden, setzen Sie sich einfach ein wenig hin und ruhen sich aus. Aber immerhin sind Sie an der frischen Luft und haben Bewegung.« Frau Wehrli lächelte engelsgleich. Sie sah jetzt so aus, als wollte sie mit und würde gleich die Wanderschuhe schnüren. »Am besten nehmen Sie die Route die Fexer Straße hoch Richtung *Hotel Waldhaus* ins Fextal. Eine halbe Stunde hin und eine halbe zurück.«

Das Lächeln entwickelte sich zu einem Lachen. Es war ein schönes, offenes Lachen, das schneeweiße Zähne preisgab. Plotek merkte Frau Wehrli an, dass sie bedauerte, noch weitere Patienten therapieren zu müssen, anstatt ihn auf einem gepflegten Spaziergang zu begleiten.

»Sie werden sehen, wenn Sie zurück sind, geht es Ihnen noch viel besser.«

Eigentlich hatte Plotek keine Lust zu wandern. Schon gar nicht, als er einen Blick aus dem Fenster warf. Es schneite wieder. Trotzdem konnte er der bezaubernden Frau Wehrli nicht widersprechen. Hätte sie von ihm verlangt, ins Fextal und zurück zu joggen, hätte er ihr auch das womöglich nicht abschlagen können.

»Na, geben Sie sich einen Ruck. Es lohnt sich«, sagte sie und erstickte seine letzten Zweifel mit ihrem Charme.

Doch kaum war er auf der Straße Richtung *Hotel Waldhaus* unterwegs, ärgerte er sich, dass er sich hatte breitschlagen lassen. Das war mal wieder typisch. Normalerweise war Plotek ein Sturkopf. Wenn er etwas nicht wollte, dann machte er es auch nicht. Aber sobald ein süßes Vöglein in seine Ohren zwitscherte, wurde er zur närrischen Katze und sah sich Dinge unternehmen, an die er zuvor nicht einmal zu denken gewagt hatte.

Als er außerhalb von Sils Maria angelangte und sich dann den steilen Berg hochschleppte, nahm auch noch der Schneefall zu.

»Verflucht!«

Daumennagelgroße Flocken fielen nicht nur vom Himmel, sondern stürzten sich geradezu halsbrecherisch zur Erde und überzogen die schmale Straße mit einer weißen Schneeschicht. Der Wind nahm ebenfalls zu und peitschte Plotek ins Gesicht, Schnee und Wind zusammen gaben ein erstklassiges Schneegestöber ab. Ploteks Beine schmerzten bereits. Er fror. Seine Cordjacke war mittlerweile durchnässt, die leichten Sommerschuhe ebenso. Er war außer Atem, und seine Knie zitterten wie auf der Qigong-Matte.

Es war eine Scheißidee, spazieren zu gehen, dachte Plotek zum hundertsten Mal. Er verfluchte sich selbst deswegen noch öfter und wollte auf Höhe des prächtigen *Hotel Waldhaus* schon wieder umkehren, als er plötzlich rechts von der Straße einen sich langsam bewegenden dunklen Fleck zu erkennen glaubte. Plotek blieb stehen. Der Fleck ebenso. Das Dunkel wurde braun. Der Fleck bekam Form, wurde zur Gestalt.

War das nicht ein Reh? *Das* Reh?!, fragte sich Plotek und hatte gleichzeitig den Eindruck, auch das Reh frage sich etwas und winke ihn dabei mit dem Huf zu sich, um diese Frage näher zu erörtern. Er merkte, wie ihn ein Schwindelgefühl überkam. Schweißperlen bildeten sich auf seiner Stirn. Er fror einerseits und schwitzte andererseits.

So müssen sich Kältetote fühlen, kurz bevor sie sterben, dachte er, während er noch immer das Reh vor sich sah, wenn auch verschwommen. Er wischte sich mit der Hand über das Gesicht, die Augen. Das Reh verschwand aber nicht. Immerhin: Das Winken war nicht mehr zu sehen. Dafür glaubte er nun im Schneegestöber ein Zischeln zu vernehmen. Leise, aber doch hörbar.

»Komm, komm, komm!« Helle Töne umwehten ihn wie singender Wind, die Worte waren dabei kaum zu vernehmen.

Plotek verließ die Straße, schlug sich in die Büsche und folgte, mehr tastend als gehend, der Melodie. Vorsichtig setzte er einen Fuß vor den anderen, sank aber immer wieder in den Schneemassen ein. Je näher er dem Reh kam, umso undeutlicher war es zu sehen. Als würde es sich immer weiter von Plotek entfernen. Obgleich er nicht das Gefühl hatte, das Reh bewege sich.

Plotek legte einen Zahn zu und machte größere, auch weniger vorsichtige Schritte. Dabei musste er feststellen, dass er für die Verfolgung eines Rehs nicht gerade ideal ausgestattet war. Auch wenn dieses Reh kein normales zu sein schien, sondern menschliche Züge hatte, sprach, sang und winkte. Seine abgelatschten Halbschuhe rutschten auf dem Waldboden herum, als wäre das kein Waldboden, sondern der zugefrorene Silsersee. Dennoch verfiel Plotek nun immer mehr dem Gedanken, dem Reh möglichst nahe zu kommen. Er rannte jetzt auf das Reh zu wie auf die Ziellinie im 100-Meter-Lauf bei den Bundesjugendspielen. Und so, als wäre er nicht der über vierzigjährige Plotek, sondern das Kind in kurzen Hosen und fast schon am Ziel.

Aber denkste! Ein Waldboden ist alles andere als ein planer Feldweg. Soll heißen: Er birgt heimtückische Stolperfallen – Wurzeln, Äste, Steine, Unterholz –, die einen bestens ins Straucheln bringen können. Außerdem sind Mokassins keine Turnschuhe. Ganz davon abgesehen, dass die Zeiten, in denen Plotek rennend eine gute Figur gemacht hatte, lange, sehr lange vorbei waren. Und plötzlich fiel auch noch ein Schuss. Laut, hallend und nicht weit von Plotek entfernt peitschte er durch die kalte, schneestiebende Luft. Es kam, wie es kommen musste. Bedeutet: Plotek erschrak, rutschte dabei mit seinen profillosen Mokassins aus, stolperte über ein Hindernis und stürzte auf die Erde. Der 100-Meter-Lauf wurde zum Weitsprung. Der Waldboden zur Sandgrube. Obwohl: Auch das stimmte nicht ganz. Es sah vielmehr aus wie eine völlig missglückte Arschbombe im Freibad. Wie dem auch sei, auf jeden Fall landete er kopfüber im Schnee.

»Verdammt!«

Es knallte erneut. Ein weiterer Schuss hallte durch den Wald.

Irgendjemand ballert hier zwischen den Bäumen herum, dachte Plotek. Ist auf der Jagd. Womöglich nach dem Reh. Oder nach mir.

»Verflucht!«

Blieb Plotek eben einfach etwas länger als gewöhnlich

auf dem nassen Waldboden liegen. Und starrte plötzlich direkt in ein Gesicht. Und Überraschung: Er erschrak gar nicht. Er sah in das Gesicht wie in den Schaum von einem Weißbier. Interessiert, ja, neugierig, als könnte er darin etwas lesen. Es war das Gesicht eines Mannes. Aber nicht irgendein Männergesicht, sondern ein ganz besonderes: Elvis Presley! Das Gesicht vor ihm sah ganz genau wie in dem Film *Liebling, lass das Lügen sein* aus, als Elvis auf einem Sofa liegt und schläft und dabei von einem Hund beobachtet wird. Wie der Tote jetzt von Plotek. Allerdings hatte Plotek dieses Gesicht nicht nur vor vielen Jahren auf Zelluloid gesehen, sondern auch gestern im *Hotel Zentral.* Beim Frühstück. Oder besser: Nicht-Frühstück. Das Gesicht gehörte eindeutig einem der Elvis-Imitatoren. Und der lag jetzt, nackt und vom Schnee halb bedeckt, vor ihm im Wald.

Der nächste Kältetote, dachte Plotek, während er ganz arglos in das tote Antlitz mit den geschlossenen Augen blickte. Einerseits furchtbar. Andererseits dürfte jetzt die fesche Hauptkommissarin aus Chur bald wieder hier auftauchen. Was Plotek wiederum erfreute. So bringt jeder Nachteil eben auch einen Vorteil mit sich.

Nachdem Plotek lange genug in das Gesicht geblickt hatte, sah er vom Boden auf. Und Überraschung: Das Reh war verschwunden. Plotek wollte aufstehen, konnte aber nicht. Erstens schmerzte sein rechtes Bein, und zweitens fiel plötzlich, als hätte der Schütze nur auf eine Regung von Plotek gewartet, ein weiterer Schuss.

Verdammt noch mal, was ist denn hier los?, dachte Plotek noch und krabbelte auf allen vieren zurück zur Straße. Als er völlig erschöpft und durchnässt, mit roten Händen und noch immer schmerzendem Bein, an der Straße ankam, steuerte langsam, fast im Schritttempo, ein Jeep den Berg herunter und auf ihn zu. Plotek winkte wie ein überforderter Fluglotse und schrieb Zeichen in die Luft. Der Fahrer schien zu verstehen und hielt an. Es war ein vielleicht fünfundzwanzigjähriger Mann, groß, braun gebrannt und mit schwarzem, dichtem Haar. Ein stattlicher, ein schöner Mann. Auf dem Beifahrersitz saß eine ebenfalls junge Frau.

Der Mann stieg aus dem Wagen, und Plotek versuchte, indem er immer wieder in den Wald deutete, zu erklären, was vorgefallen war.

»Da drin liegt ein Toter«, wiederholte er zum dritten Mal, wie man sagt: »Meine Ehe ist die Hölle!«

Langsam schien der junge Mann zu verstehen. Er griff in seine Jackentasche und holte ein Mobiltelefon heraus.

»Außerdem ballert da jemand wie verrückt herum«, schob Plotek nach.

»Jäggi.«

»Hä? Nein, nein, Elvis.«

»Hä?« Jetzt schien der junge Mann doch wieder Verständnisschwierigkeiten zu haben.

»Der Tote sieht aus wie Elvis.«

»O Gott, auch das noch!« Der junge Mann war anscheinend tatsächlich betroffen. So sehr, dass das Braungebrannte aus seinem Gesicht zeitweilig verschwand.

»Und wer ballert ...«

»Na Jäggi«, kam trocken aus dem Mund des Mannes. »Jäggi jagt. Da vorne auf dem Hochsitz.«

Wie zur Bestätigung knallte es wieder.

»Ich dachte, Jäggi ist Dorfpolizist ...«

»Pensionierter Dorfpolizist.«

»... und kein Jäger.«

»Er ist auch kein Jäger, hat aber einen Jagdschein und jagt.«

»Rehe?«

»Auch Rehe.«

Dachte ich's mir doch, dachte Plotek.

»Ich ruf ihn an.« Der Mann tippte eine Nummer in sein Handy ein.

Während er mit dem Dorfpolizisten redete, stieg die junge Frau aus dem Wagen aus. Auch sie war eine beeindruckende, eine schöne Person.

»Ich werd verrückt«, war das Erste, was sie sagte. Und dann: »Plotek!«

Plotek sah sie an, als wäre *sie* das Reh.

»Erkennst du mich nicht mehr?«

Nein, er erkannte sie nicht.

»Ich hätte dich auch beinahe nicht wiedererkannt. Du bist dünner geworden, hast ziemlich abgenommen, was?«

Na ja, nach zwei Tagen Fasten sicherlich fünf, sechs Kilo, dachte Plotek, offenbar so viel, dass man es schon sehen konnte.

»Bist du krank?«

Er schüttelte den Kopf, sagte aber nichts. Noch immer fiel bei ihm kein Groschen.

»Ich bin Agatha«, sagte sie, als wäre damit alles klar.

Aber denkste! Nichts war klar.

»Agatha?«

»Na, so lange ist es nun auch wieder nicht her. Ich bin die Schweizer Stipendiatin. Cismar, Ostsee, Campingplatz! Na, macht's klick?!«

Und ob es klick machte. Jetzt dämmerte es Plotek. Das war die schwangere Schweizerin mit Hang zur Lyrik! Bei der Geburt ihres Kindes damals an der Ostsee wurden Vinzi und Plotek unfreiwillig zu Geburtshelfern.

Als könnte Agatha Ploteks Gedanken lesen, öffnete sie die Hintertür des Wagens und holte ein kleines, dick eingepacktes Mädchen mit roten Wangen heraus.

»Das ist sie! Kyra.«

Kyra, dachte Plotek, hieß so nicht die Bestsellerautorin, die zu ebenjener Zeit in Cismar ermordet wurde? Agatha bestätigte mit einer Kopfbewegung, als wäre sie nach wie vor Ploteks Gedanken auf der Spur. »Zum Gedenken.«

Der junge Mann hatte das Gespräch mit dem Dorfpolizisten Linard Jäggi bereits beendet und stand während des kurzen Wiedersehensgeplauders von Plotek und Agatha wie betröppelt daneben. Er hörte den beiden zu und sah dabei so aus, als verstünde er nicht allzu viel.

»Das ist Beat, mein Freund.« Agatha zeigte auf den jungen Mann, wie man auf einen kostbaren Dressur- und Zuchthengst zeigt. Eine Art Highflyer, englisches Vollblut mit Gewinngarantie. Er reichte Plotek die Hand.

»Und bald mein Ehemann.«

Agatha lachte. Beat auch. Allerdings weniger euphorisch, eher wie aus Solidarität.

»Mein neues Glück.«

Sie küsste ihn auf die Wange. Wobei ihre Wangen strahlten, als wären kleine Heizkissen implantiert. Der Tote im Wald schien in Anbetracht dieser Freude vergessen.

So lange, bis Linard Jäggi mit seinem Motorroller den Berg heruntergeknattert kam und vor ihnen anhielt. Auf den Rücken hatte er ein Gewehr geschnallt. Er stieg von seiner Lambretta ab und fragte, ohne die Pfeife aus dem Mund zu nehmen: »Wo ist er?«

»Wer?«, fragte Beat.

»Der Tote!«

»Ach so, ja.«

Plotek ging voraus, die anderen folgten. Das Erste, was Jäggi sagte, als er den entkleideten Toten im Schnee erblickte, war: »Jetzt bringen sich auch schon die Elvisse um!«

»Das ist doch Wahnsinn«, ergänzte Agatha und hielt ihrem Kind die Augen zu.

»Das ist nicht Wahnsinn, das ist die gelbe Gefahr.« Jäggi, noch immer mit der Pfeife im Mund, redete sich in Rage. »Das hat doch alles mit diesen Chinesen zu tun.«

»Jäggi!« Beat versuchte ihn zu bremsen.

»Mit den Chinesen?«, fragte Plotek wenig überzeugt.

»Mit den Chinesen!«

»Jäggi!« Wieder Beat.

»Ist doch wahr.«

»Wie meinen Sie das?«, wollte Plotek wissen.

»So, wie ich es sage.« Dabei sagte er nichts mehr.

Dafür sagte Beat etwas, nämlich: »Er meint die Investoren hier in Sils. Hotels, Restaurants …«

»Die kaufen hier alles auf«, ging Jäggi dazwischen. »Bringen die Menschen durcheinander.«

»Wer?«

»Na, diese Chinesen!«

»Sie meinen das *Hotel Zentral*?« Plotek dachte an Frau Pan.

»Und noch ein paar andere. Den *Rütlihof* haben sie sich jetzt auch unter den Nagel gerissen.«

»*Rütlihof*?«

»Das Hotel gleich beim Gemeindehaus«, kam von Jäggi. »Und die *Edelrose*.«

»*Edelrose*?«

»Die Baustelle gleich gegenüber dem Nietzschehaus. Das Hotel wird mit Ferienwohnungen erweitert.«

»Seit ein paar Jahren werden Hotels von Investoren aufgekauft«, ergriff Beat wieder das Wort. »Es hat sich herausgestellt, dass dahinter eine Gruppe von chinesischen Anlegern steckt.«

»Die wollen Sils übernehmen«, kam von Jäggi.

»Quatsch!« Beat schüttelte den Kopf.

»Dabei ist ihnen jedes Mittel recht.«

»Frau Pan?«, fragte Plotek.

»Quatsch!«, kam wieder von Beat. »Die kann nichts dafür. Die ist da doch nur angestellt.«

»Aber wo ist denn da der Zusammenhang?«, wollte Plotek wissen.

»Welcher Zusammenhang?«, fragte nun Agatha, noch immer mit der Hand vor den Augen des Kindes.

»Ich meine, zwischen den Kältetoten und den Chinesen?«

Jäggi sah aus, als wüsste er es auch nicht genau, als wäre er aber von einem Zusammenhang fest überzeugt. Eine Antwort bekam Plotek jedenfalls nicht.

Stattdessen sagte Agatha: »Selbst das *Hotel Waldhaus* ist wahrscheinlich bald dran.«

»Dann ist alles vorbei«, mischte sich Jäggi wieder ein.

»Das Hotel hier auf dem Berg?«, fragte Plotek.

»Genau das.«

»Wie weißt du das?«

»Beats Verwandtschaft gehört das *Waldhaus.*« Agatha sagte es, als wäre das ein Grund mehr für ihr gemeinsames Glück.

»Noch, ja!« Jäggi gab sich nicht geschlagen. »Aber die Chinesen marschieren ein. Die gelbe Gefahr ist auf dem Vormarsch.«

»Na, so schlimm ist es auch nicht«, versuchte Beat lachend zu relativieren. »Immerhin leben wir seit Jahrzehnten schon von den Touristen.«

»Ja, und die trampeln unsere Natur kaputt«, sagte Jäggi augenblicklich, als hätte er auf diesen Themenwechsel gewartet. »Die Welt könnte so viel schöner sein ohne diese Bagage. Sollen sie doch zu Hause bleiben.« Er sah zu Plotek, als wollte er ihn fragen: »Was willst *du* eigentlich hier?« Fragte es aber nicht, sondern sagte: »Die braucht doch niemand.«

Da waren andere vermutlich ganz anderer Meinung. Auch Beat.

»Sils lebt vom Tourismus, vergiss das nicht! Das ganze Engadin. Schon immer. Bei vierhunderttausend pro Jahr bleibt für den Gemeindesäckel, die Hoteliers, die Restaurants und so weiter einiges übrig. Das ist nicht zu unterschätzen!«

»Ach was, Schmerzensgeld ist das, mehr nicht.« Jäggi winkte ab, nahm das erste Mal seine Pfeife aus dem Mund und klopfte sie gegen einen Baum. Die Pfeife hörte sich an wie ein Specht. Ein sprechender Specht. »Jeder soll bleiben, wo er hingehört.«

»Soso, und was machst du dann einmal im Monat in Zürich, hä?« Vermutlich mehr rhetorisch als ernst gemeint. Beat schien ganz genau zu wissen, was vor sich ging.

Und hatte offenbar ins Schwarze getroffen. Jäggis Blick verdüsterte sich. Der Specht verstummte.

»Das geht dich nichts an!«

Da ging das Allgemeine plötzlich ins Persönliche über. Da lag Zoff in der Luft.

»Du bist auch nicht ganz unschuldig, mit deinen Aktivitäten«, legte Jäggi nach. Was wiederum bei Beat offenbar ein ungutes Gefühl hinterließ. Seine Selbstsicherheit schwand.

Welche Aktivitäten?, fragte sich Plotek.

»Aua!!!«, schrie Agatha plötzlich auf. Das Kind hatte ihr in die Hand gebissen. Die Augen nicht mehr bedeckt, starrte es jetzt auf den Toten im Schnee und lachte. Die Folge: Der Streit zwischen Beat und Jäggi war beendet. Dafür blutete die Hand von Agatha. Sie reichte das Kind ihrem Freund, der es in die Luft hob und ermahnte: »Du sollst deine Mutter nicht beißen!«

Jetzt erst bemerkte Plotek, dass an Agathas beiden Händen mehrere Pflaster klebten. Er machte einen Schritt zur Seite. Aus Angst vor dem bissigen Kind. Agatha warf Plotek einen Blick zu, angestrengt lächelnd, als wollte sie sagen: »Halb so schlimm, die tut nichts, die will nur spielen.«

Das Kind schien widersprechen zu wollen und sah ebenfalls zu Plotek. Es zeigte dabei seine kleinen, spitzen Zähne.

»Ganz die Mutter«, drang wie nebenbei aus dem Mund von Jäggi an seiner Pfeife vorbei.

Noch ehe die Mutter protestieren konnte, hupte es am Straßenrand. Die Kripo aus Chur war am Fundort eingetroffen. Schneller als gedacht. Die Hauptkommissarin Vera Frischknecht sah wieder so elegant und herausgeputzt aus, als wäre dies das Filmset einer Vorabendkrimifolge. »Und bitte!«

Der Tatort wurde gesichert. Dabei schien alles genauso zu sein wie bei dem toten Mädchen am gestrigen Tag. Und doch gab es einen kleinen Unterschied. Nachdem die Leiche des Elvis-Imitators gänzlich vom Schnee befreit worden war, konnten keine Kleider gefunden werden. Der ganze Wald wurde durchkämmt. Keine Klamotten. Nirgends.

»Der ist doch nicht aus dem Hotel nackt zum Sterben hier hochgelaufen, oder?«, fragte die Kriminalkommissarin, mehr rhetorisch als ernst gemeint.

»Unwahrscheinlich.« Sie beantwortete die Frage gleich selbst. Mehr ernst als rhetorisch.

Wurden eben Spürhunde eingesetzt. Aber nichts. Wobei das auch nicht ganz stimmte.

Man fand doch noch etwas im Wald, was da eigentlich nicht hingehörte. Sogar allerhand: ein Pornoheft, einen defekten Toaster, eine Herrenunterhose der Größe XXL, angeschissen, eine Biografie von Helmut Kohls Sohn mit dem Titel *Leben oder gelebt werden,* mehrere gebrauchte Kondome, eine Mikrowelle, darin eine DVD von Bernd Eichingers *Der Untergang*, und ein kaputtes Kinderfahrrad. Auch eine Spieluhr aus Plastik wurde ganz in der Nähe der Leiche gefunden. Wenn man sie an dem Bändel aufzog, gab sie eine Melodie von sich. Schubert, *Wiegenlied.*

»Schön«, sagte Plotek.

»Schön«, sagte auch Vinzi, nachdem die Hauptkommissarin am Abend im *Wang Tong 23* an der Schnur gezogen hatte.

»Damit das Sterben vielleicht leichterfällt.«

Sie hörten andächtig der Spieluhr zu. Vinzi sang sogar dazu, leise und wie für sich.

»Schlafe, schlafe, holder süßer Knabe / Leise wiegt dich deiner Mutter Hand / Sanfte Ruhe, milde Labe / Bringt dir schwebend dieses Wiegenband / Schlafe, schlafe in dem süßen Grabe / Noch beschützt dich deiner Mutter Arm / Alle Wünsche, alle Habe / Fasst sie liebend, alle liebewarm …«

Die Hauptkommissarin applaudierte. »Alle Achtung, Sie können ja richtig gut singen.«

»Ostalbschwäbische Sängerknaben«, sagte Vinzi. »Früher. Das ist lange vorbei und längst begraben.«

»Vielleicht sollten Sie sich auch beim Elvis-Contest bewerben.«

»Mit Schubert?«, sagte Vinzi. »Das könnte Ihnen so gefallen, was?«

Vera Frischknecht lachte herzhaft und sah sich dabei den Bändel der Spieluhr, die sie noch immer in der Hand hielt, etwas genauer an. Dann sagte sie, in sehr ernstem Tonfall, als ginge es auf einmal um Leben und Tod: »Komisch ist, dass der Tote auffällige rote Flecken am Hals hatte.«

Von der Schnur vielleicht, dachte Plotek und blickte ebenfalls darauf.

»Na ja, die Gerichtsmedizin wird sicher herausfinden, woher die stammen.«

Sie legte die Spieluhr zur Seite und bestellte bei Frau Pan ein vietnamesisches Reisgericht. Dann fragte sie Plotek: »Sagen Sie mal, ist Ihnen auch aufgefallen, dass der tote Elvis-Imitator seltsam gerochen hat?«

Klar war das Plotek aufgefallen. Plotek ist ein olfaktorischer Mensch. Für Gerüche ist er immer zu haben. Nach

Möglichkeit natürlich nur für die guten. Der Elvis-Imitator roch nicht schlecht. Zumindest nicht wie ein Toter. Er roch nach einem Eau de Toilette. Eindeutig. Nach welchem, konnte Plotek nicht sagen. Aber gerochen hatte er es auch schon an anderen Männern, außer dem Toten.

»Sie wissen nicht zufällig, wonach?«

Plotek versuchte sich zu erinnern. »Zimt, Estragon, Sandelholz, Nelken, Patschuli«, zählte er auf.

»Stimmt«, kam von der Hauptkommissarin. »Und Vetiver.«

»Stimmt auch«, kam von Plotek.

6

Der dritte Tag ohne feste Nahrung! In seinem Zimmer blickte Plotek in den Spiegel über dem Waschbecken und erschrak. Das Gesicht, das ihn von da aus anstarrte, sah aus wie aus einer Krisenregion. Hungerkatastrophe. Äthiopien, Somalia, Biafra. Ausgemergelt, die Wangen leicht eingefallen, der Blick glasig, das Doppelkinn nicht mehr doppelt. Trotz des erschreckenden Aussehens fühlte er sich nicht schlecht. Eher das Gegenteil. Wach, frisch und äußerst sensibilisiert. Dazu kam eine gesunde Bräune. Da sieht man mal wieder, dass das eine mit dem anderen nicht unbedingt etwas zu tun haben muss. Nicht demjenigen, der am ansehnlichsten aussieht, geht es auch am besten. Und umgekehrt.

Schönheit wird überbewertet, dachte Plotek. Und dann: Wie sich wohl Frau Frischknecht fühlt? Im Umkehrschluss ja wohl ziemlich beschissen. Trotz einem Gesicht wie aus der Werbung für ewiges Leben. Oder Frau Wehrli? Bei diesen Gedanken legte sich ein zufriedenes Lächeln auf sein mageres Gesicht. Nur dass es vor seinen Augen, vor allem bei schnellen Kopfbewegungen, flimmerte und es über dem rechten Lid wieder zuckte, beunruhigte ihn ein bisschen.

»Fünfzehn Kilo«, sagte Marlies beim Frühstück auf der Terrasse und drehte sich wie eine aufgepumpte Ballerina einmal um sich selbst. »Und Sie?«

Plotek hob die Schultern und nippte am Tee, der tatsächlich nicht mehr ganz so scheußlich wie noch am Anfang schmeckte.

»Wollen Sie sich nicht mal wiegen?«

»Lieber nicht.«

»Ich schätze mal sechs Kilo.« Marlies begutachtete Plotek wie eine Ernährungsberaterin mit Spezialisierung auf Kalorienverbrennung. »Mindestens!« Das sollte wohl wie ein Kompliment klingen. »Da ist noch mehr drin.« Marlies hörte sich überzeugt an. »Viel mehr!«

Noch vier Wochen und ich bin auch verschwunden, dachte Plotek und konnte sich nicht so recht darüber freuen.

Zum ersten Mal stürzte Plotek beim Qigong nicht auf die Matte. Die *Verbindung zwischen Himmel und Erde* wollte aber dennoch nicht klappen.

»Was ist?« Britta mit den spitzen Brüsten tauchte neben ihm auf und legte ihre Hand beruhigend auf seinen Rücken. »Sie wirken heute Morgen so unkonzentriert.«

Stimmte nicht. Plotek war hoch konzentriert. Nur nicht auf die *Verbindung zwischen Himmel und Erde*. Sondern auf das Ehepaar Wehrli, das auf dem Parkplatz vor der Klinik in einen kleinen Disput verwickelt zu sein schien. Plotek hatte sie zufällig bei der Suche nach der *Verbindung* durch die Glasfront des Gymnastikraums gesehen. Seitdem war nur mehr ein Gedanke in seinem Kopf. Also im Prinzip auch Qigong.

»Lassen Sie los. Lassen Sie alle Gedanken durch sich hindurch. Werden Sie durchlässig. Konzentrieren Sie sich nur auf Ihren Körper.« Britta strich mit ihrer Handfläche wie mit einem Bügeleisen über seinen Rücken, immer wieder, sodass es Plotek ganz warm wurde.

Dennoch konnte er den einen Gedanken nicht durch sich hindurchlassen. Er klebte daran fest wie eine Fliege am von der Decke hängenden Fliegenfänger: *hygienisch, insektizidfrei, umweltfreundlich, mit Sofortwirkung und Langzeitschutz*. Er dachte nur noch diesen einen Gedanken. Nämlich: Was haben Dr. Wehrli und seine reizende Frau, die an diesem Morgen wieder wie direkt dem Himmel entschwebt aussah, für ein strittiges Thema, dass der Engel zwischen den beiden Autos der Wehrlis, einem Porsche Cayenne und einem Mercedes Jeep, herumtigert wie ein Derwisch?

»Kommen Sie mit, legen Sie sich einfach ein wenig hin. Nur atmen, das hilft.«

Britta begleitete Plotek in das benachbarte Behandlungszimmer. Oder besser: Sie eskortierte ihn, mit leichtem Druck auf die Schulter, weg von der Glasfront, als hätte auch sie die Wehrlis gesehen und wollte sie jetzt vor Ploteks Blick schützen. Aus dem Augenwinkel konnte Plotek aber noch erkennen, wie Frau Wehrli ihren Mann einfach stehen ließ wie eine Notrufsäule am Seitenstreifen einer Autobahn und vom Parkplatz hetzte.

Im benachbarten Behandlungszimmer legte sich Plotek auf die weiße Lederliege und schlief, nachdem Britta ihn verlassen hatte, sofort ein. Wie lange er traumlos vor sich hin döste, konnte er nach dem Aufwachen nicht sagen. Es muss aber eine ganze Weile gewesen sein. Die Akupunktur und das Shiatsu waren auf jeden Fall vorbei. Oder hatten erst gar nicht stattgefunden.

»Sollen wir mal was zusammen machen?«, fragte ihn Marlies, als sie gemeinsam auf der Terrasse der Klinik in dicke Decken gemümmelt saßen und den Mittagstrunk zu sich nahmen.

»Heute Nachmittag vielleicht? Wandern, angeln, Ski laufen?« Es klang wie ein Versprechen und eine Erwartung in einem.

»Geht leider nicht.«

»Warum nicht?« Nun hörte es sich eher trotzig an.

»Ich muss ...«

»Hat nicht der Doktor Wehrli gesagt, Sie sollen loslassen vom Alltag?« Marlies wirkte jetzt wie der verlängerte Arm des Doktors. Sie legte ihre schmale Hand auf Ploteks. Es fühlte sich gut an.

So eine schöne, feingliedrige Hand und so ein robuster Körper, dachte Plotek, wie geht das bloß zusammen?

»Also vergessen Sie das *Müssen ...«* Marlies zog die Hand wieder zurück, als wäre sie nicht bereit, diese Diskrepanz aufzuklären.

»Schon, aber ...«

Marlies ließ ihn nicht ausreden. »Wir könnten uns auch das Nietzschehaus ansehen. Da gibt es nachmittags eine Führung.«

»Ich muss ins *Hotel Zentral.* Freunde wohnen da. Und wir müssen ...«

»Müssen, müssen, müssen ...«, äffte sie ihn nach. Was Plotek gar nicht behagte. Das schien auch Marlies aufzufallen. Sie lachte, um die Bloßstellung einen Tick abzuschwächen.

»Schade.«

»Hmm.«

Kaum war Plotek wieder auf der Straße, sah er Marlies, die die Dorfstraße entlangschlenderte und direkt auf das Hotel zukam. Womöglich auf dem Weg zum Nietzschehaus. Verdammt, dachte er und: Der will ich jetzt auf keinen Fall begegnen. Bog er einfach in die entgegengesetzte Richtung ab. Er marschierte mit schnellen Schritten los, ließ die *Bar Cetto* in der Nähe des Dorfplatzes rechts liegen, passierte die Baustelle am *Hotel Edelrose*, auf der emsig und lautstark gewerkelt wurde, und ging schließlich am Nietzschehaus vorbei. Als er mit einem Blick nach hinten feststellte, dass Marlies zwar immer kleiner wurde, aber trotzdem noch in Sichtweite war, beschleunigte er seine Schritte erneut und befand sich nicht viel später am Rand von Sils Maria auf der Straße hoch Richtung *Hotel Waldhaus*. Beim wiederholten Blick zurück konnte er Marlies erkennen, die noch weiter abgeschlagen war, aber eindeutig denselben Weg nahm wie er. Also doch nicht Nietzschehaus.

»Mist!«

Er hechelte den Berg hoch. Als er das *Waldhaus* passiert hatte, konnte er plötzlich keine fünfzig Meter von sich entfernt eine Person erkennen, die ebenfalls mit strammem Schritt unterwegs war. Wo will die denn so schnell hin?, dachte Plotek und legte ein weiteres Mal einen Zahn zu. Einerseits wegen der molligen Marlies im Nacken. Andererseits wegen der Neugierde. Eine Kombination, die schon manchem den Kragen gekostet hatte.

Nach der nächsten Wegbiegung war die Person verschwunden. Die Spuren waren hingegen noch da. Nicht nur von einer, sondern jetzt sogar von zwei Personen. Das waren vier Fußabdrücke, die nach der Biegung die Straße verließen und einen kaum fünfzig Zentimeter breiten Trampelpfad Richtung Fextal betraten. Plotek dachte nicht lange nach und verließ ebenfalls die Straße.

Er folgte den Spuren durch den immer dichter werdenden schneebedeckten Wald, bis auf einer winzigen Lichtung etwas abseits eine kleine Hütte aus Holz auftauchte. Es war eine aus groben Brettern und Balken zusammengebaute Futterhütte, die inmitten der Bäume und unter all dem Schnee bestens getarnt war. Die Fußabdrücke steuerten direkt auf die Hütte zu, und da endeten sie dann auch erwartungsgemäß. Plotek warf einen Blick zurück. Marlies war nicht zu sehen.

Glück gehabt!, dachte er und hörte auf einmal Geräusche. Tierische Geräusche. Er sah an der Rückseite der Hütte durch die fingerbreiten Fugen zwischen den grob angebrachten Brettern in das Innere. Zuerst erkannte er im schummrigen Tageslicht nur Heuballen und einen großen hölzernen Futtertrog. Dann sah er dahinter etwas, das ihm den Atem verschlug. Er dachte an Sinnestäuschungen, kniff die Augen zusammen und wischte sich mit der Hand über das Gesicht. Ob die Vision der bereits dreitägigen Fastenkur und der dadurch gesteigerten Sensibilisierung geschuldet war oder dem Nahrungsmittelverzicht und den daraus resultierenden Fantasievorstellungen, wusste Plotek nicht. Fakt ist jedenfalls, dass er in der Hütte einen Mann mit bis zu den Knien heruntergelassener Hose und nackigem, haarigem Arsch sah. Der Mann stand hinter einer Frau. Die beugte sich über den Futtertrog und streckte ihm den ebenfalls nackten, aber gar nicht haarigen Hintern entgegen. Ihre Hose war bis zu den Fußgelenken hinuntergerutscht. Der Pullover bis zu den Schultern hochgeschoben.

Die vögeln?!, dachte Plotek. Und nicht nur in meinem Kopf, sondern ganz real. Also keine Vision, keine Täuschung. Alles echt! Der Mann, der sich als Beat Zuberbühler entpuppte, bewegte seinen Unterkörper immer schneller vor und zurück und hin und her. Wenn das Agatha wüsste, seine Braut in spe. Dann wäre es aber vorbei mit der geplanten Hochzeit, dem Glück und allem.

Die vor ihm gebeugte Frau stöhnte und stammelte mit glockenheller Stimme: »Ja, komm, schnell, ah, jetzt, ja, ja, ja …«

Das war … Plotek rieb sich erneut die Augen, die nun anfingen zu tränen. Als er sie wieder öffnete, war das Bild unverändert. Wieder keine Vision, keine Täuschung. Auch einwandfrei echt! Der Mann vögelte die Frau, und die war eindeutig Frau Wehrli! Die reizende Frau Wehrli, der Engel in Weiß, wird von Beat Zuberbühler, dem betrügerischen Schwein, ordentlich durchgevögelt!, dachte Plotek. Und: Wenn das der Doktor wüsste.

Und wieder: »Ja, komm, tiefer, jetzt, schnell, ja, ja, ja, härter, schnell, kommmm, kommmmmm …«

Als der Mann tatsächlich kam – jetzt, schnell, hart und tief – und sich mit einem Schrei, der an den Erdlaut vom Qigong erinnerte, in der Frau ergoss, krachte es plötzlich. Das hörte sich eher nach dem Holzlaut an. Soll heißen: Das Dach der Hütte brach entzwei. Es staubte, und etwas Großes stürzte herab und landete im Trog genau neben Frau Wehrli. Dann passierte erst mal nichts. Ein, zwei, drei Sekunden lang, die wie eine Ewigkeit anmuteten, war absolute Stille in der Hütte. Kein Stöhnen, kein »ja«, kein »komm« und auch kein »schnell«. Nichts. Als wären alle Beteiligten, ob des kuriosen Vorfalls, in Schockstarre verfallen. Nachdem sich der Staub ein wenig gelegt hatte, sah Plotek, was da durch das Dach gekracht und im Trog gelandet war. Ein Mensch! Ein Mann!

Beat Zuberbühler, Frau Wehrli und der unbekannte Mann im Trog ergaben eine Einheit, eine schweigende Komposition. Es sah aus wie ein Stillleben. In kräftigen Farben hingemalt. Mehr Öl als Aquarell. Auch Plotek rührte sich nicht. Die folgende Reaktion war umso heftiger. Frau Wehrli schrie wie am Spieß, was eindeutig nach Feuerlaut klang. Oder abgestochenem Schweinelaut, wenn es das im Qigong überhaupt gab. Dann rannte sie völlig hysterisch, noch immer mit heruntergelassener Hose, aus der Hütte und durch den Schnee. Das Stillleben zerfiel. Und Frau Wehrli auch. Sie fiel immer wieder in den Schnee, da die Hose in den Knien ein schnelles Rennen einfach nicht erlaubte. Auch Beat Zuberbühler schien völlig konsterniert. Zuerst betrachtete er den Mann im Trog, als fragte er sich, wo der denn nun so plötzlich hergekommen war. Dann das Loch im Dach, als Antwort darauf. Dennoch schien Beat enorme Verständnisschwierigkeiten zu haben. Womöglich dachte auch er an eine Sinnestäuschung – und das, obwohl er nicht einmal fastete. Kurze Zeit später zog er schnell seine Hose hoch und rannte ebenfalls aus der Hütte und der Frau Wehrli hinterher.

»Selina! Selina! Bleib stehen! Selina!«, hörte Plotek Beats Stimme verklingen. Er stand nach wie vor hinter der Hütte und starrte durch die Ritzen auf den Trog. Der Mann darin rührte sich noch immer nicht. Wie auch, er war ja tot.

Mit wackligen Knien und trockenem Mund betrat Plotek die Hütte und blieb am Trog stehen. Der Mann hatte asiatische Gesichtszüge und wirkte hier völlig deplatziert. Wie ein Ölschinken in einer Räucherkammer. Er sah auf den ersten Blick überhaupt nicht derangiert aus. Er blutete nicht einmal. Dennoch war er tot. Seine Haare waren weißlich und festgefroren. Die Augenbrauen ebenso. Die Lippen schimmerten blau. Mit starrem Blick sah er zur Decke hoch, zum Loch, in dem ein Stück blauer Himmel zu sehen war, aus dem der Asiate gefallen sein musste. Womöglich aus einem Flugzeug, dachte Plotek. Vielleicht ein blinder Passagier?

»Was ist?«

Plotek erschrak. Er schwankte und musste sich am Trog festhalten. Marlies stand auf einmal hinter ihm. Er gab den Blick auf den Toten frei und erwartete einen weiteren Qigong-Laut. Holzlaut, Feuerlaut oder dergleichen. Aber denkste. Aus Marlies' Mund kam gar kein Laut. Zuerst. Dann sagte sie, ganz nüchtern: »Wir müssen die Polizei verständigen«, wie man sagt: »Wir müssen die Flüge buchen.«

Sie klang völlig emotionslos, geradezu routiniert, als sähe sie täglich erfrorene Asiaten, die in Trögen liegen. Plotek nickte. Marlies wählte mit ihrem Mobiltelefon die 117, die Schweizer Notrufnummer.

Nachdem sie den Toten noch eine Weile aufmerksam betrachtet hatte, zog sie eine Schachtel Zigaretten aus der Tasche und steckte sich eine an. Plotek war überrascht. Er sah Marlies an und dachte: Die Augen von Dr. Wehrli sehen alles.

»Scheißegal!« Marlies hielt ihm die Schachtel hin.

Plotek zögerte.

»Na, mach schon!«

In so einer extremen Situation fällt gern auch mal das *Sie* dem *Du* zum Opfer. »Na, komm schon!«

Griff Plotek eben zu. Er steckte sich die Zigarette an und nahm einen tiefen Zug. Es tat gut.

So muss man sich fühlen, wenn man vor dem Tod die letzte Zigarette raucht, dachte Plotek. Dabei wurde es ihm angenehm schummrig. Sein Blick tanzte. Die Welt um ihn herum schien sich langsam zu drehen. Der Asiate im Trog sah jetzt aus, als lächelte er. Marlies auch. Plotek spürte, wie sich selbst um seinen eigenen Mund ein lächelnder Zug legte. Dann fiel er um. Und landete im Stroh. Marlies legte sich dazu. Sie lagen nebeneinander, sahen durch das kaputte Dach hoch in den blauen Himmel und blickten den Wolken hinterher, die das Loch, als wären sie hintereinander her, durchkreuzten.

Zwanzig Minuten später waren wieder alle um den Toten versammelt. Linard Jäggi, Vera Frischknecht, einige Spurensicherer in weißen Overalls, Plotek, Vinzi und Marlies. Die Hauptkommissarin hatte mit ihrer Truppe offenbar seit dem Vortag Sils Maria noch nicht verlassen. Als ahnte sie, diesem Oberengadiner Dorf so schnell nicht mehr zu entkommen.

»Die Chinesen kommen!«, sagte Jäggi. »Jetzt sogar durch die Luft.«

Er zeigte hoch zum Loch im Dach, zog an seiner Pfeife und qualmte vor sich hin. »Hab ich es nicht gesagt!«

Alle sahen jetzt Frau Frischknecht erwartungsvoll an, als hätte die eine halbwegs einleuchtende Erklärung, wie dieser asiatisch aussehende Mann in den Futtertrog im Schweizer Engadin geraten konnte.

»Ich gebe zu, so was haben wir zwar selten, aber es kommt schon mal vor.«

Die Erwartung schlug um in Verwunderung. Alle schienen sich zu fragen, wie die hübsche Hauptkommissarin das denn meinte.

»Das gibt's«, legte sie aber lediglich nach.

»Wie die Kältetoten?«, stocherte Vinzi im Vagen.

Marlies verdrehte die Augen, als wäre sie von dieser Diskussion gelangweilt und wollte wieder zurück aufs Stroh.

»Exakt!« Frau Frischknecht reckte dabei den Daumen in die Höhe. »Das ist genau genommen auch ein Kältetod, allerdings kein freiwilliger.«

»Mord?«, fragte Plotek, wie man fragt: »Wer war's?«

»Na ja, auch nicht«, kam zögerlich von der Hauptkommissarin. »Eher Unfall.«

Wieder die verdrehten Augen von Marlies.

Dann nach weiterer Überlegung: »Oder besser: unglückselige Verkettung noch unglückseligerer Ereignisse.«

»Hä?« Jetzt war der Nebel bei den anderen ganz dicht. Die eigene Hand vor dem Gesicht war kaum mehr zu sehen. Versuchte die Hauptkommissarin eben, ein wenig Licht in das gedankliche Dunkel der Versammelten zu bringen.

»In der Gemeinde Weisslingen in der Nähe von Zürich und im Raum Waldshut in Deutschland tauchten letztes Jahr ebenfalls derartige Leichen auf. Der Mann ist, wie es scheint, ein illegaler Einwanderer. Er ist vermutlich irgendwo in Asien – China, Vietnam, Kambodscha – in den Fahrwerkschacht eines Flugzeugs geklettert, um seinem Land und vor allem seiner dortigen Situation zu entkommen. Um heimlich nach Europa zu gelangen.«

Die um den Trog Herumstehenden hörten aufmerksam zu wie Studenten in einem Proseminar der attraktiven Professorin.

»Im Fahrwerkschacht eines Flugzeugs?«, wiederholte Vinzi.

Jäggi schüttelte, noch immer rauchend, den Kopf.

»Exakt.« Frau Frischknecht ließ keine Zweifel daran und kommentierte wieder mit hochschnellendem Daumen. »In einer Flughöhe von zehntausend Metern herrschen Temperaturen von bis zu minus sechzig Grad. Der Mann ist also womöglich erfroren. Oder aber an Sauerstoffmangel gestorben.«

»Aber wie kommt er dann um Himmels willen hierher?« Für Jäggi schien das alles nach purer Fantasie zu klingen.

»Vermutlich ist er beim Landeanflug auf den Flughafen Zürich-Kloten aus dem Fahrwerkschacht gefallen.«

Wieder schüttelte der Dorfpolizist den Kopf.

»In der Nähe von Flughäfen finden wir einige dieser armen Seelen.«

»Aber hier ist doch kein Flughafen!« Jäggi schrie es mehr, als dass er es sprach. So laut, dass sein Hörgerät dazu pfiff. Vera Frischknecht sah ihn böse an, ihr war vermutlich völlig egal, dass Jäggi so lange bei der Schweizer Polizei gedient hatte, wie sie alt war.

»Na ja, hier jetzt nicht gerade.« Sie sagte es etwas unwirsch und zeigte mit einer weit ausholenden Handbewegung um sich. »Der Züricher ist aber keine zweihundert Kilometer entfernt. Wie gesagt: Ich nehme an, das Flugzeug war im Anflug auf den Flughafen Zürich-Kloten. Womöglich hat es hier schon – aus Versehen, bewusst, was weiß ich – das Fahrwerk ausgefahren. Und so muss der Mann rausgefallen und durch die Luft gesegelt sein.«

»Frau Hauptkommissarin, sehen Sie mal, was wir hier

gefunden haben.« Einer der in weiße Overalls gekleideten Spurensicherer kam auf die kleine Gruppe zu und hielt einen durchsichtigen Plastikbeutel in der Hand, den er nun der Hauptkommissarin reichte. Im Plastikbeutel steckte ein Kondom. Gefüllt!

»Ist sogar noch warm«, sagte die Hauptkommissarin und lächelte. »Damit könnte man unter Umständen noch ein paar stramme Schweizer zeugen.«

»Oder Schweizerinnen«, sagte Vinzi.

»Exakt.«

»Haben Sie etwas Verdächtiges bemerkt, gesehen, gehört, entdeckt?« Die Frage richtete sich direkt an Plotek. Der wurde ein wenig rot, fing wieder überdurchschnittlich zu schwitzen an und sagte: »Nö.«

»Oder ist das Ding etwa von Ihnen?«

Ich wäre mit den zitternden Knien und in meinem Fastenkurzustand gar nicht dazu fähig, dachte Plotek und schüttelte vehement den Kopf. Marlies wurde jetzt auch rot.

Vinzi lachte. »Sie meinen, ein Fall von Nekrophilie?« Er zeigte auf den Toten.

Jäggi guckte, als wäre der Fall geklärt und Plotek der Mörder.

»Nein, nein, da kann ich Sie beruhigen, Frau Hauptkommissarin«, sagte Vinzi schnell, als er Jäggis Blick sah. »Ploteks Sexualleben ist eher von der normalen Sorte. Nichts Abseitiges, stimmt's?«

Nicken von Plotek. Und Lächeln der Hauptkommissarin. Nur Jäggi sah weiterhin so aus, als röche er den Braten. Was für einen auch immer. Womöglich den chinesischen.

»Oder von Ihnen?« Die Hauptkommissarin hielt das gefüllte Kondom vor Marlies' Augen. Es baumelte in der Luft wie Glocken beim Mittagsgebet.

»Sehe ich aus wie ein Mann?« Marlies gab sich schockiert.

»Nee, aber wie eine Frau, bei der derartige Hilfsmittel durchaus zur Anwendung kommen könnten.«

»Danke für die Blumen.« Marlies ließ sich von der Hauptkommissarin nicht einschüchtern. »Aber ich bin erst später an den Tatort gelangt.« Das Rot verschwand aus ihrem Gesicht. »Nachdem der Verkehr offenbar schon vollzogen war.«

Sie sah Plotek an, als hätte sie sich durchaus vorstellen können, derartige Hilfsmittel bei ihm anzuwenden.

»Da waren nur noch der Tote und der Herr Plotek zugegen.«

»Schade«, sagte die Hauptkommissarin.

»Ja«, sagte Marlies.

Im *Wang Tong 23* liefen dann wieder die kriminalistischen Fäden zusammen. Und die glühten wie unter Starkstrom. Die Hauptkommissarin schlug kurzerhand ein mobiles Ermittlungsbüro am Stammtisch auf, wo sie, während sie ein vietnamesisches Reisgericht vertilgte, vor allem den Fall des abgestürzten Asiaten bearbeitete.

»Lecker!« Sie konnte ermitteln und essen gleichzeitig. Die ganze Frau war ein einziges Phänomen und eine neue Generation in der Kriminalaufklärung.

Die Ermittlungen hinsichtlich des toten Elvis im Wald waren indes, wie sich herausstellte, noch nicht weit vorangekommen.

»Die Obduktion hat ergeben, dass der Elvis-Imitator im

Wald nicht erfroren ist«, sagte die Hauptkommissarin Frischknecht zu Plotek und Vinzi, die sich an den Nebentisch gesetzt hatten – Vinzi mit Bier, Plotek mit stillem Wasser.

»Also kein Kältetoter?«, sagte Plotek, mehr Feststellung als Frage.

»Kann man so sagen.« Vera Frischknecht schob sich den in Kokosmilch getauchten Reis in den Mund und verdrehte vor Verzückung die Augen.

»Was dann?«

»Er starb laut gerichtsmedizinischem Gutachten an Erstickung.«

»An Erstickung?«, kam ungläubig von Plotek.

»Ja. Um den Hals hatte er einen feinen, aber doch deutlich sichtbaren roten Strich. Spuren von einer Schnur.«

Plotek fiel sofort *Woyzeck* ein. Georg Büchner. Das dramatische Fragment um den armen Soldaten, der seine untreue Geliebte Marie ermordet. »Was bist du so bleich, Marie? Was hast du eine rote Schnur um den Hals? Bei wem hast du das Halsband verdient mit deinen Sünden?«, rezitierte Plotek, als wäre er selbst Woyzeck.

Die Hauptkommissarin, offenbar in der deutschen Theaterliteratur firm, lächelte.

»So ähnlich, ja, nur ohne Fremdeinwirkung.«

Kopfschütteln bei Plotek. Kopfschütteln bei Vinzi. Während die Hauptkommissarin wieder vor Verzückung die Augen verdrehte, nachdem sie mit den Stäbchen ein paar Bambusstreifen in den Mund bugsiert hatte.

»Wie soll das gehen?« Vinzi fragte es mit dünner Stimme, mehr sich selbst als die anderen.

»Die Gerichtsmediziner haben herausgefunden, dass das

Würgemal von der Spieluhr stammt. Oder besser: von dem Bändel der Spieluhr.«

Unsicher, ob es ein Scherz war, vergewisserte sich Plotek noch einmal: »Sie wollen allen Ernstes behaupten, der Elvis hat sich die Spieluhr selbst um den Hals geschlungen und sich damit erwürgt?«

»Exakt.« Mit den Stäbchen stach sie dabei in die Luft.

Die hat doch nicht mehr alle Tassen im Schrank, dachte Plotek, oder einfach keinen Bock zu ermitteln.

»Schubert, *Wiegenlied*«, kam von Vinzi, und schon fing er wieder an zu singen: »Schlafe, schlafe, holder süßer Knabe / Leise wiegt dich deiner Mutter Hand / Sanfte Ruhe, milde Labe / Bringt dir schwebend dieses Wiegenband / Schlafe, schlafe in dem süßen Grabe / Noch beschützt dich deiner Mutter Arm / Alle Wünsche, alle Habe / Fasst sie liebend, alle liebewarm …«

»Schön«, sagte die Hauptkommissarin und dirigierte mit den Stäbchen.

»Und traurig«, sagte Plotek.

»Der Tod *ist* traurig«, kam von Vinzi.

»Und brutal.«

»Mit der Schnur vielleicht ein bisschen weniger«, relativierte Vera Frischknecht und ließ die Stäbchen wieder ihre eigentliche Aufgabe verrichten.

»Der Tod ist ein Arschloch!« Vinzi ließ das nicht gelten.

»Der bei unserem Elvis trat durch Strangulieren ein«, nahm die Hauptkommissarin den Faden wieder auf. »Das meinen zumindest die Gerichtsmediziner.«

»Wie blöd muss man da sein?« Vinzi schüttelte den Kopf und meinte wohl den sich selbst strangulierenden Elvis. Vielleicht auch ein bisschen die Gerichtsmediziner.

»Nicht blöd. Verzweifelt, lebensmüde.« Die Hauptkommissarin schob den leeren Teller von sich und warf die Stäbchen wie Waffen daneben.

»Aber das geht doch gar nicht«, warf Plotek ebenfalls scharfe Munition dazu.

Er war davon überzeugt, dass die Selbstmord-Theorie einzig und allein auf Frischknechts Hang zum Dolce Vita beruhte. Dass es sich um Mord handelte, lag nämlich auf der Hand. Nur schien die junge Kriminalbeamtin nicht an Mord glauben zu wollen. Auf Teufel komm raus nicht. Aus gutem Grund, wie Plotek einleuchtete. Selbstmord ist einfacher als Mord. Einfacher zu ermitteln, weniger aufwendig. So wie es aussah, hatte die attraktive Frau Frischknecht einfach keine Lust auf Mord. Kann man auch irgendwie verstehen. Keine Lust auf Überstunden, Fahndungsdruck, nicht enden wollende Tage in Sils Maria und alles. Die Hauptkommissarin machte den Eindruck, als ob es in ihrer Wirklichkeit wichtigere Dinge gäbe als Kapitalverbrechen. Soll heißen: als ob sie eben dem Dolce Vita nicht abgeneigt wäre.

Eigentlich sympathisch, dachte Plotek. Hätte sie sich eben einen anderen Beruf aussuchen müssen, könnte man andererseits auch denken. Aber mit Dolce Vita ist nun mal kaum ein Beruf kompatibel. Die Hauptkommissarin schien sich jedenfalls mehr für kulinarische Genüsse begeistern zu können als für irgendwelche Ermittlungen. Da ist ein vermuteter Selbstmörder wesentlich angenehmer als ein unbekannter Mörder, nicht wahr?

In diesem Moment kam Frau Pan an den Tisch geeilt, griff nach dem schmutzigen Geschirr und fragte: »Hat geschmeckt?«

»Sehr!« Die Hauptkommissarin küsste in die Luft, was

auch wie aus der deutschen Dramatik wirkte. Allerdings ganz schlecht inszeniert. Plotek erinnerte sich zwangsläufig an seine Zeit als Schauspieler im deutschen Stadttheater: Konstanz, Marburg, Erlangen. Grauenhaft!

Frau Pan trug nach der missglückten Schauspieleinlage von Vera Frischknecht, ohne sich zu verbeugen, das Geschirr ab und verschwand in der Küche.

»Und wo sind dann die Kleider vom toten Elvis?« Vinzi schien sich noch nicht geschlagen geben zu wollen.

»Tja, keine Ahnung, aber die werden sich schon noch finden.«

Vinzi beugte sich im Rollstuhl ein Stück zur Hauptkommissarin am Nebentisch hinüber und flüsterte mehr, als dass er sprach: »Mal ehrlich, verehrte Frau Hauptkommissarin, aber das glauben Sie doch selber nicht, oder?«

»Es geht nicht darum, was ich glaube«, flüsterte sie zurück. »Es geht darum, wie die Sachlage aussieht.« Es hörte sich an wie Liebesgeflüster.

»Verdammt seltsam sieht die aus.«

»Finden Sie?« Die Hauptkommissarin rülpste lautlos.

»Sie nicht?«

Frau Pan war wieder zurück. »Sie haben einen Wunsch noch?«

»Wenn Sie mir vielleicht noch eines dieser köstlichen Reisschnäpschen bringen würden?« Frau Frischknecht rieb mit ihrer schönen Hand ihren sicher noch schöneren Bauch.

»Einen *Lua Moi*?«

»Genau den!«

»Mir auch!«, sagte Vinzi und leckte sich die Lippen.

Nicken und Verbeugen von Frau Pan, und schon war sie wieder verschwunden.

»Und wie geht es jetzt mit dem Asiaten weiter?« Vinzi brachte, nachdem der tote Elvis im Wald offensichtlich erledigt war, den abgestürzten Mann im Trog wieder ins Spiel.

»Der ist auch erstickt, wie die Obduktion ergeben hat.«

»Aber ohne Spieluhr.«

»Exakt.« Wieder leichtes Aufstoßen der Hauptkommissarin. »Wir versuchen gerade, die Identität des Mannes zu ermitteln. Das Flugzeug, aus dem er gefallen ist. Warum das Fahrwerk so früh geöffnet wurde und so weiter.«

Die Schnäpse kamen.

»Zum Wohl.«

»Danke.« Die Hauptkommissarin kippte den Schnaps in einem Zug die Kehle hinunter. Vinzi auch.

»Schmeckt wie Wodka!«, sagte Vinzi.

»Besser!«, sagte sie und rieb sich erneut den Bauch. Dann fügte sie, offenbar in Bezug auf den asiatischen Abwurf, hinzu: »Ist nicht einfach, aber machbar.«

Bleibt für die kulinarischen Genüsse noch genügend Zeit, dachte Plotek. Als wollte Frau Frischknecht ihn bestätigen, sagte sie: »Dann ist auch dieser Fall erledigt.« Die Hauptkommissarin schien jetzt schon erleichtert zu sein.

»Der Mond ist wie ein blutig Eisen!«, zitierte Plotek *Woyzeck*, woraufhin sich auch Frau Pan, das erste Mal übrigens, in das Gespräch einmischte.

»Wenn Sie fragen mich, alles hat mit Geschichte von Maler zu tun.«

Sie fragte aber niemand. Schon gar nicht die Hauptkommissarin. Erzählen tat sie es dann trotzdem. Zuvor brachte sie auf Bestellung von Vinzi aber noch mal zwei *Lua Moi*.

»Waren Sie schon in der *Chesa Fonio*?«

Vinzi, Plotek und Vera Frischknecht schüttelten den Kopf.

»Andrea Robbi?«

Wieder kollektives Schütteln.

»Prost!« Vinzi und Vera stießen an. Beide kippten den Schnaps wieder in einem Zug hinunter. Plotek sah ihnen ein wenig neidisch dabei zu. Frau Pan wiederum eilte zum Tresen und kam mit einer Postkarte zurück. Sie legte sie vor Plotek und Vinzi auf den Tisch. Auf der Postkarte war das Konterfei eines Mannes abgebildet. Dunkel, düster, mit einem Blick aus der Abteilung Mehrfachmörder. In erdigen Brauntönen gehalten, mit viel Schatten.

»Ist das Andrea Robbi?«

»Ja, ist Maler. War Maler. Ist Selbstbildnis. Er ist aufgewachsen hier in Sils. Dann er hat Malerei studiert in München, Dresden, Mailand. In Paris er war auch und hat gemalt. Er war Künstler, Bohemien.«

Na ja, nichts Ungewöhnliches im Prinzip, dachte Plotek und verlor langsam das Interesse an Frau Pans Erzählung.

»Bis 1898, dann alles ist gekommen anders.« Also doch ungewöhnlich. Frau Pan machte eine Pause. Das Interesse der drei kehrte zurück.

»Was ist denn passiert?«, wollte Vera Frischknecht wissen.

»Er hört auf zu malen. Plötzlich, auf einen Schlag. Sein Vater ist tot, und er kommt zurück nach Sils. Dann, nachdem einige Jahre später Mutter auch stirbt, Andrea Robbi entzieht sich der Welt. Er zieht in Haus von Vater, macht Fensterläden zu und lebt nur noch in Dunkelheit. Wandert im Haus mit Kerzen herum. Unheimlich. Nur manchmal in der Nacht er geht nach draußen, geht um Haus herum und dann wieder zurück in Isolation. Warum er so ist, bleibt ein Rätsel. Sein Geheimnis. Er lebt lange so, über vierzig Jahre allein in Dunkelheit. 1945 er ist gestorben.«

»Seltsam«, sagte Vinzi.

»Aber was hat das mit den Elvissen und den Kältetoten …«, wollte Plotek wissen. Frau Pan ließ ihn aber nicht aussprechen, sondern ging mit »Aber sein Geist lebt« dazwischen.

»Wie meinen Sie das, *sein Geist lebt*?«, fragte die Hauptkommissarin und sah dabei so aus, als würde das vietnamesische Reisgericht sie nachhaltig plagen – trotz der Schnäpse.

»Manchmal ich sehe nachts draußen eine Gestalt. Das ist Robbi, der um Häuser schleicht und sucht etwas.«

»Was sucht er denn?«

»Seine Ruhe vielleicht. Oder etwas, das gibt ihm Ruhe zurück.«

In Frau Pans Augen war ein Leuchten, als stünde sie in direkter Verbindung zu Andrea Robbi. Oder besser: zu seinem Geist.

Vielleicht tickt die reizende Vietnamesin aber auch einfach nicht ganz richtig, dachte Plotek, während Vinzi »Möglich, möglich« sagte. Nicht weil er wirklich daran glaubte, sondern weil er sich mit Frau Pan gemeinmachen wollte, so Ploteks Eindruck. Emsig sammelte Vinzi Sympathiepunkte.

Die Hauptkommissarin schmunzelte, als würde sie die reizende Frau Pan nicht wirklich ernst nehmen. Dann sagte sie: »Sie entschuldigen mich!«, stand flugs vom Tisch auf und verschwand in der Toilette.

»Kotzen«, sagte Vinzi. Plotek nickte, und beide lachten in sich hinein. Frau Pan verzog sich wieder hinter ihren Tresen. Keine fünf Minuten später kam die Hauptkommissarin zurück an den Tisch. Sie wirkte frisch, strahlte und sah nicht aus, als hätte sie sich übergeben. Schlechtes Schauspiel, kam Plotek in den Sinn. Darin kannte er sich aus.

An der Jeans von Vera Frischknecht war ein kleiner, unscheinbarer Fleck zu sehen. Also doch übergeben, dachte Plotek und lächelte in sich hinein, während die Hauptkommissarin sagte: »Was natürlich schon sehr seltsam ist, und das ist mir erst gerade auf dem Klo aufgefallen, ist die Tatsache, dass Sie, Herr Plotek, immer als Erster bei den Toten waren. Sie waren der, der alle drei Leichen gefunden hat.« Sie sah ihn an, als wäre er nicht nur der Finder, sondern auch der Mörder – von Opfern, die ihrer Meinung nach gar keine waren.

»Na und?«, fragte Vinzi. »Was leiten Sie daraus ab?«

»Ich weiß nicht. Aber komisch ist es schon, oder?«

Noch ehe Plotek oder Vinzi etwas sagen konnten, ging mit einem Poltern die Restauranttür auf. Alle starrten gebannt zum Eingang. Es war aber nicht Andrea Robbi, auch nicht sein Geist, der jetzt das *Wang Tong 23* betrat, sondern Klemens, der völlig durchnässt hereinkam.

»Scheiße, Bumsarsch ... es schneit Hunde und Katzen ... Hammelarsch, Brunzblase!«

Als wäre das ein Zeichen für die Hauptkommissarin, sagte sie: »Ich muss!«

Sie stand auf, zahlte und verabschiedete sich. Womöglich in den Feierabend Richtung Chur. Daraus wurde aber nichts.

Als sie an der Tür ankam, war ein lautes Geräusch zu hören. Holzlaut vom Qigong. Ein Geräusch, als ginge die Welt unter. Dann flackerte das Licht. Bis es schließlich ausging.

7

Das Geräusch resultierte von einer Lawine. Oder besser von zweien. Zwei mächtige Lawinen aus Schnee und vor allem Steingeröll waren fast gleichzeitig mit Getöse von den Bergen heruntergerauscht, sodass nun die Zufahrtsstraße nach Sils völlig blockiert war. Das Dorf war vorübergehend von der Außenwelt abgeschnitten. Der Strom war zwar schnell wieder zurück, aber es wurde mit einem, vielleicht auch zwei Tagen gerechnet, bis die Bergungsmannschaften die Straße nach Sils Maria freiräumen würden. Was aber fast alle Silser eher gelassen aufzunehmen schienen. Wer so abseits der Welt lebt, für den besteht nichts Außergewöhnliches darin, für ein paar Tage ganz auf den Anschluss an dieselbige zu verzichten. Bei manchen hatte man das Gefühl, sie waren sogar froh darüber, von dem Rest der Welt in Ruhe gelassen zu werden. Linard Jäggi zum Beispiel. Wenn es nach ihm ginge, hätte so eine Lawine den Verkehr von und nach Sils Maria das ganze Jahr über lahmlegen können. Anderen wiederum war die temporäre Isolation bestimmt ganz und gar nicht recht. Beat Zuberbühler sah wahrscheinlich durch die Lawinen den von ihm organisierten Elvis-Contest ernsthaft in Gefahr. Oder vielmehr alles, was an diesem Wettbewerb dranhing. Und das war ziemlich viel. Soll heißen: mediale Aufmerksamkeit, Zuwachs an Touristen und alles. Plotek wiederum war es wie den meisten Bewohnern einerlei. Er ließ sich in seinem täglichen Therapieprogramm nicht beeinflussen.

Er lag auf dem Futon und genoss einmal mehr die resolute Bearbeitung durch Frau Wehrli, die wieder auf ihm herumturnte, als wäre er ein Barren. Wobei er an diesem Morgen mit anderen Augen auf den Engel über sich blickte. Sie wiederum guckte ganz normal, offenbar ahnte sie nichts von Ploteks Wissen um ihren Seitensprung.

»Glauben Sie eigentlich auch, dass die Chinesen Sils einnehmen?«, fragte Plotek in Rückenlage, während Frau Wehrli sein gestrecktes Bein um 45 Grad anhob und zur Seite drehte. Dabei kippte sie seinen Fuß nach außen und stabilisierte die Hüfte.

Frau Wehrli lachte dabei. »Jäggi, der Spinner!«

»Er behauptet sogar, der Asiate vom Himmel, der in der Hütte gelandet ist, hätte damit zu tun.«

Ein leichter Rotschimmer legte sich auf die Wangen der Frau Wehrli. Was ihr ausgesprochen gut stand.

»In der Hütte wurde ein Kondom gefunden.«

Frau Wehrli schwieg – wohlweislich.

»Ein gefülltes Kondom. Der Inhalt war noch warm.«

Der Engel langte kräftiger zu, wie Plotek schien.

»Aua!«

Das Bein war überdehnt, die Muskeln ächzten.

»Entschuldigung.« Frau Wehrli sagte es weniger entschuldigend als vorwurfsvoll. »Aber Sie müssen sich auf die Bewegungen konzentrieren, sonst kann das Ki nicht fließen! Wenn Sie ständig reden, ist das kein Wunder.« Noch größerer Vorwurf.

Was ist kein Wunder?, dachte Plotek und hielt von nun an den Mund.

Dennoch konnte er sich nicht auf die Anregung und Harmonisierung seines Energieflusses konzentrieren. Da hatte die Frau Wehrli schon recht. Auch wenn sie noch so sanft auf ihm herumknetete.

»Vielleicht sollte man einen Gentest machen«, fiel Plotek wie ganz nebenbei aus dem Mund. »Speichelprobe. Dann könnte man herausfinden, von wem ...« Der sanfte Druck war gar nicht mehr sanft.

»Aua!«

Dieses Mal kein »Entschuldigung«. Dafür: »Das macht den Asiaten auch nicht mehr lebendig.«

Noch ehe Plotek weitere Provokationen von sich geben konnte, beendete Frau Wehrli, die ein bisschen genervt klang, mit »Fertig!« die Therapiesitzung. Ihr Energiefluss schien auch nicht mehr ganz so harmonisch zu sein.

Während der anschließenden Akupunktursitzung ging plötzlich die Tür auf. Eine elegante, vielleicht siebzigjährige Frau mit akkurater Dauerwelle, geschminkt und mit Klunkern behängt, als wäre sie zu einer Opernveranstaltung unterwegs, kam ins Zimmer. Sie sah auf Dr. Wehrli herab wie der Vorstandsvorsitzende eines Großkonzerns auf das Reinigungspersonal.

»Matteo, kommst du mal!«

Ein Satz wie ein Strafbefehl.

Dr. Wehrli zuckte zusammen. Die Akupunkturnadel verfehlte haarscharf das Ziel. Sie steckte jetzt neben und nicht im Meridian.

»Aua!«

»Mama, ich kann jetzt nicht«, sagte der Doktor, um Versöhnung bemüht. Aber denkste.

»Matteo! Bitte!« Eine Stimme wie die vom Freisler vom Volksgerichtshof. Bedeutet: Todesstrafe.

»Verzeihen Sie, Herr Plotek.« Der Delinquent schien geständig. »Ich bin gleich wieder da.«

War er dann nicht. Nach fast einer Stunde auf der Liege hatte sich Plotek schon damit abgefunden, die Nadeln selbst aus den Meridianen zu ziehen. Musste er dann doch nicht, weil Britta, die Qigong-Expertin, den Raum betrat und zu Hilfe kam.

»Wenn seine Mama ruft, dann muss er springen.«

»Wie ein Reh.«

»Ja. Da ist der Herr Dr. Wehrli einfach nicht konsequent genug.« Es klang ein wenig enttäuscht. »Die Mutter ist gewöhnungsbedürftig.« Sie flüsterte es mehr, als dass sie es sprach. Offenbar aus Angst. »Aber er hat ihr ja auch einiges zu verdanken.«

»Was?«

Britta zeigte mit einer weit ausholenden Geste um sich, als wollte sie sagen: »Das alles!«

Das war allerhand.

»So. Fertig.«

Sie reichte ihm die Hand. »Geht's?«

Plotek stand auf. »Geht.«

Nach dem Mittagstrunk verabredete sich Plotek mit Vinzi erneut zum Angeln. Dieses Mal war auch Klemens mit dabei. Als Vinzi ihm zwei Schnäpse in Aussicht stellte, war Klemens sogar bereit, mit dem Pickel das mittlerweile längst wieder zugefrorene Loch, das aber viel größer als noch am Vortag wirkte, aufzupickeln.

»Danke!«

»Kackarsch ... doch nicht dafür ... Ziegenficker!«

Während Plotek anschließend angelte, rauchten Vinzi und Klemens einen Joint nach dem anderen zu Asche. Bis Klemens anfing zu singen. Lieder von Elvis natürlich. Dank des Marihuanas fast ohne Schimpfwörter.

»Das wird!« Vinzi sagte es und reckte den Daumen in die Höhe. »Den Sieg kann dir niemand mehr nehmen!«

Höchstens er selbst, dachte Plotek.

Seit einer Stunde hing die Angelrute im Eisloch des Silsersees, wobei das Loch langsam schon wieder zufror, ohne dass sich da etwas bewegte. Kein Fisch weit und breit. Eigentlich hatte Plotek noch nie etwas gefangen. Eigentlich war Angeln auch nicht die Art von Sport, für die sein Herz schlug. Schon gar nicht im Winter. Es gab ehrlich gestanden überhaupt keine Sportart mehr, die ihn begeisterte. Fußball vielleicht mal, früher. Heute fand er Fußball so sexy, wie mit einer Angelrute an einem See zu stehen und sich den Arsch abzufrieren. Als ob die Angelrute Ähnliches empfand, bog sie sich plötzlich. Plotek dachte noch: Was ist denn mit der los?, als ihm dämmerte, dass da am anderen Ende etwas zog. Ein Fisch, klar! Was denn sonst?!

»Verdammt, da hat einer angebissen!« Plotek sagte es, wie man sagt: »Kann mir mal jemand helfen?!«

Machten sie auch. Klemens zog zusammen mit Plotek an der Rute. Doch irgendwie schien sich der Fisch am kleinen Eisloch verkantet zu haben. Es dauerte eine Zeit lang, bis die Angelschnur aus dem Wasser war. Da dann: Überraschung! Am Haken hing nämlich gar kein Fisch. Am Haken hing ein Stiefel. Oder besser: ein Cowboystiefel. Einer aus weißem Leder und mit gestickten Applikationen drauf, die das Konterfei von Elvis Presley in jungen Jahren zeigten. Der ganze Stiefel ein Unikum und sicher sauteuer.

»Wer schmeißt einen solchen Stiefel ins Wasser?«, fragten die drei gleichzeitig und kopfschüttelnd.

Klemens betrachtete den Stiefel näher: »Das ist einer von einem Elvis-Imitator.« Er sagte es, ohne dass ein vulgärer Ausdruck seine Worte eskortierte.

»Ja, von wem auch sonst?!«

»Nein, ich meine, ich habe ihn schon mal gesehen. Am Fuß von einem der Sänger.«

»Wo?« Es klang wie ein Verhör. Wie Vera Frischknecht in Hochform.

»Im Hotel natürlich, Mann!«

»Du willst aber jetzt nicht behaupten, dass der Stiefel zu unserem kältetoten Elvis im Wald gehört?«

»O doch, das ... Scheiße ... will ich.«

»Ob da der andere Stiefel auch noch drin ist?« Plotek zeigte zum Loch.

»Vermutlich.«

»Vielleicht sogar noch mehr«, spekulierte Vinzi. Offenbar fiel auch ihm jetzt auf, dass das Loch viel größer war als noch am Vortag.

Plotek hielt die Angel aber nicht ein weiteres Mal ins Wasser.

»Ich schätze mal, dafür ist die fesche Hauptkommissarin zuständig, oder?«, sagte Vinzi.

Die anderen beiden stimmten zu.

Der Silsersee musste abgesucht werden, das war klar. Allerdings nicht sofort, sondern später. Die Taucher kamen ja momentan nicht nach Sils Maria durch. Wegen dem Schnee, dem Geröll und allem. Aber selbst wenn sie durchgekommen wären, wäre es nicht so schnell gegangen.

»Warum?«, fragte Vinzi die Hauptkommissarin Frischknecht, nachdem diese sich den Stiefel ganz genau angesehen hatte.

»Na ja, so viele Taucher gibt es da nicht. Und die wenigen sind entweder im Urlaub, krank oder wegen Stellenabbau entlassen.« Die Polizei schien vom Freund und Helfer zum Sozialfall zu verkommen.

»Glauben Sie eigentlich, dass sich auch die Kleider des toten Elvis im See finden lassen?«

»Womöglich.« Vera Frischknecht schien diese Möglichkeit tatsächlich in Betracht zu ziehen. Dennoch ging die Polizei noch immer von Selbststrangulierung aus.

»Das geht doch gar nicht, oder?«, sagte Plotek zu Vinzi gewandt, während sich die Hauptkommissarin wieder ganz in die Spurensicherung vertiefte.

»Du glaubst doch auch nicht, dass das geht, oder?« Er sah Vinzi erwartungsvoll an. »Ich meine, praktisch. Das geht doch gar nicht, oder?« Noch immer keine Reaktion von Vinzi. »Ich meine, Selbsterhaltungstrieb, Instinkt, Reflex und alles. Wie soll das gehen?«

»Na ja, wenn das Opfer dabei durch einen Herzinfarkt stirbt«, versuchte Vinzi sich gedanklich der Selbststrangulierung zu nähern, »oder dergleichen …«

»Aber die Todesursache war eindeutig. Nicht Herzinfarkt! Tod durch Strangulieren!« Plotek sah zur Hauptkommissarin, die noch immer mit dem Fundort des Stiefels beschäftigt war.

»Soll heißen, er war schon tot, als er sich in den Schnee

gelegt hat«, zog Vinzi die einzige mögliche Schlussfolgerung.

»Und nackt?«, fragte Plotek.

»Hm, vielleicht wurde er ja erst danach ausgezogen.«

»Aber warum?«

»Vielleicht um den Eindruck zu erwecken, die Todesursache wäre ebenfalls Hypothermie.«

»Hypothermie?«

»Kältetod.«

Beide dachten nach, bis Plotek schließlich das Resultat seiner geistigen Anstrengung präsentierte: »Du meinst, wir haben es mit einem Trittbrettfahrer zu tun?«

»Wahrscheinlich.« Vinzi schien zum selben Ergebnis gelangt zu sein.

»Ob das die Frischknecht auch so sieht?«

»Wahrscheinlich nicht.«

In den Nachmittagsstunden wurde dann doch noch ein Taucher mit dem Hubschrauber nach Sils Maria gebracht. Kaum war er ins Eisloch geschlüpft, tauchte er schon wieder auf. In der Hand hielt er den anderen Stiefel.

»Na, wer sagt's denn?!«, sagte Vinzi, der zusammen mit Plotek, Klemens und anderen Schaulustigen das Geschehen genau beobachtete. Auch die Hauptkommissarin war wieder zugegen. Sie nahm den zweiten Stiefel in Empfang und packte ihn in eine durchsichtige Plastikhülle.

»Eine Frage hätte ich da noch«, sagte Vinzi, als Vera Frischknecht die drei in Richtung Auto passieren wollte.

»Sie sind ja schlimmer als die Polizei.« Sie lachte ihr attraktives Schweizer Zahnpastalachen. »Das gefällt mir. Also, schießen Sie los.«

»Wie kommen die Stiefel in den See?« Vinzi formulierte es wie die Eine-Million-Euro-Frage bei *Wer wird Millionär?*.

»Hineingeworfen«, sagte die Hauptkommissarin lapidar, als wäre das keine ernstzunehmende Frage, weder für eine Million noch für sonst was. Für sie schien das das Normalste von der Welt zu sein.

»Von wem?«

»Womöglich vom Opfer selbst.« Ebenso normal. Für die Hauptkommissarin. Für Vinzi ganz und gar nicht. Auch Plotek und Klemens schüttelten den Kopf.

»Verstehe!« Vinzi nickte und gab jetzt den amüsierten Moderator. »Zuerst schmeißt er seine sündteuren Stiefel in den See. Dann geht er zum Strangulieren in den Wald. In Strümpfen. Ist ja gleich um die Ecke, soll heißen: gut eine halbe Stunde von hier. Dort zieht er sich dann nackt aus. Die Kleider vergräbt er im Waldboden. Oder vielleicht isst er sie auch auf. Das klingt einleuchtend, ja, doch, sehr!« Vinzi hörte sich belustigt an.

Zum ersten Mal sah auch die Hauptkommissarin aus, als hätte sie Zweifel an der von ihr krampfhaft vertretenen Version eines Freitods.

»Da hätte er sich doch gleich am See strangulieren können, oder?«, mischte sich Plotek ein.

»Ganz davon abgesehen ... Sacklecker ... dass es keinen Grund gibt, seine sündteuren Cowboystiefel im See zu versenken ... Vollspacker, Schlüpferküsser«, sagte Klemens mit nachlassender THC-Wirkung. »Das macht man ... Stinkgesicht, Hobelschlunze ... einfach nicht.«

»Auch nicht, wenn man sich kurz danach umbringt?«, fragte die Hauptkommissarin, jetzt wieder überzeugter als eben gerade.

»Auch dann nicht.« Plotek sah zu Klemens. »Nicht jemand mit solchen Cowboystiefeln, stimmt's, Klemens?«

»Scheiße, Brunzkachel … ja!«

Die ständige Fahrerei von Chur nach Sils Maria und zurück war für die Hauptkommissarin nun hinfällig, den Lawinen sei Dank. Sie quartierte sich kurzerhand im *Hotel Zentral* ein, um vor Ort nicht nur die Ermittlungen zum abgestürzten Asiaten aufzunehmen, sondern auch, um die neuen Spuren vom toten Elvis im Wald näher unter die Lupe zu nehmen.

Mitten in Sils Maria und schräg gegenüber vom Andrea-Robbi-Museum gab es einen kleinen Laden, in dem Anglerbedarf angeboten wurde. Zumindest konnte man an den im Schaufenster ausgestellten Haken, Ruten und Rollen darauf schließen. Plotek benötigte Köder. Richtige Köder, damit nicht Stiefel, sondern endlich Fische anbeißen würden. Die wiederum brauchte er für sein Selbstwertgefühl und um sich gegen die ständigen Sticheleien von Vinzi zu wehren, der felsenfest behauptete, die Fische hätten längst gespürt, dass Plotek kein wirkliches Interesse an ihnen hatte, sondern nur ein elendiger Therapiefischer war. Von so einem würden die sich auf keinen Fall an den Haken nehmen lassen.

Also betrat Plotek, von einem rustikalen Glöckchen akustisch begleitet, das Fachgeschäft. Das aber auf den zweiten Blick sofort seine Eindeutigkeit verlor. Ein paar Angeln, Köder, Schnüre und so weiter lagen da auch herum, ja. Aber der Laden war eindeutig umfunktioniert worden: Das war ein Ramschladen für Elvis-Devotionalien. Das Merchandising-Hauptquartier von Beat Zuberbühler.

»Wenn die Fans zum Contest kommen, geht das weg wie geschnitten Brot«, sagte Agatha, die Plotek keineswegs hinter dem Tresen erwartet hatte. Er war erstaunt, auch irritiert.

Agatha schien selbst nicht an das Gesagte zu glauben und fügte schnell hinzu: »Sagt Beat. Dann ist das hier eine Goldgrube.«

»Eine Geldvermehrungsmaschine«, sagte Plotek, der sich wieder ein bisschen gefangen hatte. Den ironischen Unterton konnte er nicht ganz verbergen. Der schien aber Agatha nicht aufzufallen.

»Beat hatte schon immer ein Händchen dafür.« Sie rieb die Finger aneinander.

Also nicht nur für schöne Frauen, dachte Plotek, auch fürs Ökonomische.

»Wie lange kennst du ihn eigentlich schon?«

»Noch nicht so lange.« Sie strahlte entweder wie frisch verliebt oder wie *ziemlich bescheuert*. Was auf den ersten Blick eine frappierende Ähnlichkeit aufweist.

»Es war Liebe auf den ersten Blick.«

Wenn der mal nicht schielt, dachte Plotek.

»Wir wussten von Anfang an, dass wir füreinander bestimmt sind.«

Ja, ja, das behaupten alle, dachte Plotek. Und wenn der Scheidungsrichter dann ein Jahr später fragt, ob sie sich wirklich für immer aus dem Weg gehen wollen, sagen sie unisono, mit aufgeklappten Messern in den Hosen und so laut, als käme nichts anderes infrage: »Ja!«

»Aber so eine Heirat muss man ja nicht gleich übers Knie brechen, oder?«

»Jetzt klingst du wie mein Vater.« Agatha lachte wie ein

rotzfreches Kind. Was Plotek ärgerte. Am meisten ärgerte ihn der Vergleich. Das wollte er nun überhaupt nicht. Obgleich er das Alter dafür schon hatte.

»Keine Angst, wir wissen schon, was wir machen.«

Er vielleicht, ja, aber du? Plotek taxierte Agatha. Agatha Plotek.

»Du zweifelst an ihm, was?« Sie lachte erneut, weniger frech als hintersinnig. Wie kann man hintersinnig lachen? Agatha konnte es.

»Verständlich eigentlich. Schon klar, dass so ein Mann wie Beat vor mir etliche Frauen hatte.«

»Was für Frauen?«

Wieder taxierte Agatha Plotek für einen Moment.

»Er hat mir alles erzählt.« Noch ehe Plotek »Was erzählt?« fragen konnte, sagte Agatha es ihm schon.

»Selina zum Beispiel. Die Frau vom Dr. Wehrli. Die beiden waren mal ein Paar. Ziemlich lange sogar. Aber das ist ebenso lange vorbei.«

Na ja, die körperliche Ertüchtigung in der Futterhütte sah aber ganz anders aus, dachte Plotek und konnte seine Falten auf der Stirn nicht vertreiben.

»Ich hab ja auch schon einige gehabt.« Kein Lachen, eher ebenso nachdenkliche Falten auf der Stirn von Agatha. »Und Kyra akzeptiert er, als wäre sie seine eigene Tochter.« Das letzte Argument in der Beweiskette.

Jetzt erst bemerkte Plotek das bissige Tier, das im Kinderwagen neben dem Verkaufstresen lag und schlief. Agatha wippte mit der einen Hand den Kinderwagen und streichelte mit der anderen ihren Bauch. Wieder ein langer Blick von Agatha und dann in völlig verändertem Tonfall, mehr naives Mädchen als nachdenkliche Frau:

»Was hältst du eigentlich davon, wenn du mein Trauzeuge wirst?«

Gar nichts, dachte Plotek, gar nichts halte ich davon.

»Du und Vinzi«, legte Agatha nach.

Er hob die Schultern. »Aber wir kennen uns doch fast nicht.«

»Macht doch nichts. Ich heirate ja auch einen Mann, den ich fast nicht kenne.« Sie lachte erneut, dieses Mal drang das Freche wieder durch.

»Eben.«

»Ich schlage vor, ihr beide kommt später zu uns zum Abendessen.«

»Essen ist ganz schlecht momentan.« Plotek versuchte die Einladung abzuwenden.

»Dann trinkst du eben nur was.«

»Trinken auch.«

»Dann bist du eben einfach nur da!« Agatha klang jetzt ein wenig unwirsch. Wieder langer fixierender Blick, dann: »Okay?«

»Okay.« Plotek gab sich geschlagen.

»Wir wohnen oberhalb vom *Hotel Waldhaus*, in der *Chesa Escobar*. Ihr müsst einfach der Flexerstraße folgen. Das findet ihr schon.«

Plotek drehte sich um und ging auf die Tür zu, wurde aber von Agatha gestoppt.

»Was wolltest du eigentlich?«

Er blieb stehen und dachte nach. »Was wollte ich eigentlich?«

»Eine Angel?«

»Nee.«

»Haken?«

»Einen Köder.«

Agatha griff ins Regal. »Und ich dachte schon, du kaufst dir ein T-Shirt mit Elvis drauf.«

Sie holte ein kleines Gläschen heraus. »Passt eigentlich auch nicht zu dir.« Sie sah ihn lange an, während das Tier im Kinderwagen maunzte.

»Elvis ist was für alte Säcke!« Agatha lachte, und Plotek fragte sich, ob das jetzt ein Kompliment sein sollte.

»Aber Beat ist doch auch Elvis-Fan.«

»Beat?«, fragte Agatha völlig überrascht. »Nicht wirklich. Beat steht eher auf Rockmusik. David Bowie, Doors, Siouxsie and the Banshees, X-Ray Spex und so ein Zeug. Beat macht das doch nicht wegen Elvis.«

»Weswegen dann?«, wollte Plotek wissen.

Sie rieb wieder die Finger aneinander. »Und wegen Ilona Wehrli.«

»Die Mutter von Doktor Wehrli?«

»Genau. Die ist so was wie ein Elvis-Fanatiker.«

Sie reichte ihm das Gläschen mit den Bienenmaden.

»Hier, da beißen alle an. Schenk ich dir.«

»Danke.«

»Bis heute Abend.«

»Ja.«

8

Große Lust hatten beide nicht. Plotek noch weniger als Vinzi. Essen durfte er nicht, trinken außer Wasser auch nichts, und das Rauchen war ihm ebenso verboten. Die strengen Augen von Dr. Wehrli waren immer mit dabei. Also was hätte Plotek schon von Agathas Einladung zum gemeinsamen Abendessen erwarten sollen? Vinzi wiederum war alles drei erlaubt. Dennoch konnte er sich nicht für den Besuch bei Agatha erwärmen. Oder besser: für ihren Bräutigam. Denn dass Beat Zuberbühler beim Essen ebenfalls anwesend sein würde, schien klar. War dann auch so.

Das Zuhause der beiden, die *Chesa Escobar*, konnte sich sehen lassen. Es war ein einstöckiges robustes Steinhaus, dessen Giebel mit Holzbrettern verkleidet war. Die Fenster im Erdgeschoss waren vergittert, die im ersten Stock mit Klappläden versehen. Am eindrucksvollsten war aber die Umgebung. Weit und breit nicht der Hauch von Zivilisation. Eine Insel im Meer aus Weiß.

Das ist Idylle pur, dachte Plotek, als er vor dem Haus stand wie vor dem Eingang ins Paradies. Vinzi schien Ähnliches zu denken.

»Ich freue mich so!« Agatha küsste Plotek und Vinzi zur Begrüßung überschwänglich auf die Wangen, sodass von nun an bei beiden ein roter Kussmund auf Höhe des Wangenknochens wie ein Kainsmal prangte. Auch

Beat Zuberbühler gab sich erfreut, klopfte den beiden jovial auf die Schulter und behauptete: »Schön, euch zu sehen.«

Machten eben auch Plotek und Vinzi ein entsprechendes Gesicht zum weniger hinreichenden Anlass. Obgleich Vinzi, kaum hatten sie sich im prächtigen Esszimmer niedergelassen, sich doch schnell für die kleine Zusammenkunft erwärmen konnte. Spätestens als das Essen aufgetragen wurde, hatte er alle Ressentiments Beat gegenüber vergessen. Der Grund: Rehkeule mit Blaukraut und Knödel. Oder besser: ein Gedicht. Ein fleischgewordener, mit Blaukraut garnierter Mehrzeiler. Der Vinzi schwärmerisch auf der Zunge zerging. Von Beat zubereitet.

»Köstlich!« Vinzis Mund glänzte nach den ersten Bissen bereits fettig.

Während die Versammelten die Rehkeulen in sich hineinschaufelten, sah Plotek ihnen betreten zu und trank dabei stilles Wasser. Speichel lief ihm im Mund zusammen, und sein Magen knurrte, einerseits. Andererseits war er froh, dass er nichts vom Reh zu essen brauchte. Beim Blick auf die Keulen musste er zwangsläufig an das verschwundene aus dem Kofferraum denken. An seine Träume und sein immer engeres Verhältnis zu diesem Tier.

Und wieder »Köstlich!« von Vinzi. Woraufhin er mit der Zunge schnalzte und den Teller zum zweiten Mal, unter den zufriedenen Blicken von Beat, volllud.

»Hat Beat selbst geschossen«, sagte Agatha stolz, während ihre roten Bäckchen ähnlich glänzten wie Vinzis fettiger Mund. Sie küsste ihren Jagdhelden auf die Wange, sodass nun auch bei ihm ein Kussmund prangte.

»Hast du auch einen Jagdschein wie Jäggi?« Vinzi fragte

es womöglich nicht aus Interesse, sondern um das Gespräch in Gang zu halten.

Beat nickte entschlossen. »Ich bin mir allerdings nicht so sicher, ob Jäggi je einen Schein gemacht hat.«

Plotek fiel es schwer zuzuhören. Zum einen waren es die Gerüche der Speisen, die seine durch die Fastenkur sensibilisierten Sinne ganz beduselten. Er roch nun intensiver, nahm alles viel aufmerksamer, auch selektiver wahr. Zumindest kam es ihm so vor. Zum anderen war er mit seinen Gedanken bei den Veränderungen, die sein Körper und sein Geist durchliefen. Er bemerkte mit anhaltendem Essensentzug eine zunehmende Ausgeglichenheit. Manchmal überkam ihn sogar ein regelrechtes Hochgefühl. Wie jetzt. Ein unmerkliches Lächeln legte sich auf seine Lippen. Das habe mit dem Botenstoffsystem zu tun, hatte Dr. Wehrli behauptet, das das Gehirn nach kurzer Fastenzeit in eine Art Glücksbad tauche. Nur den schlechten Geschmack im Mund wurde er nicht los. Das wiederum sei nicht weiter beunruhigend, hatte Dr. Wehrli versichert, sondern habe mit der veränderten Leberfunktion zu tun.

»Jäggi jagt, mit oder ohne Schein.« Beat schien von Ploteks derzeitigem Zustand nichts mitzubekommen. Agatha auch nicht. Nur Vinzi blickte gelegentlich von seiner Rehkeule auf und warf ihm einen fragenden Blick zu.

»Wer über dreißig Jahre die ausführende Gewalt in so einem Ort innehat, der hat Privilegien«, fuhr Beat fort und klang dabei ein wenig verbittert. Ferner neidisch. Hernach sagte er eine Zeit lang nichts.

Vinzi schien der Einzige zu sein, der Beat wirklich zuhörte. »Zürich?«, fragte er, wie man fragt: »Wie geht die Geschichte weiter?«

Beat schien nicht zu verstehen. Agatha ebenso wenig. Und Plotek fühlte sich plötzlich, als würde er schweben. Langsam, ein paar Zentimeter über der Sitzfläche des Stuhls.

»Fährt er nicht einmal im Monat nach Zürich?« Weniger Frage als Feststellung von Vinzi.

Beat lachte und kapierte nun anscheinend, worum es Vinzi ging.

»Ja, das hast du dir aber gut gemerkt, was?«

Agatha grinste auch. Und Plotek sowieso. Was Vinzi wiederum zu irritieren schien. Indem er Plotek fixierte, fragte er: »Was macht er da?« Außer einem abwesend wirkenden Lächeln war von Plotek nichts zu erwarten.

»Ich weiß nicht, ob ich das verraten darf.« Beat wollte wohl ein wenig mit seinem Wissen kokettieren.

»Du darfst«, sagte Vinzi.

»Du darfst, mein Schatz«, bestätigte Agatha. »Die beiden sind völlig integer und die liebsten Menschen, die ich kenne. Außer dir natürlich.« Wieder pflanzte sie einen Kuss auf seine Wange. Von nun an guckten zwei rote Kussmünder aus Beats Gesicht.

Wieder lachte Beat herzhaft, authentisch, liebenswert. »Aber ihr sagt es nicht weiter, ja?«

»Ganz bestimmt nicht.« Vinzi schüttelte den Kopf, und Plotek lächelte noch immer erhaben.

»Einmal im Monat wildert er in fremdem Gehege.« Beat gab sich noch immer geheimnisvoll. »Soll heißen: Er treibt sich im horizontalen Gewerbe herum.«

»Und was macht er da?«

»Das kannst du dir denken.« Er machte eine kurze Pause. »Seinen Hormonhaushalt auf den neuesten Stand bringen.«

Wie du mit Hilfe der Frau Wehrli, dachte Plotek plötzlich, wieder von sich selbst zurück und auf das Gespräch eingeschwenkt. Er sagte aber nichts aus Rücksicht auf Agatha. Denn dass sie über den Seitensprung ihres Bräutigams Bescheid wusste, war unwahrscheinlich.

»Wie weißt du das?«, fragte Vinzi und nickte Plotek zu, als wüsste er, was dieser momentan dachte.

»Ich habe ihn zufällig gesehen. Im Niederdorf, in Zürich. Bekannt als Puffviertel, Animiermeile, mit einer Menge Bordellen, auch Bars für die Homosexuellenszene.«

Und was machst *du* da?, wollte Plotek fragen. Ließ es aber, erneut aus Rücksicht auf Agatha.

»Jäggi ist schon ein kurioser, undurchschaubarer Typ. Ein Eigenbrötler. Aber nicht wegzudenken von hier. Ohne den läuft nichts. Entweder man hat ihn zum Freund oder als Feind.«

»Und du?«

»Eher Feind, würde ich mal sagen.«

Agatha schien widersprechen zu wollen. Ehe sie aber etwas sagen konnte, fuhr Beat fort: »Ja, du hast schon recht, irgendwie haben wir uns auch arrangiert.«

Soll heißen: Der eine weiß vom anderen das, was niemand wissen soll, dachte Plotek, und so halten sie sich womöglich gegenseitig in Schach.

»Ist Jäggi eigentlich verheiratet?«, fragte Plotek, woraufhin die anderen ihn ansahen, als wären sie nicht nur über seine Frage verwundert, sondern auch über ihn selbst.

»Nee. Ich glaube, Frauen spielten bisher in seinem Leben nur eine untergeordnete Rolle«, sagte Beat. »Na ja, vor vielen Jahren, ich war da noch ein kleiner Knirps, gab es da wohl mal so eine Frauengeschichte. Sagt man.«

»Würdest du mit jemandem zusammenleben wollen, der Tiere ausstopft, Waldhorn spielt, ekelhaften Pfeifentabak raucht und sich am liebsten mit Waffe und scharfer Munition im Wald herumtreibt?«, fragte Agatha an Beat gewandt.

Der küsste nun seine Braut auf den Mund und sagte: »Ich will mit überhaupt niemandem außer dir zusammenleben!« Dann lachten beide überglücklich.

Würdest du jemanden heiraten wollen, der heimlich verheiratete Frauen in Futterhütten von hinten vögelt?, dachte Plotek und schüttelte lächelnd den Kopf. Was Agatha offenbar zum Anlass nahm, um zu fragen: »Wusstet ihr eigentlich, dass ich wieder schwanger bin?«

»Woher denn?« Vinzi wirkte gespielt überrascht.

»Im dritten Monat.«

Auch das noch, dachte Plotek und wollte schon »Von wem?« fragen. Er kam aber nicht dazu, weil Agatha freudig mit »Sein erstes!« dazwischenging. Nun küsste sie wieder ihren Bräutigam.

»Und hoffentlich nicht das letzte.«

»Wir wollen drei zusammen.«

»Das wären dann vier mit …«

»Kyra.«

»Wo ist die eigentlich?«, fragte Vinzi.

»Sie schläft.« Es klang wie: »Das Tier ist im Käfig.« Wieder bemerkte Plotek einige Pflaster an Agathas Händen. Auch Beat hatte zwei an seinen. Als wäre dies das Stichwort, fragte Plotek: »Wie laufen eigentlich die Vorbereitungen für den Elvis-Wettbewerb?«

Heikles Thema jetzt.

»Na ja, könnte besser gehen.«

»Die Merchandising-Produkte in deinem Geschäft sind ja ziemlich großzügig ausgelegt«, sagte Plotek, wie man sagt: »Den Dreck verkaufst du nie!«

»Was soll das heißen?« Etwas feindselig von Beat.

»Glaubst du wirklich, dass so viele Elvis-Fans hierherkommen?«

»Ich glaube es nicht, ich weiß es!« Es klang trotzig.

»Die Silser haben noch nicht gemerkt, was für ein großes Potenzial in so einem Contest steckt.« Agatha eilte ihrem zukünftigen Mann zu Hilfe. »Image, Tourismus und alles.« Die Finger schossen nur so aus ihrer Faust, als wäre sie ein Teil der Marketingabteilung des Elvis-Contests.

»Außer vielleicht die Mutter vom Wehrli«, sagte Agatha, indem sie die Finger wieder in der Faust versteckte. »Die ist ein ganz großer Elvis-Fan und unterstützt das Ganze, wo sie nur kann.«

»Und Dr. Wehrli?«, fragte Plotek.

»Der nicht«, sagte Beat. »Der hat ohnehin kein so gutes Verhältnis zu seiner Mutter.«

»Kein Wunder, steht er doch nach wie vor unter ihren Pantoffeln«, ergänzte Agatha. »Der Arme. Die kann manchmal ganz schön anstrengend sein.«

»Er aber auch.«

»Und seine Frau?«, fragte Plotek, wie man fragt: »Und, wie war das in der Futterhütte?«

»Die glaubt, die ist was Besseres«, antwortete Agatha anstelle von Beat.

»Na ja, manchmal wirkt Selina schon ein bisschen eingebildet.«

»Ich finde sie eigentlich ganz nett«, sagte Plotek. »Sie massiert wie Gott!«

Beat grinste. »Wenn man sie länger kennt, dann merkt man, dass sie das eigentlich gar nicht so meint.«

Agatha schüttelte den Kopf.

»Du kennst sie länger?«, fragte Vinzi.

»Beat ist mit ihr zusammen zur Schule gegangen.«

»Die hat es mit ihrem Mann auch nicht einfach…«, nahm Beat Selina erneut in Schutz.

»Ich finde den Dr. Wehrli eigentlich ganz nett«, sagte Agatha. Es klang wie eine Replik auf Ploteks Sympathiebekundung bezüglich Frau Wehrli.

»Und mit der Schwiegermutter auch nicht«, spann Beat den vorherigen Gedanken weiter. »Die Klinik hat er doch auch nur mit ihrer Hilfe auf die Beine stellen können.«

»Hat die so viel Schotter?«, fragte Vinzi.

»Wer jetzt?« Plotek kam mit dem Denken nicht mehr hinterher.

»Die Mutter, Mann!«, kam von Vinzi.

»Ja, sagt man.« Beat nickte.

Nach dem Essen rauchte Vinzi zusammen mit Beat noch eine Zigarette im Garten, Agatha und Plotek sahen ihnen dabei zu. An der Hauswand erkannte Plotek eine Sonnenuhr, unter der *Werden/Sein/Vergehen* stand.

»Schön, nicht wahr?«, fragte Agatha.

Plotek nickte, Vinzi nickte, und Beat sagte: »Hmm.«

Nach der Raucherpause drängte Plotek mit Hinweis auf seine Kur auf einen zügigen Abschied. Dieser war dann wieder sehr herzlich.

»Wie sieht es jetzt aus? Trauzeugen?« Agatha konfrontierte die beiden ganz offensiv mit ihrem Wunsch.

»Wir sind beide nicht katholisch.« Plotek versuchte, das Schlimmste zu verhindern.

»Muss man das sein?« Agatha schien verunsichert.

»Ich glaub schon«, sagte Vinzi.

»Ich auch!«, sagte Plotek.

»Aber zur Hochzeit müsst ihr unbedingt kommen, klar?«

»Mal sehen.«

»Wann ist denn die Feier?«

»Jetzt am Wochenende.«

»Schon?«

»Was heißt hier *schon*? Endlich!«

»Im *Waldhaus*«, sagte Beat. »Ihr seid natürlich beide herzlich eingeladen.«

»Danke.«

Beat und Agatha blieben an der Haustüre stehen und winkten Plotek und Vinzi hinterher, als ob die beiden in den Krieg ziehen würden. Plotek schob den Rollstuhl, in dem Vinzi saß und ebenso auffällig zurückwinkte, bis Beat und Agatha wieder im Haus verschwunden waren. Vinzi war ziemlich betrunken. Plotek hingegen war so nüchtern wie schon lange nicht mehr.

»Was ist?«, fragte Vinzi, als sie am Gemeindehaus ankamen, nachdem sie mit Ach und Krach den Berg mehr heruntergeschlittert als gerollt waren.

»Komischer Typ, dieser Beat.«

»Na ja, weiß nicht. Zumindest sieht er verdammt gut aus. Hat so was von einem unwiderstehlichen Womanizer. Einer, der weiß, wie er wirkt. Einer, dem sicher die meisten Frauen verfallen.«

»Was er auch schamlos auszunutzen gedenkt.« Natürlich hatte Plotek den kleinen Futterhüttenbeischlaf zwischen Beat und Selina schon lange kolportiert.

»Kann man es ihm verübeln?«

»Hmm.«

Sie schwiegen eine Weile, in der Vinzi vor sich hin summte. Dann fragte er: »Sag mal, warum hast du denn bei den beiden die ganze Zeit über gegrinst, als hättest du eine Gesichtslähmung?«

»Kann ich nichts dafür.«

»Wer dann?«

»Sind die Hormone.«

»Hä? Welche Hormone denn?«

»Die Fasten-Hormone.«

Vinzi tippte sich an die Stirn, und beide schwiegen wieder. So lange, bis Plotek plötzlich bei der Post auf dem Dorfplatz anhielt und fragte: »Siehst du das auch?«

Er war unsicher, ob das Entdeckte tatsächlich existierte oder abermals nur seinen Hormonen geschuldet war.

»Nein, bitte nicht schon wieder, oder?« Auch Vinzi sah es offenbar.

»Spuren!«, sagte Plotek, wie man »Beweise« sagt. »Das sind eindeutig Rehspuren!«

»Ja, ich sehe es!« Vinzi klang genervt. »Hier ist überall Natur, Wald, Wiesen, hier gibt es Rehe wie Sand am Meer.«

Plotek folgte mit dem Rollstuhl den Spuren. Vinzi protestierte: »He, das ist doch Quatsch. Wie soll denn *unser* Reh …«

»Da!«

Die Rehspuren gingen in Schuhspuren über.

»Komisch.«

Die Spuren führten bis zu einer rustikalen Eingangstüre

eines sandsteinfarbenen Hauses. Im Erdgeschoss oder besser Hochparterre brannte noch Licht hinter einem Fenster. Ansonsten war das ganze Haus dunkel. Plotek versuchte sich ein paar Zentimeter am Fenstersims hochzuziehen. Er scheiterte kläglich.

»Scheiße!«

Vinzi hatte ein Einsehen. »Na komm, ich setz mich auf deine Schultern.«

Plotek kniete sich vor den Rollstuhl, und Vinzi schwang seine Stummelbeine um dessen Hals.

»Und hoch!« Das Kommando schien nicht überzeugend genug. Zumindest rührte sich Plotek nicht. Und noch einmal: »Na, mach schon!«

Plotek erhob sich nun schwankend.

»Langsam, langsam, Mensch, mach langsam ...«

Plotek tastete sich mit kleinen Schritten an der Hausfassade entlang bis zum beleuchteten Fenster, in das nun Vinzi hineinblicken konnte.

»Was siehst du?«, kam von Plotek außer Atem.

»Ausgestopfte Tiere.«

»Ausgestopfte Tiere?«

»Ja, eine ganze Menge.«

»Was für ...«

»Fuchs, Hase, Eichhörnchen, Wildschweine ...«

»Und das Reh?«

»Nein, sehe ich nicht. Aber ...«

»Ja?«

»Jäggi«, sagte Vinzi.

»Jäggi???«

»Ja, er sitzt im Sessel, in Unterhemd und Unterhose, und sieht fern.«

»Was?«

»Porno.«

»Nein!«

»Doch, eindeutig. Auf dem Bildschirm sind lauter Männer zu sehen. Nackte Männer. Sieht nach Gangbang aus. Schwulengangbang.«

Vinzi fing an zu kichern. »Mit Cumshots in Zeitlupe.« Das Kichern ging in Lachen über, sodass sein gedrungener Körper vibrierte. Dann zitterte. Das Zittern wurde zum Wackeln. Und mit ihm wackelte jetzt auch Plotek. Immer heftiger, immer unkontrollierter. Ploteks Knie wurden langsam weich. Er spürte, wie er immer schwächer wurde. Sein Gleichgewichtssinn, momentan ohnehin nicht bestens ausgeprägt, ließ ihn im Stich.

»Verdammt!«

»Pass auf!«

Aber denkste. Half auch nichts. Die Knie knickten trotzdem ein, und Plotek stürzte mitsamt Vinzi auf den Schultern zu Boden. Sie landeten in einem Schneehaufen neben dem Haus.

Ohne lange darin zu verharren, robbten beide ganz schnell zurück zum Rollstuhl. Vinzi schwang sich auf den Sitz, und Plotek langte nach den Rollstuhlgriffen und fuhr los.

Am Fenster tauchte Jäggi auf und sah auf die Straße hinunter. Da waren Plotek und Vinzi aber schon verschwunden.

Sie waren mittlerweile wieder auf der Dorfstraße unterwegs, als Plotek erneut anhielt und leiser als noch zuvor fragte: »Hörst du das auch?«

»Was?«

»Pscht!«

Beide horchten.

»Da schreit doch wer?!« Na ja, schreien war vielleicht nicht ganz korrekt. Auch ein bisschen übertrieben. Es hörte sich eher an wie ein Gewinsel, mit Hand vor dem Mund.

»Das kommt von der Baustelle.«

»Ist das nicht die *Edelrose*?«, fragte Plotek.

»Die Chinesen!«, kam im Tonfall Jäggis von Vinzi.

Beide lächelten. »Der Jäggi hat sie doch nicht mehr alle.«

Gegenüber vom *Hotel Edelrose* war ein eingerüsteter Rohbau zu sehen. Das sollten, laut der Informationstafel vor der Baustelle, das neue Tagungs- und Konferenzzentrum des Hotels sowie einige Ferienwohnungen werden. Die Fünf-Sterne-Variante wurde mit der Modernisierung angestrebt. Man wollte ins Hochpreissegment vorstoßen. Offensichtlich um dem *Hotel Waldhaus*, majestätisch über dem Ort wie eine Burg thronend, Konkurrenz zu machen. Um die Baustelle herum standen Container, Kräne und Baumaschinen. Ein Baustellenzaun aus Holz, auf dem mit gelben Schildern gewarnt wurde, dass Eltern für ihre Kinder haften, umgab die komplette, jetzt im Dunkeln liegende Baustelle.

»Sollen wir nachschauen?«, fragte Vinzi.

»Weiß nicht.«

Ein Scheppern war zu hören, so als wäre ein Blecheimer umgefallen. Dann wieder Geschrei. Oder besser dumpfes Gestammel. Vinzi hüpfte aus seinem Rollstuhl. Sie schlichen am Bauzaun entlang, schlüpften durch einen kleinen Spalt und gelangten auf das Gelände, auf dem sich genau genommen nicht nur ein, sondern zwei Rohbauten befanden. Zwischen ihnen lag ein Platz, auf dem ein Dixi-Klo sowie etliche Baugeräte und Betonmischmaschinen standen. Von da aus betraten sie das nähere der beiden Gebäude. Es war dunkel und roch nach Beton. Jetzt war nichts mehr zu hören. Kein Geschrei, kein Gestammel, nichts.

»Da ist nichts mehr«, sagte Plotek verwundert.

»Stimmt.«

»Sollen wir umkehren?«

Noch bevor sie sich dazu entschließen konnten, war plötzlich erneut etwas zu hören. Dieses Mal war es aber kein Geschrei. Auch nicht dumpf, wie von einer Hand erstickt. Es erklang hingegen Musik. Eine Melodie. Die Melodie von einer Spieluhr.

»Schubert.«

»*Wiegenlied.*«

»Schlaf, holder Knabe.«

Vinzi sah aus, als dächte er dasselbe. Langsam folgten sie mit weit aufgerissenen Augen und vorgestreckten Armen der Melodie. Vom Erdgeschoss tasteten sie sich die Betontreppe hinauf in den ersten Stock. Es roch jetzt noch stärker nach Zement und den feuchten Wänden des Rohbaus. Ein Geruch, der Plotek behagte. Es hatte etwas ihm Vertrautes. Den Baustellengeruch hatte er schon immer gemocht. Jetzt auch. Als sie im ersten Stock ankamen, verstummte die Melodie plötzlich.

»Tot?«

»Tot.«

»Verflucht.«

»Ja.«

Ein dumpfer Knall war zu hören. Dann Schritte, eine

Tür. Plotek und Vinzi tasteten sich vorsichtig an eine der ausgesparten Fensteröffnungen heran und sahen hinaus in die Nacht. Sie sahen ...

»Da!« Plotek zeigte mit der Hand hinaus in die Dunkelheit.

Vor dem Bauzaun tauchte eine Gestalt auf. Nur ganz kurz, dann verschwand sie ebenso schnell in Richtung Tennisplatz. Kaum noch zu sehen.

»Wie ein Geist.«

»Andrea Robbi.«

»Würde jetzt Frau Pan sagen.« Plotek dachte nach. »Frau Pan?«

»Sah fast so aus, nur größer.«

Aber aus einer gewissen Entfernung täuscht vieles. Die Person war verschwunden. Plotek und Vinzi stiegen noch ein Stockwerk höher. Auch da war von einem Menschen, gar einer Leiche keine Spur.

»Verdammt.«

»Ja.«

Dabei waren beide auch ein wenig erleichtert.

»Ich denke, das ist ein Fall für die fesche Frau Frischknecht«, sagte Vinzi.

»Die wird sich freuen.«

»Bestimmt.«

Als sie zurück im *Hotel Zentral* waren, schlug die Kirchturmuhr einmal. An der Rezeption stand Frau Pan lächelnd und sich verbeugend, als hätte sie auf die beiden gewartet und als wäre es nicht mitten in der Nacht, sondern mittags und sie putzmunter und quietschfidel. Die Hauptkommissarin lag schon im Bett. Zuerst versuchten Plotek und

Vinzi, sie mit dem Haustelefon in ihrer Nachtruhe zu stören. Als das misslang, griffen sie zu einem drastischeren Mittel. Nachdem sie eine Zeit lang und immer kräftiger an der Zimmertür der Hauptkommissarin geklopft hatten, ging diese schließlich einen Spalt weit auf. Verstrubbelte Haare, verschlafene Augen, ein zerknautschtes Antlitz und ein Gesichtsausdruck, der nichts Gutes erwarten ließ, erschienen im Spalt.

»Ich hoffe, Sie haben einen triftigen Grund, mich mitten in der Nacht aus dem Schlaf zu reißen!« Die Stimme hörte sich wenig kooperativ an. »Denn wenn nicht, müssen Sie sich warm anziehen, meine Herren!« Kein bisschen verständnisvoll oder versöhnlich. Eher zu allem entschlossen.

»Also, was gibt's?!«

Eingeschüchtert von dieser unbekannten resoluten Art der Hauptkommissarin überlegte Plotek nicht lange und sagte fast lautlos, aber umso eindringlicher: »Wir haben einen weiteren Elvis-Toten!«

Vinzi schaute erstaunt. Denn von einem Toten war nun wahrlich nichts zu sehen gewesen. Und auch Vera Frischknecht schien durch diesen Vorstoß Ploteks überrumpelt. Sie schwieg auffällig lange, noch immer im Türspalt stehend. Wobei sie ansehnlich auf ihrer Unterlippe herumbiss. Plotek hatte nun Gelegenheit, die Hauptkommissarin näher zu betrachten. Sie trug ein schlabberiges und ausgewaschenes T-Shirt, das bis zu den Knien reichte und auf dem *Bullen sind blöd* stand. Daneben war ein Schwein abgebildet. Der Stoff wölbte sich beim Schwein und den *Bullen* extrem. Die Frischknecht war barfuß und hatte rot lackierte Fußnägel. Als Plotek schon mit dem Schwein auf dem T-Shirt zu flirten anfangen wollte, sagte die Hauptkommissarin: »Einen Moment, warten Sie im *Wang Tong 23*. Ich komme gleich!«

Schon war der Flirt beendet und die Türe geschlossen.

Im chinesischen Restaurant saßen sie dann keine fünf Minuten – Vinzi vor einem Bier und Plotek vor einem stillen Wasser –, da tauchte Frau Frischknecht völlig verändert an ihrem Tisch auf. Sie war perfekt geschminkt, hatte hochgesteckte, noch feuchte Haare und trug ein körperbetonendes Businesskostüm. Sie roch frisch wie der von Tau bedeckte Morgen. Obgleich es mitten in der Nacht war. Sie bestellte sich bei Frau Pan einen Jasmintee, schwieg, bis dieser vor ihr stand, und sagte dann, während sie die Teetasse mit beiden Handflächen umschloss: »Schießen Sie los!«

Das Lokal war fast leer. An einem der Tische saß Douglas McCarther und blätterte müde, den Kopf auf seinen Arm gestützt, in einem Ordner. An zwei weiteren saßen ein paar Elvis-Imitatoren und ließen sich mit chinesischem Bier volllaufen.

Vinzi begann die Ereignisse auf der Baustelle etwas dramatischer, als es in Wirklichkeit gewesen war, zu schildern. Soll heißen: Aus dem dumpfen Geschrei wurde ein lautes »Hilfe! Hilfe!«-Ersuchen. Die Hauptkommissarin hörte aufmerksam zu und fragte schließlich: »Wie wollen Sie eigentlich wissen, dass es sich beim Opfer um einen Elvis-Imitator handelt?«

»Die Spieluhr!«, sagte Plotek. Und dann: »Nachdem die Schreie …«

»Hilfeschreie«, ergänzte Vinzi, Betonung auf *Hilfe*.

»Nachdem die Hilfeschreie verklungen waren, war eine Melodie zu hören.«

»Schubert?«, fragte Frau Frischknecht.

Vinzi und Plotek nickten.

»*Wiegenlied?*«

Während Plotek den Kopf zum Takt bewegte, sang Vinzi: »Schlafe, schlafe, holder süßer Knabe …«

So lange, bis die Hauptkommissarin »Ist gut jetzt« sagte. Hörten sie eben wieder auf.

»Und die Leiche?«, wollte Frau Frischknecht wissen. »Was ist mit der Leiche?«

»War nicht zu finden.«

»Und die Spieluhr?«

»Auch nicht.«

»Die Baustelle ist völlig dunkel«, schob Vinzi zur Erklärung nach.

Wieder entstand eine längere Pause, in der Vera Frischknecht an ihrem Tee nippte und einen roten Lippenstiftabdruck auf der Tasse hinterließ, Vinzi kräftig vom Bier trank und Plotek weniger kräftig vom stillen Wasser.

»Und was soll ich jetzt unternehmen?«, fragte die Hauptkommissarin nach reichlicher Bedenkzeit, als wüsste sie es nicht ganz genau.

»Den Tatort sichern.«

»Die Baustelle?«, fragte sie, wie man fragt: »Die Eidgenossenschaft?«

»Exakt.«

»Sie meinen, damit die Leiche nicht verloren geht bis morgen früh, was?« Sie hausierte mit Ironie.

»Ja.« Das schien Vinzi aber nicht zu beeindrucken.

»Falls sie überhaupt existiert.«

»Genau.«

»Und die Spieluhr.«

Synchrones Nicken von Plotek und Vinzi, wobei langsam doch der Eindruck entstand, die Hauptkommissarin mache sich über sie lustig.

»Okay. Das kostet mich zwar den Rest der Nacht, aber wenn es was bringt …« Der Zweifel sprach mit. Sie stand auf, blieb aber am Tisch stehen.

»Ach so: Wenn nicht, werde ich mir noch etwas einfallen lassen, wie ich mich für die um den Schlaf gebrachten Stunden revanchieren kann, klar?«

»Klar.«

Sie griff nach ihrem Mobiltelefon und rief in der Nähe des Tresens, für Plotek und Vinzi dennoch gut hörbar, Linard Jäggi an. Der war, wie es schien, wenig begeistert von der Idee, den Tatort auf der Stelle zu sichern und dafür zu sorgen, dass die Bauarbeiter nicht noch weitere Betonmauern hochzogen. Vermutlich war er in Gedanken schon bei seinem Schwulengangbang.

»Nein, das hat nicht bis morgen früh Zeit!«, brüllte sie in ihr Mobiltelefon.

»Ich fass es nicht!«, war das Erste, was aus dem Mund von Vera Frischknecht kam, als sie am nächsten Morgen am Tatort auftauchte. Plotek und Vinzi waren schon da. Linard Jäggi kam gerade dazu.

Auf der Baustelle wurde, als wäre nichts Außerordentliches vorgefallen, munter weitergewerkelt und vor sich hin betoniert. Die angenehmen Temperaturen weit über null Grad schienen die Arbeitswut der Bauarbeiter nur noch zu steigern. Ob es nun an der Entschlossenheit der Bauleitung lag oder doch eher an der Nachlässigkeit von Jäggi, dass die Anweisung der Hauptkommissarin nicht befolgt worden war, war nicht ganz klar. Womöglich an beidem. Der Dorfpolizist machte auf jeden Fall den Eindruck, als wäre ihm der plötzlich, sozusagen über Nacht entstandene Eifer der Hauptkommissarin nicht nur unerklärlich und äußerst suspekt. Er schien auch gewillt zu sein, ebendiesen Eifer zu torpedieren.

Da hatte er aber die Rechnung ohne die junge Hauptkommissarin gemacht. Die freundliche, gut aussehende Polizistin wurde nun zur hässlichen, schreienden Furie. Folge: Linard Jäggi wurde in aller Öffentlichkeit, unter den Blicken der Bauarbeiter und von Plotek und Vinzi, zusammengefaltet wie ein zehnjähriger Pennäler, der von der strengen Lehrerin erwischt wurde, wie er die Tafel mit lauter Schwänzen vollgemalt und darunter *Frau Frischknecht ist schwul* geschrieben hatte. Zuerst versuchte sich Jäggi noch zu verteidigen. Er schob es auf die Bauarbeiter, die Bauleitung und alles. Damit kam er aber bei der aufgebrachten und eloquenten Hauptkommissarin nicht durch.

»Das ist mir scheißegal!«, keifte sie. »Die Anweisung war klar. Entweder Sie machen Ihren Job verdammt noch mal richtig oder bleiben endlich da, wo Sie hingehören: in der Rente! Und pfuschen hier nicht herum wie ein Anfänger!«

Das saß. Es war natürlich auch gemein von Vera Frischknecht. Jäggi sah aus, als wollte er gleich weinen. Hielt aber dann doch eingeschnappt den Mund.

Nachdem die Baustelle schließlich von den aus Chur und Zürich mit dem Hubschrauber eingeflogenen Spurensicherern auf den Kopf gestellt worden war, fand man tatsächlich die Spieluhr. Die Leiche hingegen fand man nicht.

Dafür erzählte Klemens, dass der kleinwüchsige Elvis-Imitator aus Finnland, der ebenfalls im *Hotel Zentral* wohnte, nicht zum Frühstück gekommen und auch sonst nirgends aufgetaucht war.

»Der ist … Kackarsch, Ficker … verschwunden … Vollspacker!«

»Welches Zimmer?«, fragte Vinzi Frau Pan.

»Dreiundfünfzig.«

Sie klopften an der Zimmertür. Frau Pan, Plotek, Klemens und Vinzi. Nachdem kein »Herein!« zu hören war, schloss Frau Pan auf. Der kleinwüchsige Finne war nicht im Zimmer. Alles andere schon. Also Kleider, Koffer, Elvis-Kostüme und alles. Im Bad standen Zahnpastatube und Zahnbürste. Ein Rasierapparat lag auf der Armatur. Daneben stand ein Eau de Toilette.

»*Givenchy Gentleman*«, murmelte Plotek vor sich hin. Er griff nach der Glasflasche und sprühte einen Spritzer in die Luft. Sofort war ihm klar, was das für ein Eau de Toilette war.

Woraufhin er sich am ganzen Körper einsprühte. Unter die Achseln, auf die Brust, die Haare, überallhin.

»Sag mal, bist du irre?«, fragte Vinzi.

»Nee, aber auf einer Spur.« Auf welcher, sagte er nicht.

Anschließend wurde das Zimmer von der Spurensicherung durchsucht, aber vom Finnen fehlte weiterhin jede Spur.

»Hilfe, Hilfe!«, äffte Vera Frischknecht das angeblich von Plotek und Vinzi gehörte Hilfe-Geschrei nach. Dabei fixierte sie die beiden, als wollte sie sie auf die Probe stellen. »Würde ein finnischer Elvis nicht eher auf Finnisch um Hilfe schreien?«, fragte sie, was so klang wie: »Haben Sie vielleicht etwas gehört, was gar nicht zu hören war?«

»Dann würde ihn vielleicht niemand verstehen«, konterte Vinzi.

»Ah, verstehe. Sie meinen also, in Todesangst reflektiert unser kleinwüchsiger Finne erst mal darüber, in welcher Sprache er um Hilfe schreien soll, was? Er überlegt, wägt ab und entscheidet sich dann für Deutsch.«

»Genau.«

»Warum dann nicht Italienisch oder gar Rätoromanisch?«, fragte die Hauptkommissarin.

»Hä?«

»Hier im Engadin wird auch Rätoromanisch gesprochen«, erklärte sie. »Da wäre die Chance am größten gewesen …«

»Was heißt *Hilfe* auf rätoromanisch?«, fragte Vinzi.

»Keine Ahnung.«

»Sehen Sie, wenn *Sie* es schon nicht wissen …« Vinzi war der Hauptkommissarin ebenbürtig.

»Glück gehabt.« Frau Frischknecht schien das zu goutieren. Sie grinste. Vinzi grinste auch. Plotek nicht.

Der beugte sich stattdessen über den Tisch hinweg und kam ihr ganz nahe: »Riechen Sie das?«

»Das riecht wie der Tote im Wald«, sagte sie und sah Plotek an, als ob der nicht Opfer, sondern Täter wäre.

»Exakt.«

»Zimt, Estragon, Sandelholz, Patschuli, Nelken.«

»Und Vetiver.«

»Genau.«

»*Givenchy Gentleman.*«

Sie schien nicht ganz zu verstehen.

»Das Eau de Toilette des Finnen«, sagte Plotek, was so klang wie: »Das ist die Spur!«

»Was?« Vera Frischknecht konnte mit der Spur offenbar nichts anfangen.

»Der finnische Elvis-Imitator benutzt dieses Duftwässerchen.«

»Wie wissen Sie das?« Die Hauptkommissarin kräuselte die Stirn.

»Es steht in seinem Hotelzimmer im Bad.«

»Und? Was wollen Sie mir damit sagen?«

Plotek hob die Schultern. »Für die Antworten sind Sie zuständig.«

»Was heißt *Geruchsspur Gentleman* auf Rätoromanisch?«, mischte sich Vinzi ein und lächelte schelmisch.

»Keine Ahnung«, kam von Frau Frischknecht.

»Finden Sie es heraus«, sagte Plotek.

»Und Sie sollten sich schnellstmöglich waschen«, sagte sie. »Aber gründlich!«

Während die Spurensicherer die Baustelle emsig in ein Einsatzgebiet, ähnlich wie in Krisengebieten, verwandelten, standen Plotek und Vinzi vor den rot-weißen Absperrbändern und sahen ihnen dabei ebenso emsig zu. Wie viele andere Bewohner von Sils Maria auch. Und Touristen. Die Baustelle wurde plötzlich zur Pilgerstätte und war umlagert, als erwarteten die Menschen nicht die Aufklärung eines Verbrechens, sondern eine Marienerscheinung mit anschließendem Kollektivsegen. Auf dass die Blinden wieder sehend werden, die Lahmen laufend und den Beinamputierten die Gliedmaßen wieder wuchsen. Da konnte selbst das nahe gelegene Nietzschehaus nichts gegen ausrichten. Angesichts dieser wundergläubigen Massen würde Nietzsche den Kopf schütteln.

»Dieser Finne kann sich doch nicht in Luft aufgelöst haben«, sagte Vinzi, als die Spurensicherer nach längerer Suche noch immer auf keine Leiche gestoßen waren.

Schließlich brachen sie entnervt die Suche ab.

»Verdammt!« Vinzi spürte vermutlich den heißen, rächenden Atem der feschen Frischknecht schon im Nacken und wiederholte ein weiteres Mal, noch frustrierter: »Der kann sich doch nicht in Luft aufgelöst haben!«

»In Luft vielleicht nicht, aber ...« Plotek unterbrach sich selbst, dachte nach und kräuselte dabei die Stirn, was aussehen musste, als schlängelten sich Schnürsenkel darauf entlang.

»In Luft nicht, aber in ...« Er wagte nicht, es auszusprechen.

»Na, wo dann?«

»Beton!«, fiel Plotek aus dem Mund wie ein klebriges Kaubonbon.

Vinzi sah Plotek an, als wäre *er* die Maria, die zu erwartende Erscheinung. Währenddessen erinnerte sich Plotek an die Vergangenheit. An Altötting. Den Wallfahrtsort in Bayern, wo er vor ein paar Jahren einmal den Jesus in den Passionsspielen gespielt hatte. Damals war ein Ermordeter auf einer Baustelle zwischen den Schalungstafeln einbetoniert worden. Dort nur durch einen blöden Zufall entdeckt. Plotek kam das Ganze hier wie ein Déjà-vu-Erlebnis vor. Eines der ganz üblen Sorte. Das gibt es oft. Da holt dann die Vergangenheit die Gegenwart ein, wie mit dem Finger auf der Repeat-Taste der Geschichte hängen geblieben.

»Das ist die einzige Möglichkeit.« Plotek war davon überzeugt. Vinzi offenbar ganz und gar nicht. Er sah Plotek an, als hätte der nicht mehr alle Tassen im Schrank. Oder vielmehr zwischen den Schalungstafeln seiner Hemisphären.

»Wir müssen die Hauptkommissarin davon überzeugen.« Plotek ließ nicht locker und entwickelte plötzlich einen ungekannten Eifer.

»Wovon?«

»Dass sie die Betonmauern auseinanderklopft.«

»Was?« Vinzi tippte sich an die Stirn. »Das macht die nie!«

»Und wenn wir ihr sagen, dass wir gesehen haben, wie das Opfer zwischen die Schalungstafeln …«

»Das haben *wir* aber nicht.« Vinzi ging resolut dazwischen. »Das vermutest *du* doch nur.«

»Sehr witzig«, kam von Plotek. »Wenn wir sagen, dass wir es nur vermuten, unternimmt die doch nichts.«

»Du meinst also, wir sollten sie einfach anlügen?«

»Hmm.«

»Gefährliches Spiel«, befand Vinzi.

Das fand auch Vera Frischknecht, als die beiden sie nicht viel später damit konfrontierten.

»Das ist nicht Ihr Ernst, oder?«, war das Erste, was sie erwiderte.

Plotek nickte, Vinzi auch und fügte hinzu: »Sehen wir aus, als würden wir scherzen?«

Nun, darüber schien sich die Hauptkommissarin nicht ganz im Klaren zu sein.

»Mal ehrlich, das ist doch ein Trick, oder?«

Kopfschütteln von Plotek und Vinzi.

»Okay, wir nehmen jetzt Ihre Aussage zu Protokoll. Sie unterschreiben das und alles, ja? Wenn es nicht stimmt, wenn wir kein Opfer zwischen den Schalungstafeln finden, keine Leiche, keinen Toten, sind Sie dran, klar? Falschaussage, Behinderungen der Ermittlungen, Irreführung und, und, und. Verstehen Sie? Das wird teuer. So ein Einsatz kostet richtig Geld.«

»Und wenn er drinliegt?«, fragte Plotek.

»Tja, dann bin ich die Heldin«, sagte die Hauptkommissarin und lächelte. »Ich weiß, das ist ungerecht, gemein. Ich weiß, ich weiß.« Es klang kokettierend. »Wie so manches im Leben, das Leben selbst, der Tod und alles.«

Bla, bla, bla, dachte Plotek. Vinzi dachte vermutlich: Aus diesem Mund klingt selbst das Blablabla erotisch wie in Worte gefasste Spitzenunterwäsche.

»Also, was ist? Wollen Sie es sich vielleicht nochmals überlegen?«

Plotek schüttelte den Kopf, und Vinzi sagte: »Packen Sie den Schlagbohrer aus.«

Ein Schlagbohrer reichte nicht. Es gab ziemlich viele betonierte Mauern im Anbau der *Edelrose*. Die Aktion war nicht unumstritten. Die Spurensicherer schüttelten den Kopf. Die Bauarbeiter lachten. Die Bauleitung drohte mit Konsequenzen wegen der Bauverzögerung, und Linard Jäggi, noch immer nicht erholt von der Demütigung durch die Hauptkommissarin, stichelte hinter vorgehaltener Hand, die Frischknecht sei jetzt völlig übergeschnappt und ein Fall für den Psychiater. Es half nichts. Die Spurensicherer mussten, wenn auch maulend, die Schalungstafeln entfernen und einige der Mauern auseinanderklopfen.

»Es gibt ernstzunehmende Hinweise«, pochte die Hauptkommissarin auf die Vorgehensweise. »Eine seriöse Zeugenaussage!«, schob sie nach, als wäre das schon der Beweis für das Opfer in der Mauer. »Demnach liegt der Tote im Beton!«

Wer der Zeuge war, hielt sie wohlweislich unter Verschluss. Zeugenschutzprogramm quasi. Sonst wären Plotek und Vinzi womöglich von den Bauarbeitern und der Bauleitung, von den Spurensicherern und Jäggi höchstpersönlich gelyncht worden.

In den ersten Mauern war nichts zu finden. Keine Leiche, nicht einmal Spuren von selbiger. Als die Schlagbohrer schon am Verstummen waren, spornte die Hauptkommissarin ihre Kollegen erneut an und drohte, falls sie sich weigern würden, mit einer Dienstaufsichtsbeschwerde. »Sie wissen, was das bedeutet?!« Das klang nicht gut. Also nahmen die Männer die Bohrer wieder in die Hand und zertrümmerten weitere Mauern unter den Tränen der Bauleitung. Mit Erfolg.

Der abgängige Finne kam tatsächlich zum Vorschein. Tot und einbetoniert. Betongrab quasi. Vera Frischknecht jubelte mit nach oben gereckten Armen, als wäre in der Nachspielzeit bei Unterzahl der Siegtreffer in der letzten Minute gefallen. Ihre Kritiker verstummten. Die Bauarbeiter sahen beschämt zu Boden. Die Bauleitung biss sich in die Hand. Die Spurensicherer wiederum blickten bewundernd zur Hauptkommissarin auf. Jäggi war sprachlos. Vera Frischknecht ließ sich feiern.

»Bei Gelegenheit revanchiere ich mich«, flüsterte sie Plotek und Vinzi im Vorbeigehen zu.

Mit dem eindeutig ermordeten kleinwüchsigen Finnen rückte der tote Elvis im Wald ebenfalls wieder in den Fokus der Ermittlungen. Die Selbstmordthese wurde zuerst brüchig und dann ganz verworfen. Auch bei diesem Opfer ging die Polizei von nun an von Mord aus. Soll heißen: Zweifachmord. Mit Tendenz zu mehr. Da es höchstwahrscheinlich ein und derselbe Täter war. Was für einer, war unklar. Spekuliert wurde viel. Im Ranking ganz weit vorne lagen ein ausgewiesener Elvis-Hasser und ein neidischer Elvis-Konkurrent.

Womöglich bleibt es nicht bei den zweien, dachte Plotek, potenzielle Opfer gab es derzeit in Sils Maria genug. Mehr als genug. Das dachten sich wohl auch einige der Elvis-Imitatoren und reisten kurzerhand ab, noch bevor der Contest überhaupt begonnen hatte.

Der Einzige, der sich über die dramatische Entwicklung zu freuen schien, war Beat Zuberbühler, der Bräutigam von Agatha und gleichzeitig Veranstalter des Elvis-Contests. Von einem Desinteresse der Medien an dem Wettbewerb in Sils Maria konnte nicht mehr die Rede sein. Jetzt wurde auf allen Kanälen darüber berichtet. Nicht nur in der Schweiz. Auch das benachbarte Ausland wurde plötzlich auf das kleine Bergdorf in Graubünden aufmerksam. Die Folge war, dass nicht nur Horden von Journalisten ins Oberengadin einfielen, sondern auch eine steigende Anzahl von Touristen. Nachdem die Straße nach Sils endlich von den Lawinen befreit worden war, strömten die Massen ins Tal.

»Alles elendige Katastrophentouristen«, sagte Douglas McCarther.

Plotek konnte dessen miese Stimmung bestens verstehen, wollen doch diese Menschen nichts anderes, als ihr belangloses, ödes Dasein ein bisschen aufzupolieren, indem sie am Unglück anderer teilhaben und am aufregenden Geruch des Verbrechens schnuppern. Beat Zuberbühler hingegen zog aus diesem Hype um Sils Maria größtmöglichen Nutzen für sein Geschäft. Für ihn offenbar die letzte Chance, den Wettbewerb in die richtige Bahn zu lenken. Ein Geschenk des Himmels sozusagen. Die Merchandising-Produkte gingen jetzt weg wie geschnitten Brot. Beat machte einen derart zufriedenen Eindruck, dass manch einer hinter vorgehaltener Hand sogar mutmaßte, der Zuberbühler selbst stünde mit den Morden in Verbindung. Linard Jäggi unterstützte das Gerücht vehement und sagte: »Dem wäre alles zuzutrauen!« Wobei sein Argwohn vielleicht eher an seiner persönlichen Abneigung gegenüber dem gut aussehenden Zuberbühler lag. Oder auch daran, dass Beat offenbar wusste, was Jäggi einmal im Monat in Zürich trieb.

Nach dem Mittagstrunk und der Shiatsu-Einheit, in der Frau Wehrli Plotek wieder einen kleinen Höhenflug mit gleichzeitiger Erektion bescherte, war er mit geschulterter Angel und dem neuen Köder unterwegs zum Silsersee. Dieses Mal ohne Vinzi. Der traf sich mit Klemens im *Hotel Zentral*, um für den bevorstehenden Wettbewerb zu üben. Soll heißen: Die beiden versuchten, die Dosierung des schwäbischen Grases auf Klemens' Tourette abzustimmen, damit die Elvis-Songs ohne Schimpfwörter seinen Mund verließen.

Eine Angestellte der Bibliothek schaufelte den Hof vor dem Haus vom Schnee frei. Plotek warf ihr einen Blick zu, nickte und wünschte einen guten Tag. Woraufhin die Frau ihm den Rücken zudrehte. Offenbar konnte sie mit Touristen wenig anfangen.

Liegt vielleicht in der Familie, dachte Plotek und wollte gerade weitergehen, als er doch noch etwas hörte. Eine Stimme, laut, fordernd und überrascht. Die Stimme schrie seinen Namen. So laut, dass auch die Frau mit der Schneeschippe erschrak und sich nun wieder umdrehte.

Und noch einmal: »Plotek!«

Auch Plotek drehte sich um.

»Agnes!«

»Ja!« Aus beiden Mündern.

Vor Plotek stand Agnes. Oder besser: Sie hing jetzt an seinem Hals wie ein Kleinkind an seiner Mutter. Dabei war Agnes fast fünfzehn Jahre älter als Plotek.

War das die kleine Überraschung, von der der Glückskeks kündete?, dachte Plotek und fragte gleichzeitig: »Was machst *du* denn hier?«

Agnes umarmte ihn noch immer und erwiderte dabei: »Das Gleiche könnte ich dich fragen.«

Noch ehe Plotek antworten konnte, löste sich Agnes von ihm, musterte ihn einen kurzen Moment und fügte hinzu: »Hätte dich fast nicht erkannt. Sag mal, hast du abgenommen?« Die Frau mit der Schippe schüttelte den Kopf.

»Hmm.«

»Siehst gut aus.«

Sie sah auch gut aus. Sehr gut sogar. Jetzt muss man wissen, dass Plotek und Agnes mal ein Paar gewesen waren. Bis einiges schiefgelaufen war in ihrer Beziehung. Ziemlich viel sogar, sodass sie seit über einem Jahr *kein* Paar mehr waren. So lange hatten sich die beiden auch nicht mehr gesehen. Umso größer war natürlich die Überraschung, dass sie sich gerade hier, mehrere hundert Kilometer von zu Hause entfernt, über den Weg liefen.

»Ich bin wegen den Kältetoten da«, sagte Agnes. »Recherche, verstehst du?«

Klar verstand Plotek. Agnes war nicht nur seine Freundin gewesen. Agnes war noch immer Journalistin beim Bayerischen Rundfunk in München. Eine von der investigativen Sorte. Was eigentlich keine große Kunst war. Die Investigation war im blau-weißen Staatssender ein eher mickriges Pflänzchen, das in den Schrank verbannt und nicht gegossen wurde und folglich zum Tode verurteilt war. Nicht so bei Agnes. Soll heißen: Agnes steckte ihre Nase da hinein, wo es muffelte. Sie legte ihren Finger in die ganz besonders nässenden Wunden. Was aber nun die Kältetoten für Wunden sein sollten, leuchtete Plotek auf den ersten Blick nicht ganz ein. Sagte es ihm Agnes eben. Vorher sagte sie aber noch: »Gehen wir was trinken?«

»Ich darf nicht.«

»Was?« Entsetzen bei Agnes. Bei Trinken dachte sie keineswegs an Wasser. Vielmehr an Weißbier. Im Idealfall: Unertl-Weißbier.

»Wer sagt das?« Es klang, als wollte sie denjenigen gleich zur Rede stellen.

»Kur.«

»Hmm«, kam von Agnes. Der Wind verpuffte in den Segeln.

»Mir ging es in der letzten Zeit nicht ganz so gut.« War natürlich völlig untertrieben. Plotek war es beschissen gegangen.

Agnes kräuselte die Stirn. Vielleicht fragte sie sich ja, ob das auch mit ihr zu tun haben könnte.

»Na gut, dann trink ich was, und du … du schaust zu! Hat ja auch was.«

Das machten sie dann auch.

Nicht viel später saßen die beiden im *Wang Tong 23*. Frau Pan schien ein wenig überrascht gewesen zu sein, als Plotek nicht nur mit der Angel über der Schulter, sondern mit einer eleganten Frau an seiner Seite das Restaurant betreten hatte. Womöglich hatte sie ihm einen solch treffsicheren Geschmack nicht zugetraut. Vielleicht war sie aber auch ein bisschen eifersüchtig. Nicht auf Plotek. Auf Agnes.

Agnes saß vor einem Bier und erzählte. Plotek saß daneben, erneut vor einem stillen Wasser, und hörte zu. So war das auch immer in ihrer Beziehung gewesen. Agnes war erstklassig im Erzählen. Plotek im Zuhören. Eigentlich ein ideales Paar. Die beste Konstellation, die man sich vorstellen kann. Wenn Agnes nicht irgendwann auch die Fäuste ins Gespräch mit eingebracht hätte. Darin war sie nämlich auch erstklassig. Plotek überhaupt nicht. Er war ein Anfänger im Widerstandleisten, im Stirnbieten. Das war wiederum gar keine ideale Konstellation. Das war das Ende ihrer Beziehung.

Plotek dachte das, während Agnes sich bezüglich der Kältetoten schon wieder warm redete.

»Alle scheinen der Meinung zu sein, diese Selbstmorde der Jugendlichen seien eine Modeerscheinung, ein Hype. Blickt man aber ein wenig genauer hin, wird einem klar, dass es um viel mehr geht. Der Grund für die Suizide sind die blanke Not und Ausweglosigkeit.«

Plotek war schon immer von Agnes' Art zu erzählen

begeistert. Und von ihrer Stimme. Die schönste Stimme Münchens, hatte er früher immer behauptet.

Und heute ist das nicht anders, dachte er und hörte ihr zu wie einem hochinteressanten Radioprogramm.

»Es geht um Mobbing, um ganz dreistes Mobbing sogar. Es geht um Internetseiten, auf denen jeder Arsch den anderen denunzieren kann, fertigmachen, an den Rand der Verzweiflung treiben und darüber hinaus.«

Selbst wenn Agnes über Mobbing sprach, über Suizide und Tote, über den Abgrund der Menschheit, klang es wie eine Erzählung aus *Tausendundeiner Nacht*.

»Was zur Folge hat, dass immer mehr Jugendliche keinen anderen Ausweg sehen, als sich umzubringen.« Agnes nahm einen kräftigen Schluck von ihrem Bierglas. Plotek nippte halbherzig an seinem Wasser.

»Das ist doch Wahnsinn«, sagte Plotek. Nicht unbedingt, weil er davon überzeugt war, sondern weil ihm auffiel, dass er lange schon nichts mehr gesagt hatte. Er befürchtete, dass diese schöne Stimme, wenn ihr nicht die gebührende Aufmerksamkeit geschenkt würde, plötzlich versiegen könnte.

Sie versiegte nicht. Schon ging es weiter.

»Ja, das ist der moderne Cyber-Mobbing-Horror. Mobbing gab es zwar schon immer, aber noch nie war es so einfach, anonym zu bleiben und aus sicherer Entfernung zu agieren.«

»Und du glaubst, dass es sich bei den Kältetoten ebenfalls um Mobbing-Opfer handelt?«

»Ich glaube es nicht nur, ich bin mir sogar ziemlich sicher.«

»Und was kann man dagegen machen?«

»Hmm, schwierig. Zunächst aufklären, wachrütteln.

Dafür bin ich hier. Dann die Täter identifizieren und zur Rechenschaft ziehen.«

Frau Pan brachte ein zweites Bier. Dann noch eines. Agnes trank immer mehr, lachte und flirtete auffällig mit Plotek. Und der mit ihr. Wie in alten Tagen. Sie redeten anschließend über seine Kur, über die traditionelle chinesische Medizin, über Shiatsu, über Qigong, und machten sich über den Holzlaut und den Feuerlaut lustig. Vor jedem Schluck ließ Agnes ein lang gezogenes »Uaaaaaaaaa!« durch das Restaurant hallen, sodass Frau Pan böse guckte.

»Sag mal, gehört die Angel eigentlich auch zu deiner Kur?« Agnes zeigte zur Wand, wo die Angelrute wieder wie ein postmodernes Kunstwerk lehnte.

Plotek nickte. Dann kam Agnes ihm plötzlich ganz nahe. Investigativ sozusagen. Sie steckte ihre Nase ein weiteres Mal in muffelnde Bereiche.

»Sag mal, hast du ein neues Rasierwasser?«, fragte sie, wie man fragt: »Hast du dich heute schon geduscht?«

»*Gentleman* von Givenchy.«

»Klassiker«, sagte Agnes und: »Sehr schön. Gibt es schon seit 1974.« Sie nahm eine weitere Nase. »Damit gingen schon viele Berühmtheiten auf die Jagd.«

Welche Berühmtheiten?, wollte Plotek fragen. Und: welche Jagd?

Zählte Agnes schon auf. »Chabrol, Bernhard, Dürrenmatt, Bowie.«

»Die waren alle auch schon hier«, warf Plotek ein.

»Na, da siehste mal.« Als würde das für sie, die Berühmtheiten, sprechen. »Ich glaube, auch Elvis Presley hat zeitweilig den Duft mit sich herumgetragen. Oder verwechsle ich da was?«

Plotek horchte auf. »Elvis Presley?«

»Ja, glaub schon.«

»Das kann nicht sein.« Er meinte es weniger als Widerspruch denn als Ausdruck der Verwunderung.

»Na ja, dann halt nicht.« Agnes hörte eher den Widerspruch heraus.

»Nein, nein, das mein ich nicht so.«

»Was dann?«

»Deswegen hat der Finne vielleicht auch das Eau de Toilette benutzt«, sagte Plotek, in Gedanken ganz beim einbetonierten Kleinwüchsigen.

»Welcher Finne?«

»Und der tote Elvis im Wald.«

»Welcher tote Elvis?«

»Der Elvis-Imitator aus Finnland, der zwischen den Schalungstafeln gefunden wurde, und der andere, der nackt im Wald lag.«

»Und du meinst, deswegen sind die umgebracht worden?«

»Was? Nee, das mein ich nicht.«

»Könnte aber doch sein, oder?«

»Was?«

»War ein Scherz.« Das konnte man bei Agnes nie genau wissen. Auf jeden Fall lachte sie, als wäre ihr dieser besonders gut gelungen. Herzhaft, erfrischend und schön. Plotek lachte auch.

»Na, hier geht es ja heiter zu.« Das Lachen der beiden wurde unterbrochen.

Vinzi und Klemens kamen ins *Wang Tong 23*. Beide mit glasigen Augen. »Noch ein Elvis«, sagte Agnes, als sie Klemens erblickte. »Und was für ein reizender.«

Das konnte man tatsächlich so sehen. Der vielleicht sechzigjährige Klemens sah, mit den langen Koteletten, dem von der Sonne gegerbten Gesicht und dem ständig auf dem Kopf sitzenden Cowboyhut, in der Tat stattlich aus. Nur das linke Auge, das extrem schielte und immer wieder zur Seite ausbüxte, trübte ein wenig den Eindruck.

»Ein Paradies für Fans.« Agnes schien beeindruckt.

Klemens wiederum fühlte sich geschmeichelt. »Wenn die Fans so aussehen wie Sie, dann ist man gern Star«, sagte er mit einer Portion Selbstironie und schimpfwortfrei. Offenbar war er mit THC voll bis zum Anschlag.

»Und ein Horror für Elvis-Hasser«, ergänzte Agnes ihren vorherigen Gedanken.

»Wie stehen eigentlich Sie Elvis gegenüber?«, fragte Vinzi, der ebenfalls von Agnes beeindruckt schien. Vielleicht waren es aber auch nur ihre großen, ansehnlichen Brüste, die ihn sofort für sie einnahmen.

»Neutral«, sagte Agnes. »Oder mal so, mal so.«

»Und diesem hier?« Vinzi zeigte auf Klemens.

»Eher so.«

Alle lachten. Schon wieder kam ein Bier, oder besser drei. Während Agnes, Klemens und Vinzi ordentlich vor sich hin becherten, trank Plotek noch immer stilles Wasser.

Mit zunehmendem Alkoholkonsum redete Agnes immer weniger, dafür kicherte sie umso mehr. Irgendwann redete sie dann gar nicht mehr. Sie war so voll, dass sie auch gar nicht mehr kichern konnte. Gehen auch nicht mehr richtig. Blieb Plotek also gar nichts anderes übrig, als sie zu stützen und auf ihr Zimmer im *Hotel Zentral* zu bringen.

Kaum waren sie oben, schlug die zeitweilige Lethargie von Agnes in Aktivität um. Soll heißen: Die Hände machten plötzlich auf Zärtlichkeit. Die betrunkene Agnes wurde im Handumdrehen zum lüsternen Weib. Küsse wie Gewehrsalven. Plotek die Zielscheibe. Die gefällte Zielscheibe. Er lag auf dem Bett, und Agnes lag auf ihm. Dann ging alles ganz schnell. Schon war Plotek nackt. Agnes auch. Er sah ihre schönen Brüste zappelnd über sich. Was für ein Anblick! Was für ein Geruch! Es schwindelte ihn. Er taumelte liegend. Oder war es vielleicht doch eher das Fasten, das seine Sinne durcheinanderwirbelte?

Dann sah er ihr teilrasiertes Geschlecht, das gierig nach ihm langte. Als hätte es Hände. Nicht nur zwei, sondern die von einer ganzen hysterischen Mädchenschulklasse. Obgleich Plotek gar nichts machen musste, da sich ja Agnes, geübt und entschlossen wie sie war, schon um alles kümmerte und er einfach nur unter ihr lag wie ein Schnitzel unter einem Fleischklopfer, merkte er, wie langsam, aber beharrlich ein Schwächegefühl seinen Körper ergriff. Verstärkt wurde dieses Gefühl sicher auch dadurch, dass Plotek kaum Luft bekam. Das lag wiederum daran, dass er nur durch die Nase ein- und ausatmete. Der Mund fest geschlossen. Der Grund: sein schlechter Geschmack in demselbigen. Soll heißen: extremer Mundgeruch.

Diese scheiß veränderte Leberfunktion, dachte er noch, als auch das Denkvermögen an seine Grenzen stieß. Noch ehe das Liebesspiel richtig auf Touren kam, war es auch schon wieder vorbei. Plotek wurde es schwarz vor den Augen. Er sah nichts mehr, hörte nichts mehr, spürte nichts mehr. Weder Agnes auf sich. Noch irgendetwas anderes um sich.

So 'ne Scheiße, war der letzte Gedankenzipfel, der in seinem Kopf wedelte. Dann wurde er ohnmächtig.

9

Mitten in der Nacht kam Plotek dann wieder zu sich. Er war noch immer nackt. Es fröstelte ihn. Eine Gänsehaut hatte sich von Kopf bis Fuß an ihn geschmiegt. Neben ihm lag Agnes. Auch nackt. Und angekuschelt.

»Tut mir leid«, murmelte er vor sich hin.

»Macht nichts«, kam verschlafen zurückgemurmelt. »Selbst ist die Frau.« Dann leises Gekichere.

Agnes drehte sich zur Seite, stahl Plotek das Plumeau und sagte noch leiser und kaum zu verstehen: »Schlaf schön weiter.«

Aber keine Chance. Plotek machte kein Auge mehr zu. Und nicht nur wegen dem fehlenden Plumeau. Agnes hingegen schon. Als sie anfing zu schnarchen, stand Plotek auf. Er zog sich an und machte sich klammheimlich, ohne dass ihn Agnes hören konnte, davon.

Draußen schneite es schon wieder. Alles war weiß.

Ein Jahrhundertwinter, dachte Plotek, und so viel Schnee, wie er es höchstens in seiner Kindheit erlebt hatte, damals also, 70er Jahre, Schwäbische Alb, Lauterbach. Sils Maria lag so ruhig in diesem abseitigen Tal wie ein Toter im Sarg. Das einzige Geräusch kam von der Kirche. Die zeigte mit kräftigen Glockenschlägen an, dass es mitten in der Nacht war. Plotek fühlte sich erschöpft, aber gut. Sehr gut sogar. Die kalte Luft war erholsam. Der frisch gefallene Schnee hatte etwas Sanftes, nahezu Gepolstertes. Die Dunkelheit etwas Zärtliches. Fast alle Lichter waren aus. Kaum ein Fenster, das noch beleuchtet war. Nur vereinzelte Straßenlaternen brannten noch. Sils Maria schlief. Tief und fest.

»Gute Nacht!«, murmelte Plotek vor sich hin, als er Richtung Privatklinik abzweigte. Auf dem Parkplatz des kleinen Supermarktes sah er, von Schneehaufen weitgehend verdeckt und deshalb nur schwer zu erkennen, ein Auto. Einen Jeep. Nichts Ungewöhnliches, hätte man denken können. Aber falsch gedacht. Doch ungewöhnlich. Da der Wagen in völliger Dunkelheit leise vor sich hin lief. Soll heißen: Der Motor war an, das Licht aus. Ploteks Neugierde hielt sich normalerweise in Grenzen. Was interessierte ihn schon ein vor sich hin tuckernder Wagen mitten in der Nacht am Arsch der Welt? Nicht die Bohne, eigentlich. Hätte er nicht das Gefühl gehabt, dass der Wagen ihm bekannt vorkam.

Ist das nicht der Jeep von Beat?, dachte er und fing nun doch an, sich dafür zu interessieren. Nicht nur für das Auto, sondern dafür, was Beat mitten in der Nacht in dem laufenden Wagen zu schaffen hatte.

Plotek schlich an das Auto heran. Durch die Heckscheibe hindurch konnte er schemenhaft erkennen, dass dort jemand saß. Als er dann einen Blick durch das hintere Seitenfenster hinein wagte, sah er auch, wer es war. Natürlich Beat Zuberbühler. Er saß auf dem Beifahrersitz. Nicht auf dem Fahrersitz. Auf dem Fahrersitz saß niemand. Dennoch war Beat nicht alleine im Auto. Da saß noch jemand. Auch auf dem Beifahrersitz. Auf Beat Zuberbühler drauf! Das war aber nicht Agatha. Auch nicht Selina Wehrli. Das war …

Verdammt, dachte Plotek, ist das nicht die Frischknecht?

Es war tatsächlich die Hauptkommissarin Vera Frischknecht, die auf Beat halbnackt herumturnte.

So sieht also Dolce Vita aus, dachte Plotek. Die Münder fest aufeinandergepresst, die Arme umschlungen, die Hände in des anderen Haare geparkt. Oberkörper frei, aber noch mit Hose. Beide waren in Regionen unterwegs, in denen Plotek derzeit die Luft zu dünn war. Hier wurde niemand ohnmächtig. Eher das Gegenteil. Hier lief unkonventionelle Ermittlungsarbeit auf höchstem Niveau und mit ganzem Körpereinsatz ab. Vielleicht Beweise sichern, dachte Plotek und grinste in sich hinein. Bedeutet: auch ohne Gentest auf der Spur des Kondominhalts aus der Futterhütte.

Nach ein paar Minuten ließ er die beiden ungestört weitervögeln und machte sich auf den Weg zurück zur Straße, als Schüsse aus dem Wald zu hören waren. Jäggi jagte. Plotek wunderte sich. Nicht über die Schüsse, sondern den Zeitpunkt. Warum jagt er in der Nacht? Schlafen da nicht auch die Tiere? Die Rehe? Apropos. Plotek sah zu Boden auf der Suche nach Spuren. Aber nichts. Keine Rehspuren. Nirgends.

Auch als Plotek wenig später die Klinik von Dr. Wehrli betrat, war er, um halb drei, nicht allein. Britta, die Qigong-Expertin, konnte er im nur spärlich beleuchteten Klinikbau sehen. Nicht in weißer Dienstkleidung, sondern zivil, also mit Jeans und Pullover. Er hatte den Eindruck, dass sie weder ihm noch sonst jemandem begegnen wollte.

Ist doch mehr los im nächtlichen Sils als angenommen, dachte Plotek. Da glaubt man, die Welt schläft, stattdessen macht sie Petting, strolcht herum und jagt. Er gähnte. An keiner der drei Disziplinen war er momentan interessiert. Er schlurfte, nun wirklich müde, den Flur entlang.

Er öffnete seine Zimmertür, zog sich, ohne Licht anzumachen, aus und legte sich schnell ins Bett. Aber denkste. Kaum lag er, stand er schon wieder. Der Grund: Sein Bett war besetzt. Jetzt machte er doch das Licht an und sah …

»Marlies!«

Noch eine Überraschung! Womöglich war das sogar die, die der Glückskeks großspurig prophezeit hatte. Was das aber mit Glück zu tun haben sollte, leuchtete Plotek nicht ganz ein.

Marlies trug ein fast durchsichtiges Nachthemd. Oder besser: fast nichts. Er konnte das, was sich darunter verbarg, gut erkennen. Sehr gut sogar. Und das sah gar nicht schlecht aus. Eher das Gegenteil. Logisch: Wenn man fast Durchsichtiges trägt, macht man das natürlich, damit das, was sich drunter verbirgt, auch gesehen wird. Daran kann man wiederum nur ein Interesse haben, wenn das Gezeigte auch ansehnlich ist. Sollte man meinen. Aber denkste. Manchmal stellen Menschen bereitwillig Körperpartien zur Schau, die alles andere als ansehnlich sind. Die sind hässlich, peinlich und unangenehm. Ein schamloser Angriff auf die Moral. Eine Beleidigung fürs Auge, für die menschliche Kreatur. Für das Leben selbst. Ganz anders bei Marlies. Unter ihrem dünnen Hemdchen schimmerte ganz Vorzügliches hervor. Was Plotek, ob er wollte oder nicht, den Mund trocken machte und die Hände feucht. Das ist wie beim Hund und seinem Herrn Pawlow. Soll heißen: klassische Konditionierung. Nur andersrum als mit Speichel und trockenen Pfoten. Leider kriegte Marlies dafür keinen Nobelpreis.

»Ich habe auf dich gewartet.« Wie das Negligé, so die Stimme.

»Auf mich?« Plotek war ganz benommen von so viel Liebreiz.

»Ja.« Es klang wie: »Auf wen denn sonst?!«

»Warum?«

»Das kannst du dir nicht denken?« Die Stimme entfernte sich ein Stück weit vom Negligé.

»Nö.« Ploteks Augen waren fest an den großen Warzenhöfen unter dem Hauch von Nichts verankert. Womöglich ist mein Blick dadurch getrübt, dachte er noch, und hier liegt ein Missverständnis vor. Aber denkste. Kein Missverständnis, eine Liebeserklärung.

»Ich habe mich in dich verliebt.« Das klang jetzt, als wollte sie gleich das Nichts von der Haut streifen. Vorerst schlug sie aber nur das Plumeau, das ihr bis zum Bauch reichte, zur Seite. Unter dem feinen Negligé linste – ähnlich wie zuvor bei Agnes – ein haariges Dreieck zu Plotek hoch.

Oh bitte, nein, nicht, dachte Plotek. Eine weitere Ohnmacht überlebe ich nicht. In so einer Situation gibt es nur drei Möglichkeiten. Erstens: tot umfallen. War Plotek natürlich nicht zu wünschen. Zweitens: Beine unter den Arm und nichts wie weg. Doch in seinem derzeitigen Zustand war körperliche Anstrengung nachweislich wenig ratsam. Die Flucht unmöglich. Also drittens: eine Lüge. Da kamen Plotek wieder seine schauspielerische Ausbildung und die jahrelange Ausübung des Berufs zu Hilfe. Bedeutet: Stadttheater Konstanz, Marburg, Erlangen und die ganze Scheiße! War die doch auch mal zu etwas zu gebrauchen. Im Leben.

»Ich bin schwul«, sagte er, wie man sagt: »Ich hab eine ansteckende Krankheit.«

Es kam tatsächlich so überzeugend aus Ploteks Mund, dass Marlies augenblicklich ganz blass wurde. Sie zog das Plumeau an sich wie ein Schutzschild.

»Nein!« Die Stimme hatte nichts mehr von einem Negligé. Vielmehr Messgewand, Soutane, Dalmatik.

»Doch.«

Sie sprang vom Bett auf, als wäre Plotek nicht schwul, sondern ein von Interpol dringend gesuchter Mehrfachmörder. Vielleicht sogar der von den Elvissen. Marlies schien jedoch im Gegensatz zu Plotek nur zwei Möglichkeiten zu haben. Erstens: tot umfallen. Das war auch ihr nicht zu wünschen. Zweitens: die Flucht. Und tatsächlich: Schon war sie draußen. Geschmeidig wie ein Reh. Mit seinem Plumeau!

Verdammt, dachte Plotek einerseits. Andererseits: Glück gehabt.

Er legte sich ins Bett und schlief auch ohne Plumeau ein, während der Mond wieder frech im Fenster auf ihn heruntersah. Als wäre er, Plotek, nicht der Mann im, sondern unterm Mond.

Dieses Mal träumte er wieder nur Positives. Natürlich erneut vom abgängigen Reh. Diesmal hatte es aber die Gesichtszüge von Agnes, die Beine von Vera Frischknecht, die Warzenhöfe von Marlies und die spitzen Brüste von Britta. Das schien im Traum ganz normal zu sein. Rehe mit Brüsten! Ein schöner Traum. Ein guter Schlaf.

Demzufolge war er am nächsten Morgen wieder frisch, erholt und ausgeschlafen. Gut gelaunt begab er sich zum Frühstück auf die Terrasse der Klinik. Da war dann die

Laune schnell wieder dahin. Marlies erwartete ihn schon. Sie sah aus, als ob sie überhaupt nicht geschlafen hätte.

Schlechte Voraussetzung fürs Qigong, dachte Plotek noch, als Marlies, noch bevor er sich setzen konnte, »Du hast mich angelogen!« sagte.

Das war jetzt eine Stimme, die nichts mehr, aber auch rein gar nichts mehr von einem Negligé hatte. Sie klang nicht nur nach einer schlaflosen Nacht, sondern auch nach hitzigen Diskussionen mit sämtlichen Freundinnen via Telefon.

»Von wegen schwul! Du hast es mit dieser Journalistin getrieben!« Da war nicht nur Kränkung enthalten, auch Eifersucht. Vielleicht mehr Eifersucht als Kränkung.

»Wie weißt du das?« Plotek konnte seine Überraschung nicht verbergen.

»Ich weiß alles!« Die Stimmung von Marlies schien sich ein wenig aufzuhellen. Die Stimme blieb düster.

»Dann weißt du vielleicht auch, wer die Elvisse umgebracht hat?«

Die Aufhellung war wieder dahin. Sie sah Plotek jetzt an, als wäre sie es selbst gewesen.

»Das ist nicht fair«, sagte Marlies. Ob sie die verschmähte Liebe meinte oder Ploteks Replik, war nicht ganz klar.

Egal, dachte Plotek und sagte: »Und Liebe keine Menschenrechtsorganisation.«

»Nein, aber was Schönes!«, kam prompt zurück. Wieder in vorwurfsvollem Ton.

»Für dich, ja.«

»Und dich etwa nicht?« Völliges Unverständnis von Marlies.

»Kommt darauf an.«

»Worauf?«

Das war jetzt wie beim Pingpong.

»Auf den anderen. Soll heißen: auf dich.«

»Ah, verstehe, ich bin dir nicht gut genug!« Der Ton wurde aggressiver. Der Ball landete im Netz. »Schau dich doch selber mal an! Du bist auch nicht gerade ein Robbie Williams.« Schmetterball. Soll heißen: Bauch schon, aber ohne Waschbrett. Oder: Figur am Arsch, trotz fast einwöchiger Fastenkur und vielleicht zehn Kilo Gewichtsverlust.

»Du glaubst, du hast was Besseres verdient, was?«

»Hmm.«

Das glaubte Plotek natürlich nicht. Er glaubte aber auch nicht, dass er, nur weil er schon über vierzig war, nicht wie ein Adonis daherkam und momentan in der Single-Liga spielte, gleich die nächstbeste Gelegenheit mit großen Warzenhöfen flachlegen musste. Nur um der Einsamkeit zu entkommen. Plotek war gerne allein. Dabei fühlte er sich meistens nicht einsam. Das war das, was fast keiner verstehen wollte. Frauen schon gar nicht. Er brauchte eigentlich keine Frau, keine Freundin, niemanden. Ab und zu vielleicht mal ein paar Streicheleinheiten, jemanden, der mit ihm am Tresen saß und Weißbier trank – das schon, ja. Aber ansonsten war er sich selbst genug.

»Das ist nicht fair!« Marlies wiederholte sich. Satz zu Ende. Spiel aus.

Bei der Qigong-Stunde hatte dann die schlaflose Nacht ganz konkrete Auswirkungen. Nicht nur auf Marlies. Auch Britta war so unkonzentriert, dass sie den Feuerlaut mit dem Holzlaut verwechselte. Offenbar war da in ihrem

Kopf mehr als nur ein Gedanke. Nichts mit Qigong also. Plotek hingegen kam immer besser mit dieser seltsamen Boxübung in Zeitlupe zurande. Es war das erste Mal, dass er in einer Therapiestunde standhaft blieb. Dagegen ging Marlies nun mit einem dröhnenden Erdlaut zu Boden. Damit war nicht nur für sie die Stunde zu Ende, sondern auch für alle anderen.

»Sie können, wenn Sie wollen, noch alleine ein wenig weitermachen«, sagte Britta, die nun zusammen mit dem herbeigerufenen Dr. Wehrli die allem Anschein nach schwer verletzte Marlies aus dem Gymnastikraum trug. Niemand wollte weitermachen. Plotek auch nicht. Offenbar hing keiner der Patienten so am Qigong, wie Britta vermutete und es sicher auch gerne gehabt hätte.

Plotek begab sich auf die Terrasse der Klinik und traf da, was wirklich nicht zu erwarten gewesen war, auf Beat Zuberbühler. Eben noch vögelnd im Jeep, jetzt plaudernd auf der Terrasse. Das ist ja wie aus der legendären *Rudi Carrell Show: Lass dich überraschen*. Beat schien auch überrascht. Neben ihm saß die Mutter von Dr. Wehrli. Das war wiederum eine Überraschung für Plotek. Sie wirkte nämlich ganz anders als noch vor ein paar Tagen, als er sie das erste Mal gesehen hatte. Sie wirkte heiter, ausgelassen. Sie lachte sogar. Plotek blieb stehen, weil er es nicht glauben konnte. Freisler in der Bütt. Der berüchtigte Strafrichter humorig. Das gibt es oft! In der Geschichte. Da hören Massenmörder privat mit Tränen in den Augen Franz Schubert. Diktatoren lesen leidenschaftlich gerne *Der kleine Prinz* von Antoine de Saint-Exupéry. Bestialische Verbrecher pflegen aufopferungsvoll ihre bettlägerige und inkontinente Mutter.

»Plotek!« Beat klang nicht nur überrascht, sondern auch erfreut. An die Mutter von Dr. Wehrli gewandt sagte er: »Das ist ein alter Freund von Agatha.«

Alt, ja, dachte Plotek. Freund, na ja.

»Ach, das süße Agathalein …« Die Mutter von Dr. Wehrli trällerte es in die kalte Januarluft hinaus, als wäre sie ein Vogel und das *Agathalein* ein Wurm. So spricht man vielleicht über ein Haustier – Hamster, Wellensittich, Katze –, höchstens noch über ein zweijähriges Kind, aber nicht über eine vielleicht fünfundzwanzigjährige Frau, die im Begriff ist, vor den Traualtar zu treten. Es sei denn, der dort zu vollziehende Akt und alle daran Beteiligten sind nicht ernst zu nehmen.

»Darf ich vorstellen: Frau Ilona Wehrli, die Mutter von Dr. Matteo Wehrli.« Es klang wie: »Die Queen, die Mutter von Charles!«, oder: »Der Papst, der Stellvertreter Christi.«

Die Mutter reichte Plotek die Hand. »Erfreut.«

»Auch.«

Sie erschien Plotek jetzt wie eine andere Person. Nichts Kaltes, Frostiges war mehr an ihr. Sie wirkte wie eine warmherzige, freundliche und äußerst attraktive ältere Dame.

»Ihr hab ich viel zu verdanken.« Beat schleimte sich ein, wie man sich eben bei Queens einschleimt.

»Ach was, Beat.« Joviales Schmunzeln der Alten. »Ich mach das doch gar nicht für dich, sondern für mich.« Sie lachte großspurig. Ein bisschen schimmerte die Böswilligkeit nun doch durch.

»Was denn?«, fragte Plotek. »Was machen Sie denn?«

Die beiden sahen ihn an, als würden sie ihn gleich gemeinsam *fertigmachen*.

»Frau Wehrli unterstützt mich bei der Organisation des Elvis-Wettbewerbs.«

»Na, na, na. Von Organisation kann keine Rede sein.« Ob sie die mangelhafte Organisation generell meinte oder doch eher die Tatsache, dass sie für sich selbst eigentlich einen ganz anderen Aufgabenbereich vorgesehen hatte, war unklar. »Ich unterstütze dich mit Geld. Mehr nicht.«

»Das ist doch ausreichend viel.« Beat schleimte wieder, als wollte er mehr: Geld!

»Aber nicht genug offenbar.« Strenger Blick der Alten. »Ich meine Geld. Sonst würdest du doch nicht noch mehr wollen, oder?« Reumütiges Lächeln bei Beat.

Dachte ich mir doch, dachte Plotek, daher rührt also sein Besuch. Beat Zuberbühler war auf der Suche nach neuen – beziehungsweise alten – Geldquellen für sein marodes Unternehmen. Damit der Wettbewerb nicht zu Ende sein würde, noch bevor er stattfand.

Er lächelte, wie nur einer lächelt, der weiß, dass er damit nicht nur fesche Kripofeger und Arztgattinnen, sondern auch ältere, sture Damen herumkriegen kann.

»Hast schon recht«, bescheinigte ihm diese Dame nun erstaunlich gütig. »Man muss was wagen.« Sie überlegte, spitzte die Lippen und sagte: »Es gibt genug, die es nicht tun!«

Beat nickte eine Spur zu eifrig, als wüsste er, wovon sie sprach.

»Die muss man dann zum Jagen tragen.« Sie warf einen Blick über die Terrasse in die Klinik, als wäre sie auf der Suche nach ihrem Sohn. Dann wandte sie sich wieder an Beat und fügte hinzu: »Aber immer mit Verstand und Maß, verstehst du?« Dabei hob sie den Zeigefinger, wie überforderte Eltern den Zeigefinger heben, wenn ihre Kinder über die Stränge schlagen. »Und da hast du durchaus Defizite.« Es klang mahnend.

Wieder nickte Beat, als gäbe er ihr in allem recht. Dann sagte er leise, fast verschwörerisch: »Aber die Rendite ist auch nicht schlecht.«

»Stimmt. Doch von nichts gibt es auch keine Rendite.«

Plotek war klar, dass die Unterstützung von der Alten nicht ganz selbstlos war. Das investierte Geld wollte sie mit Gewinn zurück.

»Also, wir wissen beide, der Kartenverkauf muss noch besser werden. Damit das Merchandising-Geschäft auch voll zum Tragen kommen kann, ist das klar?!« Wieder der sprechende Zeigefinger.

»Kein Problem, wenn erst mal die Medien auf den Zug aufgesprungen sind, dann …«

Frau Wehrli ließ ihn nicht aussprechen, sondern preschte mit »Was ist eigentlich mit diesem Ami?« dazwischen.

Beat unterbrach sich sofort und sagte mit verändertem Ton, während er sich ein wenig von Plotek, der noch immer wie bestellt und nicht abgeholt in der Nähe der beiden stand, wegdrehte: »Der hält sich bedeckt. Aber ich glaube, da gibt es keine Schwierigkeiten.«

Was Ploteks Aufmerksamkeit, auch Neugier weckte.

»Glauben, glauben, glauben!« Die Alte erhob energisch die Stimme. »Dafür ist der Papst zuständig!«

»Ich bin *sicher*, da gibt es keine Schwierigkeiten.« Beat hörte sich jetzt noch unterwürfiger an.

»Schon besser.«

Der weiße Engel schwebte auf die Terrasse. Er beachtete Beat gar nicht. Der wiederum wirkte plötzlich nervöser als zuvor. Selbst wenn Plotek nicht gewusst hätte, dass zwischen den beiden was lief – ihre Reaktionen waren entlarvend genug. Auch die Alte wusste offenbar davon. Sie lächelte wissend und griff nach der Hand von Selina. Ihr Verhältnis zur Schwiegertochter schien auf jeden Fall besser als zum eigenen Sohn.

»Sind Sie etwa schon fertig?«, fragte Selina Plotek, wie man fragt: »Was machen *Sie* eigentlich hier?«

»Ja«, log Plotek. Ohne rot zu werden.

»Und Shiatsu lassen wir heute ausfallen, was?« Einen leichten Vorwurf konnte sie nicht kaschieren.

»Ja.« Plotek war über sich selbst erstaunt. Wie konnte er sich solch einer Frau widersetzen? Und Überraschung! Selina schien Ploteks kleine Widerborstigkeit sogar zu honorieren. Das ist oft so. Duckmäusertum ist weniger angesehen, als man denkt. Manchmal sind die Menschen froh, wenn jemand seinen eigenen Kopf hat. Der tut, was er tun muss, ohne darauf zu achten, was von ihm erwartet wird. Bei Plotek war das fast immer so.

Selina lächelte, klopfte mit dem Finger auf seine Schulter und sagte: »Sie sind mir aber einer!«

Jetzt versammelte sich die Röte doch noch auf Ploteks Wangen. Sie aber auch, wollte Plotek sagen, ließ es aber, weil in diesem Moment nicht nur die Röte »Hallo« sagte, sondern auch Vinzi, der mit seinem Rollstuhl um die Ecke bog und auf die Terrasse rollte.

Was will der denn hier?, dachte Plotek noch, als Vinzi es ihm schon sagte.

»Klemens wurde festgenommen!«, rief er ihm noch im Rollen zu.

Die Information schlug ein wie der Asiate in die Futterhütte. Die Alte, Beat und Selina erstarrten. Wie zur Salzsäule, im biblischen Sinne, als wären alle drei zusammen die Frau von Lot. Plotek erstarrte nicht, sondern fragte entsetzt, fast benommen: »Was? Warum das denn?«

»Dringender Tatverdacht.«

Plotek verstand nicht. »Was für eine Tat?«

»Mord!« Vinzi war jetzt in der Mitte der Terrasse und vor den dort Versammelten angekommen. Die anderen drei waren noch immer wie paralysiert.

»Klemens soll was?« Plotek rang noch immer um den Durchblick.

»Den Finnen und den im Wald.«

»Schwachsinn!« Das klang eindeutig. Half aber nichts.

»Sagst du«, sagte Vinzi. »Die Frischknecht behauptet anderes.«

Beat, Selina und Frau Wehrli hörten dem kleinen Dialog zu wie im Theater. Aufmerksam und interessiert. Und immer weniger erstarrt. Soll heißen: Die Salzsäule bröckelte. Als der Name Frischknecht fiel, zuckte Beat sogar kurz, fast unmerklich, zusammen.

»Die spinnt doch!« Darin waren sich Plotek und Vinzi einig.

»Wenn die weniger die Nacht zum Tag machen würde, hätte sie vielleicht eher den Durchblick«, sagte Plotek erbost, woraufhin Beat erneut, jetzt deutlich sichtbarer, zusammenzuckte.

Auch Selina löste sich nun gänzlich aus der Erstarrung.

»Wie meinen Sie das?« Damit streifte sie auch die bloße Zuschauerrolle ab. Der Grund: zu großes Interesse oder zeitweiliges Verständnisdefizit. Sie sah auf jeden Fall aus, als würde sie das wirklich wissen wollen. Plotek war nun ein wenig eingeschüchtert. Wenn ein Engel plötzlich zur Privataudienz lädt, können einem schon mal die Handflächen feucht werden.

»Die Kriminalhauptkommissarin ermittelt nicht nur«, kam von Plotek zuerst zögerlich, dann doch entschlossen. »Sie ist auch ein Mensch, eine Frau, wenn Sie verstehen, was ich meine?«

»Nein, nicht ganz.« Der Engel schien noch immer Verständnisschwierigkeiten zu haben.

»Fragen Sie Beat, der weiß es bestimmt.«

Beat hob die Hände wie zur Kapitulation und ergänzte diese Geste mit einem verwunderten Blick, als wollte er sagen: »Mein Name ist Hase, ich weiß von nichts.«

Schlechtes Schauspiel, dachte Plotek und: wenn schon Hase, dann Rammler!

»Ein anonymer Anrufer hat ihn belastet«, mischte sich nun Vinzi wieder in das Gespräch ein. »Sie haben sein Zimmer durchsucht.«

»Und das Motiv?«, fragte Selina, nun an Vinzi gewandt.

»Hmm«, machte Vinzi und sagte: »Die beiden galten als die aussichtsreichsten Kandidaten.«

»Der Finne und der im Wald?«, fragte Selina.

Vinzi bejahte. Woraufhin Plotek abschätzig lachte. »Bei so einem lächerlichen Wettbewerb ist der Beste doch kein Feind des Guten.«

Strenge Blicke kamen jetzt von Beat. Auch Ilona Wehrli bekam wieder was vom Freisler und sagte: »Haben Sie eigentlich schon Karten?«

»Wofür?«, fragte Plotek, dem der Zusammenhang verborgen blieb.

»Den Wettbewerb.« Flankiert von einem bissigen Lächeln. »Sollten Sie sich mal drum kümmern.«

Eine unangenehme Stille lag jetzt auf der Terrasse. Beat sah betreten zu Boden. Selinas Gesicht war mit Falten geschmückt, als wären ihre Gedanken auf der Suche nach einer Erklärung. Die Alte grinste überheblich, und Vinzi und Plotek schwiegen.

Dann sagte Ilona Wehrli wie die Queen zu ihrem untergebenen Volk: »Sonst ist es ausverkauft. Wäre doch auch schade, oder?«

»Beat besorgt uns bestimmt welche, nicht wahr?« Plotek warf Beat einen Blick zu, als müsste der ganz genau wissen, worum es geht. Ilona Wehrli hingegen schien dafür gar kein Verständnis zu haben und belagerte ihrerseits Beat mit Blicken von ganz anderem Kaliber. Freisler stumm!

Mit »Na los, komm, wir müssen uns die Frischknecht vorknöpfen« beendete Vinzi das Terrassen-Intermezzo. Aber denkste.

Kaum hatten sie die Terrasse und die Klinik verlassen und waren am Ausgang angekommen, tauchte Beat wie aus dem Nichts schon wieder auf.

»Plotek, sag mal, wie hast du das vorher denn gemeint?«, fragte er, etwas vage, was Plotek aber sofort verstand.

»Wenn du nicht bemerkt werden möchtest, dann schalt den Wagen eben aus.« Das saß!

»Aber …« Beat wirkte betroffen.

»Ich weiß, dann wird's kalt. Aber man kann halt nicht immer alles haben.« Noch ein Schlag vor den Bug!

»Wie meinst du das?«, kam stammelnd von Beat.

»Manchmal ist 'n kalter Arsch weniger problematisch.« Plotek war in Geberlaune.

Die Folge: Der Groschen schien bei Beat gefallen.

»Das, das tut mir leid, Plotek, das, das wollte ich nicht …« Beat flüsterte, als sollte es niemand anderes hören. Auch Vinzi nicht. »Aber was hätte ich denn machen sollen?«

Jetzt macht er auch noch auf Mitleid, dachte Plotek und hob die Schultern.

»Die, die, die hat mich doch genötigt, die, die …«

»Aha, du meinst, *du* bist das Opfer.«

»Ja, natürlich, die war so scharf, das kannst du dir gar nicht …, da konnte ich gar nicht …«

»Dann ab zu Jäggi. Der nimmt die Anzeige bestimmt gerne auf.«

»Welche Anzeige?« Beats Verwirrung war zurück.

»Missbrauch eines Abhängigen.«

Beat schüttelte den Kopf, lächelte angestrengt. »Ich weiß nicht …«

»*Ich* weiß nicht«, ging Plotek dazwischen, »ob Agatha das auch so sieht …«

»Bitte, bitte, bitte, Plotek, sag ihr nichts, bitte, bitte, bitte …«

»Das wird sie schon alleine herausfinden.«

Er ließ ihn stehen wie einen Jeep bei ausgeschaltetem Licht und laufendem Motor und schob Vinzi im Rollstuhl von der Privatklinik auf die Straße Richtung *Hotel Zentral*.

»Was war das denn?«, fragte Vinzi, als sie Beat abgeschüttelt hatten.

»Die Frischknecht und er.«

»Nein!«

»Doch, ich hab es mit eigenen Augen gesehen.«

Vinzi schien noch immer zu zweifeln und schüttelte den Kopf.

»Nein, nein, das hat nichts mit Hormonen zu tun, also fasten und so. Zumindest nichts mit meinen, wenn du das meinst. Höchstens mit seinen.«

»Das Schwein!«

»Na, komm schon, kann man es ihm verdenken?«

»Hmm.«

Es hörte sich an wie ein schon mal geführter Dialog. Mit vertauschten Rollen.

»Und Agatha?«

»Die ist vor Liebe blind«, sagte Plotek. »Spannender ist, wie wir der Frischknecht den Klemens wieder abluchsen. Vielleicht hilft hier Beats kleiner Seitensprung?«

»Gute Idee.«

Vera Frischknecht fand die Idee dann gar nicht gut.

»Was sollen diese Anspielungen?«, fragte sie genervt, als Vinzi allegorisch von dunklen Jeeps und ebenso dunklen Nächten erzählte.

»Was soll die Verhaftung von Klemens?«, fragte Plotek. Auch er war genervt.

»Ein Anruf«, sagte die Hauptkommissarin, wie man sagt: »Ein Beweis!«

»Was für ein Anruf?«

»Ein anonymer Anruf.«

»Lächerlich«, kam von Vinzi, ohne Lachen. »Da steckt doch sicher irgendein *endblöder* Konkurrent dahinter.« Dann wandte er sich direkt an Frau Frischknecht. »Wenn Klemens bis zum Wettbewerb nicht frei ist, dann bricht eine Welt für ihn zusammen.« Als die Hauptkommissarin nicht reagierte, fügte er hinzu: »Er hat ein ganzes Jahr dafür geübt, verstehen Sie?«

Sie schien nicht zu verstehen. Also legte Plotek nach: »Der anonyme Anruf allein kann es doch nicht sein, oder? Da könnte ja jeder kommen.«

»Stimmt.«

Erwartungsvolle Gesichter bei Plotek und Vinzi.

»Wir haben bei Klemens eine Uhr gefunden. Und ein Feuerzeug.«

»Na und?«, kam von beiden wie aus einem Mund.

»Beides gehörte dem kleinwüchsigen Finnen.«

»Wie wollen Sie das wissen?« Vinzi schien das sofort infrage stellen zu wollen. Aber keine Chance.

»Sowohl in die Uhr als auch in das Feuerzeug ist ein finnischer Schriftzug eingraviert.« Und als Vinzi und Plotek es noch immer nicht glauben wollten, sagte Vera Frischknecht: »Klemens hat es bereits zugegeben.«

»Was?« Wieder gleichzeitig und wie aus einem Mund.

»Den Mord?«, fügte Vinzi hinzu.

»Nein, dass er diese Utensilien vom Finnen hat.«

»Gestohlen«, sagte Plotek. »Er war in seinem Zimmer.«

»Ich auch«, ergänzte Vinzi.

»Und ich«, fügte Plotek hinzu.

»Was?« Nun war die Hauptkommissarin doch ein wenig erstaunt.

»Ja, und Frau Pan.« Vinzi schien das Erstaunen zu genießen. »Wir waren alle gemeinsam im Zimmer vom Finnen. Da hat Klemens die Dinger bestimmt mitgehen lassen.«

»Das werde ich prüfen. So lange bleibt er in Haft.«

»Aber …«

»Nichts aber!« Da kehrte die reizende Hauptkommissarin jetzt den harten Hund heraus. Sie ließ die beiden stehen, ging zur Tür, kam dann aber noch einmal zurück.

»Und was ich privat mache, ist meine Sache, klar?«, sagte sie und machte dabei ein ganz böses Gesicht.

»Klar.«

Die Hauptkommissarin zog mit einer verdammt schlechten Laune im Gepäck ab. Eigentlich kein Wunder, stieg doch der Druck auf die Ermittler ins Unermessliche. Auch der persönliche. Jetzt war es endgültig vorbei mit dem Dolce Vita. Überstunden waren angesagt und all das, was Vera Frischknecht offenbar so hasste.

Eigentlich verständlich, dachte Plotek. Vinzi hingegen hatte kein Verständnis.

»Wäre sie eben Feinmechanikerin geworden«, sagte er. »Oder Zahnärztin.«

»Wurstfachverkäuferin.«

»Grundschullehrerin.«

»Landschaftsarchitektin.«

»Schauspielerin.«

»Nein! Bloß nicht«, kam von Plotek. »Bloß nicht Schauspielerin.«

»Dann eben Journalistin«, sagte Agnes, die hinter den beiden aufgetaucht war. Sie fügte hinzu: »Sind die Herren auch schon wach?«

Die Herren zuckten kurz zusammen. Plotek dachte an seine nächtliche Ohnmacht und war daraufhin peinlich berührt. Agnes hingegen lächelte, als wäre so eine Ohnmacht nicht der Rede wert. Außerdem roch sie gut. Das war das, was Plotek schon immer an ihr mochte. Der Geruch. Eine Mischung aus Eau de Toilette und Frau. Anziehend, herb und verwegen.

»So ’ne Scheiße, das mit Klemens, was?« Vinzi setzte offenbar voraus, dass auch Agnes bereits Bescheid wusste. Wusste sie auch. So eine kleine Ortschaft ist wie ein überschaubarer Mikrokosmos. Entweicht an einem Ende ein Furz, stinkt es wenig später am anderen.

»Ich fürchte, die Hauptkommissarin ist überfordert.« Agnes sagte es und klang dabei so, als ob sie schon eine Lösung für dieses Problem in ihrer Handtasche mit sich trüge. »Wird Zeit, dass ihr ein wenig Arbeit abgenommen wird.«

Bei Arbeit zuckte Vinzi zusammen. Immer. Arbeit war nicht seine Paradedisziplin, das wusste Plotek. Arbeit konnte Vinzi noch nie gut. Arbeit ist etwas für Menschen, die nichts mit sich anzufangen wissen, war seine Maxime. Oder zugespitzt: Wer arbeitet, lebt nicht. Zumindest nicht so, wie *er* sich Leben vorstellte. Soll heißen: Das war auch eine Art Dolce Vita. Mit schwäbischem Gras und Weißbier. Mit seinen zwei Stummelbeinen konnte er diesen Lebensentwurf gut verwirklichen. Als Krüppel braucht es keine Entschuldigungen, Rechtfertigungen und Alibis.

»Wie meinst du das?«, wollte jetzt Plotek, der über die Arbeit nicht viel anders dachte als Vinzi, von Agnes wissen.

»Dreimal darfst du raten, mein Lieber.«

Musste er gar nicht. Er wusste es auch so.

O nein, bitte nicht, dachte Plotek, nicht schon wieder. Ich will keine Morde aufklären, nichts mit Verbrechen und Verbrechern zu tun haben. Nicht hier, heute und jetzt. Ich will fasten, Qigong machen und es mir einfach nur gut gehen lassen. Also: auch nichts mit Arbeit.

»Vergiss es!«, sagte Agnes, wie man sagt: »Schlafen kannst du, wenn du tot bist!«

Selbst Vinzi schien, in Bezug auf diese spezielle Arbeit,

plötzlich die Seite zu wechseln. Was höchstwahrscheinlich an Agnes lag. Er konnte nicht verbergen, dass er von der Münchner Journalistin beeindruckt war. Ob es der Mensch, die Frau oder doch eher wieder die großen Brüste waren, die ihn für sie einnahmen, war nicht ganz klar.

»Denk an Klemens«, blies Vinzi ins gleiche Horn. Die beiden schienen sich auf jeden Fall bestens zu verstehen. Gab sich Plotek eben geschlagen.

»Und was machen wir jetzt?«, wollte er wissen.

»Nachforschen, ermitteln. Alles, was die Hauptkommissarin offenbar die ganze Zeit über versäumt hat.«

Bevor die Ermittlung der drei aber so richtig beginnen konnte, kam ihnen Marlies in die Quere. Oder besser: ihre Eifersucht.

»Ist sie das?« Marlies baute sich vor Ploteks Tisch auf und zeigte mit ihrer zarten Hand auf Agnes, wie man höchstens auf einen Kackhaufen zeigt. Ohne eine Reaktion von Plotek abzuwarten, fügte sie hinzu: »Ja, da kann ich natürlich nicht mithalten.« Es klang ironisch, herablassend, böse.

»Hat die zu viel gefastet?«, fragte Agnes an Plotek gewandt und ignorierte dabei die vor ihnen stehende Marlies. »Oder war's das Qigong?«

Plotek wusste nicht, wie er sich verhalten sollte. Das war eine Situation, in die man nicht gerne hineingeriet. Plotek schon gar nicht. Er war ganz schlecht darin, sich Konflikten zu stellen. Argumentativ, mit Für und Wider, mit These und Antithese Probleme zu lösen, war für ihn schier unmöglich. Einerseits wollte er Marlies nicht verletzen, andererseits aber auch Agnes nicht vor den Kopf stoßen. Er wollte sich eigentlich gar nicht damit auseinandersetzen. Weder mit

Marlies' Eifersucht noch mit Agnes' Reaktion darauf. Aber keine Chance. Wer nicht selbst handelt, für den wird gehandelt. Soll heißen: Marlies wartete erst gar nicht auf eine Antwort von Plotek, sondern stürzte sich sogleich auf ihn und schlug mit ihren zarten Händen gar nicht zart zu. So lange, bis Frau Pan wie ein Windhauch am Tisch auftauchte und Marlies, als wäre sie nicht achtzig Kilo schwer, sondern achtzig Gramm, mit einer Handbewegung, einem Federstrich gleich, aus dem Hotel begleitete. Die Folge war grenzenlose Faszination bei den Zurückgebliebenen. Vinzi schien sich erneut augenblicklich in Frau Pan zu verlieben. Plotek ebenso. Und Agnes dachte wohl an die bevorstehende Ermittlungsarbeit und die Frage, wie sich diese erstaunliche Vietnamesin hierfür am besten integrieren ließe.

Einen Tag später und pünktlich zur Hochzeit von Beat und Agatha war Klemens wieder frei. Der dringende Tatverdacht konnte nicht belegt werden. Der eigentliche Grund für seine Entlassung war ein weiterer Toter. Während nämlich der Hauptverdächtige in Haft saß, wurde noch ein Elvis-Imitator umgebracht. Mit derselben Methode, also Spieluhr, Schubert, *Wiegenlied.* Man fand ihn hinter der Tennisanlage auf dem Spielplatz. Besser hätte der Hauptverdächtige erst gar nicht entlastet werden können. Die Folge: Die Hauptkommissarin hatte zwei Probleme mehr. Keinen Verdächtigen und einen weiteren Toten. Was summa summarum, ob sie es wollte oder nicht, auf einen Serientäter hinauslief. Darin waren sich alle einig.

10

Auf dem Papierfitzelchen des Glückskekses stand: *Unternimm Leichtes, als wäre es schwer, und Schweres, als wäre es leicht.* Vinzi schüttelte lange den Kopf, sah immer wieder auf die Buchstaben, als wäre es eine gar nicht leicht entschlüsselbare Botschaft einer ihm unbekannten Welt, und sagte schließlich: »Was soll man damit bloß anfangen?« Er zerknüllte das Zettelchen und warf es in den Aschenbecher.

»In Anbetracht von drei toten Elvissen ist das Schwere ganz schön schwer.« Auch Plotek hatte Schwierigkeiten, sich auf diese Weisheit einen Reim zu machen.

»Die Einzige, die es sich leicht macht, ist die Hauptkommissarin.« Agnes ging die Sache pragmatischer an. Außerdem war sie, wie es schien, nicht gut auf den feschen Kripofeger zu sprechen. Wobei das Auf-die-leichte-Schulter-Nehmen von Vera Frischknecht auch nicht mehr ganz stimmte. Seit dem dritten toten Elvis wirkte die Hauptkommissarin so, als hätte sie sich das Dolce Vita zumindest für die nächste Zeit aus dem Kopf geschlagen. Plötzlich kam hektische Betriebsamkeit in den ansonsten gemächlichen Schweizer Ermittlungsapparat. Dennoch konnte man den Eindruck bekommen, sie wisse nicht ganz genau, was sie da eigentlich tat. Ein Plan, eine Strategie, eine Methode, die die Aufklärung der Straftaten in absehbarer Zeit ermöglicht hätte, war nicht zu erkennen. Eher das Gegenteil.

Es war wie das Stochern nach der oft zitierten Stecknadel im Heuhaufen. Wäre da nicht der öffentliche Druck gewesen, vor allem durch die nun in Sils versammelten Pressevertreter, hätte die junge Hauptkommissarin vielleicht nichts an ihrer laschen Ermittlungsart geändert. So blieb ihr aber nichts anderes übrig, als sich endlich ernsthaft dem Fall zu widmen. Oder zumindest so zu tun. Die Folge: Man sah sie erstens weniger oft im *Wang Tong 23* bei einem vietnamesischen Reisgericht, und zweitens war die Geschwätzigkeit Plotek und Vinzi gegenüber dahin. Sie wurde so, wie man sich gemeinhin eine Kriminalhauptkommissarin vorstellt: überheblich, besserwisserisch und unsympathisch. Zudem noch meistens schlecht gelaunt.

»Schade eigentlich«, sagte Vinzi.

»Sein macht eben Bewusstsein«, packte Plotek eine altbackene Weisheit aus, die auch vom Papierfitzelchen aus seinem Glückskeks hätte stammen können.

»Was hast *du*?«, fragte Plotek Klemens, der sein Gebäck völlig zerbröselt hatte, um an den Zettel zu kommen.

»*Das Schicksal* … Brunzkachel, Zangengeburt … *meint es gut mit dir* … Ficker.« Klemens las und strahlte.

Plotek strahlte auch, und Vinzi sagte, ein wenig neidisch auf die Eindeutigkeit seiner Botschaft: »Dann brauchst du ja gar nicht mehr anzutreten.«

»Bumsarsch … ja! Die Krone … Arschritze … ist mir sicher!« Unklar, ob er das ironisch meinte oder sich tatsächlich schon auf dem Siegertreppchen des Elvis-Contests wähnte.

Agnes hielt noch immer ihren Glückskeks in der Hand. So lange, bis Vinzi fragte: »Und *Sie*?«

Jetzt brach auch sie den Keks entzwei, holte den Zettel heraus und strich ihn auf dem Tisch glatt.

»Wer den Tiger weckt, darf sich nicht beklagen, wenn er brüllt.«

»Der Tiger hat ein weiteres Mal zugeschlagen.« Plotek sagte es an das Papierfitzelchen gewandt, als wäre das für alles verantwortlich.

Klemens ergänzte in die gleiche Richtung: »Der dritte Elvis-Tote ... Pisslappen, Bumsfritte ... ist Österreicher ... Kacknudel.«

»Und wie es aussieht, wird er nicht der Letzte sein.« Agnes gerierte sich selbst als Zettelchen, weniger eines des Glücks als der Katastrophe. Eine Art pessimistisches Orakel.

»Wie willst du das wissen?«

Sie warf einen weiteren Glückskeks hoch in die Luft und fing ihn auf. Wieder brach sie das Gebäck entzwei, holte den Zettel heraus und las: *»Wer nicht kann, wie er will, muss wollen, wie er kann.«*

»Hä?« Für Plotek wie auch für Vinzi war die Botschaft nicht entschlüsselbar. Klemens schüttelte den Kopf, unklar, ob er ebenfalls Verständnisschwierigkeiten hatte oder ob er die Botschaft auf keinen Fall akzeptieren wollte.

Agnes hingegen machte sich sogleich ans Interpretieren.

»Der Mörder wird nachlässiger«, sagte sie. »Enthemmter. Er bemüht sich erst gar nicht mehr, den Ermordeten zu entsorgen. Zuerst hat er es noch mit einem Trick versucht, mit einer Täuschung. Das Opfer sollte wie ein Kältetoter daherkommen. Dann wollte er die Leiche verstecken. Und zwar so, dass sie niemand findet. Einbetoniert in die Schalungstafeln. Und jetzt lässt er sie einfach an Ort und Stelle zurück.«

»Er legt keinen großen Wert mehr darauf, seine Tat zu kaschieren«, spann Vinzi den Gedanken weiter.

»Was bedeutet das?«, wollte Plotek wissen.

»Er verschiebt die Grenzen.« Agnes gerierte sich nicht mehr nur als Orakel, sondern auch als Hobbypsychologin. »Er handelt zwanghaft. Er kann nicht anders. Wer nicht kann, wie er will, muss wollen, wie er kann.«

Vinzi und Plotek blickten sich verständnislos an.

»Und was hat das zur Folge?«, fragte Plotek, wie man fragt: »Geht es auch ein bisschen deutlicher?«

»Er wird weitermorden.« Deutlicher ging es nicht.

»Was?« Entsetzen bei Agnes' Zuhörern.

»Kackbalken, Rotzfresser, verflucht, Fucker!«

»Ja, so lange, bis wir ihn stoppen«, sagte Agnes unbeeindruckt.

»Wir?« Ungläubige Blicke der drei.

»Ja, klar *wir.*« Als wäre das das Normalste von der Welt. »Oder glaubt ihr vielleicht, die unbegabte Kriminaldarstellerin Frischknecht bringt den Mörder zur Strecke?«

Agnes mochte die Hauptkommissarin offenbar immer weniger. Vermutlich bevorzugte sie lieber die mit den schlecht sitzenden Lederjacken und den Cordhemden samt Druckknöpfen. Die waren zumindest berechenbarer.

»Weiß nicht.« Plotek war alles andere als überzeugt.

»Ich aber.« Das umso mehr. »Bevor *die* den Mörder fängt, ist die Welt elvisfrei.«

Vielleicht gar nicht so schlecht, dachte Plotek im ersten Moment, ertappte sich sogleich selbst bei diesem frevlerischen Gedanken und wurde ein bisschen rot.

Klemens schüttelte den Kopf, als wollte er fragen: »Warum gerade wir?«, sagte dann aber: »Kackstulle, Bumsknödel, Buschkuh!«

Und während die drei noch zögerten, legte Agnes schon los.

»Was ist das, was die Toten miteinander verbindet?«, fragte sie, um gleich darauf die erste Gemeinsamkeit festzustellen. »Es sind alles Elvisse, klar.«

Bestätigung von den anderen.

»Und was noch?«

Alle dachten nach. Außer gekräuselten Stirnen kam aber nichts. So zahlreich schienen die Gemeinsamkeiten dann doch nicht zu sein.

»Und?« Agnes gerierte sich nun als Nachhilfelehrerin einer Horde denkfauler Pennäler, die sich lieber mit Mädchen mit dicken Brüsten beschäftigten als mit Algebra.

»Der Geruch«, sagte Plotek, selbst davon überrascht, dass ihm das jetzt eingefallen war.

»Genau.« Anerkennendes Lächeln von Agnes.

»Alle rochen gleich«, wollte auch Vinzi sich als Musterschüler hervortun und Punkte bei der Lehrerin sammeln.

»Exakt ... Kacklauch, Fischmöse, Bumsarsch ...«

»Alle rochen nach *Gentleman* von Givenchy«, fasste Agnes zusammen und unterbrach damit Klemens' Schimpfwortgestammel.

»Außerdem wurden alle auf die gleiche Art und Weise ermordet.« Plotek entdeckte die Lust an Algebra.

»Mit einer Spieluhr erdrosselt«, legte Vinzi nach.

»Mit Schubert in den Tod musiziert.« Die beiden waren immer engagierter und schaukelten sich gegenseitig hoch. Nur Klemens hinkte beim heiteren Nachhilfeunterricht hinterher.

»Daraus leitet sich die Frage ab«, sagte Agnes und schaute dabei Klemens fragend an, als wollte sie auch ihm auf die Sprünge helfen: »Warum hat der Mörder sich darauf spezialisiert, Elvisse mit dem *Gentleman*-Rasierwasser durch Spieluhren mit dem *Wiegenlied* von Schubert zu ermorden?«

»Das ist ... Analpriester, Genitalkasper, Rotzschleuder ... die Frage!«

»Ich schätze mal, dass er ein großes Problem mit ihnen hat«, sagte Agnes noch immer mit strengem Blick zu Klemens.

»Was? Aber, aber, ich, ich, aber ... Kacknudel, Bumsfritte, Arsch, Titten!«

»Nicht mit *Ihnen* persönlich«, versuchte Agnes Klemens' Panikschub zu dämpfen. »Sondern generell. Ein sehr großes sogar.«

»Was?«, fragte nun auch Plotek, der nicht mehr folgen konnte.

»Problem!«, mischte sich Vinzi ein und formulierte noch einmal für alle zum Mitschreiben: »Der Mörder hat ein sehr großes Problem mit den Elvissen.«

»Verdammt ... Arschpopper ... warum das denn?«

Agnes hob die Schultern und sagte: »Tja, das frage ich mich auch. Woran liegt das?«

Alle vier dachten nun wieder nach. Ihre Stirnen zeugten von der Anstrengung.

»An Elvis«, sagte Vinzi, wie man »An Gott!« sagt.

»An Schubert vielleicht«, schlug Plotek vor.

»Oder am ... Wichsgriffel, Putenhorst ... Rasierwasser«, schwenkte jetzt auch Klemens auf das gemeinsame Lernen ein. Vermutlich war ihm das harmlose Rasierwasser als Ursache für die Mordserie am liebsten, weil er es selbst nicht benutzte.

»An der Kindheit.« Agnes brachte eine Unbekannte mehr in die Gleichung.

»Hä?« Schon waren die Pennäler verwirrt und aus der Bahn geworfen. Plotek und Vinzi schauten, wie man schaut, wenn man leicht überfordert ist. Und Klemens so, als ob das Leichte schwer wäre.

»Die meisten Probleme, die Erwachsene haben, sind irgendwie mit der Kindheit verbunden, nicht wahr?!« Mehr Feststellung als Frage. Ihre Stimme klang jetzt noch oberlehrerhafter.

Da hat Agnes auch wieder recht, dachte Plotek. Zumindest, was ihn selbst betraf. Schon war er in der eigenen Kindheit angelangt. Soll heißen: Schwäbische Alb, Ostalb, Lauterbach. Landwirtschaft, Bauernhof, Pfarrer Thanwälder. Vater, Mutter, Bruder, Hund, Katze, Maus. Da hätte es auch einiges aufzuarbeiten gegeben. Vielleicht nicht gerade mit Spieluhren, Rasierwässerchen und dergleichen – aber immerhin.

»Vielleicht ist der Mörder aber auch raffinierter, als wir denken. Vielleicht bezieht er in seinen Plan das, was wir glauben, mit ein. Vielleicht bedenkt er all das, was wir auch bedenken, zieht die Schlüsse daraus und reagiert genau so, wie von ihm erwartet wird.«

»Wie meinst du das?« Jetzt blickten die Nachhilfeschüler gar nicht mehr durch.

Bloß gut, dass sie in Agnes so eine sensible Lehrerin hatten.

»Vielleicht ist es gar kein Psychopath, wie wir meinen«, sagte die. »Vielleicht liegt die Ursache auch nicht in der Vergangenheit. Vielleicht hat es gar nichts mit den Elvissen zu tun, auch nicht mit *Gentleman* und Schubert.«

»Vielleicht, vielleicht ... Pimmelgesicht, Rotzknödel ... vielleicht ... womit ... Arschritze, Rosettenprinz ... dann?«

Auch Plotek konnte sich nicht vorstellen, dass die Ursache für die Morde ganz woanders liegen könnte.

»Vielleicht hat er nur einen Hass auf Touristen. Vielleicht will er sein Sils Maria so haben, wie es früher war, ohne die Fremden, die in seiner Heimat und somit auf seinen Nerven herumtrampeln. Vielleicht haben sich die Opfer ganz zufällig ergeben. Am falschen Ort zur falschen Zeit. Die Absicht ist allerdings klar: Angst und Schrecken verbreiten, bis sich niemand mehr hierhertraut«, sagte Agnes.

»Jäggi?«, kam aus dem Mund der drei Zuhörer. Synchron, als würde diese Täterbeschreibung nur auf den Dorfpolizisten zutreffen. Agnes hob die Schultern.

»Warum eigentlich *der Täter*, männlich, und nicht *die Täterin*?«, fragte Plotek. »Könnte es nicht auch eine Frau sein?«

»Klar könnte es eine Frau sein«, sagte Agnes, die Frauen schon immer dasselbe zugetraut hatte wie Männern. »Obwohl?« Dennoch schien sie in diesem Fall Bedenken zu haben. »Das Strangulieren des Kleinwüchsigen ist einer Frau durchaus noch zuzutrauen. Jetzt rein kräftemäßig. Aber der Österreicher ...«

»Frau ... Kackspecht ... Pan?«, sagte Klemens ganz leise und warf einen hastigen Blick zum Tresen. Frau Pan lächelte, wie sie immer lächelte.

Vinzi schüttelte den Kopf, als könnte er sich alle und jeden, sogar sich selbst, als Mörder vorstellen, nur nicht die reizende Vietnamesin.

»Und was spielt eigentlich dieser dubiose Ami für eine Rolle?«, fragte Agnes.

Keiner der anderen wusste eine Antwort darauf, und sie

schwiegen eine Weile, bis Klemens schließlich sagte: »Spargelfresse, Sackfalte ... das macht doch ... Pornohengst ... alles keinen Sinn!«

»Stimmt, so kommen wir nicht weiter. Ich schlage vor, wir teilen uns auf.« Ein vergewissernder Blick in die Runde. »Ich knöpfe mir mal den Dorfpolizisten Jäggi vor. Klemens, Sie hören sich bei den Elvis-Imitatoren um. Vielleicht sind das ja gar nicht alles potenzielle Opfer. Und ihr beide«, sie zeigte auf Plotek und Vinzi wie die Lehrerin auf ihre Musterschüler, »macht euch an Beat Zuberbühler ran, okay?«

Einhellige Zustimmung.

Sils Maria glich jetzt einem belagerten Dorf. Die Presse spielte nun eine Hauptrolle mit starkem Drang zur Rampe. Soll heißen: alles Rampensäue! Oder: Vorher hatte sich keine Sau darum gekümmert, jetzt glaubte jeder darüber berichten zu müssen. Die Folge: Manche Silser rümpften die Nase ob dieser Dauerüberwachung. Andere genossen es, endlich mal wieder im Mittelpunkt zu stehen. Wenn auch nur des medialen Interesses. Sils Maria war seit Langem wieder mal eine Meldung in den Acht-Uhr-Nachrichten wert. Das wirkte sich auch auf den Tourismus aus. Es wurden Zimmer gebucht, was das Zeug hielt, und höchstens wie zur Hochsaison im Sommer. Fast alle Hotels waren voll. Nur war es jetzt nicht mehr die Abgeschiedenheit, nach der sich die Touristen sehnten. Die Ruhe war dahin, jetzt lockte das Abenteuer. Nach dem Motto: *Wir sind mittendrin, also auch dabei*. Oder: Von den Logenplätzen aus sieht man am besten. Was, war noch nicht ganz klar. Aber in Sils Maria lag nun mehr in der Luft als nur Frische. Es knisterte. Es knisterte bedrohlich. Der oder die frei laufenden Mörder verursachten Gänsehautgefühl. Wie *Tatort* im Ersten, nur in Echt. Und ohne die trügerische Sicherheit der Fernbedienung. Die Spanner, Adabeis und Möchtegern-Erlebnisreisenden kamen aus ihren Löchern gekrochen und gesellten sich zur Medienmeute.

Was die einen mit Argwohn beobachteten, war den anderen nur recht. Beat und Agatha zum Beispiel. Ihr Geschäft boomte. Die Karten für den Contest waren schon kurze Zeit nach dem dritten toten Elvis ausverkauft. Die T-Shirts, Zahnbürsten, Topflappen, Umhängetaschen, Tassen mit Elvis-Konterfei und dem Contest-Schriftzug drauf und die CDs der Imitatoren wurden gekauft, als ergatterte man damit auch einen Hauch des Grusels gleich mit. Das Anglergeschäft war belagert wie höchstens das Mauermuseum am *Checkpoint Charlie* in Berlin. Es zu betreten war kaum möglich. Es ging zu wie an den Wühltischen beim *Kaufhof*. Beat war natürlich bester Laune. Auch Agatha. Nur das Tier brüllte im Kinderwagen, als verlangte es ein Stück Hand.

Als Plotek und Vinzi zu den beiden aufbrachen, mussten sie feststellen, dass Marlies ums *Hotel Zentral* herumschlich wie eine rammelige Katze auf der Suche nach einem potenten Kater, sodass die beiden zwangsläufig, um nicht schon wieder in Handgreiflichkeiten verwickelt zu werden, den Hinterausgang nehmen mussten. Mit einem Umweg über den Fexbach und am Tennisplatz vorbei kamen sie am Anglergeschäft an.

Als Beat Plotek sah, war seine Laune sichtlich dahin. Er zuckte kurz zusammen. Das schlechte Gewissen ob seines doppelten Seitensprungs schien mit Ploteks Anwesenheit zurück. Agatha hingegen strahlte vor Freude über die beiden, dass die Wangen glänzten wie aufgehende Sonnen. Sicher freute sie sich auch ein wenig über den lang herbeigesehnten Erfolg. Und wie immer über Beat.

»Und, alles klar?«, fragte sie mit einer Fröhlichkeit, als könnte in Anbetracht von drei Toten gar nichts unklar sein.

»Bestens!«, kam von Vinzi, während Plotek Beat einen Blick zuwarf, der dem, wie es schien, das Blut in den Adern gefrieren ließ.

»Wenn es so weiterläuft, verlegen wir den Contest womöglich an einen größeren Austragungsort und verkaufen noch mehr Karten.« Jetzt sah Agatha voller Bewunderung zu ihrem Bräutigam.

»Verlegen wohin?«, fragte Plotek, während Beat sich noch immer zurückhielt.

»Der Saal im Hotel, wo der Wettbewerb eigentlich hätte stattfinden sollen, ist bereits ausverkauft.« Aus Agathas Mund sprudelten nur so die Worte. »Wir bräuchten eine größere Location. Ich bin sicher, dass wir fast doppelt so viele Karten verkaufen könnten. Wenn das so weitergeht …« Agatha unterbrach sich. Offenbar merkte auch sie jetzt, in welches Fahrwasser sie geraten war.

Noch ein Toter, dachte Plotek, und ein erneuter Anstieg der Besucherzahlen wäre die Folge. Die Rechnung lautete anscheinend: je mehr Tote, umso mehr Zuschauer.

»Vielleicht bauen wir einfach ein Zelt auf«, sagte Beat in die kurze Pause hinein und schien herausfinden zu wollen, was Ploteks eigentlicher Grund für seinen Besuch im Laden war.

»Ein Zelt?« Vinzi sah ihn an, als hätte Beat »Ein Iglu« gesagt.

»Ja, in einem Tag steht so ein Ding. Mit Zeltheizung und

allem Pipapo. Da gehen paar tausend Leute rein.« Er schien schon den Zaster klingeln zu hören und lächelte das erste Mal in Gegenwart der beiden.

»Aber das musst du doch erst genehmigt bekommen«, sagte Plotek.

Das Lächeln war zwar dahin, die bessere Stimmung allerdings nicht.

»Kein Problem, den Platz gibt's, man könnte es auf den Schulhof platzieren. Dank meiner Beziehungen geht das ruckzuck.«

»Ilona Wehrli?«, fragte Plotek.

»Exakt.«

Das Kind brüllte noch immer im Kinderwagen, sodass Agatha es jetzt herausnahm und wie einen Sack über die Schulter hängte. Sofort beruhigte es sich. Aufmerksam sah es sich um, höchstwahrscheinlich auf der Suche nach irgendetwas Bekömmlichem, das es zwischen die Zähne kriegen konnte.

Die Dame scheint tatsächlich großen Einfluss in Sils zu haben, dachte Plotek in Bezug auf Ilona Wehrli.

»Sagt mal, meint ihr, dass wir euch ebenfalls für die Organisation einplanen könnten?«, fragte Agatha und wippte das Kind auf der Schulter. Eine Hand klopfend auf dem Rücken, die andere unter den Hintern haltend, jedenfalls beide mit Sicherheitsabstand zum Mund.

»Uns?«, fragte Plotek, der das Kind nicht mehr aus den Augen ließ.

»Na ja, es gibt durch den Zuschauerboom einiges zu tun. Kartenabreißen, Merchandising-Verkauf vor Ort etc.«

»Ich bin auf Kur«, sagte Plotek, was so klang wie: »Ich darf mich nicht anstrengen.«

»Ich weiß nicht!«, sagte Vinzi, was sich wiederum so anhörte wie: »Ich bin Krüppel, und Arbeit ist nicht meine Stärke.«

»Wenn wir niemand anderen mehr finden und in einen Engpass kommen, darf ich dann noch mal auf euch zukommen?« Agatha, ganz Geschäftsfrau, ließ nicht locker und drehte sich dabei mit dem Kind auf der Schulter hin und her.

»Okay«, kam von Vinzi und »Hmm« von Plotek.

Beat lächelte wieder, während das Kind auf der Schulter von Agatha plötzlich in hohem Bogen Halbverdautes aus sich herausspie. Die Kotze landete genau da, wo Vinzi mit seinem Rollstuhl stand, und mutete auf seinen Beinstümpfen wie das Schüttbild eines ambitionierten Malers an.

»Verfluchte Scheiße!«

»Huch, Kyra hat Bäuerchen gemacht«, sagte Agatha beschwichtigend. Sie nahm Kyra von ihrer Schulter und wischte ihr mit einer Küchenrolle den Mund ab.

Das war kein Bäuerchen, das war ein ziemlich großer Schwall Kotze, dachte Plotek, während auch Vinzi zur Küchenrolle griff.

Den Positionswechsel von der Schulter zur Brust nutzte die bissige Kyra nun schamlos aus, als hätte sie die ganze Zeit nur darauf gewartet. Sie schlug gnadenlos zu und biss einmal mehr ihrer Mutter in die Hand. Agatha schrie, reichte das Kind an Beat weiter, der es in die Höhe hob und anbrüllte. Woraufhin das Kind schrie und nun wieder in den Kinderwagen verbannt wurde. Agathas Hand blutete, und Vinzis Hose stank bestialisch. Die Laune war bei allen dem Tiefpunkt nahe.

Ein guter Zeitpunkt, um sich hier zu verabschieden,

dachte Plotek. Als dann auch noch Douglas McCarther in den Laden kam und sich mit Beat in ein kleines Büro hinter dem Tresen zurückzog, brachen Plotek und Vinzi auf.

Kaum standen sie auf der Straße, kam auch McCarther wieder aus dem Laden.

»War aber ein kurzer Besuch«, sagte Vinzi und deutete mit dem Kopf auf den mit lautem Geschrei herausstürzenden Ami, den Beat am Schlafittchen gepackt hatte und nun unsanft vor dem Anglergeschäft entsorgte. Direkt vor Ploteks Füße und Vinzis Rollstuhl.

Mit »Arschloch!« verabschiedete sich Beat von McCarther.

Der dünne Amerikaner war trotz des Zusammenstoßes mit Beat Zuberbühler erstaunlich gut gelaunt. Er lachte, stand vom Boden auf und klopfte sich den Schnee von seiner Kleidung.

»Gab's Meinungsverschiedenheiten?«, fragte Vinzi und steckte sich eine Zigarette an.

»Kann man so sagen.«

»Aber nicht über Ruten, Kescher und Köder, oder?«, fragte Plotek und sah neidisch auf den Rauch in Vinzis Hand.

»Nein, ganz bestimmt nicht.«

»Sondern?«

»Über Elvis.«

»Wie kann man denn über Elvis zweierlei Meinung sein?«, fragte Plotek, der noch nie zur Elvis-Fangemeinde gehört hatte.

Auch Douglas McCarther steckte sich jetzt eine Zigarette an.

»Der Zuberbühler verkauft nicht lizenzierte Ware.«

»Was heißt das?«

»Sie können nicht einfach das Konterfei von Elvis Presley auf T-Shirts drucken und verscherbeln«, erklärte McCarther.

»Warum nicht?«

»Weil sie da was verscherbeln, was nicht ihnen gehört.«

»Aber wenn er die T-Shirts bedruckt und bezahlt hat, dann …«

»Es geht nicht um die T-Shirts, es geht um das Konterfei. Und die Rechte daran.« McCarther nahm einen tiefen Zug von seiner Zigarette. »Die sind lizenzpflichtig. Alles, was mit Elvis zu tun hat, ist lizenzpflichtig. Aber der Herr Zuberbühler glaubt, sich nicht daran halten zu müssen.«

»Und jetzt?«

»Wird es teuer, fürchte ich mal. Viel teurer als die Lizenz selbst«, sagte Douglas McCarther und zog wieder genüsslich an seiner Zigarette.

»Das heißt?«

»Anwälte, Klage, Gerichtsverfahren.«

»Gibt es da keine andere Lösung? Ich meine auf dem unkonventionellen Weg.«

Douglas McCarther schien ganz kurz nachzudenken. Womöglich spielten bei diesen Überlegungen Schwarzgeld, Bestechung etc. eine Rolle. Er schüttelte den Kopf, mehr halbherzig als überzeugt.

»Jetzt nicht mehr.«

Stimmte so auch nicht ganz. Aber davon schien der dünne Amerikaner nichts zu wissen.

Er verabschiedete sich und eilte davon, als hätte er Dringendes zu erledigen. Noch ehe McCarther außer Sichtweite war, sah Plotek aus derselben Richtung Marlies kommen.

»Verdammt!« Er drehte den Rollstuhl mit Vinzi um und

gab Gas. Er wollte jetzt auf keinen Fall der gehörnten Liebenden begegnen.

Während Plotek in einem Affenzahn den Rollstuhl durch Sils Maria schob, in der Hoffnung, Marlies möglichst schnell abzuschütteln, war Vinzi offenbar noch immer gedanklich bei Beat Zuberbühler.

»Sag mal, könnte es vielleicht sein, dass Beat nicht nur ein Seitenspringer ist, sondern auch ein Mörder?«, sagte er, während er sich mit beiden Händen an den Seitenlehnen des Rollstuhls festhielt. »Vielleicht aus Verzweiflung. Der muss ja ein Vermögen in den Contest investiert haben.«

»Na ja, ich nehme mal an, die alte Wehrli hat da mehr investiert«, sagte Plotek und wagte einen Blick nach hinten. Marlies war weit abgeschlagen und kaum mehr zu erkennen.

»Aber auch die will ihr Geld zurück«, sagte Vinzi. »Der steht doch unter enormem Druck. Da können einem doch schon mal die Sicherungen durchknallen, oder?«

So hatte das Plotek noch gar nicht gesehen. »Du meinst, der bringt einen Elvis um, warum auch immer, merkt, dass das Geschäft boomt, und legt nach?«

»Klingt vielleicht abstrus«, sagte Vinzi. »Aber wurden nicht schon aus abstruseren Motiven Morde begangen?«

»Aus viel abstruseren.«

»Eben.«

Marlies war endgültig abgeschüttelt. Als die beiden auf dem Dorfplatz ankamen, verlangsamte Plotek die Geschwindigkeit.

»Und Klemens?«, fragte Plotek.

»Was ist mit Klemens?«

»Der hat doch eigentlich beim Wettbewerb überhaupt

keine Chance, außer die besten Sänger treten erst gar nicht an …«

Vinzi lachte. »Da müsste er aber viele …«

»Hmm.«

Vinzi drehte sich um und sah Plotek an. »Sag mal, das glaubst du doch nicht im Ernst, oder?«

»Ich mein ja nur.«

»Für Klemens würde ich meine Hand ins Feuer legen.«

»Und für dich? Meinst du, dass ich auch für dich die Hand …«, sagte Plotek.

Vinzi lachte wieder. »Dass *ich* der Mörder bin, ist gänzlich ausgeschlossen.« Er klopfte mit der Hand gegen seinen Rollstuhl. »Ist nicht meine bevorzugte Tötungsart.«

»Welche wäre es denn?«

»Kopfschuss!«, sagte Vinzi. »Müsste ich nicht mal aufstehen.«

Plötzlich stand Marlies breitbeinig vor den beiden. »Was soll das?«, fragte sie, wie man fragt: »Warum läufst du weg?!«

Wo kommt denn die jetzt her?, dachte Plotek und: Die war doch eben noch hinter uns.

»Was soll was?«, fragte Vinzi.

»Halten Sie sich da raus!« Marlies wischte Vinzis Frage weg wie eine lästige Fliege. Sie fixierte Plotek, als stünde sie erneut kurz vor einem körperbetonten Angriff. Und niemand war in Sicht, der Plotek helfen konnte. Ihre Augen verengten sich zu Schlitzen. Die Mundwinkel verzogen sich Richtung Boden. Das eigentlich hübsche Gesicht wurde hässlich. Plotek hatte nicht viele Möglichkeiten, den Kopf aus der sich zusammenziehenden Schlinge zu ziehen. Flucht schien aussichtslos. Blieb nur der Angriff als Verteidigung.

Vinzi schien Ähnliches zu denken und krallte seine Finger wieder in die Seitenlehnen des Rollstuhls, als wollte er sagen: »Na, mach schon!«

Und Plotek machte. Noch ehe Marlies auf ihn zurollen konnte, rollte er auf sie zu.

Plotek fuhr Marlies mit dem Rollstuhl einfach über den Haufen. Ein neutraler Beobachter hätte es zumindest so deuten können. Genau genommen fuhr er los, und Marlies sprang, um nicht überfahren zu werden, zur Seite und landete in einem Schneehaufen. Auf dem Hinterteil. Sie war so perplex, dass sie nichts mehr sagen konnte. Nur schauen. Lange saß sie im Schnee und blickte den beiden hinterher. Die sahen sich nicht einmal nach ihr um.

»Das glaubt ihr nicht!«, sagte nicht viel später Agnes im *Wang Tong 23*, als sie wieder alle von ihren Ermittlungen aus dem Silser Gestrüpp zurück waren und zusammen um den Tisch herumsaßen. Gemeint war ihre Begegnung mit dem Dorfpolizisten Linard Jäggi.

»Das muss ich euch erzählen.« Schon legte sie los. »Ich habe Jäggi an der *Bar Cetto* abgepasst, die kennt ihr ja, oder?«

Nicken der anderen. Es handelte sich um eine winzige Bar, die in einem kleinen Häuschen an der Ortsausfahrt von Sils in Sichtweite des *Hotel Zentral* untergebracht war und an der Jäggi mehrmals am Tag Halt machte, zumindest war sein Motorroller ständig davor zu sehen.

»Als Jäggi aus der Bar kam, habe ich ihn, ganz nebenbei und wie aus Zufall, in ein Gespräch verwickelt. Ich sagte ›Herr Inspektor‹ und konnte sofort die Wirkung dieser beiden wohlkalkulierten Worte erkennen. Jäggi blieb stehen, sah mich mit großen Augen an, als wäre ich der junge, fesche Polizeipräsident und hätte ihn zum gemeinsamen Abendessen eingeladen. Mit Option auf mehr.«

Ploteks und Vinzis Augen weiteten sich ebenfalls, was Agnes in ihrem Redefluss noch mehr anzutreiben schien.

»Jäggi strahlte«, fuhr sie fort. »Augen wie Diamanten. Das tat gut. Das ging bei ihm runter wie Öl. Kein Wunder: Nach den ganzen Schmähungen und Demütigungen dieser forschen Hauptkommissarin und ihrer Churer Kollegen waren meine Worte eine Wohltat. Endlich jemand, der ihn als das erkannte, was er ist: Linard Jäggi, der Mann, der sein halbes Leben lang für Gesetz und Ordnung eingestanden ist – der Inspektor eben! Versteht ihr?«

Und ob Plotek und Vinzi verstanden.

»Ich habe natürlich sofort nachgelegt«, ergänzte Agnes, »ihn zugeschleimt und gesagt: ›In diesem hysterischen Ermittlungsgetümmel findet man ja keinen vernünftigen Menschen mehr, der gewillt ist, einem Auskunft zu geben. Da dachte ich, dass ich vielleicht Sie und Ihre kostbare Zeit für einen Augenblick beanspruchen dürfte.‹ Das zeigte Wirkung. Ich vermute mal, dass Jäggis Ohren surrten. Dass sein Hörgerät jubilierte. Und um jeglichen Zweifel zu zerstreuen, sagte ich, dass meine Tochter seit einer Woche abgängig sei. Dass sie vielleicht nach Sils gekommen sei, um sich … Ich vergoss ein paar falsche Tränen, die beim alten Jäggi ganz gut ankamen.«

Darin hat sie Übung, auch Erfahrung, dachte Plotek, während er Agnes zuhörte. Der ganze Journalismus baut darauf auf. Geheucheltes Interesse. Emotionen ohne Wahrhaftigkeit. Im Grunde wie die Schauspielerei. Du weinst auf der Bühne und denkst dabei an den Schweinsbraten, der in der Kantine auf dich wartet. Mechanisch, künstlich, einstudiert. Dabei sieht es bei Agnes so gut aus, dass es echter wirkt als echt. Außerdem hatte sie schon immer einen Hang zur Dramatik.

»Der alte Jäggi fasste mich an der Schulter, als wollte er mich trösten. Und sagte: ›Die taucht sicher auf.‹ Als Dank für seine Worte lud ich ihn auf einen Kaffee ein. Als er nicht darauf ansprang, zog ich mit einem Schnäpschen, einem Apéro, nach. Das wollte, oder besser: konnte er nicht ausschlagen. Wir kippten zwei Fläschchen Apfelkorn hinunter, während ich versuchte, das Gespräch auf die ungeklärten Morde zu lenken. Ich äußerte die Vermutung, dass die Kriminalpolizei im Fall der toten Elvis-Imitatoren völlig überfordert sei, und fügte hinzu, dass ich es nicht begreifen könne, warum man nicht auf so einen erfahrenen Kriminaler wie Jäggi zurückgreife. Er schaute erstaunt, dann nickte er. Ich war auf dem richtigen Weg, also machte ich weiter, indem ich mutmaßte, dass der Täter nur von hier sein könne.«

Gewagt, dachte Plotek, während ihm Agnes immer unheimlicher vorkam. Sie erzählte nämlich nicht nur von der Begegnung mit Jäggi, sondern spielte sie nun auch nach, indem sie abwechselnd in ihre und in seine Rolle schlüpfte. Was offenbar auch Vinzi ein wenig verunsicherte. Agnes hingegen schien das Rollenspiel zunehmend Spaß zu machen.

»Einer, dem dieses ganze Elvis-Gedöns ein Dorn im Auge ist«, sagte Agnes als Agnes. »Vielleicht die Touristen generell. Einer, der seine Ruhe haben möchte.«

Dann imitierte sie mit leicht verstellter Stimme Jäggi: »Da hat diese Frischknecht sich selbst hineinmanövriert.«

Dann mit neutraler Erzählerstimme: »Ich holte die dritte Runde Apfelkorn, stellte sie auf den Stehtisch und sagte: ›Wenn man auf das falsche Pferd setzt, darf man sich nicht wundern, dass man zu spät ins Ziel kommt.‹ Wieder stießen wir die Fläschchen aneinander, woraufhin ich theatralisch verharrte, als hätte ich einen Geistesblitz, eine Eingebung. ›Die Chinesen!‹, sagte ich dann, was in meinen Ohren klang wie: ›Die Außerirdischen.‹ Aber Jäggi sprang wie erwartet sofort darauf an und sagte so etwas wie: ›Sie haben recht. Damit die Preise sinken.‹ Natürlich hatte ich Schwierigkeiten, der Logik dieses alten Polizistenhirns zu folgen.«

Plotek und Vinzi auch.

»›Momentan ist hier aber der Teufel los‹, sagte ich. ›Da steigen eher die Preise.‹

›Entweder verspekuliert‹, gab Jäggi zu bedenken. ›Oder derjenige hat sich gedacht: Langfristig ist es immer anders als kurzfristig. Nehmen Sie zum Beispiel Fukushima. Zuerst berichtete die ganze Welt darüber, und jetzt lebt da kein Mensch mehr.‹

›Wie in Tschernobyl‹, sagte ich.

›Exakt‹, sagte Jäggi und schien sich über mein Verständnis zu freuen. ›Na ja, wenn man es genau nimmt, leben da in Tschernobyl noch immer fünfhundert Menschen, obwohl sie es gar nicht dürften.‹

›Die Unverbesserlichen‹, sagte ich und lachte.

›Wie Sie.‹

›Genau. Ganz anders als Beat.‹

›Beat!‹, stieß Jäggi aus. Es klang wie: ›Bastard.‹ ›Das ist doch ein verdammter Tunichtgut.‹

›Aber vor allem ist er einer, der von diesem Aufschwung profitiert‹, sagte ich.

›Kann man so sagen. Beat tendierte schon immer dazu, aus allem einen Vorteil für sich herauszuschlagen. Früher war er Rockmusiker, hier in Graubünden, da hat er versucht, von der Grenzüberschreitung zu profitieren. *Verficktes Kuchlkäschtli* hieß die Combo. Er spielte Elvis-Songs, so schräg und verzerrt, dass sie als solche gar nicht mehr zu erkennen waren.‹

›*Verficktes* ... was?‹, fragte ich.«

(Auch Plotek und Vinzi fragten sich das am Kneipentisch im *Wang Tong 23*.)

»›*Kuchlkäschtli*! Ist Schwyzerdütsch und heißt Küchenschrank‹, sagte Jäggi.

›Und damit kann man erfolgreich sein?‹

›Hier schon. Und wie! Zumindest für eine bestimmte Zeit. Das ging aber dann auch den Bach runter. Wie fast alles bei Beat.‹

›Aber immerhin hat er ja potente Fürsprecher‹, ließ ich nicht locker.

›Sie meinen die alte Wehrli?‹, fragte Jäggi und schien sofort zu ahnen, worauf ich hinauswollte.

›Ilona Wehrli. Genau die. Wer weiß, was die geritten hat.‹

›Elvis vielleicht. An dem hat die einen Narren gefressen. Im Übrigen soll das erst der Anfang sein.‹

›Wie meinen Sie das?‹, fragte ich.

›Zuberbühler versucht mit seinen *Events*‹, er sprach das Wort wie den Namen einer ansteckenden Krankheit aus, ›Sils Maria für den modernen Tourismus schmackhaft zu machen, wie er sagt. Oder besser: Wie die alte Wehrli ihm ins Ohr flüstert.‹

›Was für *Events*?‹

›Großveranstaltungen ähnlich wie der Elvis-Wettbewerb. Und kleinere. Wie die Erlebnistouren, die er *Mythen, Marotten und Magie* nennt.‹ Jäggi lachte und wischte mit der Hand vor seinem Gesicht herum. ›Das sind wahrlich Marotten!‹

›Vielleicht muss man mit der Zeit gehen.‹ Ich versuchte den knorrigen Dorfpolizisten ein wenig aus der Reserve zu locken.

Es gelang.

›Quatsch, die gehen nicht mit der Zeit, die gehen mit dem Geld. Beziehungsweise dem Geld hinterher. Oder noch besser: Sie holen es hierher.‹

›Und die Privatklinik?‹

›Auch so eine fixe Idee von der Alten. Der Matteo Wehrli wollte gar nicht. Der wäre lieber in seinem Krankenhaus in St. Moritz geblieben. Da hätte er mehr Zeit für sich und seine Familie gehabt.‹

Jäggi sah aus, als wüsste er mehr, als er sagte.

›Da läuft es auch nicht rund, ich meine in der Familie?‹, stellte ich einfach mal so gewagt in den Raum.

›Der Wehrli ist schon in Ordnung. Aber der Rest der Bagage …‹

›Selina?‹

Der Dorfpolizist bekam einen bitteren Zug um den Mund. ›Ein Teufel im Engelskostüm. Früher hat die schon gelogen, ohne rot zu werden, das kleine Biest! Die kenn ich, da war sie noch so klein.‹ Er hielt die Hand auf Hüfthöhe. ›Die hat alle und jeden um den Finger gewickelt. Und im Supermarkt gestohlen, was nicht angekettet war.‹

›Warum heiratet so eine attraktive Frau so einen … nun ja, vielleicht doppelt so alten Mann?, frage ich mich.‹

Jäggi schien sich das nicht zu fragen. Er rieb die Finger aneinander. ›Damit ist sie abgesichert. Und was sie sonst noch braucht, darüber hinaus …‹, wieder rieb er die Finger aneinander, ›… holt sie sich woanders.‹

›Verficktes Kuchlkäschtli‹, sagte ich und dann: ›Und ihr Kind?‹

›Schauen Sie sich den Bastard doch mal genau an‹, kam von Jäggi. ›Sieht der aus wie der Matteo Wehrli?‹«

(Plotek und Vinzi kam jetzt der Sohn von Wehrli in den Sinn, beide schüttelten den Kopf.)

»›Der sieht ganz anders aus. Die Augen, die Haare, die Nase …‹

›Wie sieht er denn aus?‹

›Das müssen Sie schon selber herausfinden‹, sagte Jäggi mit zunehmend glasigem Blick.

›Verficktes Kuchlkäschtli‹, sagte ich erneut, und Jäggi lachte nun so laut, dass sein Hörgerät pfiff. ›Und der Matteo Wehrli?‹, setzte ich nach.

›Ich glaube, der ist gerade dabei, es herauszufinden.‹

Zum vierten Mal holte ich zwei Apfelkornfläschchen. Wobei die Kellnerin den Anschein machte, dass sie mir dieses Mal die Fläschchen nur ungern aushändigen wollte.

Bevor ich das Fläschchen an die Lippen legte, sagte ich: ›Vielleicht ist es auch einfach einer, dem dieser ganze Elvis-Hype gegen den Strich geht.‹

›Sie meinen ein Elvis-Hasser?‹, fragte Jäggi. ›Deshalb bringt man aber doch niemanden um, oder?‹

Er kippte den Apfelkorn runter und schien nun richtig aufzutauen.

›Ich würde mich gerne noch länger mit Ihnen unterhalten‹, sagte er, legte seine Hand auf meinen Unterarm und streichelte ihn, als handelte es sich dabei um meine Intimzone. ›Aber ich muss. Ich habe zu Hause ein Reh liegen.‹

›Ein Reh?‹, fragte ich.«

(»Ein Reh?«, kam auch von Plotek und Vinzi.)

»›Ja, ein totes‹, sagte Jäggi. ›Eines, das ausgestopft werden will.‹

Das war die Chance. Ich klimperte wie verrückt mit den Augenlidern, und meine Mundwinkel waren fast bis zu den Ohren gezogen. Meine Stimme wie kurz vor einer sprachlichen Ejakulation.

›Ach, das ist aber eine Überraschung. Sie sind auch noch Präparator? Das wird ja immer interessanter mit Ihnen. Sie müssen wissen, das ist auch eine *meiner* Leidenschaften. Allerdings nicht aktiv, eher passiv.‹

Jäggi schaute mich an, als hätte ich ihm ein unmoralisches Angebot unterbreitet.

›Ich liebe tote Tiere!‹, legte ich nach.

›Also wenn Sie wollen, gnädige Frau, können Sie mich gerne begleiten.‹

Das Zuhause von Linard Jäggi versetzte mich in völliges Erstaunen. Das war keine Wohnung, das war ein Zoo mit toten Tieren. Ein Totenreich. Der erste Stock war komplett mit ausgestopften Tieren vollgestellt. Jäggi führte mich wie ein größenwahnsinniger Wissenschaftler gebieterisch und stolz durch sein Reich, als wären das alles von ihm ergatterte Trophäen aus irgendwelchen Kriegen. Dann holte er eine Flasche Schnaps aus dem Wohnzimmerbuffet und goss uns jeweils ein Glas ein.

Als Jäggi immer anzüglicher wurde und mit schlüpfrigen Bemerkungen um sich warf, erkannte ich, dass es Zeit war, den Rückzug anzutreten. Was gar nicht so einfach war, das könnt ihr mir glauben.

›Ich bitte Sie, gnädige Frau, für Sie ist bei mir immer ein Platz frei, sogar ganz nahe am Herzen.‹

Als Jäggi dann auch immer näher an selbiges heranrückte und mich am Oberarm anfasste, trat ich schließlich Hals über Kopf mit einem lapidaren ›Ich muss!‹ die Flucht an.«

»Der alte Trottel hat tatsächlich gedacht, der kann mich flachlegen«, empörte sich Agnes vor Plotek, Vinzi und Klemens.

»Ich dachte, der ist schwul?«, sagte Plotek, wie man sagt: »Ich dachte, die Welt ist eine Scheibe?«

»Dachte ich auch. Aber nach vier Apfelkorn und zwei Zwetschgenwasser ist er offenbar flexibel.« Bei Agnes schien die beträchtliche Alkoholmenge nur wenige Spuren hinterlassen zu haben. »Bloß gut, dass er nach all diesen Schnäpsen nicht mehr so gewandt ist.«

Was bedeutete: nicht so gewandt wie sie. »Es war ein Leichtes, aus den Fängen dieses lüsternen Hagestolzes zu entkommen.«

»Vorerst zumindest.« Plotek kannte sich mit krankhaftem Begehren aus. Marlies war das beste Beispiel.

»Wie meinst du das?«

»Na ja, wenn er als Frauenfänger so hartnäckig ist wie als Jäger, dann ist noch einiges von ihm zu erwarten.« Plotek schmunzelte.

»Der Mann hat Blut geleckt«, stieß auch Vinzi ins gleiche Horn.

»Und was ist … Klosteinlutscher, Arschritze … mit den Morden?«, wollte Klemens wissen.

»Schwierig, aber ich denke, dem ist alles zuzutrauen.«

»Sie meinen … Sacklaterne, Bumsarsch … der Jäggi könnte hinter den Toten stecken?«

»Ist nicht auszuschließen.«

»Aber warum sollte er?« Plotek war sich da nicht so sicher.

»Er liebt Sils Maria über alles«, sagte Agnes, als ob das ein Grund wäre. »Das Sils Maria, das *er* kennt, natürlich. Und er hasst alles, was ihm das zerstört.«

»Die Touristen«, kam von Vinzi.

»Nicht nur. Auch Beat Zuberbühler. Der mit seinen Events Sils Maria aufzumischen gedenkt.«

Vinzi schüttelte den Kopf. »Aber dann hätte er doch gleich Beat umbringen können.«

»Im Prinzip schon, ja. Aber der Jäggi ist nicht dumm. Der weiß auch, dass dann höchstwahrscheinlich ein anderer kommt und etwas Ähnliches wie Beat versucht.«

Sie sah die drei Zuhörer an, als wäre sie erneut in die Rolle der Lehrerin geschlüpft und erwartete nun von ihren aufmerksamen Schülern Schlussfolgerungen.

Plotek kombinierte am schnellsten: »Also versucht er die Gegend so gefährlich erscheinen zu lassen, dass sich niemand mehr traut herzukommen, oder wie?«

»Vielleicht«, belobigte Agnes, um dann gleich noch einen neuen Gedanken einzuwerfen: »Vielleicht ist es aber auch schon krankhaft.«

Die anderen hoben die Schultern, als wären sie davon nicht wirklich überzeugt.

Legte Agnes einfach nach: »Wer sich einmal im Monat

heimlich von schwulen Strichern in zweifelhaften Milieus die Rosette massieren lässt und dazu sein Leben mit toten Tieren verbringt, bei dem ist da oben nicht alles intakt, oder?« Sie tippte sich an die Stirn und blickte erwartungsvoll in die Runde.

»Tote ... Kacknase, Schlunze ... Tiere?« Klemens gelang keine Antwort, nur eine Frage.

Auch Plotek zog mit einer nach. »Steht da auch ein Reh?«, wollte er wissen.

»Klar.«

»Was?« Plotek war betroffen.

»Sogar mehrere. Rehe, Füchse, Hasen, alles.«

»Und wie sieht das Reh aus?«, fragte er mit beinahe versagender Stimme.

»Wie Rehe eben aussehen. Vier Beine, zwei Augen ...«

»Scheiße.«

»Was ist?« Agnes merkte nun anscheinend, dass das tote Reh Plotek ordentlich zusetzte.

»Nichts.«

Vinzi hingegen schüttelte den Kopf, als wollte er Ploteks Gedanken nicht teilen. »Vergiss es!«

»Und was haben Sie herausgefunden?«, fragte Agnes Klemens, nachdem sie eine Weile geschwiegen hatten.

Klemens schien sich jetzt besonders zu konzentrieren. Er fixierte das Bierglas vor sich. Wobei ein Auge es fixierte und das andere immer wieder ausbüxte. Dann sagte er, als hätte er es auswendig gelernt, ohne ein einziges Schimpfwort: »Die Imitatoren sind untereinander sehr zerstritten. Konkurrenzkampf, Verdächtigungen, Intrigen und so. Jeder will der Beste sein und wittert im anderen einen Feind. Bei mir ist es nicht anders. Der Wettbewerb ist zu wichtig, als dass man auf lustiges Hobby machen könnte. Ich kann mir durchaus vorstellen, dass bei diesem Druck dem einen oder anderen Elvis die Sicherungen durchknallen. Ein Teilnehmer aus Luxemburg ist besonders aggressiv, schottet sich ab. Ich weiß aber nicht, ob er was mit den Morden zu tun hat.«

Agnes klopfte Klemens anerkennend wie die zufriedene Lehrerin dem artigen Schüler auf die Schulter. »Sehr schön, wirklich. Und dennoch macht es das Ganze nicht einfacher. Im Gegenteil: Der Kreis der Verdächtigen weitet sich dadurch sogar noch aus.«

»Stimmt. Eigentlich könnte es fast jeder gewesen sein«, sagte Vinzi und sah aus, als wäre die kleine Ermittlungsgruppe schon am Ende.

Ploteks Gesichtsausdruck passte sich dem von Vinzi an. Agnes war die Einzige, die den Kopf nicht hängen ließ. Sie stand auf, ging zum Tresen, griff in die Schale mit den Glückskeksen und kam zum Tisch zurück. Sie brach drei Kekse auf und las vom ersten Papierfitzelchen: *»Auch der Adler fliegt nicht höher als die Sonne.«*

Sie lachte. »Bedeutet: Ein Mörder ist nicht schlauer als sein Mord.«

Während die drei Männer um Verständnis rangen, las Agnes vom zweiten Zettelchen: *»Es ist besser, ein Licht zu entzünden, als auf die Dunkelheit zu schimpfen.«*

Wieder lachte Agnes und sagte: »Stimmt!« Dann rief sie Frau Pan am Tresen zu: »Noch vier Schnäpse!«, woraufhin Plotek vehement den Kopf schüttelte.

»Sei nicht so dogmatisch!«

Die Schnäpse kamen, und Agnes las den Spruch vom dritten Glückskeks vor: *»Auch ein Affe fällt mal vom Baum.«*

Alle lachten. Nur Plotek nicht. Mit zitternden Händen hielt er das Schnapsglas in der Hand.

»Prost!«

Der Schnaps fraß sich seine Kehle entlang, bis er im Magen mit einer ungeheuren Detonation ankam. Es fühlte sich an, als explodierten seine Innereien.

Dann wurde es um Plotek herum schlagartig dunkel. Schwarz umhüllte ihn, und er fiel wie der Affe vom Baum auf den Boden.

11

»Sie können sich wieder anziehen«, sagte Selina, während Dr. Wehrli und Britta in der Krankenakte blätterten.

Das war Plotek sehr recht. Nackt fühlte er sich nicht nur nicht angezogen. Nackt fühlte er sich unsicher, unwohl, auch ein wenig beschämt. Er stieg von der Personenwaage herunter und zog hastig Hose und Hemd an.

»Und? Wie fühlen Sie sich?«, fragte Selina, wie man sagt: »Na, jetzt sagen Sie doch auch mal was!«

Plotek schlüpfte gerade umständlich in seine Mokassins und verlor dabei beinahe das Gleichgewicht. Er musste sich an Dr. Wehrli festhalten.

»Geht.«

»Noch eine weitere Woche, und Sie sind fast wiederhergestellt«, befand Dr. Wehrli, während sich Selinas Gesichtsausdruck verdüsterte.

Plotek stand etwas hilflos im Behandlungszimmer herum und kam sich ein wenig wie der arme Woyzeck vor, Georg Büchner, Sozialdrama: der Soldat, der sich, um seinen Sold aufzubessern, in die Hände eines skrupellosen Doktors begibt und von diesem gezwungen wird, zu Forschungszwecken ausschließlich Erbsen zu essen.

»Ich habe auch erfahren, dass Sie beim Qigong enorme Fortschritte gemacht haben«, versuchte sich der Doktor noch immer in Motivationstraining. »Stimmt's, Britta?«

Dr. Wehrli sah zu Britta. Britta strahlte, als hätte er ihr gerade das Glück versprochen. Selina hingegen sah aus, als wäre das Glück Pech.

»Ganz große sogar. Ich kann sagen, dass Herr Plotek nicht mehr wiederzuerkennen ist im Vergleich zu den ersten Tagen hier. Wenn er so weitermacht, ist da noch einiges zu erwarten ...«

»Was?« Selina preschte in Brittas Redeschwall, der sich anhörte wie der Lagebericht eines übermotivierten Pfadfinders seinem vergötterten Führer gegenüber. Was zur Folge hatte, dass Britta völlig aus dem Konzept geriet.

»Wie was?« Das Strahlen war dahin.

»Was ist zu erwarten?« Selina fixierte sie mit einem Blick, als wäre Britta ein Insekt, mit einer Nadel auf einem Styroporbrett aufgespießt.

»Dass, dass der, der Herr Plotek, dass der ...«

»Was?« Ein weiterer Stich.

»Dass es ihm besser geht als ...«

»Das ist auch unsere Aufgabe.« Das Insekt zappelte kaum noch. »Falls Sie das noch nicht begriffen haben sollten!«

Und ob Britta das begriffen hatte. Wild und verzweifelt fuchtelte sie mit ihren Flügeln hin und her, in der Hoffnung, den scharfen Blicken zu entkommen.

»Ja, natürlich, aber da müssen die Patienten auch mitmachen, sonst ...« Aber keine Chance.

»Nicht immer auf die Patienten schieben!«

Selina war zu stark, zu dominant, als dass sich die zarte Britta alleine hätte befreien können. Das konnte Plotek, mittlerweile an den Rand der Dreiergruppe gedrängt, sofort erkennen.

»Ich bitte euch. Das ist doch nicht der richtige Zeitpunkt, um …« Dr. Wehrli versuchte zu vermitteln.

»Warum nicht?!« Selina, der Engel, der aussah, als könnte er keiner Fliege etwas zuleide tun, war in Angriffsstimmung.

»Ich glaube nicht, dass wir hier eine Auseinandersetzung vom Zaun brechen müssen …« Dr. Wehrli war offenbar um Schadensbegrenzung bemüht.

»Ah, verstehe. Keine Auseinandersetzung. Nicht hier, was?« Die Frau des Doktors klang bissig.

»Selina, bitte.«

»Danke, Matteo.« Noch bissiger.

»Was soll das?«, fragte Britta, durch Dr. Wehrlis Unterstützung wohl wieder zu Bewusstsein gekommen.

»*Was soll das?*«, äffte Selina die Qigong-Expertin nach. »Sagen Sie mal, sind Sie so naiv oder tun Sie nur so?«

Wieder eilte der Doktor seiner Therapeutin zu Hilfe: »Selina, bitte, es gibt keinen Grund, sich hier so künstlich aufzuregen …« Weit kam der Doktor aber nicht mit seiner Vermittlung.

»Ja, das ist mal wieder typisch!« Selina war in Hochform. »Bloß keine Konflikte. Wie immer. *Du* bist doch der, der die Auseinandersetzung scheut. Der jedem Ärger aus dem Weg geht.«

»Selina, bitte. Wir müssen das doch nicht vor unseren Patienten besprechen.«

Dr. Wehrli warf Plotek einen Blick zu, der die Einschätzung des Doktors sofort unterschrieben hätte, da er sich in diesem Stellungskrieg völlig deplatziert vorkam.

»Wann denn dann?«

»Selina, bitte.«

»*Selina, bitte. Selina, bitte*«, äffte sie ihren Mann nach wie zuvor die Qigong-Expertin. »Gibt es denn *überhaupt* eine Gelegenheit, das mit dir zu besprechen?« Es klang hämisch, auch ziemlich frustriert.

Und Überraschung: Britta meldete sich wieder, wie von den Toten auferstanden, zu Wort. »Also ich finde schon, dass man mit Dr. Wehrli auch mal Konflikte ausdiskutieren …«

»*Du*?!«, ging Selina wie mit einem Dolchstoß dazwischen und nagelte das Insekt wie Jesus am Kreuz wieder fest. »Was *du* findest, ist mir scheißegal.« Selina gab das distanzierte *Sie* auf und wechselte ins vulgärere *Du* über.

Das Verhältnis der beiden scheint nicht das beste zu sein, dachte Plotek, der noch immer im Behandlungszimmer stand und sich zunehmend unwohler fühlte.

»Aber …«

»Britta!«, versuchte jetzt auch Dr. Wehrli die Qigong-Expertin zurückzupfeifen. Das war für Britta nun eindeutig zu viel. Sie brach in Tränen aus und verließ mit den Händen vor dem Gesicht den Raum. Betroffene, vor allem aber schweigende Menschen blieben zurück. Fürs Erste.

Dann fing sich Selina wieder und fragte: »Willst du nicht hinterher?« Sie zeigte mit einer lässigen Handbewegung zur Tür. »Trösten?«

Dr. Wehrli schüttelte den Kopf und sah flehentlich zu seiner Frau.

Wieder entstand eine kurze Pause, in die Plotek kleinlaut hineinfragte: »Also, verzeihen Sie, aber was mich betrifft … ich meine, bei mir ist soweit alles im Reinen, oder?«

Kraftloses Nicken von Dr. Wehrli. Nichts war mehr von seiner anfänglichen Begeisterung vorhanden.

»Dann geh ich mal, oder?« Plotek bewegte sich Richtung Tür, blieb aber kurz davor noch einmal stehen. Er drehte sich zu den beiden um und fragte fast wie nebenbei: »Kommen Sie eigentlich auch zur Hochzeit?«

Es schien die falsche Frage zur falschen Zeit zu sein. Das zumindest ließen die Antworten vermuten. So unterschiedlich und doch so gleich. Gleich entschlossen und gleich überzeugend.

»Nein«, sagte Dr. Wehrli und »Ja« Selina.

Diese unterschiedlichen Antworten auf dieselbe Frage waren bezeichnend für den Konflikt der Eheleute Wehrli.

Natürlich wird auch Dr. Wehrli zur Hochzeit kommen, dachte Plotek, da werden ihm Selina und vor allem seine Mutter gar keine andere Wahl lassen.

Kaum war Plotek aus dem Raum, fielen die beiden wieder übereinander her wie hungrige Raubtiere über einen Fetzen Fleisch. Eine Weile blieb Plotek noch an der geschlossenen Tür stehen und lauschte mit dem Ohr am Holz. Erstaunlicherweise war es jetzt Dr. Wehrli, der die Stimme erhob.

»... *du* bist doch die, die immer alles verheimlicht.«

Selina schoss ebenso scharf zurück: »Soso, was denn, hä? Was verheimliche ich denn?«

Dr. Wehrli versuchte zu lachen, was aber gründlich misslang. »Selina, glaubst du wirklich, ich bin so naiv?«

Selina schien nicht genau zu wissen, was sie glauben sollte. »Worauf willst du hinaus?« Es klang nüchtern wie die Gebrauchsanweisung für ein elektrisches Brotmesser. Bevor man die Finger in die Klinge hält.

»Schau dir doch Leandro an!« Dr. Wehrli war anscheinend wenig von diesem frostigen Ton seiner Frau beeindruckt.

»Leandro? Was hat unser Sohn damit zu tun?« Ihre Stimme klang jetzt fast mechanisch. »Was hat er damit zu tun, dass du nicht fähig bist, eine für uns alle befriedigende Ehe zu führen?«

Das saß! Dr. Wehrli taumelte, das glaubte Plotek zumindest durch die geschlossene Tür hindurch vernehmen zu können.

»Selina, das ist doch nicht dein Ernst, oder?« Dr. Wehrli klang tatsächlich angeschlagen, leiser und verbitterter als noch zuvor. »*Eine für alle befriedigende Ehe*?« Das Zitat hörte sich wie der Kontoauszug eines völlig überschuldeten Bankkontos an. Da war kein Funken von *Haben* mehr. Da war nur noch eine Bankrotterklärung, gefolgt von einem hoffnungslosen Fragezeichen. »Ist unsere Ehe für dich also nicht befriedigend?« Das Fragezeichen verkümmerte. »Ich tue doch alles, um …«

»Vergiss es!« Selina machte gnadenlos Kassensturz. »Das ist nicht genug!«

Dr. Wehrli schien plötzlich zu begreifen, dass die Stunde geschlagen hatte.

»Ach so«, sagte er, nun nicht mehr so betrübt, eher angriffslustig. »So ist das also. Und deshalb holst du dir das, was fehlt, woanders, was?« Er bekam nun Oberwasser.

»Was soll das?« Selina hingegen erhielt einen Dämpfer. Diese nebulöse Anschuldigung hatte sie von ihrem Mann offenbar nicht erwartet. »Ich hole mir nichts, nirgends.« Dann lachte sie wieder, kurz und hämisch. »Schön wär's. Ich leide, Matteo, sonst nichts!«

Der Doktor ließ sich dadurch aber keineswegs beeindrucken. Unverändert legte er nach: »Davon merke ich aber nichts, meine Liebe!«

»Ja, weil du so unsensibel bist wie der Tisch hier. Ein Stück hartes Holz!« Dabei schlug sie mit ihrer flachen Hand und voller Wucht auf die Tischfläche, dass es knallte. Plotek zuckte vor Schreck zusammen.

»Unsensibel?« Auch jetzt schien Matteo nicht klein beigeben zu wollen. Eher das Gegenteil. »Ich bin sensibler, als du denkst, als es dir womöglich lieb ist. Und glaube mir: Was man einmal weiß, kann man nicht mehr vergessen.«

»Was? Was weißt du denn? Hä? Nichts, nichts weißt du, gar nichts.«

»Noch nicht, stimmt, aber bald. Bald werde ich Bescheid wissen, ganz genau Bescheid sogar, Selina, und dann ...«

Er stockte und machte ein paar Schritte auf die Tür zu. Was Plotek zum Anlass nahm, sein Ohr von derselbigen zu nehmen und sich eilig davonzumachen.

Er ging den Flur entlang und bog um die Ecke, wo er genau in Marlies lief. Als hätte sie dort auf ihn gewartet. Der Aufprall war weich, geschmeidig, als wäre er in einem kuscheligen Haufen Fettgewebe gelandet.

»Es tut mir leid, Plotek«, war das Erste, was aus Marlies' Mund kam.

Mir auch, dachte Plotek und musste im nächsten Augenblick feststellen, dass sie gar nicht die kleine Kollision gemeint hatte.

»Ich habe überreagiert.« Offenbar bezog sie sich auf ihr Verhältnis zu Plotek generell.

Ist das jetzt eine neue Strategie von Marlies, dachte Plotek, oder ist sie wirklich einsichtig?

»Sind wir wieder gut?« Sie versperrte ihm noch immer

den Weg und streckte ihm dabei ihre schöne Hand entgegen. Plotek griff danach. Woraufhin Marlies nun seine festhielt. Wie es schien, wollte sie sie auch gar nicht mehr loslassen.

»Gut siehst du aus«, sagte sie, noch immer mit seiner Hand in ihrer. »Wenn du so weitermachst, überholst du mich noch.« Der Druck ihrer Hand wurde stärker. »Wie viel?«

»Zwölf Kilo.«

»Wow.« Es klang nach aufrichtiger Bewunderung.

Mir egal, dachte Plotek, viel lieber wäre mir, wenn sie endlich meine Hand loslassen würde.

»Eines würde mich aber noch interessieren.« Marlies schien nicht daran zu denken. »Was hat *sie*, was ich nicht hab?«

Von wirklicher Einsicht konnte also keine Rede sein. Eher doch neue Strategie. Ploteks Hand war noch immer in Marlies' fest verfangen.

»Der Händedruck«, sagte er, jetzt schon ein wenig unter Schmerzen.

»Was ist mit dem Händedruck?«

»Der ist bei Agnes nicht so fest.«

Schon ließ ihrer nach, was Plotek schamlos ausnutzte, um ihr seine Hand zu entziehen. Noch ehe Marlies darauf reagieren konnte, war Plotek verschwunden.

Auf der Terrasse, zurückgezogen in eine windstille Ecke, stand Britta wie ein zusammengefallenes Häufchen Elend mit verheulten Augen und zog hastig an einer Zigarette. Zuerst sah Plotek sie gar nicht. Erst als sie ab und zu schniefte, bemerkte er sie.

»Geht es wieder?« Plotek trat an Britta heran. Ihre Brüste unterm T-Shirt sahen aus wie Zeigefinger.

»Nee.« Es klang trotzig. Die Mundwinkel heruntergezogen, die Lippen ganz blau, die Augen umgeben von verschmierter Wimperntusche. Ein fröstelndes Häufchen Elend mit großer Wut.

»Sie lieben ihn, was?«

Britta erschrak. »Wie wollen Sie das wissen, dass ...«

Schon zu spät. Hatte sie sich schon verraten. Das schien ihr jetzt auch aufzufallen. Sie wirkte hin und her gerissen zwischen noch mehr Wut und dem Bedürfnis nach Mitleid.

»Er liebt Sie auch«, sagte Plotek, einfach so, weil er wusste, dass Britta das gerne hören würde.

»Wie wissen Sie, dass ... dass Matteo ...« Sie unterbrach sich selbst, sah ihn verwundert, aber auch ein wenig erleichtert an.

»Ich sehe das.«

Das Elend bekam wieder Hoffnung. Das Gesicht sah nun nicht mehr ganz so derangiert aus. Einzig die Brüste zeigten unter dem Stoff wie Feuerwerkskörper kurz vor der Entzündung auf die Terrasse.

Hätte in diesem Moment nicht die alte Wehrli die Terrasse betreten, wäre Britta Plotek sicher um den Hals gefallen. So stahl sie sich im Rücken der Alten davon.

Schade eigentlich, dachte Plotek, während Ilona Wehrli sich, im Arm den kleinen Leandro, auf einen der Stühle mit Blick auf den nicht weit entfernt liegenden Silsersee setzte.

Wie der kleine Bub da auf dem Schoß der alten Frau sitzt, dachte Plotek, erinnert er mit seinen schwarzen Haaren und den ebenso schwarzen Augen an alle und jeden, nur nicht an Matteo Wehrli, seinen Vater. Da war ein bisschen Justin Bieber drin und auch ein wenig von Elvis. Alles allerdings ganz blass, als hätte der Junge ein schwerwiegendes anämisches Problem.

Ist Anämie vererbbar?, dachte Plotek.

»Ist er nicht hübsch?«, fragte Ilona Wehrli, als sie Plotek wahrgenommen hatte.

»Hmm.«

»Ich weiß, ein bisschen blass ist der Junge vielleicht, ja, aber sonst …«

»Ganz der Vater«, sagte Plotek, wie man sagt: »Nicht Fisch, nicht Fleisch.« Oder: »Ein Gentest würde Gewissheit verschaffen.«

Ilona Wehrli verzog das Gesicht, sagte dann aber doch nichts, sondern lächelte, als wüsste sie es besser. Der Junge lächelte auch, als wäre es ihm völlig egal. Alles, Fisch, Fleisch, Gentest und auch, wer sein Vater ist.

Plotek und die Wehrli betrachteten jetzt den Jungen wie ein Gemälde, bei dem nicht klar war, ob es sich um eine Fälschung handelte oder doch um das sauteure Original.

So lange, bis Plotek plötzlich das Thema wechselte und sagte: »Der Vorverkauf läuft ja wie geschmiert.«

Auch Ilona Wehrli schwenkte, sichtlich erfreut, auf das neue Gesprächsthema ein.

»Ja. Es sieht ganz danach aus, als hätten wir auf das richtige Pferd gesetzt. Der kommerzielle Erfolg scheint fast sicher.«

»Außer McCarther macht Ihnen noch einen Strich durch die Rechnung.« Plotek warf böswillig eine Handvoll Sand ins Getriebe.

Ilona Wehrli schien tatsächlich mächtig zu knirschen.

»Wie meinen Sie das?«

Plotek ließ sie ein paar Sekunden zappeln, warf dabei einen weiteren Blick auf den Jungen, der jetzt gähnte, und genoss die zunehmende Unruhe der alten Wehrli.

»Der ist doch nicht zum Vergnügen hier, oder?« Ganz nebenbei von Plotek.

»Weiß nicht«, kam von Ilona Wehrli.

»Ich glaube, der Ami will ein Stück vom Kuchen abhaben.«

»Was Sie nicht sagen?!«

»Ja, sogar ein ziemlich großes Stück.«

»Wenn er sich nur nicht dabei verschluckt.«

Der Junge hustete, als hätte *er* sich verschluckt. Ilona Wehrli klopfte ihm auf den Rücken. Der Junge wurde ganz rot im Gesicht. Zum ersten Mal sah er richtig gesund aus. In diesem Moment betrat Selina die Terrasse. Sie wirkte wie nach einem brutalen Kampf – den sie gewonnen hatte.

»Was hat er denn?« Sie ging auf ihre Schwiegermutter zu und zeigte auf Leandro.

»Nichts.«

Selina nahm ihren Sohn in den Arm. Dann bemerkte sie erst Plotek und sah ihn an, als wäre er an ihrer unterirdischen Laune schuld. Dem Jungen wich das Rot wieder aus dem Gesicht. Das Kränkliche war zurück.

»Ach so, was ich vergessen habe zu sagen, Herr Plotek!« Sie kam einen Schritt auf Plotek zu. »Dass Sie das Qigong ausfallen lassen – meinetwegen. Der Erfolg ist ohnehin umstritten. Dass Sie aber nicht mehr zum Shiatsu kommen, kann ich nicht akzeptieren, ist das klar?«

Selina kam noch einen weiteren Schritt auf Plotek zu.

»Entweder Sie meinen es ernst oder Sie lassen es ganz bleiben.«

Jetzt muss ich also als Blitzableiter herhalten, dachte Plotek, als Puffer für den Ärger der Frau Wehrli. Er versuchte ihrem strengen Blick standzuhalten.

»Wissen Sie, das ist hier kein Erlebnispark für gestresste Großstädter, klar?!«

Frau Wehrli machte auf ernsthafte Therapeutin, die nichts mit der Frau in der Futterhütte gemein hatte, während die dort beschworenen Worte »Ja, komm, tiefer, jetzt, schnell, ja, ja, ja, härter, schnell, kommmm, kommmmmm …« jetzt in Ploteks Kopf herumspukten.

»Komm«, rutschte ihm, ganz in Gedanken versunken, aus dem Mund.

»Was?«

»Nichts.«

»O doch, ich denke, Sie sollten das möglichst schnell verinnerlichen, sonst …«

»Was?«

»Ach nichts.«

Selina wandte sich von Plotek ab und setzte ihren Sohn der alten Wehrli auf den Schoß. Dann drehte sie sich erneut zu Plotek um.

»Und, Herr Plotek, es wäre besser, wenn Sie sich wieder mit Marlies vertragen würden.«

»Und Sie sich mit Ihrem Mann.«

Das saß! Selina erstarrte. Der Blick flackernd, kalt, unschlüssig, ob sie Plotek an den Hals springen oder den Rückzug antreten sollte. Die alte Wehrli horchte auf und fragte: »Was habt ihr denn?«

»Ach nichts, alles in Ordnung.« Selina kapitulierte.

Das klang aber durch die Tür ganz anders, dachte Plotek und sah nun wieder zum blassen Jungen, der gerade dabei war, im Schoß der Alten einzuschlafen.

»Haben Sie eigentlich Ihren Mittagstrunk schon zu sich genommen?« Der *Mittagstrunk* klang wie Giftbecher.

»Nein.«

»Na, dann wird es aber Zeit.«

Die Haare auf den Zähnen dieser schönen Frau wurden jetzt deutlich sichtbar. Der Engel mutierte zum Teufel.

Plotek zog es vor, schnellstens zu verschwinden.

12

Um die kirchliche Vermählung kamen Plotek und Vinzi letztendlich doch nicht herum, obwohl sie sich wanden wie Flussaale beim Ablaichen. Agatha bestand auf ihre Anwesenheit und behauptete, das sei das schönste Hochzeitsgeschenk, das die beiden ihr machen könnten.

»Keine Widerrede!« und »Ihr wollt mir doch nicht etwa den schönsten Tag meines Lebens versauen, oder?!«

Der schönste Tag des einen kann schnell zum übelsten des anderen werden, dachten Plotek und Vinzi und ergaben sich schließlich dem Psychodruck der Braut.

Die katholische Kirche von Sils Maria, die von außen gar nicht wie eine Kirche aussah, sondern wie eine missglückte Turnhalle, war vollgestopft bis auf den letzten Platz, sodass ein Besucher mehr oder weniger eigentlich nicht aufgefallen wäre. Dennoch wagten Plotek und Vinzi es nicht, der Eheschließung fernzubleiben. Immerhin konnten sie sich mit ähnlich halbherzigen Bedenken und Ausreden erfolgreich vor der Trauzeugenschaft drücken.

»Feiglinge!« Agatha hatte sie durchschaut und kein Blatt vor den Mund genommen.

Wer will schon vor dem Altar in Gegenwart Gottes zum Helden werden?, dachte Plotek und nickte aus tiefster Überzeugung.

Beats Trauzeugin war, das verwunderte nun gar nicht, die alte Wehrli. Sie sah fast unscheinbar inmitten der Hochzeitsgesellschaft aus. Weniger war bei ihr wohl mehr. Man merkte dieser Frau aber auf den zweiten Blick sofort an, dass sie Erfahrung im Umgang mit Macht und Geld hatte. Sehr viel Erfahrung sogar. Die Trauzeugin von Agatha hatten Plotek und Vinzi hingegen keineswegs auf dem Zettel stehen. Sie wussten bis zu diesem Zeitpunkt noch nicht einmal, dass sich die beiden überhaupt kannten.

»So lange kennen wir uns auch noch gar nicht. Dafür umso besser!«, sagte Agatha, als Plotek ihre Trauzeugin vor der Kirche erblickte und sich verwundert die Augen rieb.

Es war Britta, die Qigong-Expertin, die in ihrem langen schwarzen Samtkleid mit einem tiefen, ganz tiefen Ausschnitt zum Anbeißen schön aussah. Ihre Brüste wirkten in dieser maßgeschneiderten Verzückung gar nicht mehr so spitz, eher rund und mit einem Dekolleté wie gemalt. Sicher kam dieser Einblick nur durch technische Hilfsmittel zustande. Soll heißen: Wonderbra, Push-up, Stützkorsett oder dergleichen. Das war Plotek sofort klar. Auch ihre langen, schlanken Beine kamen durch das Kleid besonders gut zur Geltung. Vinzi schien beim Anblick dieser durchtrainierten Schönheit das Wasser im Mund zusammenzulaufen und war nur mehr mit Schlucken beschäftigt.

Und auch die meisten anderen Gäste in der Kirche schienen auf der Sonnenseite des Lebens zu Hause zu sein. Es sah alles sehr vornehm und gepflegt aus, elegant in kostbaren Kleidern verpackt.

Allen voran das Brautpaar. Die Braut ganz in Weiß und ebenfalls zum Anbeißen schön. Der Bräutigam im schwarzen, perfekt sitzenden Anzug wirkte, als wäre er gerade aus einem Modemagazin herausgefallen. Ein schönes Brautpaar. Die Männer schauten neidisch auf den Bräutigam. Die Frauen noch neidischer auf die Braut. Ein Glück, wer so einen Mann zum Ehegatten nehmen konnte, schienen die meisten zu denken und malten sich vermutlich aus, wie es wäre, mit diesem unverschämt gut aussehenden Beat die Hochzeitsnacht zu verbringen.

Selina Wehrli wirkte ebenfalls, als gingen ihr derartige Gedanken durch den Kopf. Natürlich war auch sie eine Augenweide. Sie trug ein rotes Kleid, das bis zu den Knien ging, lange Ärmel hatte und am Hals ganz geschlossen war, als wollte sie möglichst wenig von sich preisgeben. Um womöglich die Fantasie der anderen von dem, was sich darunter befand, zu entfachen. Ein Engel in Rot und mit High Heels! Dr. Matteo Wehrli wirkte neben ihr mickrig und fahl, so als trennte die beiden nicht nur ein halbes Leben, sondern auch Welten. Dabei sah er in seinem dunklen Anzug gar nicht schlecht aus. Aber neben so einer Frau kann man nur verlieren, zumindest was das Äußerliche betrifft. Neben einem roten Engel wirkt jeder Mensch farblos und beschränkt. Das schien auch Dr. Wehrli zu wissen. Er fühlte sich sichtlich unwohl und machte den Eindruck, als wollte er sich lieber jetzt als nachher wieder in seine Privatklinik zurückziehen.

Die Einzigen, die aus der mondänen Hochzeitsgesellschaft herausragten, wie zwei verschlissene, ausgebleichte Fahnen an einem Mast auf einem Campingplatz irgendwo am Arsch der Welt, waren Plotek und Vinzi. Sie bildeten in ihren abgetragenen Klamotten einen klaren Gegenpol. Durchaus auch polarisierend. Soll heißen: das Yin zum Yang quasi. Der Spritzer Hölle für den Himmel. Der Dreckbatzen auf dem weißen Laken. Bedeutet: von Natur aus Opposition. Das war den beiden aber gar nicht so unrecht. Obgleich ihr Erscheinungsbild einige skeptische Blicke nach sich zog. Was haben denn diese heruntergekommenen Typen hier zu suchen?, mochte sich der eine oder andere herausgeputzte Hochzeitsgast fragen. Ohne eine befriedigende Antwort parat zu haben. Erst nachdem Agatha die beiden überschwänglich begrüßte und mit Küssen auf die Wangen bombardierte, dass rote Münder darauf zurückblieben, schien zwar die Skepsis nicht dahin, die Verwunderung aber umso größer.

Plotek und Vinzi genossen das Pariadasein. In einer Welt, in der die Normalität und Konformität das Maß aller Dinge ist, kann ein Hauch Verrücktheit befreiend sein. Sie setzten sich auf die beiden reservierten Plätze in der Kirchenbank und sahen entspannt der feierlichen Trauung zu, als wäre der Altar ein Fernseher und der Pfarrer der Moderator im Kampf um Quoten. Nur das Weißbier und die Chips fehlten. Während der Pfarrer vom *Bund der Ehe* und der *lebenslangen Treue* schwadronierte, von den *guten wie schlechten Tagen* sprach, gähnte Vinzi herzhaft und rang mit dem Schlaf. So wie man eben immer gerne vorm Fernseher mit sich ringt. Vor Ploteks Augen hingegen flimmerte es seltsam, als blitzten über dem Altar Sterne im Takt des monotonen Hochwürdensounds. Womöglich war das aber eine der Folgen seiner nun schon seit einer Woche andauernden Fastenkur. Während Vinzi den Kampf verlor und leise vor sich hin röchelte, warf der Pfarrer mit den Trausprüchen um sich wie mit Falschgeld.

»Gott hat seinen Engeln befohlen, dich zu beschützen, wohin du auch gehst. Psalm 91, Vers 11«, sagte er mit balsamierter Stimme an das Brautpaar gewandt.

Ob Gott da die Selina Wehrli meint?, dachte Plotek und warf einen Blick zur Frau des Doktors. Die schmunzelte, als fühlte sie sich tatsächlich vom Pfarrer angesprochen.

»Wer im Geringsten treu ist, ist auch im Großen treu. Lukas 16,10.«

Na ja, da wäre ich mir aber nicht so sicher, kam Plotek in den Sinn, und auch Selina schien nicht ganz davon überzeugt zu sein und kräuselte nun die Stirn.

Der Pfarrer kam hinter der Kanzel vor, trat zu den beiden Eheleuten, die jetzt auf der Bank vor dem Altar knieten, und richtete das Wort direkt an sie.

»Mit diesen Worten bezeugt die Heilige Schrift, dass die Ehe eine gute Gabe Gottes ist. Auch eure Ehe will Gott schützen und segnen. So frage ich euch vor Gott und dieser Gemeinde: Beat, willst du Agathe …«

Die heißt doch *Agatha*, stutzte Plotek und sah Vinzi an, der aber noch immer die Augen geschlossen hatte und jetzt laut vor sich hin schnaufte.

»… die Gott dir anvertraut, als deine Ehefrau lieben und ehren und die Ehe mit ihr nach Gottes Gebot und Verheißung führen in guten und in bösen Tagen, bis der Tod euch scheidet, so antworte: Ja, mit Gottes Hilfe.«

Beat zögerte und sah Agatha an. Möglicherweise dachte auch er jetzt, dass er im Begriff war, der falschen Frau das Versprechen zu geben. Oder zumindest einer Frau mit falschem Namen. Dann sagte er aber doch noch: »Ja, mit Gottes Hilfe.«

Agatha schien erleichtert. Der Pfarrer erhob wieder das Wort und richtete sich an die Braut.

»Ebenso frage ich dich, Agathe …«

»Agatha!«, ging Agatha dazwischen.

Der Pfarrer verharrte und warf einen irritierten Blick in sein Messbuch, als wäre es das Standardwerk der Onomastik, in dem sich nicht nur allerhand Tricks für die Namensforschung befanden, sondern auch der Stammbaum der Braut. Anschließend sah er wieder Agatha an. Die nickte entschlossen, sodass der Pfarrer die Trauung fortsetzen konnte.

»Agatha, willst du Beat, den Gott dir anvertraut, als Deinen Ehemann lieben und ehren und die Ehe mit ihm nach Gottes Gebot und Verheißung führen in guten und in bösen Tagen, bis der Tod euch scheidet, so antworte: Ja, mit Gottes Hilfe.«

Agatha zögerte nicht.

»Ja …mi…Go…Hi…e.« Die Worte sprudelten nur so aus ihrem Mund, sodass kaum eines davon zu verstehen war. Eigentlich war gar nichts zu verstehen. Auf den billigen Plätzen in den hinteren Kirchenbänken hob Getuschel an.

»Was hat sie gesagt?«, war die glockenhelle Stimme eines Kindes zu hören, das von der Mutter sogleich mit »Pscht!« diszipliniert wurde.

»Nehmt die Ringe, das Zeichen eurer Liebe und Treue, steckt sie an die Hand des euch Angetrauten und sprecht: Im Namen des Vaters und des Sohnes und des Heiligen Geistes.«

Die Eheleute taten wie ihnen befohlen, während nun auch Plotek mit dem Schlaf kämpfte.

»Im Namen Gottes und seiner Kirche bestätige ich den Ehebund, den ihr geschlossen habt«, sagte der Pfarrer ganz feierlich und schob ein »Amen!« hinterher.

»Nein!!!« Vinzi schreckte im Schlaf hoch, womöglich

geplagt von einem üblen Traum, und schrie quer durch das Kirchenschiff, dass die anwesenden Gäste zusammenzuckten und Vinzi selbst erwachte. Folge: Hunderte Blicke ruhten auf ihm wie Fliegen auf einem frisch applizierten Kuhfladen. Die meisten schienen sich in ihrer Vermutung bestätigt zu sehen, dass der schmuddelige Krüppel nicht ganz koscher war. Manche schüttelten den Kopf, andere lächelten verächtlich. Der Segen des Pfarrers beruhigte die Gemeinde dann wieder und beendete gleichzeitig die liturgische Zeremonie. Große Erleichterung machte sich breit, als sich die hungrige Hochzeitsgesellschaft endlich ins *Hotel Waldhaus* zur Feier begeben konnte.

Der Feier im *Waldhaus* war deutlich anzusehen, dass die Gastgeber in einer anderen Liga spielten. Das war Luxus pur im Fünf-Sterne-Bereich.

»Wie sich das Beat bloß leisten kann?«, zweifelte Vinzi beim Anblick des ganzen Pomps im Speisesaal.

»Irgendwen wird er schon haben, der ihm das sponsert«, sagte Plotek, ähnlich skeptisch und auch ein wenig eingeschüchtert von so viel Pracht.

»Seinem Onkel gehört Hotel doch«, sagte Frau Pan, die ebenfalls zu den Hochzeitsgästen zählte und sich nun mit Plotek, Vinzi, Klemens und Agnes an einen Tisch setzte. Dort saß bereits Linard Jäggi, über dessen Anwesenheit sich alle wunderten.

»Vielleicht hat ja auch die alte Wehrli ihre Hände im Spiel«, sagte der Dorfpolizist mit einem bitteren Zug um den Mund. Er trug selbst auf der Hochzeitsfeier seine speckige Dienstuniform und die Pfeife im Mund, obgleich die wegen des Rauchverbots im Hotel nicht angezündet war.

»Na ja, wenn der Verkauf der Karten und der Merchandising-Produkte so weiterläuft, dann wird Beat schon einen enormen Reibach machen«, sagte Agnes. Sie sah den Dorfpolizisten an, als hätte sie noch eine Rechnung mit ihm offen. »Da kann man sich so eine Hochzeit schon mal leisten.«

Linard Jäggi verzog das Gesicht, als käme bei seiner Rechnung was ganz anderes heraus.

»Man heiratet ja nicht alle Tage«, stieß Klemens ins gleiche Horn. Schimpfwortfrei. Was sicher auf die zwei Joints zurückzuführen war, die er mit Vinzi auf dem Weg von der Kirche zum Hotel geraucht hatte.

»Hat er jetzt das Zelt für den Contest genehmigt bekommen?« Agnes fragte es Jäggi, sichtlich bemüht, die Vertrautheit wiederherzustellen. Vielleicht hielt sie ihn ja nach wie vor nützlich für die Ermittlungen.

»Leider ja.« In Jäggis Gesichtsausdruck war eine Mischung aus Wut und Trauer zu sehen. »Auf dem Schulhof stellen sie es auf.«

»Wann?«

»Morgen.«

Plotek erschrak. Es war aber nicht der geplante Zeltaufbau, der ihn beunruhigte, sondern Marlies, die er jetzt im Jugendstil-Speisesaal erblickte. Und doppelte Überraschung: Sie sah verdammt gut aus. Ein taubenblaues Kleid konterkarierte ihre molligen Körperformen, die damit nicht mehr ganz so mollig wirkten. Was macht *die* denn hier?, dachte er, während Marlies ihm auffällig zuwinkte. An Ploteks Stelle hob Klemens die Hand und winkte zurück.

»Deine Freundin«, flüsterte Agnes Plotek zu und lächelte schadenfroh.

»Vergiss es!«

Agnes legte ihre Hand auf seinen Schenkel. Die lackierten Fingernägel sahen aus wie aufgeblähte Marienkäfer. Es fühlte sich gut an. Was Vinzi nicht entging.

»Seid ihr jetzt wieder zusammen?«, fragte er, wie man fragt: »Darf man schon das Aufgebot bestellen?«

Agnes lachte, jetzt nicht mehr schadenfroh, sondern albern wie ein Mädchen im Vorschulalter. Dann sah sie zuerst Plotek an, lange und mit vom Lachen glasigen Augen, anschließend Vinzi. Sie nahm ihre Hand wieder von Ploteks Schenkel und sagte: »Man ist nie zusammen.«

Ihr Blick wanderte zwischen Klemens, Jäggi, Frau Pan, Vinzi und Plotek hin und her, bevor sie nachlegte: »Oder besser: Am Ende ist man immer allein.«

Vinzi bestätigte mit einem vehementen Nicken. Klemens hingegen schüttelte den Kopf und sah Marlies sehnsüchtig hinterher. Zumindest mit dem schielenden Auge. Das andere heftete sich auf einen Bierdeckel auf der weißen Tischdecke.

Nach dem Dessert ging das Brautpaar von Tisch zu Tisch und erkundigte sich über das Wohlbefinden seiner Gäste. Beat und Agatha hielten hier und dort einen kleinen Plausch ab, bedankten sich für die Geschenke und lachten viel, wie Animateure auf der eigenen Hochzeitsfeier.

»Ist das alles gekünstelt!«, murmelte Jäggi, während er die aufgedrehten Brautleute beobachtete.

»Was denn?« Es war Klemens, dem die destruktive Stimmung des Dorfpolizisten langsam auf die Nerven ging.

Linard Jäggi zeigte mit dem Kopf in die Richtung des Brautpaares. »Die tun ja gerade so, als wäre das hier eine

Show, ein *Event*!« Er sprach *Event* wie etwas ganz Widerliches aus und verzog dabei das Gesicht. »Da ist doch nichts Echtes dran.«

»Sie meinen, alles gespielt?«

»Schlecht gespielt.«

»Warum besuchen Sie dann diese Veranstaltung?«

»Das verstehen Sie nicht!« Jäggis Stimmung schien noch schlechter zu werden.

Als das Brautpaar zwei Tische von Ploteks entfernt bei Selina Wehrli, ihrem Mann und ihrer Mutter ankam, schien alle Ausgelassenheit bei Beat dahin. So eingeschüchtert wirkte er, dass es Plotek so vorkam, als wäre er nicht Mitte zwanzig, sondern zwölf und stünde ohne blassen Schimmer an der Schultafel vor vermeintlich unlösbaren mathematischen Gleichungen. Selina hingegen sah Beat an, als hätte sie die Lösung parat, würde sie ihm aber erst in der Hochzeitssuite verraten. Dr. Wehrli wiederum war, wie sein stoischer, fast gleichgültiger Blick vermuten ließ, nur körperlich anwesend. Der kleine Leandro saß wieder blass wie ein Blatt Papier auf dem Schoß von Ilona Wehrli und kämpfte auffällig gähnend mit dem Schlaf. Am liebsten wäre der Vater mit dem Sohn nach Hause, das war klar. Aber keine Chance.

»Ich bringe Leandro ins Zimmer hoch«, sagte Selina und stand vom Tisch auf.

»Aber wäre es nicht vielleicht besser, wenn ich mit Leandro nach Hause …«

»Matteo!« Es war Ilona Wehrli, die den Vorschlag ihres Mannes schon im Ansatz erstickte.

»Jetzt haben wir hier extra ein Zimmer für Leandro bekommen und auch alles für die Nacht mitgebracht«, bemühte sich Selina um Matteos Verständnis, während sie ihre Handtasche öffnete und wie zum Beweis das Babyfon auf den Tisch legte.

Dr. Wehrli gab sich geschlagen und sank in sich zusammen. Selina zupfte sich das Kleid zurecht, nahm den kleinen Leandro vom Schoß der Schwiegermutter und verschwand mit ihm aus dem Speisesaal. Dabei wurde sie sowohl von den Versammelten am Tisch als auch von Bräutigam und Braut genau beobachtet.

»Dann könnt ihr auch mal richtig feiern!« Agatha sagte es an Matteo gewandt und sah dabei so aus, als freue sie sich selbst schon darauf.

Bei Dr. Wehrli schienen die Worte erst gar nicht anzukommen. Selbstvergessen spielte er am Empfängergerät des Babyfons herum.

»Und bei euch auch alles klar?« Agatha war jetzt am Tisch von Plotek angekommen.

Alle bis auf Linard Jäggi nickten wie auf einem Heavy-Metal-Konzert.

»Was steht jetzt noch so auf dem Programm?«, wollte Vinzi wissen.

»Tanz, Party und …« Agatha stockte, beugte sich zu Plotek und den anderen herunter und flüsterte so leise, dass es niemand außer ihnen und auf keinen Fall Beat hören konnte: »… Brautentführung.«

»Na dann, viel Spaß!«, sagte der Dorfpolizist, was alles andere als spaßig klang, und nahm einen Schluck vom Bier.

Nach dem Essen begaben sich Plotek und Vinzi auf die Terrasse an der Rückseite des Hotels. Vinzi rauchte im

Rollstuhl genüsslich einen Joint, und Plotek sah ihm dabei zu. Oder besser: Beide sahen einem kleinen Mann mit langen Haaren und zotteligem Bart zu, wie er im Trainingsanzug auf dem schneebedeckten Grundstück, das von hohen Bäumen eingefasst hinter dem Hotel lag, herumsprang, als hätte er Peperoni im Hintern. Und zwar welche von der ganz scharfen Sorte. In der Hand hielt er einen Gartenschlauch, aus dem in hohem Bogen ein dünner Strahl gespritzt kam. Damit fuchtelte er wie ein Dirigent in der Luft herum. Aus einem CD-Player drang klassische Musik. Richard Wagner, *Der Ring des Nibelungen*.

»Ist das nicht dieser berühmte deutsche Maler?«

»Welcher?«

»Der, der immer von der *Diktatur der Kunst* quasselt.«

»Ist er nicht«, sagte ein Mann, der jetzt hinter Plotek und Vinzi auftauchte. Er trug einen perfekt sitzenden grauen Anzug, ein weißes Hemd und eine Krawatte mit bayrischem Rautenmuster drauf. Dazu gegelte Haare und eine modische, aber dezente Brille. Er sah ein wenig aus wie Lothar Matthäus. Das war aber nicht *Loddar – »I look not back, I look in front«* –, das war ...

Ist das nicht unser ehemaliger Verteidigungsminister?, überlegte Plotek. Dieser von und zu, der wegen einer Plagiatsaffäre zurücktreten musste?

»Er sieht auf jeden Fall genauso aus«, sagte Vinzi, unklar, ob er dasselbe wie Plotek dachte oder noch immer den herumstolzierenden Mann im Trainingsanzug meinte.

»Sie meinen wohl Jonathan Meese?«, fragte der Mann mit der Gelfrisur besserwisserisch. »Der da ...«, er zeigte auf den Zauselbart, »... behauptet zumindest, nicht Jonathan Meese zu sein, sondern Jagoda Muuse.« Der Mann lächelte süffisant und erinnerte dabei noch mehr an den ehemaligen Verteidigungsminister.

»Und was macht *der* hier?« Vinzi zeigte wieder auf Jagoda Muuse, den Mann mit dem spritzenden Schlauch in der Hand.

»Malen.«

»Malen?« Verwunderung bei Vinzi. Ebenso bei Plotek.

Jetzt erst erkannten Plotek und Vinzi im Schnee dunkle Spuren, die offenbar der Strahl aus dem Schlauch hinterlassen hatte. Es war eine Art Muster, das sich auf der ganzen schneebedeckten Fläche verteilte.

»Ist das Farbe?«

Der Gegelte schüttelte den Kopf.

»Was dann?«

»Riechen Sie mal.«

Plotek nahm einen tiefen Atemzug.

»Das riecht eindeutig ... verzeihen Sie ... nach Arsch.«

Der Mann bestätigte mit einer ebenso eindeutigen Kopfbewegung. »Exkremente.«

»Was?«

»Scheiße?«, versuchte Vinzi zu übersetzen. Er sprach das Fragezeichen mit, als könnte er es selbst auch nicht glauben.

Der Mann signalisierte erneut mit einer Kopfbewegung, dass die beiden absolut richtig lagen. »Und Urin.«

Plotek und Vinzi kamen aus dem Staunen nicht mehr heraus.

»Es sind die Fäkalien aus der hoteleigenen Kanalisation. Sie sind verdünnt und mit ein wenig Farbe versetzt worden.«

Jetzt sahen die beiden noch faszinierter Jagoda Muuse

im Trainingsanzug zu, der mit seinem Schlauch wie mit einem Pinsel malte. Mit diesem Wissen blickten Plotek und Vinzi ganz anders auf das im Schnee hinterlassene Werk.

»Das ist ein Reh!«, kam verwundert von Plotek.

»Wo?«

»Da im Schnee«, sagte er und zeigte auf die Wiese, in der Muuse herumturnte. »Der ... der ... der malt ein ... Reh!«

»Hmm, ja, könnte man so interpretieren«, bestätigte der Mann mit den gegelten Haaren.

Vinzi schüttelte den Kopf. »Das könnte aber auch ein Wildschwein sein, ein Fuchs, ein Hase, das Konterfei des Verteidigungsministers ...«

Der Gegelte zuckte zusammen.

»... ein Baby, die eingestürzten Twin Towers. Eigentlich alles.«

»Sehen Sie den kleinen Hubschrauber da oben?«

Der Mann zeigte hoch über die Bäume. Plotek und Vinzi starrten zum Himmel. Über ihnen kreiste tatsächlich ein Modellhubschrauber, der von einer alten Frau, die ganz in Schwarz gekleidet war und am Rand der Wiese an einem Baum stand, gesteuert wurde.

»Das ist seine Mutter«, sagte der Mann und deutete auf die alte Frau.

»Vom Maler?«

»Genau.«

»Und was macht die da?«

»Die fotografiert das Gemälde.«

»Welches Gemälde?«, fragte Vinzi.

»Das Reh!«, sagte Plotek, während Vinzi die Augen verdrehte.

»Das Werk, das ihr Sohn mit dem Schlauch in den Schnee malt.« Der Mann zeigte wieder hinauf zum Hubschrauber, der noch immer über der Wiese kreiste. »Am Hubschrauber befindet sich eine hochauflösende Kamera. Die schießt zehn Bilder in der Sekunde. Diese Bilder werden dann auf metergroße Leinwände gedruckt.«

»Eines der Bilder wird unser Hochzeitsgeschenk sein«, sagte Beat, der plötzlich auf der Terrasse auftauchte und sich zu den dreien gesellte. Er zündete sich eine Zigarette an.

»Jagoda ist genial.«

Der Maler Muuse schien mit dem Gemälde nun endlich fertig zu sein. Der Strahl aus dem Schlauch versiegte. Zum ersten Mal sah er die Zuschauer auf der Terrasse an. Er warf den Schlauch in den Schnee und kam mit schnellen Schritten und wehenden Haaren auf sie zugerannt. Sein Trainingsanzug war von oben bis unten mit dem Farbgemisch beschmutzt. Muuse roch stark. Nicht gut, eher unangenehm. Nach Arsch. Er umarmte Beat herzlich und drückte sich an ihn wie ein Kind an seine Mutter.

»Tut mir leid, ich konnte nicht zur Trauung kommen«, sagte der Maler. Er krächzte mehr, als dass er sprach. Seine Stimme schien in der Pubertät stecken geblieben zu sein. »Das Werk will vollendet werden.«

»Mama!« Muuse schrie es, viel zu hoch und schrill, wie ein Kind nach der mütterlichen Brust verlangt. »Mama, es reicht jetzt!«

Die Alte holte daraufhin den Hubschrauber vom Himmel. Es dauerte eine Zeit lang, bis sie es mit ihren zitternden Fingern schaffte. Der Hubschrauber landete neben Plotek, Vinzi, Beat, dem Mann mit den gegelten Haaren und dem

Maler auf der Terrasse. Wobei alle fünf beim Landeanflug die Köpfe einziehen mussten.

»Ich geh dann mal duschen«, sagte der Maler und machte sich über die Terrasse davon.

Gute Idee, dachte Plotek.

»Bis später«, rief er den vieren zu, ohne sich umzuschauen, und hob dabei die Hand wie zu einem längst verbotenen Gruß.

Als Plotek und Vinzi zurück in den Speisesaal kamen, war das Essen längst beendet. Die Tische waren abgeräumt, und in der Mitte des Saals war auf einer großen Fläche der Tanz bereits in vollem Gange. Eine Musikkapelle spielte. Inmitten der Tanzenden sah Plotek Marlies, die ihre Arme um Klemens gelegt hatte und sich mit ihm an einem Walzer versuchte. Der aber kläglich scheiterte, da diese Art von Bewegung nicht gerade zu Klemens' Spezialgebieten zu gehören schien. Auch Selina tanzte, mit einem Mann, den Plotek nicht kannte, während Dr. Wehrli noch immer abwesend am Tisch saß. Britta wiederum war mit dem Pfarrer auf der Tanzfläche zugange. In der Mitte des Saals stand das Brautpaar eng umschlungen und wiegte die Hüften.

Nach einer Weile machte sich Plotek auf den Weg zum Klo. Das viele stille Wasser in ihm brachte seine Blase beinahe zum Platzen. Unterwegs verlief er sich in den weitläufigen Gängen des Grandhotels. Was sicher auch mit Ploteks mangelhaftem Orientierungssinn zu tun hatte. Womöglich lag es aber auch an seiner nachlassenden Konzentration, den wackligen Knien, dem Blasendruck und den irritierenden Geräuschen, die er plötzlich hörte. Vor einer Tür, die nur angelehnt war, blieb er stehen. Das war aber keine Klotür. Weit und breit war keine Toilette zu sehen. Das war die Tür zu einer Abstellkammer. Plotek gab ihr einen kleinen Schubs, sodass sie einen Spalt weit aufging. Er konnte aufeinandergelegte Leintücher, Bett- und Kopfkissenüberzüge, Handtücher, Waschlappen und so weiter sehen. Alles weiß und in Regalen bis unter die Decke gestapelt. Nicht unbedingt aufregend, könnte man denken. Aber falsch gedacht. Denn Handtücher und Bettüberzüge geben für gewöhnlich keine Geräusche von sich. Aus der Kammer waren aber eindeutige beziehungsweise zweideutige zu hören. Atmen, Winseln, Wimmern.

Ein Tier womöglich?, dachte Plotek und schob die Tür noch weiter auf, sodass er in der Kammer den Ursprung der Geräusche erkennen konnte. Das war kein Tier, das waren zwei Menschen! Das war Beat, der ähnlich wie in der Futterhütte hinter einer Frau stand, die mit hochgeschobenem Kleid bereitwillig ihr nacktes, schönes Hinterteil präsentierte, als wäre es die Aussteuer. Das Kleid war aber nicht weiß und gehörte demzufolge auch nicht zur Braut. Das Kleid war rot und gehörte zu Selina, die jetzt in die Hand von Beat, die auf ihren Mund gepresst war, stöhnte. Beat vögelte Selina erneut von hinten, allerdings fiel jetzt kein Asiate vom Himmel. Und alle Gemütsäußerungen von Selina wurden von Beats Hand erstickt. Also nichts mit »schneller«, »härter« und dergleichen.

Ihre Hochzeitsnacht mit ihm, dachte Plotek und: der erste Ehebruch. Er stand noch immer im Türspalt und konnte sich an dem Geschlechtsverkehr nicht sattsehen. Das Verbotene reizte Beat, Selina und Plotek gleichermaßen. Das gibt es oft. Das Abseitige macht an. Sex in der Öffentlichkeit inspiriert, entflammt. Die Gefahr, entdeckt zu werden, geilt auf. Weswegen würden sich Beat und Selina denn sonst in Futterhütten und in Abstellräumen von Hotels vergnügen? Sichere Verstecke gab es für die beiden gewiss genug.

Gab es da nicht auch mal einen Tennisspieler, der in einem Abstellraum Befriedigung suchte und dann seinen Nachwuchs fand?, dachte Plotek und suchte, noch ehe die beiden zu einem Abschluss gekommen waren, das Weite. Der Grund: Die Blase drückte nicht mehr nur, sie schien schon geplatzt zu sein.

Als Plotek zurück war, wurde er von Agnes auf die Tanzfläche geschleppt. Lange konnte er sich allerdings nicht dort aufhalten. Denn im Vorbeigehen raunte ihm Agatha »Jetzt!« zu und dann ebenso leise: »Ich warte auf dem Parkplatz.«

Die Entführung, schoss es Plotek durch den Kopf. Und dann: Was ist das denn für eine Entführung, bei der die Entführte selbst das Kommando übernimmt?

Als Plotek – unschlüssig, was jetzt zu tun war – nicht reagierte, kam Agatha noch einmal auf die Tanzfläche zurück. Sie entriss Plotek Agnes, schmiegte sich an ihn und flüsterte ihm zu: »Na los, komm, entführ mich endlich!«

»Aber …«

»Bei jeder Hochzeit gibt es eine Brautentführung. Und wer könnte das besser als du und Vinzi?«

Sie schleuderte ihn wieder in Agnes' Arme zurück, die ihn auffing und dabei lachte, während Agatha applaudierte. Aber nicht lange. Kurz nacheinander verschwanden Agatha, Plotek und Agnes von der Tanzfläche und aus dem Speisesaal.

Sie schlichen unbeobachtet zum Hinterausgang des Hotels und von da hinaus auf den Hof. Da standen auch schon Klemens und Vinzi im Rollstuhl.

»Schnell, schnell!!!«

»Wohin?«

»Hoch in die *Chesa Rocco*«, sagte Agatha ganz aufgeregt und fuchtelte mit den Armen in der Luft herum wie zuvor noch der Maler mit dem Gartenschlauch. »Schnell, schnell, damit Beat nichts merkt.«

Sie bestiegen den Wagen von Agnes. Die Braut saß hinten zwischen Vinzi und Plotek. Klemens auf dem Beifahrersitz neben Agnes.

»Na los, gib Gas!«, feuerte Agatha Agnes an. Sie klang, als hätte sie auch schon ein Piccolöchen zu viel getrunken.

Sie fuhren den Berg hinauf in Richtung Fexer Tal. Agnes fuhr wie mit drei Piccolöchen zu viel. Plotek wurde es ganz übel. Er schloss vorsorglich die Augen.

»Und wohin?«

»Immer geradeaus.«

Sie passierten das Haus von Beat und Agatha.

»Da vorne, da ist die *Chesa Rocco*.«

Es war ein herrschaftliches Anwesen mit Pension und Gaststätte mitten im Wald auf einer kleinen Anhöhe. Drumherum war nichts außer Natur. Jetzt: weiße Natur. Wie sich herausstellte, gehörte die Pension den Eltern von Britta, der Qigong-Expertin. Sie war jetzt ebenfalls zugegen. Aber nicht nur sie. Ein kleiner Teil der Hochzeitsgesellschaft hatte sich schon in der *Pension Rocco* eingefunden, die Plotek und die anderen nun betraten.

Neben Britta waren Linard Jäggi, Marlies, Dr. Wehrli und Frau Pan anwesend. Selina hingegen fehlte. Manche der Gäste tanzten schon ausgelassen in der Gaststube, andere prosteten sich beschwipst zu. Als die entführte Braut den Gastraum betrat, brach Jubel aus, als wäre ein Land gerade von seinen Besatzern befreit worden. Zum ersten Mal am Abend schien auch Britta glücklich zu sein. Sie strahlte wie noch nie zuvor an diesem Tag. Ob es daran lag, dass Selina nicht hier war? Auf jeden Fall wirbelte sie in der Gaststube herum, als wäre *sie* die Braut und noch nicht ganz entschieden, wer der Bräutigam sein würde. Wobei Dr. Wehrli im Ranking ganz oben zu vermuten war.

»Haben die was miteinander?«, wollte Vinzi beim Anblick von Britta und Dr. Wehrli wissen.

»Nach was sieht es denn aus?«, fragte Plotek zurück.

»Nach unausgelebter Liebe!«, kam von Vinzi.

Das sollte sich nicht viel später bestätigen.

Als Plotek nämlich vor der *Chesa Rocco* stand, mit Klemens und Vinzi, die beide mal wieder rauchten, trieb ihn die Kälte früher als die beiden anderen zurück ins Haus. Wobei er den näher liegenden Hintereingang nahm und somit, ob er wollte oder nicht, an der Waschküche vorbeikam. Da wurde um diese Zeit zwar nicht mehr gewaschen. Dennoch schien einiges darin los zu sein. Eine Frau und ein Mann waren in ein Gespräch verwickelt. Plotek musste auf dem Flur nicht lange zuhören, da war auch schon klar, wer es war. Britta und Dr. Wehrli.

»Britta, bitte, das kannst du von mir nicht verlangen.«

»Ich liebe dich, Matteo.«

»Ja, ich weiß, aber, aber ich will meine Frau nicht aufgeben. Das musst du verstehen. Da hängt viel zu viel dran, für mich. Verstehst du das denn nicht?«

»Doch, doch, Matteo, ich versteh das doch alles. Aber trotzdem möchte ich mehr von dir.«

Also wurde doch schmutzige Wäsche gewaschen, dachte Plotek mit dem Ohr an der Tür. Im übertragenen Sinne jetzt.

»Lass dass bitte, Britta!«

»Nimm mich!« Und wieder. »Los, nimm mich endlich! Du sollst mich nehmen!« Es klang wie ein Befehl. Wie die Mutter von Matteo als Freisler vom Volksgerichtshof.

»Sei ruhig, Britta, bitte!« Er hielt ihr den Mund zu. Sie machte sich aber wieder frei.

»Ich will, dass du jetzt mit mir schläfst.« Wieder dieser fordernde Ton.

»Wie soll das gehen, hier ...«

Noch ehe Dr. Wehrli den Satz zu Ende bringen konnte, zeigte es ihm Britta schon.

Kleider raschelten, und Plotek sah, nun mit dem Auge am zugigen Schlüsselloch, wie Britta vor dem Doktor auf die Knie ging und sich mächtig ins Zeug legte, um den kleinen Doktor richtig groß zu kriegen. Was aber irgendwie nicht ganz gelingen wollte. Dr. Wehrli schien nicht in bester Verfassung zu sein. Kaum hatte Britta angefangen, musste sie schon wieder aufhören.

»Es geht nicht«, sagte Dr. Wehrli, stieß Britta von sich, schloss seine Hose und verließ fluchtartig den Waschraum. Auf dem Flur fiel er über Plotek, der nun zu Boden ging und sich den Kopf an der Wand stieß.

»Entschuldigung«, nuschelte Dr. Wehrli und verschwand.

»Verdammt!« Plotek richtete sich wieder auf. Er hielt seinen Kopf, an seiner Stirn zeichnete sich eine Beule ab.

Jetzt kam auch Britta aus dem Waschraum gestürmt. Mit verheulten Augen. Auch sie stieß mit Plotek zusammen. Das war jetzt wie in einem Slapstick-Film. Nur schmerzhafter. Für Plotek. Das zweite Mal ging er nicht zu Boden. Dafür landete Britta in seinen Armen. Als hätte sie nur auf eine Schulter gewartet, brach es aus ihr heraus. Sie heulte wie ein Schlosshund und nässte Ploteks Hemd voll.

»Er liebt mich nicht«, kam schluchzend aus ihrem Mund.

»Doch!« Plotek sagte es einfach so, ohne lange darüber nachzudenken.

Britta sah ihn an, als wäre er nicht Paul Plotek, arbeitsloser Schauspieler auf Kuraufenthalt in Sils Maria, sondern der Heiland, Gottes Sohn zurück auf Erden. Da lag die Erwartung ziemlich hoch. Musste Plotek natürlich nachlegen. Machte er dann auch und packte eine seiner gerade im Moment kreierten Weisheiten aus.

»Aber mit der Liebe ist es wie mit Straßenkötern. Manchmal kacken sie auf den Bürgersteig, und man tritt mehrmals hintereinander hinein. Mit den besten und neuesten Schuhen, die mit dem tiefen Profil. Und dann sehen sie einen wieder an, und in ihren Augen spiegelt sich ein Sternenhimmel für die Ewigkeit.«

Britta schaute ihn an, als hätte der Heiland zwei, drei Joints zu viel geraucht.

Erst jetzt bemerkte Plotek, dass Britta ziemlich betrunken war. Ihre Augen glänzten, das Dekolleté ebenso. Noch immer drückte sie sich fest an ihn.

»Ja, er liebt mich, aber er kann diese Liebe nicht zulassen. Auch wenn diese Schlampe ihn nicht liebt, noch nie geliebt hat, will er sie um keinen Preis aufgeben.«

Welche Schlampe?, hätte Plotek denken können. Musste er nicht. Er wusste es auch so.

»Dabei betrügt sie ihn nach Strich und Faden.«

»Wie wollen Sie das wissen?«, fragte Plotek, und Britta sah ihn an, als wüsste sie noch viel mehr.

»Leandro ist nicht sein Kind«, sagte sie so leise, dass es kaum zu verstehen war.

»Was, wie wollen Sie das …« Plotek flüsterte nun ebenfalls.

»Er hat herausgefunden, dass sein Sohn nicht von ihm stammt. Ich wusste, dass die Schlampe ihn betrügt. Ich wusste es schon immer.«

Ich auch, dachte Plotek.

»Aber mir glaubt er ja nichts.«

»Na ja, er betrügt sie ja auch«, sagte Plotek, als wäre dadurch Gleichstand.

»Wer?« Britta schien überrascht.

»Na ja, Dr. Wehrli seine Frau«, kam von Plotek, wie man sagt: »Vater unser und der Heilige Geist.«

»Das ist was anderes. Das ist Liebe!«

»Hmm«, machte Plotek und fragte dann: »Von wem ist denn dann Leandro?«

»Mir egal.« Es klang trotzig. Und wieder fing Britta an zu weinen und nässte Ploteks Schulter voll. »Und alles wegen seiner Mutter.«

»Wie das denn?«

»Die Alte ist doch an allem schuld.«

»Woran?«

»Dass er diese kleine Schlampe geheiratet hat. Die Klinik, alles. Er ist doch total abhängig von ihr. Wenn sie auftaucht, wird Matteo zu einem kleinen Buben. Das war schon immer so. Der Drache bringt ihn noch um!« Wie ein Sturzbach fielen die Worte aus ihrem Mund. »Und jetzt noch diese ganze Elvis-Scheiße.«

»Was hat denn das damit zu tun?«

»Das ist doch einzig und allein auf dem Mist der Alten gewachsen.«

»Und von Beat«, sagte Plotek.

Woraufhin sich Britta ein winziges Stück von ihm wegdrückte.

»Quatsch, der ist doch nur ihr Lakai. Ich habe Agatha abgeraten von dem. Aber sie hört ja nicht auf mich.«

Noch eine mehr, dachte Plotek, die nicht auf die Qigong-Expertin hört.

»Dass die beiden glücklich werden, bezweifle ich stark.«

»Wer ist schon glücklich ...«

»Willst *du* mich ficken?«

Britta zog ihr Kleid hoch, sodass das schwarze Unterhöschen zu sehen war. Sie griff nach Ploteks Hand und legte sie sich auf ihre Brust. Es fühlte sich gut an. Dennoch schüttelte er den Kopf. Obwohl er gerne noch länger die getunten Brüste berührt hätte.

»Nicht mal du! Scheiße.«

Frag mal Vinzi, dachte Plotek, traute es sich aber nicht zu sagen.

Britta ließ das Kleid wieder fallen und gab Plotek seine Hand zurück. Dann weinte sie wieder wie ein kleines Mädchen und legte den Kopf erneut an Ploteks Schulter.

»Die alte Wehrli liebt doch Elvis über alles. Das hat mit ihrer Vergangenheit zu tun. Matteo hat mir erzählt, dass sie mal einen Liebhaber hatte, der glaubte felsenfest, Elvis zu sein.«

»Quatsch.«

»Doch, ich schwör's. Der hat sich mit Elvis verbunden gefühlt. Sah wohl auch haargenau so aus. Da war Matteo noch ein kleines Kind. Seitdem ist Matteo auf Elvis nicht gut zu sprechen. Das kannst du dir denken, oder?«

Sie machte sich plötzlich von Plotek los, küsste ihn auf die Wange, wie man Hunde über den Kopf streichelt, und war verschwunden.

Als Plotek zurück in den Gastraum kam, sah er, dass auch Beat Zuberbühler mittlerweile in der *Pension Rocco* eingetroffen war. Die Zusammenführung von Braut und Bräutigam wurde nun ausgiebig gefeiert. Das *Rocco* bebte. Linard Jäggi war so betrunken, dass er von der Eckbank rutschte und unter dem Tisch verschwand. Marlies tanzte wieder mit Klemens, der seine Hände an ihre Hüften legte, als wären sie ein Lenkrad. Der Tanz wirkte bei ihm wenig tänzerisch, vielmehr wie ein Autocross-Rennen. Klemens schleuderte Marlies auf der Tanzfläche herum, als wären sie auf einer Buckelpiste unterwegs. Marlies schien es dennoch Freude zu bereiten. Sie lachte, jauchzte und jubilierte. Was Klemens noch mehr anspornte.

»Wenn der sie heute nicht noch flachlegt, dann weiß ich auch nicht«, sagte Vinzi und sah ein wenig neidisch zu den beiden.

Na hoffentlich, dachte Plotek, bin ich die liebe Marlies wenigstens los.

Nachdem das Wiedersehen von Beat und Agatha ausreichend gefeiert wurde, beschloss die Hochzeitsgesellschaft, die Entführung zu beenden und zum *Hotel Waldhaus* zurückzukehren.

Klemens fuhr dieses Mal im Auto mit, in dem auch Marlies einen Platz hatte. Vinzi und Plotek bestiegen wieder den Wagen von Agnes. Als sie auf der Flexer Straße Richtung *Waldhaus* unterwegs waren, flammte im Wald unten am Hang ein Licht auf.

»Was ist da denn los?« Agnes verlangsamte die Geschwindigkeit.

»Da brennt was.«

»Ein Wagen!«

»Verdammt, halt an!«

Tatsächlich, am Abhang war ein brennendes Auto zu sehen. Die anderen Wagen hielten ebenfalls an. Es stellte sich heraus, dass jede Hilfe zu spät kam. Der Wagen war beinahe ausgebrannt. Der Fahrer bis zur Unkenntlichkeit entstellt. Dennoch ließ sich seine Identität leicht ermitteln. Es war ein Leihauto, das in Flammen aufgegangen war. Gemietet war es auf den Namen von Douglas McCarther. Das sollte Frau Frischknecht nicht viel später herausfinden.

Nachdem die Brautentführer etwas verspätet durch den Zwischenfall zur Hochzeitsgesellschaft stießen, waren alle ein wenig betrübt. Als aber dann Jagoda Muuse sein Hochzeitsgeschenk unter frenetischem Beifall der Gäste enthüllte, schien alles wieder vergessen. Und Hand aufs Herz: Das Bild sah gar nicht so schlecht aus. Von Weitem betrachtet mutete es eher abstrakt an. Kam man dem Bild aber näher, waren konkrete Gegenstände zu erkennen. Ein Busch, Zweige, ein umgefallener, vom Schnee bedeckter Gartenstuhl oder Ähnliches.

»Ein Meisterwerk!«, rief Beat immer wieder in die Runde und schien in Gedanken schon mal die Schweizer Franken für den Erlös zusammenzuzählen. Während alle den Maler hochleben ließen, fing das Babyfon auf dem Tisch, an dem Dr. Wehrli und seine Frau saßen, an zu maunzen. Plotek und Vinzi, die am Nebentisch hockten, konnten es deutlich hören. Zunächst schienen die Wehrlis nicht darauf reagieren zu wollen. Als das Gemaunze aus dem Babyfon sich zum Geschrei entwickelte, machte Dr. Wehrli doch noch Anstalten, vom Stuhl aufzustehen. Aber keine Chance. Er wurde von seiner Frau zurückgehalten.

»Ich geh schon.«

Im Babyfon schrie noch immer der blasse Leandro.

Jetzt ist er bestimmt nicht mehr ganz so blass, dachte Plotek und hörte kurze Zeit später aus dem Babyfon, wie jemand das Zimmer, in dem der Junge lag, betrat. Die High Heels von Selina klackten auf dem Boden wie Pistolenschüsse. Hernach war leise die Stimme von Selina zu hören.

»Ist gut, schlaf schön weiter, mein Schatz!«

Das Kind verstummte tatsächlich.

Aus dem Babyfon kam nichts mehr. Als Vinzi und Plotek schon nicht mehr damit gerechnet hatten, hörten sie schließlich doch noch, wie ganz leise vertraute Töne aus dem kleinen Plastikteil drangen. Sie erschraken. Eine Melodie war zu hören. Eine Spieluhr. Aber nicht lange. Sofort schaltete Dr. Wehrli das Babyfon auf dem Tisch aus.

Dennoch hatte es gereicht, um die Musik wiederzuerkennen. Plotek und Vinzi sahen sich verwundert an. Beide schienen dasselbe zu denken.

Vinzi nahm einen Kugelschreiber aus der Tasche und schrieb etwas auf einen Bierdeckel. Er steckte ihn Plotek zu. Der schob den Bierdeckel unbeobachtet in seine Hosentasche und verließ den Tisch.

Draußen auf der Terrasse des Hotels holte er den Bierdeckel aus der Hosentasche. Darauf stand: *Schubert.* Er hatte sich also nicht verhört. Die Spieluhr, die Selina aufgezogen hatte, um ihren Sohn zu beruhigen, hatte dieselbe Melodie wie die, mit denen die Elvis-Imitatoren umgebracht worden waren.

Zufall? Es gibt keine Zufälle, dachte Plotek. Oder eher selten.

»Und?« Hinter ihm tauchte Vinzi im Rollstuhl auf.

»Ja«, sagte Plotek. »*Wiegenlied.*«

»Glaubst du dasselbe wie ich?«

»Denk schon.«

»Verflucht!«

»Kann man wohl sagen!«

Von der schneebedeckten Wiese vor der Terrasse waren Stimmen zu hören.

»Bitte, bitte, nein, nein, Mami!« Das war Jagoda Muuse. Bei ihm stand seine Mutter, die ihm mit der flachen Hand ein paar Ohrfeigen verpasste. »Nein, Mami, ich mach's nie wieder, ehrlich, bitte, nein!«

Jetzt trat die kleine, sehnige Mutter mit den Füßen auf ihren Sohn ein.

»Meinst du, der hat ein Verhältnis mit seiner Mutter?«, fragte Vinzi, während Plotek noch überlegte, ob er dem Mann nicht zu Hilfe eilen sollte.

»Zumindest scheint sie ähnlich dominant wie die von Matteo Wehrli.«

»Dominante Mütter treiben ihre Söhne ins Verbrechen«, war Vinzi überzeugt.

Plotek hingegen war sich noch nicht ganz so sicher.

»Die Elvis-Imitatoren tötet Wehrli stellvertretend für den Liebhaber seiner Mutter«, analysierte Vinzi.

»Hä?«

»Den Elvis-Fan!«

Die Mutter von Jagoda Muuse schleppte ihren Sohn im Schwitzkasten hinter sich her und verschwand mit ihm, während er weiter »Bitte, Mami, nein« flehte, um die Ecke des Hotels.

»Womöglich sperrt sie ihn jetzt in den Schrank!«

»Bei Wasser und Brot.«

Beide lachten.

In der Hotelhalle lehnte noch immer das Bild von Jagoda Muuse an der Wand.

Es sieht von Weitem betrachtet gar nicht so scheiße aus, dachte Plotek.

»Aber je näher man kommt, umso beschissener wirkt es«, sagte Vinzi, der sich offenbar in ähnlichen Gedankengängen tummelte.

Sie traten nun tatsächlich näher an das Bild heran.

»Finde ich nicht!«, sagte Plotek. »Von nah betrachtet ist es ansehnlicher. Konkreter.«

»Hmm.«

Als Plotek dann noch näher an das Bild heranging, lösten sich die abstrakten Formen komplett auf und wurden zu konkreten Gegenständen.

»Ein Zweig, ein Stuhl, ein Schuh … eine Hand!«, rutschte es ihm heraus.

»Was?«

»Sag mal, spinn ich, oder ist das …« Plotek stockte.

»Was?«

»Da!« Er zeigte mit dem Finger auf die untere rechte Ecke.

»Siehst du das auch?«, fragte Plotek, unklar, ob das Gesehene wieder eine Sinnestäuschung und seiner Fastenkur geschuldet war. Oder doch real. Vinzi fuhr mit seinem Rollstuhl ganz nahe an das Bild heran.

»Das ist eine Hand«, sagte er, wie man sagt: »Das ist real!«

Plotek nickte. Die Hand von einem Menschen, kaum zu sehen, weil zum Teil vom Schnee bedeckt.

»Und daran hängt sicher auch der Rest.«

»Vom Menschen.«

»Außerhalb des Bildes.«

»Auf der Wiese. Vom Schnee verdeckt.«

»Eine weitere Leiche.«

»Ein Kältetoter.«

»Womöglich.«

»Oder ein ermordeter Elvis.«

»Verdammt.«

»Ja.«

»Soll sich mal die Frischknecht drum kümmern.«

»Genau.«

Tat sie dann auch. Und tatsächlich. Unter dem Schnee auf der Wiese fand sich ein weiterer nackter Kältetoter. Was die Hauptkommissarin Frischknecht ein wenig erleichterte. Ihr waren Kältetote eindeutig lieber als ermordete Elvisse, das hatte Plotek ja schon durchschaut.

Britta wankte über den Parkplatz. Sie sah aus, als hätte sie ordentlich einen im Tee. Vinzi saß im Rollstuhl vor dem

Hoteleingang und rauchte. Plotek stand daneben. Beide schauten Britta zu. Die Qigong-Expertin hatte Mühe, sich auf den Beinen zu halten.

»Wie gefällt dir eigentlich Britta?« Plotek fragte es und sah die Qigong-Expertin nun beinahe zu Boden stürzen.

»Warum?«

»Mein nur.«

»Der Wehrli will sie offenbar nicht mehr. Sie sucht ’nen Neuen.«

»Du meinst, ich sollte mich mal bewerben?«, fragte Vinzi.

»Hmm.«

»Großartige Idee.«

»Zu spät!«, kam von Plotek. Er zeigte zum Parkplatz hinunter. Der Mann, der wie der ehemalige Verteidigungsminister aussah, kam der schwankenden Britta zu Hilfe. Sie warf sich ihm um den Hals, als wäre er nicht der ehemalige Verteidigungsminister, sondern der aktuelle.

»Mist!«

Die Glocke vom Kirchturm in Sils Maria schlug zweimal.

»Na los, lass uns gehen«, sagte Plotek.

Vinzi warf seine Kippe die Treppen hinunter in den Schnee. Es zischte.

13

Vera Frischknecht hatte alle Hände voll zu tun. Der Kältetote im Garten des *Hotel Waldhaus* war ein achtzehnjähriger Junge aus der französischsprachigen Schweiz, der bereits seit einer Woche vermisst worden war. Die Obduktion ließ keine Zweifel an seinem Suizid.

Beim amerikanischen Staatsbürger Douglas McCarther war die Sache hingegen nicht ganz so eindeutig. Die Ursache seines Todes war das Feuer. Warum er aber mit dem Leihwagen von der Straße abkam und die Böschung hinunterrauschte, wo der Wagen in Flammen aufging, konnte noch nicht geklärt werden. Die Hauptkommissarin ging von einem Unfall aus. Die Witterungsbedingungen und Straßenverhältnisse ließen ihrer Meinung nach keinen anderen Schluss zu. Auch dass der Fahrer womöglich nicht mit dem Leihwagen vertraut gewesen war, sprach für diese These, ließ Frau Frischknecht in den Medien verbreiten. Dennoch sollte der Wagen oder das, was davon übrig geblieben war, noch genauer unter die Lupe genommen werden, damit eine Manipulation an den Bremsen oder dergleichen ausgeschlossen werden konnte. Die Schweizer Polizistin spürte offenbar den heißen Atem der amerikanischen Behörden im Nacken.

Vor allem aber sprach für einen Unfall, dass Vera Frischknecht nicht noch einen Toten brauchen konnte, bei dessen Ableben jemand nachgeholfen hatte. Sie schien mit den drei ermordeten Elvissen schon an der Grenze ihrer Belastbarkeit angekommen. Das war die attraktive Hauptkommissarin aus Graubünden einfach nicht gewohnt.

Aber nicht nur sie, sondern ganz Sils war mittlerweile sehr dünnhäutig und gereizt. So wie Plotek nach über einer Woche Fastenkur. Da lagen bei manch einem die Nerven blank. Überreaktionen waren die Folge. Als zum Beispiel ein dänischer Tourist einen Einheimischen nach dem Weg zur Furtschellas-Bergbahn fragte, wurde er ein paar Straßen weiter wegen Mordverdachts festgenommen, weil dem Einheimischen der Däne »ziemlich komisch« und »auch irgendwie verdächtig« vorgekommen war. Das reichte natürlich für eine längerfristige Haft nicht aus. Dabei hätte man wissen müssen: Dänen *sind* komisch! Von Natur aus. Soll heißen: »Smørrebrød, Smørrebrød, røm, pøm, pøm, pøm.« Musste der Tourist kurze Zeit später wieder freigelassen werden. Was aber nicht gerade zur Entspannung der Situation in Sils beitragen sollte.

Zudem hatte die Hochzeit einiges verändert. Nicht nur, dass Agatha jetzt unter der Haube war. Auch für Plotek war nach der Feier nichts mehr so, wie es sich noch zuvor dargestellt hatte. Die neuen Erkenntnisse waren nicht mehr einfach so wegzuwischen wie ein totes Insekt auf der Fensterbank. War nämlich die Spieluhr des kleinen Leandro ein deutliches Indiz für die Schuld seines Vaters Dr. Matteo Wehrli, so musste gehandelt werden. Das dachte Plotek, als er sich nach der Morgenplörre, die jetzt fast schon bekömmlich anmutete, alleine im Schwimmbad der Privatklinik aufhielt. Er planschte ein wenig im Wasser herum, was vielleicht von Weitem an Schwimmen erinnerte. Wobei Plotek noch nie Schwimmen zu seinen Leidenschaften zählte. Er konnte auch nicht wirklich schwimmen. Bei ihm sah es ziemlich verunglückt aus, so wie das aufgeregte Paddeln von einem jungen Hund.

Aber auch Handeln war noch nicht so richtig Ploteks Stärke. Plotek handelte nicht gern. Plotek ließ lieber gewähren. Hielt sich zurück und nach Möglichkeit aus allem heraus. Er zögerte und zauderte. Er stand gerne am Rand und schaute, wenn überhaupt, zu. Die Rolle als Aktiver mitten im Geschehen war ihm fremd und unheimlich. Noch dazu war die Sachlage bei erneuter Überlegung gar nicht so eindeutig wie anfänglich angenommen. Mal davon abgesehen, dass es Tausende von Spieluhren mit der Melodie Schuberts gab, könnte auch Selina Wehrli hinter den Verbrechen stecken. Sie hatte ebenfalls Zugang zu den Spieluhren. Oder die Schwiegermutter, Ilona Wehrli. Womöglich zusammen mit Beat Zuberbühler. Und welche Rolle spielte eigentlich Agatha? Und Britta? Linard Jäggi? Frau Pan?

Apropos Spieluhren: Davon scheint es wohl mehrere Exemplare im Hause Wehrli zu geben. Zumindest wurde schon bei dem toten Elvis im Wald eine gefunden. Warum horten die Spieluhren?

Je länger er schwamm, umso unklarer wurde die Geschichte. Irgendwie schienen alle ihre Finger im undurchschaubaren mörderischen Spiel und die Hand am Bändel der Spieluhr zu haben. Es war viel komplizierter als gedacht. Für Plotek.

Für Vinzi und Agnes nicht. Das hatten sie noch in der Hochzeitsnacht im stark alkoholisierten Zustand mehrmals verlauten lassen. Beide waren felsenfest davon überzeugt, dass Matteo Wehrli hinter den Morden steckte. Warum auch immer. Und dass dieser, bevor er noch weitere Elvisse zur Strecke bringen konnte, selbst zur Strecke gebracht werden musste. Nur auf die Frage »Wie?« hatten auch sie keine Antwort. Schulterzucken und Kopfschütteln unisono. Obgleich sie wild entschlossen waren, das Heft endgültig in die Hand zu nehmen, da sie der Hauptkommissarin, »dieser unbegabten kriminalistischen Provinzschnepfe«, wie Agnes sie nannte, nicht zutrauten, den Wehrli zu überführen. Dass er nämlich nur überführt werden konnte, wenn er auf frischer Tat ertappt wurde, stand für Agnes und Vinzi außer Zweifel. Wobei sich Plotek gar nicht vorstellen konnte, wie man Dr. Wehrli auf frischer Tat ertappen könnte. Das sollte ihm dann aber Vinzi schon noch zeigen.

»Na, wieder fit?«

Plotek erschrak, schluckte dabei Wasser und musste fürchterlich husten. Es war Marlies, die nun das Schwimmbad betrat. In einem Bikini, der zwar die primären Geschlechtsmerkmale nur unzureichend verdeckte, ansonsten aber die ganze Pracht ihres Körpers offenbarte. In diesem Moment wusste Plotek, mit hochrotem Kopf wegen der Hustenattacke, dass er der Frau unrecht getan hatte. Das war nicht der Körper einer Vierzigjährigen mit ein paar Pfunden Übergewicht. Das war der Inbegriff einer wunderschönen barocken Frauengestalt, die im schimmernden Licht, das vom Wasser bläulich reflektiert wurde und das Schwimmbad wie die Grotta Azzurra von Capri aussehen ließ, verführerisch anmutete.

So könnte Brooke Shields, das Mädchen aus *Die blaue Lagune*, der Jugendschwarm aller Jungs in den 80ern, auch des kleinen Plotek, heute, dreißig Jahre später, aussehen, dachte er und konnte sich an der langsam ins Wasser hineingleitenden Marlies nicht sattsehen. Was zur Folge hatte, dass sich eine mittelprächtige Versteifung gemütlich in seiner Schiesser-Unterhose einquartierte. Jetzt könnte man sich vielleicht fragen, warum Plotek mit einer Unterhose das klinikeigene Schwimmbad besuchte. Ganz einfach: Er besaß keine Badehose. Seit Jahrzehnten schon nicht mehr.

»Hmm«, machte Plotek, woraufhin ihm Marlies ein wenig überheblich zunickte, als wollte sie sagen: »Selber schuld!«

Noch ehe Marlies ganz im Wasser untergetaucht war, tauchte noch jemand anderes im Schwimmbad auf: Klemens! Und Überraschung: Völlig nackt sah er gar nicht mehr aus wie Elvis Presley. Er lächelte frech, hob die Hand zum Gruß, während sein Gemächt zwischen den Beinen lustig wie Glocken schlenkerte, und tat so, als ob auch er jetzt auf Kur wäre. Was das für eine Kur war, konnte Plotek erahnen. Augenblicklich war seine mittelprächtige Versteifung dahin. Was ihm nicht ganz unrecht war. Als Klemens mit einem Kopfsprung ins Wasser platschte und Marlies wie eine Pubertierende kreischte, verließ Plotek das Becken.

Die Anwendungen, Shiatsu, Qigong, Akupunktur und dergleichen, fielen heute, auf ausdrücklichen Wunsch aller Beteiligten, aus. Die meisten, die sich am Tag zuvor auf der Hochzeit im *Waldhaus* befunden hatten, lagen mit einem Kater im Bett und waren um diese Zeit noch nicht ansprechbar. Plotek sah deshalb zuerst bei den hurtig vorangehenden Aufbauarbeiten des Zeltes an der Silser Schule zu. Dann trank er in der *Bar Cetto* ein Glas Wasser und ließ sich von der Kellnerin, die einen überdurchschnittlich ausgeprägten Mitteilungsdrang besaß, über den neuesten Stand der Ermittlungen informieren. Im Hintergrund lief leise Musik, die Plotek an irgendetwas erinnerte. Oder irgendwen. An wen oder was, wollte ihm aber nicht einfallen.

»Nichts Neues in Sachen Elvisse«, sagte die Frau, als gehörte das zum guten Ton. Die Morde standen nicht nur bei der Kriminalpolizei auf der Agenda. Sie wurden auch an der Kasse im Supermarkt, in der Bibliothek, in den Museen und natürlich auch in den Gaststätten zum einzigen Thema.

»Aber am Peugeot wurde herumgeflickt.«

Die Frau schaute ihn erwartungsvoll an, als hätte sie ihm gerade das Intimste von sich selbst offenbart, doch Plotek war schwer von Begriff.

»Der Ami«, legte die junge Frau also nach. »Das Auto vom Ami, verstehen Sie?«

»Hmm.«

»Die Bremsen.«

»Hmm.«

»Manipuliert.« Sie sprach jetzt wie mit einem Deppen, der nicht zwei und zwei zusammenzählen konnte.

Wie damals bei meinem Mercedes, dachte Plotek und erinnerte sich daran, wie auch bei diesem die Bremsen manipuliert worden waren und er dadurch, kurz vor der Beerdigung seines Vaters, in einem Maisfeld gelandet war. Er hatte damals Glück gehabt. Der Ami jetzt Pech.

»Die Hauptkommissarin ist einem Zusammenbruch

nahe.« Die junge Frau lachte, als könnte sie die fesche Frischknecht auch nicht leiden.

»Noch ein Wasser?«

»Ja.«

Die Frau stellte das Glas vor ihm ab und sah ihn dabei an, als fragte sie sich, warum jemand wie Plotek nur Wasser trinkt. Das hätte er ihr schon sagen können. Er sagte es aber nicht, sondern zeigte zu den kleinen Boxen an der Decke. »Was ist …«

»Verficktes Kuchlkäschtli«, sagte die Frau ganz selbstverständlich, wie man sagt: »Bitte ohne klingeln eintreten.«

Was für Plotek gar nicht selbstverständlich klang. Da klingelte gar nichts.

»Hä?«

»So hieß die Rockgruppe von Beat!«

»Zuberbühler?«

»Exakt! Gibt's aber nicht mehr.«

»Wie so vieles.«

»Exakt!«

Augenblicklich war Plotek klar, dass auch diese junge Frau etwas mit ihm gehabt haben musste. »Waren Sie auch auf der Hochzeit?«

Sie schüttelte vehement den Kopf. »Die Verflossenen waren nicht eingeladen.«

»Aber Selina Wehrli …«

»Ich hab *die Verflossenen* gesagt.« Sie lachte wieder, als wäre sie auch ein bisschen froh darüber.

»Wären Sie gerne?«

»Nö, ganz bestimmt nicht.« Jetzt bekam sie einen bitteren Zug um den Mund. »Der Beat hat sich kolossal verändert, seit er mit der alten Schnepfe ...« Sie unterbrach sich und sagte stattdessen: »Ist ja auch egal.«

»Ilona Wehrli«, sagte Plotek, wie man sagt: »Ich weiß Bescheid.«

»Von der ist er doch abhängig wie ein Hund vom Wurstzipfel.«

»Wenn er schmeckt, der Wurstzipfel ...«

»Das kann ich mir nicht vorstellen. Nein, beileibe nicht!«

Der Zug um den Mund war jetzt noch bitterer. Da schwang viel Enttäuschung mit, befand Plotek. Und Ärger. Es gab wohl niemanden, den dieser Beat Zuberbühler gleichgültig ließ.

Spricht für ihn, dachte Plotek, schob einen Geldschein über den Tresen und ging.

»Jetzt warten wir schon seit einer halben Stunde.« Vinzi schaute erneut auf die Uhr über der Tür. »Wo bleibt die denn bloß?«

Plotek hob die Schultern. Agnes war in der Regel immer pünktlich. Eher andauernd zu früh dran als zu spät. Jetzt nicht. Jetzt war es schon halb neun. Um acht wollten sie sich eigentlich im *Wang Tong 23* treffen. »Um aktiv zu werden«, wie Agnes sagte und dabei motivierend in die Hände klatschte.

Vinzi wurde mit voranschreitender Zeit immer nervöser. »Irgendwas stimmt hier nicht«, sagte er und rieb dabei seine Beinstümpfe, als kribbelten sie mal wieder.

Was nun auch Plotek nachdenklich stimmte. »Was soll denn ...«

Vinzi ließ ihn nicht aussprechen, griff entschlossen mit

beiden Händen an die Schwungräder seines Rollstuhls und sagte: »Na los, lass uns nachschauen.«

»Wo?«

»Na, in ihrem Zimmer, wo denn sonst?«

Nur widerwillig ließ sich Plotek dazu überreden und folgte Vinzi.

Erstaunlicherweise war Agnes' Zimmertür im *Hotel Zentral* nicht abgeschlossen. Nach dreimaligem Klopfen drückte Vinzi den Türgriff nach unten und schob die Tür auf. Schnell wurde klar, dass Agnes nicht da war. Es wurde auch klar, dass sie überstürzt das Zimmer verlassen hatte. Warum sie verschwunden war, war allerdings ganz und gar nicht klar. Vinzi stöberte – mittlerweile nicht mehr nervös, sondern in aller Seelenruhe – in der frischen Unterwäsche im Schrank herum. Er zog immer wieder ein Teil heraus, pfiff durch die Zähne, lachte und schlenkerte schließlich mit einem Büstenhalter, einem Hauch von fast Nichts, in der Luft herum.

»Mensch, lass das!«, sagte Plotek, während Vinzi ganz neidisch auf ihn zu werden schien.

»Du Glücklicher«, sagte er. »Agnes in diesen schmeichelhaften Stofffetzen zu sehen muss doch eine unbeschreibliche Freude bereiten, oder?!«

»Hör auf damit.«

»Also, mir würde das ...«

»Leg ihn wieder hin!« Plotek griff nach dem BH und warf ihn zurück in den Schrank.

»Warum? Sie sieht es doch nicht.«

Vinzi lachte. Plotek nicht.

»Da liegt ihr Handy.« Plotek zeigte zum Mobiltelefon, das wie ein Fremdkörper auf dem zerwühlten weißen Bett lag. »Es blinkt.« Tatsächlich: Das Mobiltelefon leuchtete blau. »Komisch.«

Beide standen nun vor dem blinkenden Gerät und sahen es an, als würde es gleich mit ihnen sprechen. Tat es natürlich nicht.

»Kennst du dich damit aus?«, fragte Plotek.

Es war eines dieser neumodischen Geräte, wie auch Dr. Hohenthaler eines hatte. Plotek kannte sich nicht aus. Weder mit diesen hochtechnologischen noch mit den veralteten, wie Vinzi eines besaß. Mit gar keinen. Plotek selbst hatte kein Mobiltelefon. Brauchte er auch nicht. Gut, die meisten anderen brauchten eigentlich auch keines. Auf das, was damit geredet wurde, könnte man in den meisten Fällen gut und gerne verzichten. Aber wer verzichtet schon gerne? Die Handybesitzer nicht. Plotek sehr wohl. Vinzi wiederum hatte zwar eines, das stammte aber noch aus Zeiten, in denen Mobiltelefone noch in den Kinderschuhen steckten. Meistens verwendete Vinzi es gar nicht. Dennoch schien er sich mit den neumodischen Geräten bestens auszukennen. Das mochte daran liegen, dass Vinzi allem Neuen gegenüber prinzipiell aufgeschlossen ist. Also Internet, Facebook, Twitter und alles. Er griff nach Agnes' Handy und scrollte durch die Programme wie mit einer Fernbedienung durchs abendliche Fernsehen. Bis er schließlich überrascht »Da schau her!« sagte. Schaute Plotek auch. Was er sah, erstaunte ihn nicht nur. Am liebsten hätte er es im Nachhinein gar nicht sehen wollen. Auf dem Display erschienen Fotos. Von Agnes. Von der nackten beziehungsweise leicht bekleideten Agnes. Das sah gut aus. Aber auch verwirrend. Für Plotek. Irgendwie ertappte er sich dabei, wie er errötete. Wieder pfiff Vinzi durch die Zähne.

»Deine Agnes scheint ja ein ganz begehrtes Exemplar zu sein.«

»Das ist nicht *meine* Agnes. Erstens.« Ploteks Daumen schoss aus der Faust. »Und zweitens: Mach das weg!« Er zeigte mit einer Fingerpistole auf die Bilder.

»Stimmt«, kam von Vinzi noch immer mit einem süffisanten Lächeln um den Mund. »Weil derjenige, der die aufgenommen hat, warst wohl kaum du, oder?«

»Schau lieber nach, ob es irgendwelche Nachrichten gibt.«

Machte Vinzi dann auch. Und wurde fündig.

»Kommen Sie zur Tiefgarage. Sofort. Es ist dringend. Jäggi!«, las Vinzi die letzte SMS vor. Beide sahen sich an, als wäre es die Botschaft eines weiteren Glückskekses. Eine Botschaft, die alles andere als Glück versprach.

»Die SMS hat sie vor vierzig Minuten empfangen«, sagte Vinzi.

»Dann ist sie jetzt längst da«, kam von Plotek.

»Klar, nur was soll sie dort? In der Tiefgarage?«

»Da steht ihr Auto.«

»Was will der Jäggi von ihr? Und warum kommt er nicht hierher, wenn er was will?«

»Keine Ahnung«, sagte Plotek.

»Vögeln«, kam von Vinzi, als wäre das die einzige Erklärung. »Vielleicht ist der alte Trottel einfach nur scharf auf deine Agnes.«

»Es ist nicht *meine* ...«

»Könnte man es ihm verdenken?«

Beide schwiegen eine Weile, dann sagte Plotek: »Und was, wenn er was ganz anderes im Schilde führt?«

»Was denn?« Vinzi konnte sich das nicht vorstellen.

»Vielleicht steckt Jäggi hinter den Morden. Und er hat herausgefunden, dass Agnes ihm auf der Spur ist …«

»Dann ist es jetzt aber höchste Eisenbahn, dass wir ihn davon abhalten. Was auch immer er vorhat.«

»Aber wie?«, kam zögerlich von Plotek.

»Weiß nicht, aber sicher nicht dadurch, dass wir hier blöd rumstehen!« Vinzi sprang in seinen Rollstuhl. Da war er einfach anders als Plotek. Vinzi gehörte eindeutig zu den Handelnden. Zu denen, die loslegen, wenn andere noch nachdenken. Zu den Aktiven.

»Also komm!«

Die örtliche Tiefgarage befand sich mitten in Sils Maria. Das Verkehrskonzept sah vor, dass die Touristen ihre Autos dort unterbrachten, damit das Dorf weitestgehend von fremden Karossen befreit blieb. Was auch ganz gut gelang.

Plotek und Vinzi fuhren am Tennisplatz mit dem Aufzug unter die Erde. Nachdem sie in der ersten Etage weder von Jäggi noch von Agnes auch nur die geringste Spur fanden, fuhren sie in die zweite hinunter. Da standen fast keine Autos mehr.

»Hallo?«

Niemand antwortete. Es war nichts zu hören. Sie wollten schon wieder umkehren, als sie etwas Rotes hinter einem der Wagen hervorlugen sahen. Aus der Ferne war es nicht genau zu bestimmen. Als sie näher kamen, mussten sie feststellen, dass dort ein roter Damenschuh lag. Dann sahen sie ein Bein, einen Körper, einen Menschen. Es war eine Frau, die zusammengekauert auf dem Boden lag und sich nicht rührte.

»Verflucht, das ist …«, sagte Vinzi, und Plotek ergänzte erschrocken: »Agnes?«

Es war tatsächlich Agnes.

»Verdammt!«

Plotek kniete sich jetzt neben die reglos daliegende Agnes, hob ihren Kopf von der Erde hoch und tätschelte behutsam ihre Wangen. So lange, bis sie plötzlich die Augen aufschlug, ihn ansah und sagte: »Gut siehst du aus.«

Du nicht, dachte Plotek.

»Au, mein Kopf schmerzt!« Agnes griff sich an die Stirn, wo ein Blutfleck zu sehen war.

Anschließend stand sie stöhnend unter Mithilfe von Plotek vom Boden auf.

»Was ist denn passiert?«, fragte Vinzi. »Wo ist Jäggi?«

»Keine Ahnung.«

»Hat *er* dich …«

»Hmm, weiß nicht.« Agnes dachte lange nach. »Ich war auf jeden Fall mit ihm hier verabredet. Ich bin aber zu spät gekommen, weil, weil …« Sie stockte, überlegte und fuhr dann fort: »Ich war unter der Dusche, ja. Und als ich die SMS entdeckte, war schon eine halbe Stunde vorbei. Als ich hier aufgetaucht bin, war dann niemand zu sehen. Auch nicht zu hören.« Wieder machte sie eine kurze Pause. »Aber … aber spüren, ja, spüren konnte ich, dass da jemand war. Zuerst nur intuitiv, dann am Hinterkopf.« Sie befühlte ihren Hinterkopf mit der Hand. »Verdammt, eine Beule. Derjenige muss mich niedergeschlagen haben.«

»Jäggi?«

»Vielleicht.«

»Aber warum?«, wollte Plotek wissen.

»Weiß nicht.«

»Schau mal!« Vinzi zeigte auf den Boden zwischen zwei geparkten Autos.

»Was ist das?«, fragte Agnes.

»Eine Pfeife.« Vinzi bückte sich und hob sie auf. »Jäggis Pfeife!«

»Die trägt er normalerweise im Mund.«

»Stimmt, und zwar immer.«

»Wenn nicht, ist er tot. Oder schläft gerade.«

»Du meinst, dass auch Jäggi vielleicht ...«

»Kann sein.«

Vinzi untersuchte den Fundort näher. »Hier!« Nicht weit von der Pfeife entfernt lag noch etwas auf der Erde. »Eine Spieluhr.« Vinzi hob sie auf. »Zieh!«

Plotek zog.

»Schubert!«

»Klar.«

»*Wiegenlied.*«

»Auch klar«, sagte Vinzi, ohne dieses Mal mitzusingen.

»Was hat das zu bedeuten?«, wollte Plotek wissen.

»Vielleicht war Jäggi das nächste Opfer.«

»Aber Jäggi ist doch kein Elvis.«

»Da!« Wieder zeigte Vinzi auf den Boden, als wäre die Tiefgarage ein Schokoladenei. Mit allerhand Überraschungen. »Blut!«

»Womöglich ist er mit einem Auto wegtransportiert worden.«

»Ja, womöglich.«

»Ich glaube, der Jäggi wollte mir etwas mitteilen oder zeigen«, mischte sich Agnes, noch immer die Hand an der Stirn, in das Gespräch ein.

»Was?«

»Weiß nicht, aber vielleicht wusste er mehr, als wir ahnen. Und vielleicht wollte er dieses Wissen teilen.«

»Mit dir?«, fragte Plotek.

»Klar.«

»Und der Mörder kam ihm zuvor«, mutmaßte Vinzi.

»Womöglich.«

»Scheiße.«

»Ja.«

Auf dem Schulhof in Sils liefen die Aufbauarbeiten für den Elvis-Contest auch noch am Abend auf Hochtouren. Große Scheinwerfer beleuchteten den Platz. Die beiden Zeltmasten standen bereits, und das Dach wurde gerade hochgezogen. Plotek, Vinzi und Agnes machten einen kleinen Abstecher zur Schule und zogen sich dann ins *Wang Tong 23* zurück, um die weitere Vorgehensweise zu besprechen. Auch Klemens hatte sich zu den dreien gesellt.

Alle waren weitgehend ratlos, wie sie mit dieser neuen Situation, dem verschwundenen Jäggi, dem Angriff auf Agnes und dem sich verhärtenden Verdacht, dass Matteo Wehrli hinter den Morden steckte, umgehen sollten. Agnes trank ein Glas Wasser mit Aspirin und hatte mittlerweile ein Pflaster auf der Stirn. Vinzi schüttelte immer wieder den Kopf und nahm kurze, schnelle Schlucke von seinem Bierglas. Es sah ganz so aus, als wollte er sich Mut antrinken. Plotek wiederum spielte selbstvergessen mit den ungeöffneten Glückskeksen, die vor ihm lagen. Nur Klemens schien seltsam heiter zu sein. Er lächelte still vor sich hin, als belastete ihn momentan nichts. Rein gar nichts. Nicht einmal der in zwei Tagen stattfindende Wettbewerb. Er wirkte ausgeglichen, fröhlich und völlig verändert.

Kein Wunder, dachte Plotek, die Nacht mit Marlies hat ihm wahrscheinlich den Himmel auf die Erde gezaubert.

»Lange dürfen wir nicht mehr warten«, sagte Vinzi schließlich, und Plotek fragte sich, worauf. Klemens schien sich das auch zu fragen. Nur Agnes nickte, als verstünde sie Vinzi ganz und gar.

»Sie haben recht. Wir müssen losschlagen!« Es klang entschlossen. Wobei sie sich mit einer Hand an die Kopfwunde griff.

Plotek war davon weniger überzeugt. »Vielleicht sollten wir doch die Frischknecht …«

»Quatsch!« Es waren Vinzi und Agnes, die gleichzeitig dazwischengingen.

»Damit *die* uns alles vermasselt, was?« Vinzi war immer schlechter auf die fesche Hauptkommissarin zu sprechen.

Was vermasselt?, dachte Plotek. Klemens schien wieder Ähnliches zu denken.

»Das müssen wir alleine durchziehen.« Agnes warf einen Blick zu Frau Pan, die am Tresen stand und aufmerksam zu den vieren herüberblickte. »Frau Pan, bringen Sie mir doch bitte noch ein Glas Wasser!«

Schon war sie da und mit ihr das Wasser. Agnes warf eine weitere Kopfschmerztablette in das Glas. Es sprudelte. Alle blickten auf die sich auflösende Tablette, während Vinzi sagte: »Stimmt, und besser jetzt als nachher, sonst …« Er verharrte.

Die Tablette war aufgelöst, das Sprudeln dahin. »Wir

locken ihn auf die Baustelle der *Edelrose.*« Vinzi schob sein leeres Bierglas von sich und sah aus, als hätte er schon einen detaillierten Plan ausgearbeitet. »Wir sagen, wir wüssten alles. Wir erpressen ihn, versteht ihr?«

Agnes nickte, Plotek hob die Schulter, und Klemens fragte: »Wer … Rosettenpriester … wir?«

Nun dachten alle nach.

»Wir haben drei ermordete Elvisse.« Vinzi ließ den Daumen aus seiner Faust schnalzen. »Einen Österreicher.« Dann den Zeigefinger. »Einen Schweizer und einen Finnen.« Zuletzt den Mittelfinger. »Ein Deutscher ist noch nicht dabei.«

Vinzi, Plotek und Agnes sahen zu Klemens. Der schüttelte vehement den Kopf.

»Das ist nicht … Bumsfritte, Genitalkasper … dein Ernst, oder?« Seine gute Laune war jetzt dahin.

Vinzi nickte. Agnes auch. Und Plotek machte: »Hmm.«

»Wir locken den Wehrli mit *dir*!« Vinzi zeigte auf Klemens, der augenblicklich kreidebleich wurde.

»Und dann … auf frischer Tat … batsch!«

Vinzi schlug mit der Hand auf den Tisch, dass die Gläser schepperten. Jetzt erschraken auch die anderen. Sogar Frau Pan am Tresen zuckte kurz zusammen.

»Schlagen wir zu!«

Das klang so schlüssig und einfach wie die Gebrauchsanweisung für eine Fliegenpatsche.

»Aber wir müssen das Ganze doch nicht so inszenieren«, widersprach Plotek, dem Vinzis theatralisches Getue der Situation nicht angemessen erschien. »Wir müssen ihn doch einfach nur überführen. Das geht vielleicht auch weniger spektakulär …«

»Einfach nur?« Vinzi unterbrach ihn brüsk. »Mann, dafür braucht es eine Inszenierung! Eine ziemlich gute sogar. Der Mann ist raffiniert, verstehst du?!«

»Aber nicht so raffiniert wie wir!« Agnes war wieder auf Vinzis Seite. »Was schlagen Sie vor?«

»Wir tricksen ihn aus.«

»Und wie?«

»Wir locken ihn auf die Baustelle ...«

»Ja, das wissen wir schon. Aber wie soll das konkret ablaufen?«, wollte Plotek etwas genervt wissen.

Darüber schien sich auch Vinzi noch keine großen Gedanken gemacht zu haben.

»Also wie?«, bohrte Plotek ungeduldig nach.

»Sag mal, kannst du auch noch was anderes als *wie* sagen?«

»Womit?«, kam prompt von Plotek.

Vinzi überlegte. »Klemens ruft ihn an.«

»Ich ... Kackbalken, Arschpopper ... was?«, kam wieder erschrocken von Klemens, als wäre er schon so gut wie tot.

»Klar du, du bist doch der Elvis ...«

»Ich bin ... Puschelpussy ... nicht Elvis, ich bin ...«

»Egal. Du rufst ihn auf jeden Fall an und bestellst ihn auf die Baustelle ...«

»Auf welche ...«

»*Hotel Edelrose*, verdammt noch mal! Mann, stell dich nicht dämlicher an, als du bist ...« Vinzi schien langsam die Geduld zu verlieren.

»Aber was soll er ihm denn sagen?« Plotek versuchte Klemens in Schutz zu nehmen.

»Sag ihm, dass du alles weißt.«

»Was … Bumsarsch, Fischfresse … denn?« Klemens wirkte hilflos.

»Mann! Ist doch egal, was.« Vinzi wirkte hingegen immer verzweifelter. »Wenn Wehrli der Täter ist, wird er kommen. Dann weiß er, was du weißt, klar?«

»Klar!« Agnes sagte es anstelle von Klemens.

»Hmm«, machte Plotek, und Klemens schien völlig neben der Spur.

»Aber …«

»Sag jetzt bloß nicht *aber wie*!«, ging Vinzi dazwischen, während Agnes gleichzeitig die Frage beantwortete.

»Sie rufen ihn an, behaupten, dass Sie ihn beobachtet hätten, und sagen, dass er um zwei Uhr in der Nacht zur Baustelle kommen soll. Auf der Freifläche zwischen den Rohbauten würden Sie auf ihn warten. Da gäbe es dann neue Anweisungen.«

»Was für … Spacker, Gulaschfresse … für Anweisungen denn?«

Vinzi verdrehte die Augen, und Agnes legte ihre Hand auf Klemens' Schulter.

»Und dann … Bumsbacke, Spackenhirn … dann, dann soll ich ihn überwältigen, oder was?«

»Du nicht«, schnauzte Vinzi Klemens an. »Wir!«

»Wir?« Plotek erschrak.

»Ja, wir müssen ihn auf frischer Tat erwischen, klar?«

»Du meinst, wenn Dr. Wehrli Klemens die Spieluhr um den Hals legt, dann …« Plotek stockte.

Klemens tippte sich an die Stirn.

»Genau!« Wieder schlug Vinzi auf den Tisch, dass die Gläser klirrten. »Batsch!«

»Was?! Buschkuh … das ist doch … Arschritze …«

Vinzi lachte. »Er wird nicht zuziehen können, da Klemens hinwegschwebt.« Er deutete mit einer Handbewegung an, wie er sich das vorstellte. Jetzt tippte sich Plotek an die Stirn.

»Wirst es schon sehen.«

Sah er auch. Allerdings viel später.

»Jetzt brauche ich auch ein Aspirin«, sagte Plotek.

Und Frau Pan brachte drei Gläser Wasser.

14

Der Himmel war voller Sterne. Der Schneefall hatte aufgehört. Es war saukalt.

Klemens rief, nachdem er einen Joint geraucht und dadurch eine gewisse Lockerheit in sein Hirn appliziert hatte, um zweiundzwanzig Uhr Matteo Wehrli an und las das, was Vinzi für ihn auf einen Zettel geschrieben hatte, vor. Matteo Wehrli sagte kein einziges Wort am anderen Ende, sondern hörte nur zu. Dann legte Klemens auf. Anschließend sprühte Plotek Klemens am ganzen Körper mit *Givenchy Gentleman* ein. Wobei der, unter Zuhilfenahme sämtlicher ihm zur Verfügung stehender Schimpfwörter, protestierte.

»Mann, stell dich nicht so an!«, sagte Vinzi. »Das muss sein!«

»Aber … Knusperhucke, Kacksemmel, Fickhobel … doch nicht so viel!«

Um ein Uhr morgens brachen Klemens, Vinzi, Agnes und Plotek zur Baustelle gegenüber dem *Hotel Edelrose* auf. Ganz Sils Maria schlief bereits tief und fest. Auch die Zeltarbeiten waren bis zum Morgen eingestellt. Auf der Baustelle sprang Vinzi aus seinem Rollstuhl und stellte ihn zwischen Betonmixer und Dixi-Klo ab.

»Setz dich.« Er zeigte auf seinen Rollstuhl.

Klemens setzte sich, eher widerwillig, in Vinzis Rollstuhl und steckte sich zur Belohnung einen weiteren Joint an.

Den zweiten in dieser Nacht. Das war auch notwendig. Dieses Mal weniger wegen dem Tourette-Syndrom. Sondern um die nötige Gelassenheit zu erlangen. Kaum saß Klemens, machte sich Vinzi geschäftig an die Arbeit. Er umwickelte den Elvis-Imitator und den Rollstuhl mit einem fingerdicken Seil. Soll heißen: Er band Klemens mit den Beinen und dem Oberkörper am Rollstuhl fest und verschnürte ihn wie ein Paket.

»Sag mal, was machst du da eigentlich?«, wollte Plotek wissen, dem Vinzis zielstrebiges Vorgehen seltsam vorkam.

Agnes hingegen sagte: »Lass mal!«, als hätte sie den absoluten Durchblick.

»Das wirst du gleich sehen.«

Klemens sagte nichts. Durch das THC wurde er gelassen und gleichgültig, sodass er endgültig aufgab und geduldig alles mit sich machen ließ.

Nachdem Vinzi Klemens am Rollstuhl festgebunden hatte, befestigte er eine Kette aus Stahl mit einem Karabinerhaken am Eisengestänge des Rollstuhls. Die Kette war am Kran befestigt, der hoch über die Baustelle hinweg in die Nacht ragte. Langsam bekam auch Plotek eine Ahnung von dem, was Vinzi eigentlich vorhatte. Agnes lächelte.

»Wenn der Arsch die Spieluhr um Klemens' Hals legt, sitz ich da oben«, Vinzi zeigte hoch zum Führerhaus des Krans, »und betätige den Hebel, sodass der Rollstuhl mitsamt Klemens wie von Geisterhand nach oben schwebt.«

Alle sahen jetzt hoch zum Kran. Auch Klemens, während er einen tiefen Zug von seiner Tüte nahm. Jetzt lächelte er sogar. »Na, wenn das mal … Sackkrauler … gut geht«, sagte er belustigt und fast ohne Schimpfwörter.

»Und dann?« Ploteks Blick war aus der Höhe wieder zurück. Das Unverständnis auch.

»Dann nehmt *ihr* den Wehrli fest.«

»Wir?«, kam wieder erschrocken von Plotek.

»Ja, klar, ihr. Du und Agnes. Ich kann ja schlecht von da oben ...« Wieder zeigte er zum Kran hoch. Agnes nickte, als wäre das das Normalste von der Welt.

»Sag mal, ich wusste gar nicht, dass du Erfahrung als Kranführer hast.« Es klang weniger ironisch als besorgt.

»Die Erfahrung ist nicht entscheidend, sondern der Wille.«

»Und du hast ...«

»Klar!« Vinzi ließ keine Zweifel daran. Da war er einfach anders als Plotek. »Das wirst du schon sehen!«

Spätestens jetzt hätte Klemens noch einmal aufbegehren müssen. Aber das Marihuana war einfach zu überzeugend.

»Und jetzt auf eure Plätze.«

Agnes platzierte sich in einem kleinen Bagger, der sich in unmittelbarer Nähe des Rollstuhls befand. Die Schaufel des Baggers war mit Sand gefüllt.

»Und was mach ich?« Plotek kam sich irgendwie überflüssig vor.

»Du beobachtest das Ganze und steckst bei Bedarf den Stecker für die Baustrahler in die Steckdose.« Vinzi reichte ihm den Stecker und eine Kabelrolle.

Das ist aber eine ganz besonders verantwortungsvolle Aufgabe, dachte Plotek, nahm das Kabel und die Kabelrolle und nickte halbherzig.

»Und wo?«

»Hier im Dixi-Klo.« Vinzi zeigte zur blauen Plastikkabine, die zwischen Rollstuhl und Bagger stand.

»Das ist nicht dein Ernst, oder?«

Vinzi gab Plotek einen Schubs, sodass der sich in Richtung Dixi-Klo aufmachte. Kaum war er einen Schritt gegangen, stoppte ihn Vinzi schon wieder.

»Moment noch! Hier.« Vinzi reichte ihm ein altertümliches Mobiltelefon. Es war das von Klemens. Die Nummern von Agnes und Vinzi waren eingespeichert. »Damit die Kommunikation flutscht!« Er lächelte siegessicher, als könnte nichts mehr schiefgehen. »Also, los jetzt!«

Vinzi stieg die Leiter zum Führerhaus des Krans hoch. Plotek sah ihm dabei zu, wie er sich allein mit den Armen immer weiter nach oben zog, und war von dessen Kraft beeindruckt. Klemens saß unverändert im Rollstuhl und rauchte einen weiteren Joint. Den dritten in dieser Nacht. Agnes hatte sich bereits in den Bagger verzogen. Plotek begab sich mit dem Stecker in der Hand und der Kabeltrommel in das stinkende Dixi-Klo und sah anschließend durch den Spalt hinaus zur dunklen Baustelle.

Eine halbe Stunde lang passierte nichts. Gar nichts. Außer dass Plotek im Dixi langsam, aber sicher ohnmächtig zu werden drohte. Wegen des Gestanks. Die Kirchturmuhr schlug zweimal. Plotek dachte plötzlich an das Reh. Er konnte es sich auch nicht erklären, warum er gerade in dieser von Spannung bestimmten Situation an das Reh denken musste. Eine Viertelstunde später schlug die Kirchturmuhr ein weiteres Mal.

»Viertel drei«, murmelte Plotek und drückte auf Vinzis Nummer.

»Ja?«

»Der kommt nicht mehr«, sagte Plotek in einer Mischung aus Ärger, Enttäuschung und Müdigkeit. Er war aber auch ein wenig erleichtert. »Lass uns das Ganze abblasen.«

Eine Pause am anderen Ende der Leitung entstand. Schweigen.

»Hallo?«

»Noch fünf Minuten«, drang Vinzis Stimme aus dem Plastikteil. »Dann …« Er stockte.

»Was ist?«

»Verdammt! Ich glaube … da am Tennisplatz, da ist jemand.«

»Was?«

»Ich sehe jemanden … am Tennisplatz, gleich hinter der Baustelle. Da kommt wer!«

»Ist er das?« Plotek bemerkte, wie seine Stimme brüchig wurde.

»Weiß nicht. Er kommt näher … verflucht, das ist er.«

»Und jetzt?«

»Sag Klemens, er soll singen.«

»Was?«

»Mach schon!«

»Sing!«, zischte Plotek durch den Spalt aus dem Dixi-Klo hinaus Richtung Rollstuhl. Klemens war vom vielen Marihuana offenbar fast eingeschlafen, schreckte hoch und legte dann tatsächlich los. Er sang leise »Love Me Tender« vor sich hin. Trotz der drei Joints hatte das THC ihn noch nicht ausreichend beruhigt. Das Lied hörte sich an wie ein einziger Fluch, durchsetzt von Schimpfwörtern in Hülle und Fülle.

»Love me … Kacke, Kamelklöte, Schmalzdackel … tender … fuck, Moppelkotze, Vollnapf, fuck … love me …

Pissritze, Rudelbumser, Arschritze … sweet, never let me … Brunzkachel, Tuntenpapst, Ficker, Arsch … go …«

Matteo Wehrli, angezogen von Klemens' Gesang, betrat nun die Baustelle. Plotek konnte ihn durch den Türspalt erkennen. Langsam, fast schlendernd, ging er auf Klemens zu. In der Hand hielt er etwas.

Womöglich die Spieluhr, dachte Plotek und starrte gebannt durch den Spalt. Matteo Wehrli stand jetzt direkt hinter Klemens. Er zog an der Spieluhr und legte den Bändel mit einem geübten Griff um Klemens' Hals.

»Jetzt!«, hauchte Plotek aufgeregt ins Handy. »Jetzt mach schon! Verdammt noch mal, mach endlich!«

Machte Vinzi im Führerhaus des Krans auch. Allerdings bewegte sich die Kette, die oben am Kran über eine Laufrolle geführt wurde, in die falsche Richtung. Da Vinzi offenbar den Hebel in die falsche Richtung bewegt hatte. Wie es schien, waren seine Kranführerqualitäten doch nicht von der besten Sorte.

»Scheiße!«, hörte Plotek aus dem Handy, während Matteo den Bändel der Spieluhr um Klemens' Hals immer enger zog. Klemens würgte schon und drohte zu ersticken.

»You … ahhhh … Kackeee … have … urgggg … made my life … Bumssssss …«

Schob Vinzi den Hebel eben in die andere Richtung, sodass sich die Kette spannte und den Rollstuhl mitsamt dem darauf sitzenden Klemens nach oben zog. Matteo Wehrli erschrak. Die Spieluhr fiel von Klemens ab und vor Wehrli auf die Erde und spielte auf dem Boden die Melodie. Wehrli schien völlig perplex. Er sah einen Moment lang konsterniert dem davonschwebenden Klemens hinterher. Dann griff er blitzschnell in seine Manteltasche, holte eine Pistole heraus und zielte auf Klemens. Doch noch ehe er abdrücken konnte, brüllte Vinzi aus Ploteks Telefon: »Licht an! Mach das Licht an!«

Tat Plotek dann auch. Er steckte den Stecker in die Kabeltrommel, während der erste Schuss in der Nacht verhallte. Die Kugel verfehlte ihr Ziel. Schlagartig war die Baustelle hell. Matteo Wehrli geblendet. Er drehte sich im Kreis, als wäre er umzingelt. Immer wieder hielt er die Hand vor das Gesicht.

Plötzlich startete der Bagger. Wehrli zuckte zusammen und starrte auf die langsam auf ihn zufahrende Maschine wie auf ein Ungetüm, das ihn niederwalzen wollte. Bei Wehrli angekommen, kippte Agnes die Baggerschaufel. Der Sand stürzte aus ihr heraus und begrub Matteo Wehrli unter sich. Agnes legte den Rückwärtsgang ein und fuhr mit dem Bagger zurück. Und zwar direkt auf das Dixi-Klo zu.

»Verflucht, was macht die!«, kam noch von Plotek. Er zweifelte in diesem Moment auch an Agnes' Baggerfahrkünsten. Gerade noch rechtzeitig stürzte er ins Freie, bevor Agnes mit dem Bagger das Dixi-Klo plattmachte. Dann endlich kam der Bagger zum Stehen. Agnes sprang aus der Führerkabine und kam aufgeregt auf Plotek zugerannt.

»Na los, wir müssen ihn ausbuddeln, bevor er erstickt.«

Auch Vinzi kam in Windeseile vom Kran heruntergeklettert. Alle drei stürzten sich nun auf den Sandhaufen und suchten im Sand nach Matteo Wehrli. Es gelang ihnen ziemlich schnell, den bewusstlosen Wehrli größtenteils freizulegen. Nachdem Agnes ihm ein paar Ohrfeigen verpasst hatte, schlug er die Augen auf und schien völlig verändert. Nichts mehr von der manisch nervösen Mörderattitüde war übrig. Lammfromm saß er auf dem Boden und wimmerte im Scheinwerferlicht vor sich hin. Der brutale Mörder verkam zu einem kleinen, wehleidigen Kind.

»Ich … ich … ich konnte nicht anders, ich … ich … ich konnte einfach nicht anders.«

»Man kann immer anders«, widersprach Agnes und gab jetzt die dominante Mutter.

»Sie haben doch keine … keine Ahnung haben Sie.« Matteo saß da, in sich zusammengesunken und voller Sand, und schniefte. Dabei sprach er ganz leise, immer wieder nach Worten suchend, vor sich hin. »Diese ganzen … ganzen Elvisse, diese … diese … diese furchtbaren Elvisse … plötzlich … plötzlich war alles wieder zurück.«

»Was?« Agnes gerierte sich als Widerpart im Verhör. Und Wehrli schien sie seltsamerweise als solche auch zu akzeptieren.

»Der Geruch, dieser Geruch war es. Der Geruch. Es war derselbe wie damals, als … als … als …« Matteo stockte. »Nein! Bitte, nein!«

»Wann?« Agnes ließ nicht locker, während Plotek und Vinzi daneben standen und aufmerksam dem Zwiegespräch lauschten.

»Ich … ich … ich war ganz klein, ein … ein … ein Kind, vielleicht fünf, ja fünf war ich, da hatte meine Mutter … meine Mutter hatte damals einen Freund, einen ganz widerlichen Freund, der … der … der wie Elvis aussah. Genau wie dieser … dieser Elvis. Er roch nach dem Duft … diesem Duft, nach diesem Eau de Toilette.«

»*Givenchy Gentleman.*«

Wehrli sah Agnes verwundert an, als fragte er sich, woher sie das wusste. »Widerlich, ganz, ganz, ganz widerlich.«

»Und weiter?«

»Immer wenn dieser … dieser widerliche Elvis mit diesem widerlichen, ganz widerlichen Geruch bei meiner Mutter in der Nacht … wenn der da war, dann … dann kam er auch zu mir …« Matteo stockte wieder und starrte vor sich hin, als müsste er in diesem Augenblick alles noch einmal erleben. »Geh weg, geh weg, du … du … du Schwein!«

Agnes nahm Matteo jetzt in die Arme und beruhigte ihn. Was tatsächlich gelang. Plotek und Vinzi sahen sich an und hoben gleichzeitig die Schultern.

»Und dann?«, fragte Agnes, wieder streng wie eine Mutter.

»Als meine Mutter schon schlief, da … da … da kam er und … und … und … zog meine Spieluhr auf und … und … legte sich zu mir ins Bett und … und …« Wieder schrie er: »Dieses Schwein, dieses Elvis-Schwein!«, dass Agnes ihn beruhigen musste. Was erstaunlicherweise immer besser gelang.

»Und deshalb mussten Sie die Elvisse umbringen?«

Matteo Wehrli nickte stumm vor sich hin. Immer wieder. Dann sagte er, wieder flüsternd, dass es kaum zu verstehen war: »Ich … ich … ich konnte nicht anders. Es war … war alles wieder … wieder zurück, ja. Die Elvisse, diese ganzen widerlichen Elvisse waren wieder zurück. Der Geruch, dieser … dieser Geruch, der mich an alles erinnerte, dieser Geruch war wieder zurück. Alles war wieder zurück.«

»Und das musste weg, ja?«

Wieder nickte Wehrli still vor sich hin. »Ja, ja, das musste weg. Für immer weg. Als ich dem ersten … dem ersten dieser widerlichen Elvisse die Schnur … als ich dem die Schnur um den Hals gelegt hatte … als ich dem … dann ging es mir besser, viel besser ging es mir da. Es war … es war … wie … es war eine Erleichterung, es war eine Erlösung, ja. Ich musste … musste … musste weitermachen, immer weiter. Verstehen Sie?«

»Wo haben Sie eigentlich die ganzen Spieluhren her?«, fragte Agnes.

Dr. Wehrli schien nicht zu verstehen.

»Sie müssen die doch haufenweise gehortet haben. Immerhin wurden mindestens drei Elvisse …«

»Zürich«, ging Wehrli dazwischen.

»Drei Elvisse und Jäggi …«, kam von Plotek. »Den haben Sie doch auch auf dem Gewissen, nicht wahr?«

Wehrli wandte sich jetzt direkt an Agnes.

»Er hat mich gesehen, in Zürich, wie ich in einem Spielwarengeschäft … und dann hat er eins und eins zusammengezählt, verstehen Sie?«

»Und deshalb musste er sterben?«

Ohne die Frage zu beantworten, griff Wehrli blitzschnell neben sich. Plötzlich hielt er wieder die Pistole in der Hand und fuchtelte damit in der Luft herum.

»Weg, weg, alle weg!«, schrie er, als wäre er wieder in der Rolle des brutalen Mörders.

Vinzi, Plotek und Agnes traten ein paar Schritte vom Sandhaufen zurück.

Noch ehe einer der drei auch nur ein Wort sagen konnte, hielt sich Matteo die Pistole an die eigene Schläfe.

Jetzt sagte Vinzi doch noch was. »Tun Sie's nicht!«, sagte er.

»Denken Sie an Ihren Sohn!«, ergänzte Agnes.

Das ist natürlich sehr beliebt. »Denken Sie an Ihren Sohn. Denken Sie an Ihre Tochter«, sagt man dem Mörder gerne, damit er nicht auch noch zum Selbstmörder wird.

Und Überraschung: Manchmal hilft es sogar. Da wird der Mörder dann plötzlich sentimental und denkt tatsächlich an den kleinen Sohn, die kleine Tochter, die ohne ihn aufwachsen müsste. Was viele Mörder dann davon abhält, den finalen Schritt zu tun und sich selbst ins Jenseits zu befördern. Dabei wäre es dem Sohn oder der Tochter vielleicht sogar lieber, den Vater endgültig entsorgt zu wissen. Nach dem Motto: Ein toter Vater ist besser als ein lebender Mörder.

»Denken Sie an Ihren Sohn!«, wiederholte Agnes, anscheinend von der Wirksamkeit des Arguments überzeugt.

Bei Dr. Wehrli hingegen fruchtete der Appell offenbar nicht. Im Gegenteil. Der Gedanke an den Sohn schien den Entschluss, ein schnelles Ende herbeizuführen, eher noch zu bekräftigen.

»Mein Sohn!«, sagte Matteo verbittert, noch immer mit dem Lauf der Waffe an der Schläfe. »Ich habe keinen Sohn!«

»Was?« Plotek war der blasse, kleine Junge jetzt ganz gegenwärtig.

»Aber Leandro …« Auch Vinzi wollte es nicht glauben.

»Er ist nicht mein Sohn!«

»Wie wollen Sie das wissen?«, fragte Agnes, als ob *sie* es ganz genau wüsste.

»Anämie ist vererbbar!«, sagte Dr. Wehrli, wie man sagt: »Die Sünde hat einen Schwanz!«

»Leandro ist anämisch. Ich nicht. Selina nicht.«

Vinzi und Plotek sahen sich an und hoben erneut gleichzeitig die Schultern.

»In unseren beiden Familien gibt es keine Anämie! Da wurde ich stutzig.«

»Und?«

»Der Vaterschaftstest lag nahe.«

Nun mach es mal nicht so spannend, dachte Plotek, während Agnes weiterbohrte.

»Wer?«

Matteo schniefte wieder. »Beat Zuberbühler, dieses Schwein! Ich habe es erst kürzlich herausgefunden. Einen Verdacht hatte ich schon lange. Jetzt bin ich froh, dass es zu Ende ist. Endgültig zu Ende.«

Wie meint er das?, dachte Plotek und trat einen Schritt auf Wehrli zu. Der nahm die Waffe plötzlich von seinem Kopf und zielte nun auf Plotek.

»Nein, tun Sie es nicht!«, schrie Agnes entsetzt auf.

»Bitte, nein!«, schrie auch Vinzi.

Nur Plotek schrie nicht, sondern sah direkt in den Lauf der Waffe. Ein kleiner schwarzer Punkt blickte ihn an.

Wenn aus diesem Punkt jetzt gleich eine Kugel kommt, ist es aus mit mir, dachte Plotek seltsam nüchtern. Aus, für immer. Er lächelte jetzt. Auch Dr. Wehrli lächelte. Plötzlich riss er die Waffe weg von Plotek und legte sie erneut an seine eigene Schläfe. Noch ehe irgendjemand etwas sagen konnte, drückte er ab. Blut spritzte, Hirn verteilte sich im Sand. Der tote Körper fiel wie in Zeitlupe zurück auf den Sandhaufen. Dann war Ruhe. Alle starrten auf den toten Dr. Wehrli, als würde er gleich wieder aufstehen und sagen: »War ein Scherz!«, und: »Tut mir leid wegen dem Schreck!«

Er stand nicht auf. Lange sagte niemand etwas. Bis es plötzlich von hoch oben durch die Luft hallte: »He, hallo, wäre es vielleicht möglich, dass ihr mich wieder herunterholt?«

Es war Klemens, der die ganze Zeit über im Rollstuhl

am Kran gehangen hatte. Musste also Vinzi wieder die Leiter zum Führerhaus hinaufklettern, während Agnes mit ihrem Handy die Frischknecht verständigte.

Nicht viel später traf die Hauptkommissarin mit ihren Kollegen und großem Brimborium am Tatort ein. Soll heißen: Blaulicht, Reifenquietschen, Martinshorn, Hektik und alles. Zum zweiten Mal sah die Hauptkommissarin nicht frisch wie aus dem Ei gepellt aus, sondern wie direkt aus dem Bett. Ungeschminkt, verschlafen, zerknittert und mit heraushängender Bluse über der Hose. Einerseits wirkte sie erleichtert, auch froh. Andererseits war sie sauer, dass ihr von dem ermittelnden Quartett, bestehend aus Agnes, Plotek, Vinzi und Klemens, nicht Bescheid gesagt worden war.

»Das haben Sie nicht für nötig erachtet, was?« Die Hauptkommissarin sagte es in schnippischem Ton.

»Nö, wir dachten …« Vinzi konnte es nicht aussprechen, da die Frischknecht noch schnippischer dazwischenging.

»Die bescheuerte Frischknecht vermasselt uns nur alles, was?«

»So kann man das nicht sagen«, druckste Vinzi herum. »Aber wir dachten, es ist vielleicht besser, wenn wir das alleine … wenn wir das durchziehen, verstehen Sie?«

Keine Spur von Verständnis. Was ja auch kein Wunder war. Würde es zur Regel, dass jeder Laie auf eigene Faust ermittelt, wäre sie bald arbeitslos.

»Wir waren uns ja auch nicht sicher, ob der Wehrli nun tatsächlich hinter den ganzen Morden steckt …« Es war Klemens, der jetzt das Wort ergriff und wie ein Buch auf die Hauptkommissarin einredete.

Komisch, dachte Plotek. Ohne dass auch nur ein Schimpfwort das Gesagte verunstaltete, sprudelten die Worte aus ihm heraus. Ob es noch immer die Wirkung des THC war? Eher nicht, da er ja, noch bevor Wehrli die Spieluhr um seinen Hals gelegt hatte, völlig verseucht von Schimpfwörtern jeglicher Art gewesen war. Da war kein Satz ohne ordinäres Beiwerk über seine Lippen gekommen. Und jetzt jeder. Er sah zu Vinzi. Der nickte wissend.

Vielleicht hatte die Strangulation dem Tourette den Garaus gemacht, überlegte Plotek, während er die Schultern hob und Vinzi einen fragenden Blick zuwarf. Dann war der mordende Doktor schließlich doch noch zu etwas gut.

»Das war ja auch nicht ganz ungefährlich, müssen Sie wissen«, sagte Klemens noch immer schimpfwortfrei und zeigte stolz den roten Strich um seinen Hals her. »Das war Millimeterarbeit, da ging es um Sekunden. So was lässt sich natürlich nur mit einem raffinierten Plan verwirklichen, der bis in die kleinsten Details ausgearbeitet ist, verstehen Sie?!«

Vera Frischknecht sah Klemens an, als wäre auch ihr völlig unklar, wie dieser schielende Elvis-Imitator, der noch vor ein paar Tagen mit Fäkalausdrücken um sich schmiss wie andere mit Schneebällen, so fehlerfrei und locker vor sich hin quasseln konnte. Hilfe suchend sah sie zu Vinzi und Plotek. Was aber Klemens nicht von seinem Redefluss abhalten konnte.

»Sie können sich vorstellen, dass das kein Zuckerschlecken war. Das war hundertprozentiger Einsatz im Dienst der Verbrechensaufklärung. Von allen hier.« Er zeigte mit einer weit ausholenden Handbewegung um sich und präsentierte gleichzeitig wieder seine Wunde am Hals.

Worauf will der hinaus?, dachte Plotek. Auch die anderen schienen Ähnliches zu denken.

So lange, bis Klemens schließlich mit der Sprache herausrückte. Er beugte sich ein wenig näher zur Hauptkommissarin und fragte: »Gibt es eigentlich eine Belohnung?« Er rieb Daumen und Zeigefinger so heftig aneinander, dass sie beinahe qualmten.

»Oder Schmerzensgeld?« Wieder zeigte er den Strich an seinem Hals wie eine Trophäe her. »Wenn ja, wäre ich durchaus bereit, als Empfänger einzuspringen. Wenn Sie wollen, kann ich Ihnen meine Kontonummer gleich dalassen …« Er griff in seine Jackentasche, holte einen Kugelschreiber und einen Fetzen Papier heraus.

Alle lachten. Manche leiser und heimlich, andere offen oder wie Vinzi ganz laut. So bekam die Tragik doch noch etwas Komisches.

»Ich melde mich«, sagte Vera Frischknecht. »Wenn es so weit sein sollte, einverstanden?«

Klemens nickte, steckte den Kugelschreiber etwas enttäuscht wieder in die Tasche und warf den Papierfetzen auf den Sandhaufen. Er schien mit der Antwort nicht ganz zufrieden zu sein.

»Kann ich mich darauf verlassen?!« Er fixierte die Hauptkommissarin mit einem Auge, während das andere zur Seite ausbüxte. Was regelrecht bedrohlich aussah.

Jetzt nickte die Hauptkommissarin eingeschüchtert und stopfte dabei ihr Hemd in die Hose.

»Aber jetzt gehen Sie erst mal schlafen. Sie sehen müde aus.« Sie meinte nicht nur Klemens, sondern auch Plotek, Vinzi und Agnes.

Sie auch, dachte Plotek, sagte aber nichts.

Sie gingen dann auch. Klemens ging zu Marlies. Plotek zu Agnes. Wobei er dieses Mal nicht in Ohnmacht fiel. Und Vinzi ging alleine, respektive rollte dahin. Er war der Einzige, der sich nicht sogleich ins Bett legte, sondern bei Frau Pan, die offenbar nie schlief, noch einen Absacker für die nötige Bettschwere zu sich nahm. Plotek sah ihn neben Frau Pan sitzen, als er sich zum Gaststättenklo begab.

»Und, gut alles?«, fragte Frau Pan Vinzi.

»Wie man's nimmt. Was für die einen gut ist, ist für die anderen beschissen.«

Frau Pan lächelte auf ihre unnachahmliche Art. »Und für andere ganz anders.«

Vinzi hob das Glas.

»Auf Andrea Robbi! Prost!«

»Prost!«

15

Das Zelt drohte aus allen Nähten zu platzen. Bis auf den letzten Platz waren die Stühle belegt. Manche Besucher standen sogar zwischen den Reihen oder dicht gedrängt an den Zeltwänden. Es herrschte hektische Betriebsamkeit, und ein unbeschreiblicher Lärm strapazierte das Nervenkostüm der Besucher. Womöglich hatte der angespannte Zustand aber auch mit der Hitze zu tun, die von der Zeltheizung und den vielen Menschen ausging. Schweiß floss in Strömen. Und nicht nur bei den Elvis-Imitatoren.

Ganz Sils war an diesem Abend zu Gast beim Elvis-Contest. Sogar Ilona Wehrli, jetzt mit dunkler Sonnenbrille auf der Nase und ganz in Schwarz gekleidet, nahm, trotz des Todes ihres Sohnes, an der Veranstaltung, die doch vor allem von Heiterkeit geprägt sein sollte, teil. Anscheinend war dieser Elvis-Contest einfach zu wichtig, um nicht persönlich zugegen zu sein. Oder ihr Sohn zu belanglos. Hatte sie doch immerhin, wie kolportiert wurde, ein kleines Vermögen in den Wettbewerb investiert. Auch ihre Schwiegertochter Selina Wehrli war anwesend. Ebenfalls ganz in Schwarz gekleidet, im Gesicht aber wie immer das blühende Leben. Selina sah wieder unverschämt gut aus und wie ein Engel – dieses Mal ein schwarzer Engel. Auch ihre Trauer schien sich in Grenzen zu halten. Plotek hatte sogar das Gefühl, dass beide Frauen ein wenig erleichtert wirkten. Mit dem Suizid des Ehemannes und Sohnes konnten die Hinterbliebenen sicher einfacher umgehen als mit einem lebenden traumatisierten und psychopathischen Mehrfachmörder. Die Einzige, der Matteo Wehrlis Tod richtig nahe zu gehen schien, war Britta. Auch sie war ganz in Schwarz gekleidet. Ihr Gesicht hingegen war weiß, mit tiefen Schatten unter den Augen. Britta weinte ununterbrochen und sah aus, als stünde der Weltuntergang bevor.

»Ich begreif das alles nicht«, sagte sie immer wieder völlig konsterniert und schniefte in ihr Taschentuch. Agatha kümmerte sich ein wenig um sie. Soll heißen: Sie spannte sie mit dem lapidaren Kommentar »Ablenkung ist die beste Medizin« in den Merchandising-Verkauf ein. Unentgeltlich selbstverständlich.

Na ja, so kann man das natürlich auch sehen, dachte Plotek. Trauert die eine, ist für den anderen der Gewinn höher. Agatha schien sich in Gegenwart ihres Ehemannes Beat langsam zu einer ausgebufften Geschäftsfrau zu entwickeln.

Neben den Silsern waren auch eine Menge Touristen im Zelt versammelt. Und Elvis-Fans natürlich. Aber auch die Pressemeute hatte sich wie ein Wolfsrudel eingefunden, als gäbe es hier einen besonders bekömmlichen Fetzen Fleisch umsonst. Mehrere Fernsehsender übertrugen den Wettbewerb. Manche sogar live. Die Journalistendichte im Zelt war beunruhigend. Für Plotek zumindest. Journalisten konnte er noch weniger leiden als Schauspieler. Obwohl er selbst einmal Schauspieler gewesen war und Agnes, bis vor Kurzem seine Freundin, noch immer Journalistin ist. Oder vielleicht gerade deswegen. So viele Wirklichkeitsverdreher auf einem Haufen hatten für Plotek körperliche Schmerzen zur Folge. Der Magen grummelte, der Kopf tat weh. Das erste Mal, seit er in Sils Maria war. An den Nahrungsmittelentzug konnte er sich gewöhnen, an die Journaille nicht.

Auch Vera Frischknecht war unter den Zuschauern. Das Laisser-faire schien bei ihr wieder zurück. Sie sah blendend aus. Kein Wunder, schwamm sie doch durch die Aufklärung der Morde auf einer Sympathiewelle. Auch wenn sich der Täter einer Bestrafung entzogen hatte. Ein kleiner Makel in ihrer Ermittlungsarbeit war die Tatsache, dass der Dorfpolizist Linard Jäggi noch immer verschwunden war und dass trotz intensiver Suche bis auf seine Pfeife und die Blutspritzer, die laut kriminaltechnischem Gutachten eindeutig von ihm stammten, keine Spur gefunden wurde. Und auch, dass es noch keinen Hinweis darauf gab, wer den Wagen des Amerikaners manipuliert hatte, sollte ihr eigentlich ein wenig Kopfzerbrechen bereiten. Hätte man denken können. Aber falsch gedacht und weit gefehlt. Vera Frischknecht sah aus, als würde sie sich von nun an wieder dem Dolce Vita hingeben. Indem sie sich jetzt dem amerikanischen Liedgut widmete. Sie lächelte und stellte sich neben Plotek.

Womöglich ist das aber alles nur Tarnung, dachte dieser, als die Hauptkommissarin eine Spur zu selbstverständlich »Und, alle da?« fragte.

Was soll man darauf antworten?, dachte Plotek und: Wer ist alle? Machte er also nur: »Hmm.«

»Sehr schön.« Das schien Vera Frischknecht schon zu genügen. Sie lächelte wieder selbstgefällig. Was Plotek ein wenig ärgerte. Streute er eben eine Prise Salz in die Wunde.

»Außer Linard Jäggi.«

Und tatsächlich: Vera Frischknecht verzog für einen Moment das Gesicht, als hätte sie Schmerzen. »Den finden wir auch noch.« Sie klang entschlossen und versuchte wieder zu lächeln. Was ihr jetzt aber nur unzureichend gelang.

»Na, hoffentlich.« Plotek hörte sich geringschätzig an.

»Sie zweifeln?« Die Hauptkommissarin sagte es, als vermutete sie, Plotek wüsste, wo der alte Trottel steckte. Während Plotek dachte: Vielleicht ist die junge Hauptkommissarin aus Chur viel raffinierter, als ich glaube.

Als er nämlich ein paar Polizeibeamte in Uniform und welche in Zivil inmitten der Besucher entdeckte, ahnte er, dass der Besuch der Exekutiven einen anderen Grund als den des Wettsingens hatte. Was für einer das war, wollte ihm aber im Moment nicht einfallen.

»Und? Haben Sie schon eine Belobigung bekommen?« Es war Vinzi, der sich von hinten an Plotek und die Hauptkommissarin herangepirscht hatte. »Eine Tapferkeitsmedaille, ein Bundesverdienstkreuz ...«

»Wofür?«, ging Vera Frischknecht dazwischen. Es hörte sich an wie *fishing for compliments*.

»Für Ihre raschen Ermittlungserfolge.« Vinzi gab sich großzügig.

Die Hauptkommissarin lächelte geschmeichelt und ließ ihre flinken Augen im Zelt herumwandern, als suchte sie etwas. Oder jemanden. »Nein, noch nicht. Aber wenn, dann beiße ich Ihnen eine Ecke davon ab, einverstanden?« Sie zeigte ihre schönen, weißen Zähne.

Jetzt lächelte auch Vinzi und starrte dabei auf ihre Brüste, als wären es die Tapferkeitsmedaillen, von denen er eine abbekommen sollte.

»Bis später!« Vera Frischknecht tauchte im Menschengetümmel unter.

Aufgrund des enormen Ansturms der Besucher wurden Plotek und Vinzi tatsächlich von Agatha mit allem ihr zur Verfügung stehenden Charme zur Mitarbeit überredet. Vielmehr gezwungen. »Ihr könnt mich doch jetzt nicht allein lassen?!«

Und gleich darauf auch eingespannt. Vinzi riss Eintrittskarten am Eingang ab, und Plotek sorgte dafür, dass niemand, vor allem keine Journalisten, unbefugt die Bühne betrat. Auf der war Beat Zuberbühler seit geraumer Zeit zugange und lief sich in blütenweißem Anzug und ebenso weißen Lederschuhen warm. Um seinen Mund hatte sich ein permanentes Lächeln gelegt, das nichts anderes ausdrückte als immenses Glück. Beat hatte gewonnen, noch bevor einer der Elvis-Imitatoren zum Sieger gekürt wurde. Beat war der eigentliche Sieger des Wettbewerbs. Und das hatte er spätestens in dem Moment gewusst, als sich das Zelt für den Besucheransturm geöffnet hatte. Seitdem war sein Gesicht ein Glückskeks. Mit der imaginären Botschaft, die sich auf sein Gesicht schmiegte wie eine Geliebte um die nackten Hüften ein Mannes: *Mit Kleinem fängt man an, mit Großem hört man auf.* Oder: *Wer den direkten Weg geht, scheitert nicht.* Beat war eindeutig mit großen Schritten auf der Siegesstraße unterwegs. Und gleich mit erhobenen Armen im Ziel. Die Kasse klingelte, und seine Zukunft als Event-Manager war gesichert. Die einzigen Falten auf der Stirn entstanden, als er Vera Frischknecht und ihre Kollegen wie Fremdkörper im Zelt erblickte.

»Was wollen *die* denn hier?« Beat ging in die Knie und fragte es Plotek von der Bühne herunter.

»Weiß nicht. Vielleicht für Sicherheit und Ordnung sorgen.« Es klang wenig überzeugend.

Folge: Beat lachte spöttisch. »Dafür sind die doch viel zu inkompetent.«

Plotek hatte plötzlich den geparkten Jeep mit laufendem Motor und die Hauptkommissarin auf dem Schoß von Beat Zuberbühler vor Augen.

»Ich glaube, die Frischknecht weiß genau, was sie tut.« Beat verging das Lächeln. »Dass sie hier ist, hat einen Grund.« Beats Glückskeks bröckelte wie ein Marmorkuchen auf einer heißen Fensterbank. »Ich weiß nur nicht, welchen«, sagte Plotek. »Aber das werden wir noch früh genug erfahren.«

Beat ging wieder in die Vertikale, so schnell, dass seine Knie knackten. Jetzt war seine Stirn voller Falten. Anschließend machte er den Mikrofontest, sagte mehrmals hintereinander hektisch: »Eins, zwei ... eins, zwei, drei ...«, und verschwand hinter der Bühne. Er tauchte erst wieder auf, als der Wettbewerb endlich begann und er dem johlenden Publikum den ersten Elvis-Imitator vorstellte.

Es waren zweiundfünfzig Elvis-Imitatoren am Start. Viel weniger als gedacht und erwartet. Was daran lag, dass viele, die schon vor einigen Tagen angereist waren, aufgrund der mörderischen Umstände überstürzt wieder nach Hause gefahren waren. Was natürlich für die Verbliebenen von Vorteil war. Die Konkurrenz wurde dadurch überschaubar. Die Gewinnchancen stiegen. Selbst für Klemens. Sein Tourette-Syndrom war auch am Tag nach der Strangulierung verschwunden, wie nie da gewesen. Seine Aussicht zu gewinnen wurde dadurch noch mehr verbessert. Klemens war plötzlich ein ernsthafter Anwärter auf den Titel.

Zumindest Vinzi war davon fest überzeugt. »Die singst

du an die Wand«, sagte er und schien in Gedanken schon die Siegesfeier zu organisieren.

Die Honoratioren von Sils Maria und Umgebung saßen auf reservierten Stühlen in der ersten Reihe. Die meisten von ihnen gehörten auch der Jury an. Auf der kleinen, dekorierten Bühne standen ein Hammondorgelspieler, ein Gitarrist und ein Schlagzeuger. Abgesehen vom Eintritt gab es im Zelt noch viele andere Möglichkeiten, die harten Franken loszuwerden. Soll heißen: Zuckerwatte, Tätowierungen, Merchandising-Produkte, Elvis-Konterfeis auf allen möglichen und unmöglichen Untergründen waren an Ständen an den Seiten und im Eingangsbereich des Zeltes sowie von Bauchladenverkäufern zu haben. Das war nicht nur ein Elvis-Wettbewerb, sondern auch ein Jahrmarkt mit allerhand Ramsch. Die Grillwürste, Bierbuden und Glühweinstände durften natürlich auch nicht fehlen.

Für die erste Runde wurde die Reihenfolge der Auftritte ausgelost. Von den zweiundfünfzig Teilnehmern würden dann acht ins Finale einziehen, aus dem schließlich drei Sieger hervorgehen würden. So wollte es das Reglement. Und Hand aufs Herz: Die erste Runde war eine Enttäuschung. Nicht nur für Plotek und Vinzi. Auch alle anderen Zuschauer stöhnten über die meist grauenvollen Darbietungen. Viele der Elvis-Imitatoren sahen nicht nur Elvis Presley kaum ähnlich. Sie konnten auch nicht singen wie er. Sie konnten gar nicht singen. Viele hätte man in die Kategorie *lächerliche Peinlichkeit* einordnen können und gar nicht erst zulassen dürfen. Und je ungeduldiger die Zuschauer wurden, desto gereizter reagierten die Kandidaten. Einer von ihnen erlitt auf der Bühne einen Nervenzusammenbruch. Ein anderer wurde gegenüber dem Gitarristen handgreiflich, weil der sich seiner Meinung nach ständig verspielt hatte. Und ein dritter beschimpfte das Publikum wild und nachhaltig, nachdem dieses ihn ausgepfiffen hatte. Die Stimmung im Zelt wurde im Verlauf der Veranstaltung immer schlechter.

Klemens kam zu Recht in die Endrunde. Er sang so gut wie noch nie. Sein Gesang erinnerte tatsächlich zeitweilig an den King aus Memphis. Wobei er rein äußerlich, bis auf den überzeugenden Hüftschwung, am wenigsten von den Konkurrenten an Elvis erinnerte. Bei Klemens war zu viel Klemens drin und zu wenig Elvis. Die anderen sieben Finalisten sangen auch nicht schlecht, hatten sich mit ihrem Äußeren aber eindeutig mehr Mühe gegeben. Zumindest die Kostüme sahen aus, als hätte Elvis Presley persönlich sie vollgeschwitzt.

»Bravo!«, schrie Vinzi von hinten, als Klemens die Bühne betrat und noch ehe dieser den ersten Ton von sich gab. Auch Marlies, die sich ebenfalls unter die Zuschauer gemischt hatte und jetzt – noch abgemagerter und in olivgrünem Kleid – unverschämt gut aussah, brüllte lautstark. Klemens lächelte verlegen. Man sah ihm an, dass er aufgeregt war. Das Tourette schien er aber im Griff zu haben. In der Vorrunde kam kein einziges Schimpfwort über seine Lippen. Jetzt haute der Hammondorgelspieler in die Tasten, und Klemens' Hüfte setzte sich in Bewegung. Das war eindeutig der überzeugendste Hüftschwung des Wettbewerbs. Dann legte Klemens mit »Love Me Tender« los.

»Love me tender, love me sweet, never let me go/You have made my life complete and I love you so/Love me tender, love me true, all my dreams fulfill/For, my darlin', I love you and I always will…«

Klemens' Augen hingen an Marlies wie eine gierige Biene am Honigglas. Es sah aus, als singe er nur für sie. Eindeutig. Das war eine gesungene Liebeserklärung. Das schienen nun auch die Zuschauer zu merken. Und Marlies. Sie klatschte zuerst noch im Takt, während Vinzi immer wieder »Bravo« dazwischenbrüllte, sodass sich einige Jurymitglieder sogar nach ihm umdrehten. Dann war Marlies so gerührt, dass sie plötzlich anfing zu weinen. Was offenbar auch den Gitarristen der Combo ganz durcheinanderbrachte. Er hatte Schwierigkeiten, die richtigen Töne zu treffen. Die Musik klang zunehmend schräger, sodass Klemens die Darbietung abrupt unterbrach. Die Liebeserklärung war futsch. Der Song am Arsch. Er eilte wutschnaubend auf den Gitarristen zu und machte ihn dermaßen zur Schnecke, dass dieser die Arme zur Kapitulation hob und rot anlief. Dann begannen sie von vorne, und der Gitarrist verspielte sich kein einziges Mal mehr. »Love me tender, love me dear, tell me you are mine / I'll be yours through all the years till the end of time / Love me tender, love me true, all my dreams fulfill / For, my darlin', I love you and I always will ...«

Vinzi jubelte. Marlies klatschte wieder und weinte noch gerührter. Am Ende warf sie Kussmünder auf die Bühne und schrie, so laut sie konnte, »I love you!« zu Klemens hoch, sodass *der* nun ganz rot im Gesicht wurde. Das Publikum tobte. Klemens riss die Arme hoch, als wäre er beim Zieleinlauf in einem Marathonrennen.

Zum Sieg reichte es für Klemens trotzdem nicht. Sieger wurde ein Elvis-Imitator aus der Schweiz. Und das war nicht unumstritten. Soll heißen: Bei der Siegerehrung kam es zum Eklat. Der Grund: Der Sieger kam nicht nur aus der Schweiz. Er kam auch noch aus dem Engadin. Gleich um die Ecke von Sils Maria. Da läuteten natürlich für alle anderen Imitatoren sowie für die auswärtigen Zuschauer die Alarmglocken. Und tatsächlich vermuteten einige der anderen Elvisse Voreingenommenheit bei der Jury. Kamen doch auch alle Jurymitglieder aus dem Engadin. Ein abgekartetes Spiel. Zumal der Schweizer Elvis alles andere als überzeugend bei seiner Darbietung gewesen war. Eher gutes Mittelmaß. Der Zweitplatzierte, ein Elvis-Imitator aus Luxemburg, wollte sich mit der Niederlage nicht abfinden. Und provozierte, was das Zeug hielt.

»Schiebung«, schrie er, nachdem ihm von Beat Zuberbühler die Trophäe für den zweiten Platz überreicht worden war. Er warf den Pokal mit Wucht auf den Boden, sodass dieser zersprang. Dann trampelte er auch noch darauf herum, als wäre es keine Trophäe, sondern ein Stück Scheiße.

Bei der Überreichung der Trophäe an den Sieger – es war ein Pokal, der an den der Fußball Champions League erinnerte – pfiffen die Zuschauer, dass die Ohren schwirrten, und warfen Gegenstände auf die Bühne. Zuerst kleine, dann immer größere. Zuletzt sogar Stühle. Die Anschuldigungen wollten der Schweizer Elvis-Imitator und seine Fans natürlich nicht auf sich sitzen lassen. Es kam zu Handgreiflichkeiten unter den Zuschauern. Und auch unter den Elvissen. Das anfängliche Geschubse und Geboxe artete schließlich in eine wilde Schlägerei aus. Die Fäuste flogen wie Rotkehlchen durch das Zelt. Blutige Nasen waren die Folge. Blaue Augen. Aufgesprungene Lippen. Die

Sanitäter waren im Dauereinsatz. Bloß gut, dass so viel Polizei zugegen war. So konnte die Auseinandersetzung schließlich doch noch beendet werden, einige Streitsüchtige wurden festgenommen und abgeführt.

Klemens wurde Dritter beim Wettbewerb. Hätte ihm vor dem Contest jemand diese Platzierung prophezeit, wäre er darüber hocherfreut gewesen. Jetzt hingegen war er ein wenig enttäuscht. Wer will nicht gerne Sieger werden? Die Trophäe hielt er achtlos in der Hand wie den Trostpreis bei einer Tombola auf einem Schützenfest. Die Enttäuschung legte sich aber schnell wieder, als Marlies ihm um den Hals sprang, als wäre *sie* jetzt die Trophäe und Klemens der alleinige Sieger. Sie küsste ihn, dass alle Herumstehenden vor Neid wegguckten. Auch Plotek.

Jetzt, wo der Elvis-Contest zu Ende war, offenbarte sich der wahre Grund für die Anwesenheit der Exekutiven.

»Haben Sie den Beat Zuberbühler gesehen?« Frau Frischknecht stürmte auf Plotek zu und schien ganz aufgeregt.

»Der war doch gerade eben noch …« Plotek sah zur Bühne hoch. Auf der Bühne war niemand zu sehen. Auch Beat nicht.

»Ja, war er«, kam von der Hauptkommissarin ein wenig vorwurfsvoll, als suchte sie einen Schuldigen für sein Verschwinden. »Jetzt ist er es nicht mehr!«

Plotek hob die Arme.

Vera Frischknecht hingegen brachte es auf den Punkt: »Scheiße!«

Beat Zuberbühler musste das Chaos genutzt haben, um

sich unbeobachtet aus dem Staub zu machen. Mit den kompletten Einnahmen, wie sich später herausstellen sollte. Offenbar hatte auch er geahnt, dass Vera Frischknechts Besuch einen anderen Grund hatte als ihre vermeintliche Elvis-Leidenschaft.

Als Beat Zuberbühler partout nicht aufzufinden war, entstand ein aufgeregtes Durcheinander bei der Polizeigewalt. Offensichtlich stand er tatsächlich im Verdacht, den Wagen des Amerikaners Douglas McCarther so manipuliert zu haben, dass der den Hang hinunterrauschte. Beats Festnahme schien von langer Hand vorbereitet gewesen zu sein. Umso enttäuschender und ärgerlicher war es, dass die Hüter des Gesetzes keinen Erfolg vermelden konnten. Beat Zuberbühler war trotz bewachter Ausgänge und seines konfiszierten Wagens über alle Berge.

Agatha, seine frisch vermählte Ehefrau, hatte keine Ahnung, wo sich ihr Ehemann aufhalten könnte. Für sie war der erfolgreiche Wettbewerb doch noch zu einem traurigen Ereignis geworden. Jetzt tröstete Britta ihre Freundin.

»Der kommt schon wieder zurück«, versuchte sie Agatha Mut zu machen. Ihre Worte klangen tatsächlich nach Trost, einerseits. Andererseits schwang auch eine Portion Trauer mit, wohl darüber, dass selbiges von Matteo Wehrli nicht mehr behauptet werden konnte.

Eine Suchmeldung nach Beat Zuberbühler ging an alle Polizeistationen raus und wurde der versammelten Presse gleich vor Ort weitergereicht.

»Wo soll er denn schon sein?«, sagte Ilona Wehrli verschmitzt. »Der macht nach dem ganzen Trubel jetzt erst mal ein bisschen Urlaub.« Na ja, so konnte man das vielleicht auch nennen. Was aber Vera Frischknecht gar nicht erfreute.

»Wir kriegen ihn schon!«, prophezeite sie, als hätte sie persönlich noch eine Rechnung mit ihm offen. Hatte sie vielleicht auch.

Die von Vinzi erdachte große Siegesfeier für Klemens verkam zu einer kleinen. Keiner hatte nach den unschönen Vorfällen noch wirklich Lust, ausschweifend zu feiern.

Agatha trauerte. Britta auch. Klemens und Marlies waren zweisam und verliebt. Ilona Wehrli übte sich weiterhin in Zynismus, und Selina versuchte die Gunst der Stunde zu nutzen, um das Image der Privatklinik, die durch den unrühmlichen Abgang ihres Besitzers an Ansehen verloren hatte, aufzumöbeln. Soll heißen: Der mordende Ehemann warf nicht gerade ein positives Licht auf die Klinik.

»Für die drei Sieger gibt es jeweils ein kostenloses Wochenende in unserem Hause«, sagte Selina Wehrli und wedelte mit den Gutscheinen in der Luft herum, als wären es Einladungen in den Himmel. Kein Wunder eigentlich, bei einem Engel. So wurde für Klemens der Trostpreis doch noch zu einem Hauptgewinn.

Als Plotek am Abend zurück in die Privatklinik kam, stand die nächste Überraschung an. »Verdammt!« Plötzlich wurde ihm klar, womit Beat Zuberbühler auf der Flucht war.

»Was ist?« Vinzi schien nicht zu kapieren.

Plotek schüttelte den Kopf und zeigte auf den Parkplatz.

»Der Mercedes?«

»Weg.«

Sein Mercedes war tatsächlich verschwunden.

»Zuerst das Reh, jetzt der ganze Wagen.« Vinzi sagte es, als bestünde da ein Zusammenhang. Da fiel Plotek auf, dass er schon lange nicht mehr an das Reh gedacht hatte.

»Und wie kommen wir jetzt nach Hause?«

Vinzi schien ernsthaft besorgt. Plotek hob die Schultern.

16

Am nächsten Morgen kam Plotek, nach nur ein paar wenigen Stunden unruhigem Schlaf, gerade noch rechtzeitig zum Qigong. Trotz der Trauer musste der Klinikbetrieb weitergehen. Darauf bestand Selina Wehrli, als rechtmäßige Nachfolgerin ihres Mannes.

»Selbst wenn wir die Klinik sofort schließen würden, macht ihn das nicht lebendig.«

Da hatte sie wohl recht. Dennoch erstaunte ihr forscher Pragmatismus. Auch Britta hielt sich daran. Obgleich es ihr sichtlich schwerer fiel. Sie sah beim Qigong aus, als wäre sie mit ihren Gedanken überall, nur nicht auf der Matte im Gymnastikraum. Also nichts mit: ein Gedanke gleich Qigong. Da schienen nun unendlich viele in Brittas Kopf zu hausieren. Infolgedessen hatte sie extreme Schwierigkeiten, sich auf der Matte zu halten. Plotek hingegen stand wie eine Eins. Marlies ebenso. Sie zwinkerte ihm zu, als wären die beiden nicht nur auf einer Wellenlinie, sondern auch aus demselben Holz geschnitzt.

Klemens war nun ebenfalls in der Qigong-Gruppe. Offenbar wollte er seinen Gutschein sofort einlösen. Er sah in der Gymnastikhose von Marlies und dem alten, fleckigen Oberhemd aus wie ein Demenzkranker, der völlig orientierungslos einem Altenheim entlaufen war. Klemens kam mit dem Qigong und *der Verbindung von Himmel und Erde* überhaupt nicht zurecht. Kein Wunder eigentlich, stand doch sein Himmel genau neben ihm und mit beiden Beinen auf der Erde. Klemens lag mehr auf dem Boden, als dass er stand. Sein Gleichgewichtssinn steckte noch im Vorschulalter. Nach jedem Sturz lachte er aber nur und stand sogleich wieder auf. Er spuckte in die Hände, als wollte er zwanzig Festmeter Holz hacken, und sagte: »Jetzt aber!«

Und schon lag er wieder. So lange, bis Britta sich erbarmte und vorschlug: »Vielleicht sollten Sie sich mal ausruhen. Ich glaube, fürs Erste reicht es.«

Von da an saß Klemens mit verschränkten Beinen auf seiner Matte und verschlang dabei seine Marlies mit den Augen. Allein dieser Anblick trieb Plotek vor Peinlichkeit die Röte ins Gesicht. Wie es aussah, versuchte Klemens *die Verbindung zwischen Himmel und Erde* nun rein telepathisch herzustellen. Was auch zu gelingen schien.

»Haaaaaaaa ...« Der Feuerlaut von Marlies knisterte. »Oooooooaaaaaaa ...« Der Erdlaut hatte was von orgiastischem Geheule. »Schschschsch ...« Und der Holzlaut erinnerte an das Stöhnen beim Geschlechtsakt.

Während Plotek bei der anschließenden Shiatsu-Massage von Selina Wehrli mit Handballen und Ellbogen bearbeitet wurde, versuchte er krampfhaft, sie nicht auf den toten Ehemann anzusprechen. Es misslang. Es rutschte ihm, obgleich er es sich verbat, doch heraus.

»Und Sie wussten nichts davon?«, fragte er so leise, dass es kaum zu hören war.

Selina antwortete zunächst nicht, als hätte sie es tatsächlich überhört. Als Plotek schon nicht mehr mit einer Antwort rechnete, kam doch noch was.

»Sie meinen, das gibt es doch nicht, oder? Da lebt man zusammen und ahnt nichts, was?!« Auch sie sprach leise, wie für sich. »Das Trauma und all das, wie konnte er das nur verbergen, was?«

»*Er* ahnte einiges«, flüsterte Plotek in den Futon hinein.

»Was denn?« Noch immer wie nebenbei.

»Leandro.«

Selina lachte auf. Es klang weniger nach Belustigung als nach Bitterkeit. »Da gehört gar nichts dazu. Das hat nichts mit Ahnung zu tun, rein gar nichts.«

Sie rammte ihren Ellbogen in seine Hüfte. Ihm kam es schmerzhafter vor als jemals zuvor.

Vielleicht war es doch keine so gute Idee, dachte Plotek, sie auf dieses heikle Thema in dieser für ihn derart ungünstigen Position anzusprechen.

»Matteo war doch gar nicht fähig, ein Kind zu zeugen.«

Das klang jetzt nach Vorwurf und so, als wäre die Pietät auch schon im Jenseits. Selbst der *tote* Dr. Wehrli schien schlechte Karten bei seiner Ehefrau zu haben.

»Wir haben es lange genug versucht. Aber nichts. Ob Handstand, Eisprung, Ovulationstest, Zykluscomputer, Speiseplananpassung und dergleichen. Nichts.« Wieder ein bitteres Lachen. Und ein weiterer Ellbogen, der sich schmerzhaft in Ploteks Fleisch rammte.

»Ich wollte Kinder, ja. Nicht nur eines, mehrere! Sollte ich warten, bis auch ich nicht mehr dazu fähig wäre?«

Jetzt kam von Plotek nichts mehr. Was weniger an seiner Ratlosigkeit als an seiner mangelnden Leidensfähigkeit lag. Er biss die Zähne aufeinander und atmete konzentriert in den Futon hinein.

»Was hätte ich denn machen sollen?«

Keine Antwort von Plotek. Noch einmal die schmerzhaften Ellbogen und Handballen und dann: »Fertig.«

Selina verfiel wieder in ihre normale, forsche Sprechstimme. »Sie können sich umdrehen!«

Offenbar war sie in der Lage, von einem auf den anderen Augenblick in eine vollkommen andere Stimmungslage zu wechseln. Und tatsächlich sagte sie jetzt fast heiter: »Das ist heute Ihr letzter Tag.«

Plotek stand vom Futon auf und dachte: Zum Glück, langsam ist es auch an der Zeit, endlich von hier wegzukommen.

»Jetzt noch die Abschlussuntersuchung, und Sie werden entlassen: ins Leben.«

Stimmt, dachte Plotek, mit einer Hypothek in Form von ganz schön vielen Toten zwar, aber immerhin.

Ein junger, gut aussehender Arzt aus St. Moritz füllte vorübergehend die Lücke, die Dr. Wehrli hinterlassen hatte. Schon am Morgen war er von Selina, als wäre es längst verabredet gewesen, herbestellt worden. Er war nicht nur für die Akupunktur zuständig, sondern zusammen mit Selina und Britta auch für die anschließende Abschlussuntersuchung.

»Das sieht wirklich sehr gut aus«, sagte Dr. Schwertenlaib, der an einen erfolgreichen Schweizer Tennisprofi erinnerte. »Wir können Sie guten Gewissens entlassen.« Er betrachtete den halb nackten Plotek wie ein Insekt. »Wollen Sie überhaupt?« Er lachte und zeigte dabei kleine, spitze Zähne mit auffällig vielen Fehlstellungen.

Plotek nickte entschlossen.

»Sie können auch gerne noch ein Weilchen hierbleiben«, ergänzte Selina mit verträumtem Blick zum jungen Arzt. Die Fehlstellungen schienen sie nicht zu stören.

»Vielleicht auch für immer«, kam von Britta, deren Augen vom vielen Weinen ganz geschwollen waren.

»Danke, aber ich glaube, auf die Dauer würde mir hier was fehlen.«

»Was denn?«, kam fast schon vorwurfsvoll von Selina.

Natürlich hätte er jetzt »Schweinsbraten« sagen können, »Knödel, Unertl-Weißbier und ab und zu mal 'ne Zigarette«. Er sagte aber lieber nichts, sondern hob indifferent die Schultern.

Als wäre das die Bestätigung, lächelten beide Frauen, während der Arzt »Na, sehen Sie!« sagte.

Selina und Britta sahen Dr. Schwertenlaib an und strahlten um die Wette, sodass Plotek die Probleme schon am Horizont heraufziehen sah.

Da köcheln die Hormone, dachte er, und Eifersucht, Konkurrenz, Liebeskatastrophen und der ganze Scheiß sind vorprogrammiert.

Plotek packte seine wenigen Habseligkeiten zusammen und wollte sich gerade zum *Hotel Zentral* aufmachen, als ihm Selina Wehrli noch einmal in die Quere kam. Sie hielt einen Schnellordner in der Hand.

»Für Ihren Hausarzt!« Sie wedelte damit in der Luft herum. Dann überreichte sie ihm die Kopie seiner Krankenakte.

»Alles Gute.« Irgendwie wirkte sie erleichtert.

»Ihnen auch.«

»Bis bald mal wieder.«

»Bestimmt.«

»Lassen Sie es sich gut gehen.«

»Sie auch.«

Irgendwie war Plotek froh, endlich wieder nach Hause zu kommen. Dabei wurde er aber auch ein wenig sentimental.

Schon ein schöner Flecken Erde hier, dachte er, als er mit seiner Sporttasche in der Hand und der Krankenakte unter dem Arm noch ein Weilchen auf dem Parkplatz der Klinik stehen blieb. Er blickte zu den schneebedeckten Bergen hinauf. Dann warf er einen Blick zum zugefrorenen See. Kein Wunder eigentlich, dass die ganzen Dichterfürsten hier Station gemacht haben und die Seele baumeln ließen. Man kann es hier schon aushalten. Für eine gewisse Zeit. Aber für immer? Er schüttelte den Kopf und wollte gerade losgehen, als er in seinem Rücken »Plotek!« hörte. Mehr Befehl als Zuruf.

Er drehte sich um. Marlies stand am Eingang. Sie kam auf ihn zugerannt wie ein junges Reh, sprang ihm an den Hals und umarmte ihn innig. Dann küsste sie ihn auf den Mund. Es fühlte sich gut an. Hinter ihr tauchte lächelnd Klemens auf. Noch immer hatte er Marlies' zu weite Gymnastikhose an und das fleckige Oberhemd.

»Und?«, fragte Plotek.

»Ich bleib noch ein bisschen. Ist doch schön hier, oder?« Das eine Auge fixierte Plotek, das schielende verweilte bei Marlies.

Da wollte Plotek natürlich nicht widersprechen. »Und dann?«, fragte er.

»Dann gehe ich mit Marlies.« Er umarmte sie. »Wahrscheinlich bleibe ich eine Zeit lang bei ihr.«

»Wo?«

»Berlin«, sagte Marlies, wie man sagt: »My home is my castle.«

Plotek reichte Klemens die Hand. »Halt die Ohren steif.«

»Du auch. Und Grüße an Vinzi.«

»Mach ich.«

»Vielleicht sieht man sich mal wieder.«

»Bestimmt.«

»In Berlin.«

»Oder anderswo.«

»Ja.«

Plotek hob die Hand und ging los. Es fing an zu schneien.

Kurz vor dem *Hotel Zentral* befanden sich auf der gegenüberliegenden Straßenseite die öffentlichen Müllcontainer von Sils Maria. Das sogenannte *Kehrichthaus* der Gemeinde. Oder einfacher ausgedrückt: Es war eine öffentliche Abfallsammelstelle. Sechs große, in den Boden eingelassene Tonnen mit Holzummantelung und Plastikdeckeln. Hier konnte der Silser alles loswerden, was er nicht mehr gebrauchen konnte.

Nachdem Plotek die Krankenakte auf dem Weg bereits zweimal unter dem Arm hervorgerutscht und auf dem Boden gelandet war, hatte er nun die Schnauze voll.

»Scheiß Krankenakte«, murmelte er vor sich hin, öffnete die Tonne für Papier und warf die Akte in hohem Bogen hinein.

Irgendwie klingt das komisch, dachte er. Oder? Womöglich hatte er es sich nur eingebildet. Es war auch gar nicht sosehr das Geräusch, das ihn verharren ließ, sondern eher ein Gefühl. Er hielt den Deckel noch immer hoch und warf einen Blick in die Tonne. Er erblickte, von Papierbündeln verdeckt, den Ärmel einer speckig-grauen Uniformjacke. Daneben lugte eine speckig-graue Uniformmütze aus dem

Papier hervor. Soll heißen: Zweifache Irritation richtete sich in Plotek häuslich ein. Erstens: Was machen eine Uniformjacke und eine Uniformmütze in einer Papiertonne? Wo die Schweizer für ihre Pedanterie doch so bekannt sind wie die hiesigen Uhrwerke für ihre Präzision. Zumal sich der Altkleidercontainer gleich nebenan befindet. Und zweitens: Jacke und Mütze kommen mir bekannt vor, dachte Plotek. Sehr bekannt sogar. So eine Jacke und Mütze können nur einem gehören: Jäggi!

Als Plotek die Tonne noch etwas genauer inspizierte, fand er auch das, was zu Mütze und Jacke gehörte. Nämlich Linard Jäggi selbst. Tot!

Es stellte sich heraus, dass auch Linard Jäggi erdrosselt wurde. Ebenfalls mit einer Spieluhr. Folge: Auf das Konto von Matteo Wehrli gingen nun insgesamt vier Tote: Drei Elvis-Imitatoren und ein Dorfpolizist. Hinzu kamen vier Kältetote, ein vom Himmel gefallener Chinese, ein verschwundenes Reh, ein verunglückter Amerikaner und ein gestohlener Mercedes.

»Das ist allerhand«, sagte Vinzi, als sie im *Wang Tong 23* auf Agnes warteten. »Ein gar nicht schmeichelhaftes Resümee unseres fast vierzehntägigen Aufenthalts in Sils Maria.«

»Kann man wohl sagen. Wenn das die Nietzsches, die Chagalls, Hesses, die Einsteins gewusst hätten«, sagte Plotek, »dann hätten sie um das reizende Sils Maria wohl einen großen Bogen gemacht.«

»Oder gerade eben nicht.«

»Du meinst, das Verbrechen, der Abgrund, macht den Flecken erst richtig interessant?«

»Das meine ich nicht nur, das weiß ich.« Vinzi hob sein Glas.

Plotek ebenfalls. Er trank zum ersten Mal seit seiner Abreise aus München ein Bier.

»Prost!«

Noch ehe sie die Gläser wieder abgesetzt hatten, ging die Tür zur Gaststätte auf.

»Da seid ihr ja.« Agatha stürmte ins *Wang Tong 23* und setzte sich neben Plotek und Vinzi. »Ich wollte euch unbedingt noch einmal sehen, bevor ihr abreist.«

Agatha sah jetzt ähnlich aus wie Britta. Die Augen verquollen vom vielen Weinen.

»Und was machst du jetzt?«, wollte Vinzi wissen.

»Warten.« Agatha fing an zu weinen.

»Er wird schon zurückkommen.« Vinzi sagte es wenig überzeugend.

»Glaubst du?« Auch Agatha schien ihre Zweifel zu haben.

»Vielleicht findet ihn ja die Frischknecht und …«

Plotek stieß Vinzi mit dem Ellbogen in die Seite. Der verstummte daraufhin sofort.

»O Gott!« Agatha hielt sich die Hand vor den Mund. »Dann kommt er vielleicht ins Gefängnis, und ich kann meine zwei Kinder alleine …« Sie schluchzte.

»Noch ist ja nicht erwiesen, dass Beat …«

Wieder stieß Plotek Vinzi in die Seite, während Frau Pan einen Stoß Papierservietten brachte.

»Er ist kein schlechter Mensch.« Agatha schnäuzte sich in eine der Servietten, wie sich nur Menschen aus Bergregionen schnäuzen können.

Bezüglich des *schlechten Menschen* war sich Plotek nicht so sicher.

»Dass immer *ich* so ein Pech mit den Männern habe.« Agatha wischte sich mit einer weiteren Serviette die Tränen aus den Augen. »Ich weiß nicht, ob das an mir liegt oder an den Männern.«

Womöglich an beiden, dachte Plotek, sagte aber nichts.

Nachdem Agatha noch ein wenig vor sich hin geweint hatte, verabschiedete sie sich von den zweien. Sie drückte jedem von ihnen noch einen Kuss auf die Wange und sagte: »Passt auf euch auf.«

»Du auch.«

Dann war sie verschwunden. Vinzi bestellte zwei weitere Biere und fragte dann: »Wo bleibt die denn nur?«

Noch ehe Plotek was sagen konnte, ging die Tür erneut auf, und Agnes stand mit gepackten Koffern in der Gaststube.

»Entschuldigt, aber es hat ein wenig länger gedauert.«

»Ach, das haben wir doch gar nicht gemerkt.« Vinzi konnte den ironischen Unterton nicht ganz verbergen.

»Können wir fahren?« Plotek war erleichtert.

»Na los, lasst uns von hier abhauen!«

Nach einer herzlichen Verabschiedung von Frau Pan und der Versicherung, dass sie ganz bald wiederkommen würden, saßen die drei kurze Zeit später im Wagen von Agnes. Agnes fuhr, Plotek hockte auf dem Beifahrersitz, und Vinzi lümmelte auf der Rückbank. Wobei er ständig seinen Kopf zwischen den Sitzen hindurch nach vorne streckte.

»Da, legen Sie mal ein.« Vinzi reichte Agnes eine CD.

»Was ist das?« Sie griff nach der selbst gebrannten, nicht beschrifteten Scheibe.

»Hat die erste Kältetote in Ploteks Wagen vergessen.«

Agnes schob die Scheibe in den Player.

»I am a poseur and I don't care / I like to make people stare / I am a poseur and I don't care / I like to make people stare ...«, kam aus den Boxen und hüllte den Wagen in eine beschwingte Atmosphäre.

Sind wir jetzt wieder zusammen?, dachte Plotek, während er versonnen der Musik zuhörte. Sind wir jetzt wieder ein Paar?

Als hätte Agnes Ploteks Gedanken erraten, drehte sie die Musik leiser und sagte: »Vergiss es, Plotek. Wir beide werden nie mehr ein Paar sein.«

Vinzi grinste frech zwischen den Sitzen hindurch.

Plotek musste auch gar nicht »Warum?« fragen, da legte Agnes schon los: »Weil ich festgestellt habe, dass ich nicht fähig, auch nicht gewillt bin, eine Beziehung mit wem oder was auch immer einzugehen. Mit Treue, Liebesschwüren, Eifersucht und dem ganzen Scheiß. Ich bin dafür nicht geschaffen. Und *du* auch nicht. Für eine Beziehung bin ich nicht zu haben. Für Sex und sonstige Spielereien mit allem, was dazugehört, hingegen allemal.«

Vinzi, mit dem Kopf noch immer zwischen den Sitzen, hörte Agnes zu, als verkündete sie wie ein Pfarrer von der Kanzel die Frohe Botschaft. Womöglich machte er sich leise Hoffnungen, in Agnes' Anforderungsprofil für ihre Geschlechtspartner zu passen.

Agnes klopfte Plotek auf den Oberschenkel und lachte genüsslich.

Dafür liebe ich sie, dachte er und betrachtete dabei ihre Finger auf seiner Cordhose, deren lackierte Nägel wieder wie aufgeblähte Marienkäfer aussahen. Genau dafür. Er nickte und lachte zurück.

»Exhibition is the name / Voyeurism is the game / Stereoscopic is the show / Viewing time makes it grow ...«, verkündete die Sängerin aus den Boxen, und alle drei wippten dazu.

Sie verließen Sils Maria.

Als der Wagen auf die Engadiner Straße einbog, tauchte auf der Fahrbahn, keine fünfzig Meter vor ihnen, etwas auf.

»Was ist das denn?«, fragte Agnes überrascht.

»Das Reh!«, rief Plotek ähnlich verblüfft.

»Wo?«, kam von hinten.

»Da!«

Er zeigte zur Windschutzscheibe hinaus. Das Reh stand mitten auf der Straße und sah sie an. Es bewegte sich auch nicht, als sie immer näher auf das Tier zu kamen.

»Halt an!«

Agnes stoppte den Wagen genau vor dem Reh. Das Reh sah sie weiterhin unverhohlen an, dann nickte es kurz und machte sich davon.

»Wiedersehen«, sagte Plotek.

»Du spinnst doch«, kam von Vinzi.

Agnes lachte. »Tun wir doch alle ein bisschen, oder?«

Plotek drehte die Musik wieder lauter, während er dem Reh, das mittlerweile verschwunden war, noch immer hinterherblickte.

»My facade is just a fake / Shock horror no escape / Sensationalism for the feed / Caricatures are what you breed ...«

Vinzi wackelte auf dem Rücksitz mit dem Kopf im Takt. Plotek klopfte auf die Armatur, nicht ganz im Takt, und Agnes lachte.

»Ich freue mich schon auf einen Schweinsbraten und ein Unertl-Weißbier«, sagte Plotek. »Im *Froh und Munter.*«

»Ich auch«, sagte Agnes.

»Und ich erst«, kam von Vinzi.

»Anti-art was the start / Establishments like a laugh / Yes we're very entertaining / Overtones can be betraying ...«

Agnes hupte und gab Gas. Das Auto fuhr davon.

Richtung Schweinsbraten.

17

»Mhmm!«

Die Duftwolken tanzten vor Ploteks Nase herum und brachten ihn beinahe um den Verstand.

»Was für ein Duft!«, bestätigte Vinzi und fächelte sich mit der Hand den Schweinsbratengeruch zu.

»Lasst es euch schmecken!« Susi stellte die Teller mit dem Schweinsbraten, den Knödeln und der Biersauce auf dem Tresen ab, genau neben das Unertl-Weißbier.

»Danke!«

Und schon schlugen Vinzi und Plotek zu. Der Heißhunger übernahm die Oberhand, während aus dem Radio hinter dem Tresen *Bayern 2* lief. *Familienfunk*. Eine ihnen vertraute Stimme übernahm jetzt das Wort: Agnes! Sie erzählte in ihrer unnachahmlichen, wohlklingenden Art vom Mobbing im Internet, dubiosen Webseiten, von den Kältetoten in der Schweiz und der sozialen Verantwortung aller, während Plotek und Vinzi das Bratenfett an den Mundwinkeln herunterlief.

Es dauerte nicht lange, da schoben die beiden die leeren Teller wieder von sich.

»Und, hat's geschmeckt?« Susi beugte sich über den Tresen.

»So gut wie noch nie!«, sagte Plotek, und Vinzi warf eine Kusshand in die Luft.

Plotek griff in seine Hosentasche und holte einen Glückskeks heraus. Er legte ihn auf den Tresen. »Schenk ich dir.«

Susi öffnete ihn und pulte das Zettelchen mit dem Glücksspruch hervor.

»Lernen ist wie Rudern gegen den Strom: Wer aufhört, treibt zurück.«

Sie sahen sich verwundert an, als stünde im Gesicht des anderen die Erklärung geschrieben.

»Halleluja«, sagte Susi schließlich und warf das Zettelchen in die Luft.

»Halleluja«, sagte Plotek.

»Prost!«, sagte Vinzi.

»Schön, dass du wieder da bist, Plotek!« Susi lächelte.

»Finde ich auch.« Plotek ebenfalls.

»Prost!«

»Prost!«

Dann tranken alle drei vom Unertl-Weißbier.

Der Autor dankt Frank Nietsch für ein, zwei Ideen und wie immer L. für alles andere.